エッジ

FBIトリロジー3

アリスン・ブレナン
安藤由紀子 訳

集英社文庫

【目　次】

【主な登場人物】

ノラ・イングリッシュ…ＦＢＩサクラメント支局国内テロ対策班主任特別捜査官代理
デューク・ローガン…ローガン＝カルーソ警備サービス共同経営者
クイン・ティーガン…放火捜査官。ノラの妹
ショーン・ローガン…デュークの弟
ロレイン・ライト…ノラ、クインの母親
キャメロン・ロヴィッツ…過激派活動家
ジョーナ・ペイン…ブッチャー＝ペイン・バイオテック社研究所所長
ジム・ブッチャー…ジョーナ・ペインのパートナー
ラッセル（ラス）・ラーキン…ブッチャー＝ペイン・バイオテック社ＩＴ管理者
メラニー・ダンカン…ペインの研究助手
ランス・サンガー…プレイサー郡保安官
アンドルー（アンディー）・キーン…ＦＢＩ特別捜査官
ディーン・フーパー…ＦＢＩ支局担当特別捜査官補佐
ハンス・ヴィーゴ…ＦＢＩプロファイラー
メガン・キンケード…ＦＢＩ凶悪犯罪班主任特別捜査官
リーフ・コール…ローズ大学社会学科主任教授
アーニャ・バラード…ローズ大学学生
マギー・オデル…ローズ大学元学生。アーニャの元ルームメイト
スコット・エドワーズ…ローズ大学学生
クリス・ピアソン…ローズ大学学生

エッジ

FBIトリロジー3

謝辞

素晴らしき消防士テレンス・ヒギンズ、彼はRITA賞受賞作家クリスタン・ヒギンズの配偶者でもある。カリフォルニア州魚類鳥獣保護局の野生生物学者である義兄ケヴィン・ブレナンは私の都合に合わせて貴重な時間を割き、その知識を惜しみなく分け与えてくれた。夫のダン・ブレナンは私が投げかけるどんな奇妙な質問にも瞬きひとつせず、快く答えてくれた。サンマテオ検視局のタミー・クラヴィット。C・J・ライアンズは知る人ぞ知る不可解な質問の答えを必ず知っているようだった。サクラメント郡の検視官フェラン・エヴァンズ。元FBI捜査官のマックス・ノエル。FBIサクラメント支局、なかでもテロ対策班の特別捜査官たち。オンライン〝飛行講座〟のトムとマージー・ローソン、とくにマージーはいつも気持ちよく接してくれた。ジョッシュ・ラパポートは私が遺伝子研究や遺伝子治療についても理解できるよう道案内をしてくれた。アヴィッドIDシステムズのエリーサ・ウォレンはマイクロチップ・テクノロジーに関する知識を授けてくれた——おかげで当初のプロットを思いきり変更できた。

〝スーパーエージェント〟キム・ホエールンとトライデントのチーム、とりわけ国外への版権販売にあたってみごとな仕事をしてくれたラーラ・アレン。洞察に満ちた編集者シャーロット・ハーシャーからはこのトリロジーのみならず、つねに大いなる力添えを受けている

——時差は私たちの味方！　並はずれた編集者、デーナ・アイザックソン。リンダ・マロー、リビー・マクガイア、スコット・シャノン、キム・ハヴィー、ケイト・コリンズ、ケリー・フィリンギム、そのほかバランタイン——なかでも制作部門——の方々、本書でちょっきり一ダースです。これまでのご支援と忍耐に心からの感謝を。

締め切りモードに入ったときは、友だちがいつにもまして大きな意味を持ってくる。睡眠不足のせいでとんちんかんなときでさえ、作家は作家を理解してくれる。なかでもトニ・マッギー・コージーのユーモア、知恵、忠誠心、インスピレーションには声を大にして感謝の気持ちを叫びたい。三千キロ超の隔たりも情報ネットワークがあれば楽に乗り越えられる。そしてロクサーヌ・セントクレア、いつも私を支えてくれる才気あふれる仲良しは、二人の共通点が砂時計体型という私の説に納得がいかないようだが、それでも私が落ちこみそうになったときは必ず引きあげてくれる。いますぐみんなに会いたくて、つぎの集会が待ちきれない。

わが子たちにもこの場を借りて特段の感謝の気持ちを伝えておかないと。というのは、私の締め切りのせいで遊ぶ時間を削ってしまうことがよくあるからだ。家事がスムーズに運ぶように手伝ってくれたり、夜な夜な仕事部屋やスターバックスに姿を消させてくれたり、ほんとにありがとう。そして私が〝ゾーン〟に入っているとき、代理運転手を引き受けて、仕事に専念させてくれるママにも感謝。

卓越したストーリーテラー、
気の合う同志、
そしてとびきり聡明な女性でした。
本書をエレイン・フリン（一九三九―二〇〇八）に捧げる。

プロローグ

二十年前

今夜あたしは死ぬ。

ふと頭をよぎっただけの考えだから、すぐにどこかへ消えてしまうはずだった。ノラは自分の身が現実に危険にさらされているとは思っていなかった。セキュリティーシステムを破れば、すぐさま全員が逮捕され、そのとき彼女は真の意味で自由になるのだ。

ところがそんな不吉な予感が頭をかすめるや、それは車内の空気のなかに重たく垂れこめた。ノラと母、妹、そして男二人が乗った車は、アビラ・ビーチ沿いの山々に囲まれて建つディアブロ峡谷原子力発電所めざして走っていた。生まれてこのかた原子炉にこれほど近づいたことはなかった。恐怖感が血管を通って血球の一個一個に運ばれると、全身が押しつぶされそうで息苦しくなった。怖い考えが浮かんだのはそうした状況下でのことで、本当に死にそうだったからではなかった。

ノラは誰にも傷ついてほしくなかった。それには気持ちを強く持たなくては、と自分に言い聞かせていると、車はパシフィックコースト・ハイウェーを降り、曲がりくねった道を通って原子力発電所の東側に位置する山のなかへと入っていった。直線距離にして十六キロほどを行ったところで狭い道は行き止まりになり、その先、最後の一キロ半は歩くほかなくなる。

母親がどうしてこの計画をまともだと思うのか、ノラにはそれがわからなかった。ひと月前、キャメロンがこの計画を説明したとき、ノラは大笑いし、原子力発電所の警備態勢はたぶんアメリカ合衆国大統領周辺の警備より厳重なはずだと言った。キャメロンはノラに平手打ちを見舞ったが、ロレインはまったくひるまなかった。ノラは、母親が自分の味方をしてくれないことには驚かなかったが、母親にどう思われているのかが気にもならない自分に気づいて深く傷ついた。

ケニーは以前ディアブロ峡谷原子力発電所で働いていたことがあり、警備態勢を知り尽くしていた。ケニーが手引きしてくれる、とキャメロンは自信満々にグループを安心させた。「いったんなかに入ってしまえば」キャメロンは言った。「放射能漏れを引き起こせるかどうかはじつは大した問題じゃない。侵入こそがカギなんだよ。いわゆる警備システムをおれたちが突破することで引き起こす切迫感を考えれば、どんなに骨が折れようとその価値はある。民衆が目覚め、変化（チェンジ）を要求するからだ。そこから革命がはじまる。そしておれたちは途方もなく偉大な運動の殉難者となるんだ」

ノラは合点がいかなかった。もう何年も前から、母親はありとあらゆる抗議活動にかかわってきていた。一家は法の網の目をかいくぐって生きてきた――ノラは社会保障番号も運転免許証も出生証明書も持っていなかった。生まれたのは森のなかのキャビン。もしお産が順調にいかなければ死んでいたところだ。母親はそんなことは心配していなかったのだろう。

ノラは疲れ果てていた。十月で十八歳になる――母親は誕生日を正確には憶えていなかった――というのに、本当の意味のわが家（ホーム）に住んだことはない。正式な教育を受けたこともない。母親の友だちが知っていることを教えてくれたが、重点が置かれていたのは身分証の偽造、めったに使うことはない爆弾の製造、そして食料の万引き。それでもノラはなんとかうまくやってのけ、妹にはスリより読書や算数に重きをおいた教育を授けていた。

妹のクインは頭のいい子だった。ノラとしては妹には自分のようには育ってほしくなかった。妹には永住できるホーム、本物の学校、大切に思ってくれる人たちが必要だと考えていた。

自分のしていることが正しいかどうかについては多少の疑問がないわけではなかったが、キャメロンがクインも連れていくと言い張り、ロレインも反対しなかったとき、そんな疑問は吹き飛んだ。「クインは車のなかで待たせればいい。誰ひとりあとに残していくつもりはない」とキャメロンは言った。そしてノラをじっと見た。一瞬、バレたかと思った。が、つぎの瞬間、キャメロンはまたもったいぶって計画の説明をつづけた。

前年の夏、キャメロンとロレインがサンルイスオビスポで建設が進められていた団地を焼き払おうとしたとき、ノラはＦＢＩに通報した。結果的には爆弾がうまく爆発せず、ダメージはほとんどなかったものの、証拠不十分だからキャメロン・ロヴィッツの逮捕は無理だ、とFBIに言われた。爆弾を仕掛けたとき、ノラ自身は現場に行かなかったため、彼女の証言内容は伝聞証拠にしかならないからだ。連邦検事は勝算が八割なければ起訴はしないという。しかしFBIはノラに情報提供者になってほしいとたのんできた。彼らはだいぶ前からキャメロン・ロヴィッツを監視対象としており、内部に情報提供者がいれば、この過激派活動家を現行犯逮捕できると考えていたのだ。

アンドルー・キーン特別捜査官がノラとの連絡担当者になった。この八か月は週に五、六回、彼と会っていた。

ケニーが運転する四輪駆動車が未舗装のでこぼこ道を進むにつれ、ノラはびくびくしながらアンディーのこと、そして今朝、夜明け前に彼から聞いた言葉を思い返していた。

爆弾のことを伝えたくて、カルポリ（カリフォルニア理工州立大学の略称。サンルイスオビスポにある）の学生会館の裏へ大至急来てほしいとアンディーに連絡を入れたのはノラのほうだ。キャメロンはその大学の研究助手だったため、ロレインは前年からクインとノラを連れて教職員用のアパートメントに移り住んでいた。キャメロンのことは憎くてしかたがなかったものの、その寝室が二つあるアパートメントは母子がそれまで暮らしてきたなかでいちばん家らしい家だった。

「いますぐ彼を逮捕できる？」アンディーに近づくなり、ノラが尋ねた。

「遅かったね――もう来られないのかと思ったよ」心配のせいで端整な顔が台なしだった。

「ごめんなさい」ノラが小声で謝った。「危険を冒したくなかったの」本当はキャメロンに脅されて怖気づいていたのだ。だがそのとき、キャメロンの命令で高速道路の陸橋からスローガンを垂らしていた九歳の妹があやうく死にかけたことを思い出した。すると勇気がわいてきた。なんとしてでも阻止しなければならない。

「アンディー、爆弾のことだけど――メッセージは読んでくれた？　いますぐ彼を逮捕する？」

返事がノーであることは聞く前からわかっていた。ノラはもっと強くなりたくて、瞬きをして涙をこらえた。

「そういうわけにはいかないんだ」アンディーがつぶやき、ノラの頰に手の甲を触れた。ノラは心臓が止まるかと思った。顔がほてった。はじめて会ったその日から、ノラはアンディーを愛していた。彼はノラとクインを守ると約束し、キャメロンとその仲間を刑務所にぶちこみ、誰も傷つけることができないようにすると約束してくれた。彼はノラにとって守護天使と現実世界へのリンクを一体化したような存在だった。彼の愉快な大家族の話。彼が育った四寝室にバスルームがひとつの家で、五人のきょうだいとシャワーの順番を争って喧嘩した話。彼がいかにも懐かしそうに愛情をたっぷりこめて話すものだから、キーン家の人びとがお互い愛しあっていることにノラはこれっぽっちの疑問も抱かなかった。

だがノラは、そんな彼への想いをひとことも口にできなかった。アンディーは二十五歳、ノラは十七歳。今夜の一件が落着したら彼はワシントンへ戻り、二人はそれぞれの人生を歩むことになる。彼は大学出で、ノラは正式な教育すら受けたことがなかった。彼は連邦捜査局の捜査官で、ノラは何が合法で何が違法なのかもわからないままに数えきれないほどの法律を破ってきた身だ。彼には仕事があり、ノラは妹に家を与えてやるために仕事を探さなければならない状況にある。妹が不安を覚えることなく、自分は愛されていると感じられる家。出ていく必要のない家。自分のものを置いておき、外から戻ってきたときもそれがそのままそこにある家。

しかしいま——これからの二十四時間——はまだ、アンドルー・キーンを唯一のよすがとして真の未来を模索するほかない。ロレインがいなくなり、キャメロンがいなくなり、恐怖がない未来。解放されてはじめて、ノラの新たな人生がはじまるのだ。

今夜を生き延びることができれば、の話だが。

「ぼくにできることはやってみたが、ノラ、なんといっても確たる証拠があるわけじゃない。原発の警備地図は彼が燃やしてしまったし、爆弾については研究室でのプロジェクトだったと申し開きができる」

「でもあたしが証言するわ！　あいつらが何を計画していたか、裁判官の前で話すわ」

「物証なしじゃ、連邦検事は法廷にはもちこまないよ」

「そんなのフェアじゃない！」

「しいっ」アンディーがノラをハグすると、ノラはなんとも言えない心地よさを感じた。彼のぬくもりと愛情を味わいたくなったが、あまりに不安で余裕がなかった。

アンディーがあとずさり、ノラの顎の下に手をやって上向かせた。「原子炉にダメージを与えるなんて彼らにできるはずないし、放射能漏れを起こさせるなんてこともほんのちょっとでもできるはずないんだ。わかってるだろう？」

ノラは一瞬ためらったのちにうなずいた。

「ぼくを信じてくれ、ノラ。原子炉建屋（たてや）は内部に入ることすら無理だ。たとえFBIがそこいらじゅうにいなくても、セキュリティーを突破できるはずがない。ロヴィッツの計画は屋外のセキュリティー突破に関してはかなり手堅い――原発側も今夜以降、システムを変更せざるをえなくなるだろう。だが、それ以外の部分は愚にもつかない。あの男、どうかしてるよ」

「成功するかどうかなんて彼にとってはどうでもいいことなの。ただ声明を出したいだけ」

「ばかげた声明を出すためなら、きみやほかの人たちが殺されてもかまわないってわけか」アンディーの口調ににじむ怒りはちょっとやそっとではなかった。「誰も死者が出ることなんか望んじゃいない。今夜はたぶん暴力沙汰にせずに逮捕できるだろうと楽観視しているんだ」

「キャメロンはほかの人たちと違うわ――母と暮らしてきたほかの男の人たちって意味だけど。彼は、なんて言ったらいいのかわからないけど、すごく……なんか変なの。ばかみたいな言いかただけど」

アンディーがかぶりを振った。「ばかみたいじゃないよ。うちの精神科医たちも境界性パーソナリティー障害ではと疑っている。偏執的で、権力者に不信感を抱いている。原子力発電所もだが、おそらく中絶クリニックなんかも標的にしそうだ。病的な思考をぶつけられる対象ならなんでもありさ。忘れないでもらいたい――これはきみのことじゃないし、ロレインのことでもない。ロレインは彼を精神的に支えているにすぎない。問題はあの凶暴な、反社会性人格障害の犯罪者だ。あいつを必ず刑務所に送りこんでやる。あいつがきみに危害を加えないようにしてやる」

ノラはアンディーの言葉を信じた。すべきことをきちんとわかっている彼だから、彼を信じることができた。

「きみはクインといっしょに残るほうがいい。彼の計画についてはぼくらもつかんでいるから――」

ノラは首を振った。「あたしは行かないわけにはいかないわ。キャメロンにしつこく言われてるの。あたしは信用されていないんだと思う。今度のこれだけじゃなく、どんなときも。いつだってあたしを見張ってるから気味が悪くて」

「口実をつくるんだ。吐き気がするとか。吐くことはできる? 胃腸に来るインフルエンザにかかったやつがいたら、足手まといだから連れていきたくないはずだ」

病気のふりなどしようものなら、キャメロンに殺されそうで怖かった。アンディーの質問には答えず、質問を返した。「あたしを自由にしてくれる準備はできた? クインも?」

アンディーがうなずいた。「ああ。だがまだ秘密だ」

「あたしにはあの子しかいないの」

「それは違う」

ノラは彼を見た。彼の声に何かしらいつもとは違うものがあった。切なる想いのような何か。しかしノラは、アンディー・キーンのような大人の男性どころか、同年代の男の子とつきあった経験もほとんどなかった。

アンディーがノラの手を取った。ノラは胸がどきどきし、頭がくらくらした。「きみにはきみがいる。鋭い直感と分け隔てない思いやりを持った強くて頭のいい若い女性。そういう自分を疑っちゃだめだ」彼の顔を不安がよぎる。「ぼくは――ノラ、きみにはぼくがついている。無理強いするつもりはない。せきたてるつもりもない。明日からきみにはしなければならないことがやまほどあるが、心の準備ができたら、ぼくをきみの人生に加えてほしいと思ってるんだ」

シンデレラになった気分だった。意地悪な母親と悪戦苦闘したのち、ハンサムな王子さまにさっと抱きあげられるあたし。だがノラの人生はおとぎ話ではなかった。つらく冷たく許しがたい無慈悲な現実。

それでもノラは希望を捨てなかった。これまでとはまったく違う未来があるかもしれない。

「そうなったら素敵」ノラの声がいつもと違った。本当に自分の声？

するとアンディーがキスをした。短く軽いキスだったが、彼は間違いなくノラにキスした。唇と唇を合わせ、手で背中をそっと押した。思いやりと願いをこめて支えるように。だが友情ではなかった。それが意味するところをノラは正確に理解した。

ぼくをきみの人生に加えてほしいと思ってるんだ。

「きみは安全だ、ノラ」彼がささやいた。「きみの身には何も起きないとぼくが約束する」

キャメロンに太腿を涙が出そうなほど強く叩かれ、ぎくりとした。アンディーのキスの記憶、しばしとはいえ安らぎを覚えたあのぬくもりはどこかに消えた。ノラはまた現実に引き戻され、四輪駆動のなかで正気とは思えないキャメロンを目の前にしていた。

「ぼうっとしてるんじゃない、ノラ！」

車は山のふもとに停まっていた。後ろを見ると、木々が空に向かって高くそびえている
——あるいは月のない夜の真っ暗闇からそういう想像をしただけかもしれない。前方には五、六百メートルにわたって空き地がつづいていた。野の花が咲き乱れる草地——下見に来たのはそよ風が吹く晴れた日だった。ところがいま、目の前に広がる草地は沿岸を照らし出す工業団地の手前にある底知れぬ穴に思えた。

クインは後部座席で寝入っていたが、もぞもぞと動いた。「ママ？」

「ここにいなさい」ロレインが命じた。

「ママやノラといっしょに行きたい」クインはいまにも泣きだしそうに声を震わせて訴えた。

「暗いんだもん」

キャメロンが振り返り、黒い目を細めてクインをにらみつけた。するとクインは口をつぐみ、毛布を胸もとに引き寄せた。ノラは自分の子どもを守ってくれない母親を恨んだ。こんなところまでクインを連れてきたことも許せなかった。

「心配しなくても大丈夫」ノラは妹をなだめた。

「細かいところまで厳密に実行すること」キャメロンが言った。「十分間で目標地点まで行き、ケニーとおれが爆薬を仕掛けたあと、十分後にまたここに集結する。十分したらバルブが吹っ飛んで、放射能が放出する。機敏に行動しないと死ぬ。苦しいぞ。わかったな？」

ノラはこっくりとうなずき、クインは体を震わせながら目を大きく見開いた。ノラは手を伸ばして妹をなだめながら、震えてもいない自分の手に驚きを覚えた。おそらく何度となくこうした体験を経てきたからだろう。うんざりして無頓着になっているのだ。母親が大学の実験室に侵入して七十羽のウサギを解放したとき、ノラは見張り役だった。当時、ノラはいまのクインと同じ九歳。それ以前にも、身重のロレインが食肉処理場の前での抗議行動に参加したとき、全国ネットのニュースが取材にやってきたところで産気づき、そのまま近くの野原で出産した。救急車が間に合わなかったため、生まれたばかりの妹を毛布でくるみ、へその緒を切ったのはノラだった。そのときノラは八歳だ。二年前には、ロレインが核兵器廃絶集会でキャメロン・ロヴィッツと出会い、いっしょに軍事博物館に侵入して、壁という壁に卑猥な言葉やスローガンをスプレーペンキで書いた。そんなことをしながら逃げおおせたことにノラは驚いた。みんなまとめて捕らえられ、刑務所行きになるだろうと思っていたのに。公共物汚損行為は何週間にもわたり、あちこちのテレビニュースで流れた。

にもかかわらず誰も捕らえられることなく、まもなくするとロレインはサンフランシスコのストリート生活を切りあげてサンルイスオビスポのアパートメントに移り住んだ。このときノラはひょっとしたら自分にもホームができるかもしれないと思った。

ところが、とんでもない思い違いだった。

ノラが情報提供者になったあと、ＦＢＩは計画を作成、ノラからの情報に対応するためにアンドルー・キーン特別捜査官を潜入捜査員としてカルポリに送りこんできた。そしていま、八か月におよぶ秘密、ごまかし、恐怖の日々がまもなく終わろうとしていた。

ノラは息を殺し、長すぎる一分一分をやり過ごした。「勇気を持ってね」クインに言い、小さなテディーベアを手わたした。ロレインがひとこともなく捨てようとするたび、ノラが救ってきた大事なものだ。クインに向かって声は出さずに、愛してる、と口を動かした。本当にそう思っていた。妹のためならなんでもする気でいた。

午前一時の空気は冷たく、潮の香りがする微風にせかされるようにウインドブレーカーの前をぎゅっと合わせた。ウインドブレーカーの下にはＴシャツとすりきれたセーターしか着ていない。キャメロンに軽装で行動するようしつこく言われていた。

この時刻を選んだのは、十二時にシフトの交替があるからだ。交替の直後ならば静かだろうし、全員が持ち場についており、前のシフトの面々はすでに引きあげたあとだろうと考えてのことだ。

ノラがはじめてキャメロンの銃に気づいたのは、通電フェンスの弱点、めったに使われない入り口からなかに入ったときだ。原子力発電所がなぜゲートに警備員を配置していなかったのか、暗証コードを使えないようにしておかなかったのかがわからなかった。おそらくアンディーが事前に言っていたのはこのことだったのだろう。ＦＢＩは彼らをゲート内に侵入させたあと、鉄パイプ爆弾所持の現行犯で捕らえる。きっとそういう計画なのだ。ところが彼らはすでに部外者立入禁止の区画にまで踏みこんでいる。ＦＢＩはこれ以上いったい何を狙っているのだろう？

従業員が入るときに警報が鳴らないようにするための暗証コードはケニーに聞いたとおりで、警報装置は一時的に解除された。主要オフィスの装置はまだ作動中だが、交替時間前後ならば怪しむ者はいないとケニーが言っていた。

そこからさらに五、六十メートルの空き地を横切れば、オフィス棟の陰に身をひそめることができる。オフィス棟に沿って回りこめば、そこはもう原子炉の入り口から十二、三メートルの地点だ。ケニーから聞いたコードが有効ならば、建屋内にも入れそうだ。

ノラはためらいを覚え、母親に向かってささやいた。「ロレイン」母親は〝ママ〟と呼ばれるのを嫌っていたから、幼いころから〝ママ〟と呼びかけた記憶がない。

ロレインはいらいらしたように振り返った。「あとにして」

「キャメロンが銃を持ってる」

「かまわないわ」

ロレインは銃を憎んでいるはずだった。ノラも数えきれないほど、引きずられるようにして銃規制の抗議集会に連れていかれた。それなのに、銃を持っていることが当たり前みたいな口調だ。いったいいつからそんなふうに変わったのだろう？　キャメロン。彼には独特の突飛な哲学を人びとに信じさせるだけのカリスマ性と魅力があることはあったが、一方では暴力的で何をしでかすかわからないところがあった。その彼が母親を、動物、人間、植物をけっして傷つけることのない六〇年代のヒッピーからテロリストへと変身させたのだ。とはいうものの、ロレインにも昔から常軌を逸したところがあった。悪い仲間に染まることもよくあったが、そういう連中が学校を辞めさせられたり辞めたりする前に仲間から抜けていた。だが今度は違った。暴走するキャメロンと組んだ今度は違った。しかもリスクはずっと高い。彼女の自由と命が危ういのだ。

それから先はあっという間の出来事で、ノラは夢を見ているような気がしたが、あまりにも鮮明で忘れられるものではなかった。

「計画変更」キャメロンが大きな声で言った。

「えっ？」ノラも大きな声で反応した。

「黙れ。殺すぞ」彼は本気だった。「頭を低くしてフェンス沿いに駆け足で冷却水プールまで行き、そこで方向転換して北の崖下沿いに進む。そのほうが小さなリスクで目的地点に近づける」

計画変更？　ＦＢＩが捜査官をあちこちに配置していなかったらどうしよう？　もしノラがアンディーに伝えた経路だけにしか人がいなかったら？　アンディーの言葉とは裏腹に、キャメロンが原子炉侵入を果たして何かしでかし、自分たちだけでなく何千人もの人びとの命を奪うようなことになったらどうしよう？

ノラはおそるおそるあとについていった。選択の余地はない。

崖下にたどり着くまでは十分近くを要した。至るところに明かりがついてはいたが、たしかにキャメロンの言ったとおりだ。このあたりをフェンス沿いに走っているかぎり、捜査官たちの視界には入らない。

しばし足を止めたあと、小さな空間を横切って倉庫に行った。ノラの目はメインテナンス要員二名をとらえたが、反対方向へ向かって歩いていた彼らがこちらを見ることはなかった。キャメロンにちらっと視線を投げると、銃に手をやっていた。彼なら人を殺しかねない。ノラであれ、ロレインであれ、見知らぬ人びとであれ。残忍な決断を下す人間であることは、彼の態度や目つきを見ればわかることだ。なぜロレインにはそれが見えないのだろう？　母親はどうかしてしまったのだろうか？

「三つ数えたら行くぞ」キャメロンが言った。

彼らが身をひそめていた場所から出たとたん、投光照明が点灯し、何も見えなくなった。

「ＦＢＩだ！　伏せろ！」

ノラはアンディーに言われたとおり、その場に伏せた。

キャメロンはノラからわずか数メートルのところに積みあげられた木枠の陰に跳びこんだ。ロレインとケニーはメインテナンス用の大型トラックの陰に駆けこんだ。ノラは戦場のど真ん中に放り出された気分だった。

「ロヴィッツ！　抵抗はよせ。もう逃げられない」声はラウドスピーカーから響いてきた。

誰がどこで発している声なのかがわからない。

キャメロンが悪態をつく声、つづいて仲間に呼びかける大きな声が聞こえた。「準備はいいか？」

「オーケー」ロレインが応じた。

「やれ！」

やれ？ やるって何を？

ロレインがトラックの陰から何かを投げ、それがノラの頭上を越えて、さらに向こうへと転がっていった。

爆弾のようだ。ノラが製造を手伝った爆弾に似ていた。どうしよう、一巻の終わりだわ。みんな死ぬんだわ。

今夜あたしは死ぬ。

「隠れて！」ロレインがノラに向かって叫んだ。

ノラはすぐ近くの木枠の陰にあわてて身をひそめた。数秒後、爆弾が破裂した。

「逃げろ！」キャメロンが命令した。

ノラは動かなかった。ここにとどまって、仲間のひとりではないことを示さなければならないからだ。付近にいる捜査官が誰であれ、彼女が協力者であること、テロリストではないことを知っているかどうかはわからなかった。死にたくなかった。ここにとどまりさえすれば、もう大丈夫だ。動いちゃだめ。息をしちゃだめ。アンディーはどこ？ 彼はノラの居場所を知っているのだろうか？　ノラを助けにきてくれるのだろうか？

　キャメロンがノラの腕をむんずとつかみ、引きずった。

「おまえなのか」彼が耳もとで小声で言った。「この裏切り者が。おまえがしゃべったのか」

「ち、ちがうわ」ノラは叫んだ。

「誰が嘘をついてるのか、いずれわかるさ」

　キャメロンはノラの首に銃口を押しつけて歩かせ、空き地へと出た。投光照明の強烈な光がまぶしくて、ノラは目を細めた。キャメロンはどうして平気なのだろう？　横目で見ると、彼はサングラスをかけていた。それで思い出した。彼はいつもサングラスを逆向きに、首の後ろのあたりにかけているのだ。今夜もそうだった。どういうことになるのかを予測していたかのように。

「おれたちは出ていく！」キャメロンが姿の見えない捜査官に向かって大声で言った。「邪魔はするな。まだ手榴弾がある。冗談でなく使うからな！」

　手榴弾は手製で、ノラはずっと前からそれが怖くてたまらなかった。ロレインは手製爆弾用の黒色火薬をつくるため、娘に硫黄、炭素、硝酸カリウムを量らせることになんの抵抗もないらしかった。この爆弾は人を傷つけるのが目的じゃないわ、とロレインは言っていた。これはね、人びとを救うためなの。

　キャメロンが母親を洗脳したことにノラは気づいた。大義のためなら、自分たちが関与するかぎり、殺人もありという考え。

キャメロンは建物をあとに空き地を横切り、侵入してきた経路を戻りはじめた。FBIは彼らを逃がす気はなかった。

「キャメロン・ロヴィッツ!」大きな声が響いた。「銃を捨てろ」

「おれは出ていく!」

キャメロンは足を止めることなく、つまずいたり転んだりするノラを引きずったまま、後ろ向きに歩きつづけた。

「おまえはもう終わったな、ノラ」キャメロンがうめくように言った。「おれたちの大義を裏切りやがって」

銃口が首筋に食いこむと、ノラは悲鳴をあげた。

キャメロンが叫ぶ。「ロレイン! いまだ!」

また一発、ミニ爆弾がノラたちの頭上を飛び越え、投光器の端に着弾した。

爆破の衝撃でみんな地面に倒れた。硬い舗装面に叩きつけられながら、ノラはキャメロンがそこまでの威力を想定していなかったことに気づいた。

ノラは自分は死んだと思った。キャメロンの銃から発射した銃弾が頸部を貫通したものとばかり思ったのだ。頭に浮かんだことはただひとつ、車のなかにいるクインを誰かが見つけてくれるだろうか。

キャメロンはノラにおおいかぶさるように倒れながらも、両手は本能的に自分をかばった。そして握っていた銃を地面に落とした。

つづいてまた爆発が起きた。同時にあちこちから悲鳴が聞こえ、ノラはそのなかにまじる母親の悲鳴を聞いたような気がした。キャメロンの手が銃に向かって伸びた。そうはさせまいとノラはさっと手を伸ばし、彼の手首を叩いた。

「動くな！　動いたら撃つ」

キャメロンがノラの頭をコンクリートに叩きつけ、その瞬間、何もかもが制御不能に陥った。ノラの口のなかに血があふれる。

「くたばれ、豚野郎！」キャメロンが罵声を発しながら銃を握るや腕を振りあげ、すぐさま引き金を引いた。一発。二発？

耳を聾（ろう）するばかりの銃声のせいで、ノラは激しい耳鳴りに襲われた。耳のなかだけにとどまらず、頭のなかのどこもかしこもで不快な音が鳴り響く。そして血。どこもかしこも血まみれで、ノラは死を覚悟した。全身を襲う痛み、くらくらする頭、ままならない呼吸。気がつけばノラの上に誰かがどっかりのっていた。キャメロン。

のしかかってくる体重に身動きできず、かろうじて息を吸いこみながら目を開けた。その目がとらえたのはキャメロン・ロヴィッツの死んだ目。生気はいっさいない。それでも彼はノラをがっちりととらえていた。

四本の手がノラを引き出した。

頭があまりに重くて顔を上げることができなかった。まぶたも開けられない。

「撃たれたのか？　ノラ？　聞こえるか？」

「アンディー」頭に浮かんだ言葉を口にしたつもりだったが、そうできたのかは自信がない。

「FBIのリック・ストックトンだ。ノラ、どこを撃たれた？　ノラ？　聞こえてるか？」

たくさんの手が体に触れてきた。大声と命令。だが何も理解できなかった。誰かが泣いている。甲高い悲鳴。遠くで響く救急車のサイレン。違う、すぐ近くだ。四方八方で明滅するライト。だがノラは目を閉じていた。

「どこも撃たれてはいませんね」誰かが言った。

「だが問題がないわけじゃない！」ストックトンが切り返す。ノラの目にライトが当てられる。ストックトン。ストックトン。アンディーのボス。相棒？　わからなくなっていた。思い出せない。

誰かが胸を触ったとたん、ノラが悲鳴をあげた。シャツが引き裂かれた。「肋骨か。折れてるのか？」

「身柄は確保したのか？　くそっ、いったいどうなってるんだ？　報告を入れろ！」

ストックトンの声には不安がにじんでいた。アンディーはどこ？　なぜここにいないの？　約束したのに。何もかもうまくいくって約束したのに……

「アンディー」ノラがつぶやいた。口をきくのがやっとだ。

「これから病院へ連れていくからな、ノラ。大丈夫だ。安心しろ」

「重態だ」誰かの声がはるか遠くから聞こえた。そのとき何もかもがぼうっとしはじめ、声という声が遠のいていった。

たぶんノラはここに置いていかれるのだろう。

ロレインの甲高い声ががんがん痛む頭にアイスピックのように突き刺さる。「訴えてやるからね、豚野郎ども！　あんたたち全員を！」悲痛な泣き声。「あんたたちがその人を殺したんだから！」

「その女を早く連れていけ！」ストックトンが命じた。

「ロヴィッツ死亡」また誰かの声。「ライトとポッターの身柄確保」

「クイン――」ノラが言った。起きあがろうとする。

「動いちゃだめだ、ノラ」

「だってクインが――あの子、あの子は……」喉が苦しくて声にならない。

「クインは保護したよ。安全な場所にいる。車を尾行していたんだ」

横を誰かが駆け足で通り過ぎた。ノラは誰かに触れようと手を伸ばしたが、音がはっきり聞こえなくなった。誰かがノラの手を握った。「ずっときみのそばにいるよ」ストックトンが言った。「もう大丈夫だ、ノラ。安心していい」

そのとき意識がぷつりと途切れ、それからの三日間眠りつづけた。そして目が覚めたとき、ストックトン支局担当特別捜査官補佐からアンディーは死んだと告げられた。

1

その放火は迅速かつ派手、しかも破壊的だった。

消火後の鼻をつく刺激臭に、ＦＢＩ捜査官ノラ・イングリッシュは口で息をしながら、ブッチャー＝ペイン・バイオテック社研究棟の残骸をぬって慎重に進んだ。非常用スポットライトの強烈な白い光線が、焼けただれた建物内部を不気味なほどあからさまに照らし出している。消防士がかけた水をノラのブーツがばしゃばしゃとはねあげる。消火の際に放出された大量の水が建物内にあふれるなか、消防士らはふたたび発火の恐れがある箇所はないかと隅々まで調べている。

運がよかったといえばよかった。冬の異常乾燥のせいで、この夏は木々が燃えやすい状態になっていた。ブッチャー＝ペイン社の後方には茶色く枯れた丘、二車線道路の反対側には干からびた谷があり、いずれも火がつきやすく、いったん火がついたが最後、ぱりぱりに乾いた立ち木や下生えに瞬く間に燃え広がり、消火活動が困難になるはずだ。幸い、風がなかったので火が流れなかったうえ、第一発見者が屋根の上と周囲の地面を水で濡らすというみごとな対応をしてくれた。そのうえ、頑強な外壁と内部の防火壁のおかげで、築後五年のこの建物は火を完全に研究棟内に閉じこめた形になった。

「消火用スプリンクラーが作動しなかったんだよ」プレイサー郡消防署長アンセル・ノーベルはそう言いながら、ノラを遺体発見現場へと案内していく。「最後の立ち入り検査は三か月前で、そのときはちゃんと機能したんだが。どうしてなのかわからないね」

「給水装置は点検しましたか？　このあたりの水は水道水ですか？　それとも井戸水？」

「丘の上に貯水タンクがある――ちくしょう、あそこか」

「えっ？」

「貯水タンクは消火栓用で、スプリンクラーは郡が管理する給水システムの水を使っている。われわれは難なく消火栓につなぐことができたんで、隊長からスプリンクラーが作動しなかったと報告を受けたとき、てっきり故障だろうと考えてしまったんだ」

彼が懐中電灯で天井を照らした。スプリンクラーのヘッドは開いているのに、水が来なかった。

「相棒に調べるように言いましょう」ノラはブラックベリーの無線機能を使ってピート・アントノビッチを呼んだ。厳密にいえば彼はもう相棒ではない。というのは、主任特別捜査官がクアンティコで講義をするために出かけているあいだの四週間、ノラが臨時のチームリーダーに昇格したからだが、いままでの習い性がなかなか抜けない。九年前にＦＢＩサクラメント支局に異動になって以来ずっと、ノラはピートと組んできた。

「ピート、ノラよ。ノーベル署長から聞いたところ、スプリンクラーが作動しなかったんですって。ポンプが壊された可能性があるわ——保安官事務所にポンプを調べるチームをよこすように連絡してもらえる？」

「了解。内部はどんなようすだ？」

「びしょびしょ」

ピートが笑いをこらえているような声で言った。「ダメージのことだよ」

「一見したところじゃ、これまでの放火現場と同じパターン。研究室内から燃えはじめて、隣接する部屋を九十パーセント焼いてる。ロビーの壁もある程度ダメージを受けてるわね。温度の上昇で電子装置が溶けるくらいに。放火の検証でもっといろいろわかってくると思うけど」

「クインはいつ到着するのかな？」

ノラは一瞬ためらった。妹のよからぬ噂は知っており、それをあおるような言いかたはしたくなかった。だが相手はほかならぬピートだから、ひとことだけで答えた。「あの子、デートだったから」

「朝の五時半だぞ」

「サンフランシスコからなのよ。それにあの子、すぐに来るって約束したんでしょ。今夜は非番だったんだから」そう言って妹をかばった。

「批判するわけじゃないが、早く来てほしいんだ。きみに言うまでもないが、どんどんエスカレートしてきている」

彼らがこの二十か月捜査してきた連続放火犯は、これまで一度も人を殺してはいなかった。これまでの三件の放火はいずれも同じ業種――バイオテクノロジー関連――を狙ったものだが、最初の二件は倉庫で起き、そして三件目はカリフォルニア州立大学サクラメント校内にある遺伝子研究用の小ぶりな建物で起きていた。ブッチャー＝ペイン社が何をしている企業なのか、ノラはよく知らなかったが、社名に〝バイオテック〟の語が含まれていることと、外壁にスプレー塗料で描かれた〝メッセージ〟――〈殺害阻止（ストップ・マーダー）〉にBLFという、これまでの放火犯が使ったものと同じ署名が添えられていた――の二点が決め手となり、ノラとピートはブッチャー＝ペインをリストに加えることに抵抗はなかった。

　ブッチャー＝ペイン社の放火現場が唯一その他と違う点が犠牲者である。なぜ今回は殺人を？　偶然だったのか、計画的だったのか？　ジョーナ・ペインが標的となったのは、彼がジョーナ・ペインだからなのか、あるいはたまたまこの研究所の所長だったからなのか？

「ほかにも何かありそうね。どうもしっくりこないのよ」ふと気づくと、短めのダークブロンドの髪を親指と人差し指でつまんでひねっていた。ゆるやかにカールした髪を耳にかけ、そのまま手を下ろした。

「もう被害者は見たのか？」

「いま発見現場に向かっているところ」

「こっちは落書きを調べたが、これまでの放火で使われたペンキと一致した。これで模倣犯説の可能性は一気に低くなったな」

「だけど、ピート、この犯人、これまで人は殺さなかったのに」

「ま、あとは時間の問題だろう。それじゃポンプを調べにいって、また報告する」

ノラがブラックベリーをポケットにしまうと、ノーベル署長が言った。「以前にもあったな」

ノラはもちろんだが、ノーベル署長も先立つ三件の放火事件についてよく知っており、同じことを考えていたのだろう。「何がですか？」

「犯人がなかに人がいることを知らずに火を放ったケースだよ」

「殺人の意図があろうがなかろうが、殺人犯に変わりはありませんよ」

ノーベルがジョーナ・ペインのオフィスの前で足を止めた。「覚悟したほうがいい。けっしてきれいなもんじゃないから」

ノラはさまざまな感情を深く抑えこんだ。これまでに何度死体を見てきたかとか、どんな姿だったかとかには関係なく、早すぎる死を迎えた命を目のあたりにするときはこうして感情を封じこめないかぎり、怒りと深い悲しみに圧倒されてしまうからだ。こういう場に不可欠な判断力を損なうわけにはいかない。警官はそのへんを割り切って仕事をする術(すべ)を身につけないと、死ぬかアルコールに溺れるかの結末を迎えることになる。警官の自殺率が一般の人のそれに比べてほぼ二倍にのぼるのはそれなりの理由があるのだ。

私情を完全に切り離すことができるノラの能力は、彼女を好意的に見ている人からは冷静沈着、快く思っていない人からは冷酷な女との評価を得ていた。

ノーベル署長が脇へどいた。犯罪現場を示す色鮮やかなテープが、研究室脇に位置するジョーナ・ペイン博士の黒焦げになったオフィスの入り口に張られていた。金属のドアは開いた状態で、片側のペンキが焼け落ちている。消防隊が突入したとき、ドアは開いていたのだろうか？　閉まっていたのだろうか？　オフィスだけをとってもけっこう広く、四・二メートル四方ほどの部屋だ。ここでは大量の紙が燃えたにちがいない。ずぶ濡れになったパルプの残骸がそこここにあった。水をかぶったうずたかい灰の山。大きなデスクの後方の書棚には部分的に焼けた書類。窓はひとつもなく、自然光はいっさい入ってこない——こんな部屋で仕事ができる人の気が知れない。ノラはどうしても太陽光が欲しい人間だから、ささやかなカントリーハウスもすべての部屋に天窓をつけていた。

母親がノラにしてくれたことは唯一、自然を愛する心を教えてくれたことだけだった。

一生懸命仕事さえしていれば、あの女が頭に浮かんだときも感情を抑えることができる。

ノラはジョーナ・ペインとおぼしき被害者に意識を集中した。デスクの正面に仰向けに倒れている。その姿勢がノラには奇妙に感じられた。焼死者を出した国内テロ事件を、これまでに一件だけ捜査したことがあった。犠牲者十四人が燃えさかるビルから脱出できなくなり、全員が煙を吸いこんで死亡した事件だが、死体はどれも胎児のように縮こまるか俯(うつぶ)せに倒れるかの姿勢をとっていた。

ペインの全身に目を向けると、皮膚を露出している部分は二度から三度の火傷を負っている。毛髪は残っておらず、眼鏡の金属部分は溶けて黒焦げの皮膚と同化していた。シャツは完全に燃え尽きていたが、ジーンズをはいていたのだろう、真っ黒になってはいても、原形をそのままとどめていた。デニムはほかの天然繊維の素材より耐火性に優れているのだ。ペインに何が起きたのかを正確に突き止め、彼の死亡が意図的なものか偶発的なものかを知るためには、こうした細かな事実を積みあげていかなければならない。

さまざまな犯罪のなかで、火災は捜査が最も困難なもののひとつだ。被害者の体の損傷は消火活動によるものが多いが、消防士はたとえ犠牲者に気づいても、証拠を残そうと最善を尽くしつつ、一方では消火活動を続行するのだからしかたがない。体内から銃弾が発見されたり、鈍器による外傷が明らかだったり、あるいはまた外部からのなんらかの力の作用が明白でもないかぎり、死因の究明はきわめて困難となる。

死体を検分していた男が顔を上げた。「署長」

「キース、こちらはFBIの国内テロ対策班のノラ・イングリッシュ特別捜査官だ」

「入ってこないでくれ」キースが命令口調で言った。

「ノラ、検視官のキース・コフィーに会うのははじめてだったかな?」

「ええ。ドクター・コフィー、被害者が仰向けに倒れているって奇妙じゃありませんか?」

コフィーが検分の手を止めて、ノラを見た。「ああ、すごく奇妙だ。しかし放火捜査官が到着する前に軽々に結論を出したくないんでね」

「もうこっちに向かってはいますが」ノラが言った。「彼女、ちょっと遠出していたので――」

背後からだみ声が響いた。「おれは彼女か？　さっきたしかめたときはまだ男だったけどな、お嬢ちゃん」

ノラはかっとなって振り返った。長年の喫煙者だとすぐにわかるその声の主は、ノラのおじいちゃんといってもおかしくない年配の男だった。黒いズボンに赤いチェックのシャツを着、消防部長のバッジをつけている。

男はノラを見てにやりとし、片目をつぶった。「ほら、まだ男だろう」

「ユリシーズ、こちらはＦＢＩのノラ・イングリッシュ特別捜査官だ。合同捜査（タスクフォース）の話をしただろう――」

ユリシーズが署長の紹介をうるさそうに手ぶりでさえぎった。「タスクフォースか」ばかにするような口調だ。「そんなもの口先だけだ」

「これについてはきちんと話しあうべきでしょう、ミスター――」ノラが言った。

「ユリシーズでいい」

「州の火災調査局のコンサルタントにも参加してもらっています。二十か月前に発生した最初の放火事件からずっとタスクフォースで――」

「ここはおれの管轄なんだよ。それともきみは何か、連邦政府の名の下に強引に割りこんで、何もかもめちゃくちゃにしようっていうのか？」

地元の捜査陣との摩擦は避けたいが、必要とあらば〝連邦政府の名の下に強引に割りこむ〟ことも辞さない。国内テロの阻止はまさにＦＢＩの双肩にかかっているのだ。そう言おうとしたとき、妹のクインが部屋に飛びこんできた。いかつい消防部長とは正反対の存在だ。

「ユリシーズ！」エネルギーの塊のような小柄なブロンドがネズミ色の男にじゃれついた。必要以上に長いハグ。ノラが困惑しながら見守る前でユリシーズが相好を崩す。

「きみが来るとわかっていりゃ、レッドカーペットを敷いておくんだったな、スイートハート」

クインが華やかに笑った。「ノラはあたしの姉なんです。ＦＢＩだからっていじめないでやってくださいね」

「ああ、きみのためならなんだってするよ」

クインがさも楽しそうな得意顔でノラと目を合わせると、ノラはけっして笑顔を返したりしないよう、口もとを歪ませた。しかし、少なくとも被害者は安心して任せられる。妹は、ほかのことはどうあれ、仕事には真剣に取り組む。それが姉妹の長年にわたる争いの種ではあるものの、今回の事件に関してはクイン以上に信頼できる人間はいなかった。クインならばユリシーズにこれ以前の放火事件のことを説明してくれるだろうから、ノラはそのあいだにペインのパートナーやスタッフの事情聴取に専念できるというものだ。この放火にそうした人びとが関与した疑いがほとんどないとしても、なんらかの形で脅迫があったかどうか、この数週間に不審者の侵入があったかどうかなどを調べたり、ブッチャー＝ペイン社で現在進行中のプロジェクトに関する情報も集めたりする必要がある。

ドクター・コフィーがノラのほうを向いた。「さっきの質問の答えだが、イングリッシュ捜査官、火災発生時に被害者がすでに死亡もしくは意識不明の場合を除けば、仰向けに倒れている被害者を見たことは一度もないね」

クインが入り口に立っていたノラのところに戻ってきて、声をひそめて言った。「向こうでサンガー保安官がコール教授のことで息巻いてたわ。あのごますり記者が来てて――」

「ベルハムね――」

「そう、あのばか。あいつがサンガーの周りをうろついてるのよ。サンガーは、なんだかすごく情熱的で背が高くてセクシーな男を相手にコールをボロクソにこきおろしてたわ。あの男がペインのパートナーなのかどうかは知らないけど――」クインは、**あのへんにきっとなんかあると思うわ**、みたいな横目づかいでノラを見た。

「いいこと教えてくれてありがとう」

「ユリシーズのケアは任せて――彼、怒りっぽいけど、この世界じゃいちばんの切れ者のひとりなんだから」

ノラは最後にもう一度、ジョーナ・ペインの遺体を見てから、その場をあとにした。

火災発生以前に意識不明あるいは死亡。ということは、彼の死は事故ではない――意図的に殺害された。放火の現場を目撃したのだろうか？　非常ボタンを押さなかったのはなぜ？警備室に素早く通報する手段もあったはずだが、それについては警備会社に再確認する必要があった。警報装置はどうしたのだろう？　なぜ警察に通報しなかったのか？　できなかったとか？　もしかしたら放火犯と対決して殺されたとか？　あるいはペインは犯人を知っていたのかもしれない。ペイン殺害が計画的だとしたら、放火はただ犯行と証拠を隠蔽する手段にすぎないのかもしれない。となれば、この犯行は彼個人を狙ったものであり、犯人は彼の死によって利益を得る者の可能性が高まる。たとえばパートナー、妻、あるいは親類。だが手口はＢＬＦのこれまでの放火と一致しており、彼個人を狙っての犯行というシナリオである可能性はきわめて低い。

現場ではクインが、生活のなかのあらゆる場面同様、指揮を執っていた——てきぱきとしてはいても甘く口当たりがいいものだから、誰ひとりこき使われていることに気づいていない。

いまノラがしなければならないのは、誰もが知っているリーフ・コール教授に対するサンガー保安官の宿怨が捜査に与えたダメージを最小限に抑えこむことだった。この捜査はすでに法律的な駆け引きという危険な坂を滑っているような状況なのだ。バイオテック産業には異論を唱える人も多いから、マスコミはハゲタカよろしく頭上で円を描いて飛んでいるし、有力政治家らはサクラメントで何が起きているのか、なぜさっさと犯人を逮捕しないのかをワシントンに向かって声高に叫んでいる。まずいことは坂道を一気に転げ落ちるものだ。べらべらしゃべるサンガーの口を早いところふさがないと、捜査が危険にさらされそうだ。

2

デューク・ローガンは海兵隊時代に多くの友の死を目のあたりにしてきた。死にゆく友を見ただけでなく、触れたこともあれば、遺体を運んで埋めたこともある。しかし、これほどまでに救いのなさを感じたことはなかった。少なくとも十年あまり前、飛行機の墜落事故で両親が他界して以降はない。なお悪いことに、罪悪感が思考の隅のほうをちくちくとつつき、意識がついついそっちへ引っ張られる。自分が設置した警備システムがうまく機能せず、優秀な男がひとり究極の代償を払う結果を招いたのだ。

「犠牲者はジョーナ・ペインに間違いないんですか？」デュークはランス・サンガー保安官に訊いた。二人は消防車に取り付けられたスポットライトが放つ不自然な光線に浮かびあがる、焼けた研究所の正面入り口付近に立っている。狭い駐車場には消防車とパトカーが、子どもが置き忘れた遊び道具さながらあちこちに停まっている。すでに消火活動は終了し、鎮火後の作業が粛々と進められていた。燃えさかる炎を前にして欠かせない統制のきいた機敏な連携はもはや不要だ。

「ほぼ百パーセント間違いないね」サンガーが答えた。「彼の車が駐車場に――」

なかった。

「えっ、どこに?」数分前に車を駐車場に入れたとき、ジョーナの赤い四輪駆動は見当たらなかった。

「建物の裏手の駐車場だ」

「いつもそっちに停めていたんですか?」

「さあ、どうだろうな。とりあえず彼のパートナーのジム・ブッチャーときみに連絡したんだよ。ジムはいまロサンゼルスだそうだが、飛行機のチケットが取れしだい、いちばん早い便で戻ってくると言っていた」

ジョーナの死が電話でジムに伝わっていないことを願った。ジムとジョーナは大学時代からの友人で、大学院を出るとすぐにブッチャー＝ペイン・バイオテック社を設立した。二人のことを大した経験も積まずに成りあがった若者たちと考える者もいたが、そんな声にもめげずに二人は会社を大きく成長させ、人気の高い特許権を売ったあと、五年前にはこの大きな社屋への移転を果たしていた。デュークにとってジムはジョーナ以上に古くからの知り合いだった。子どものころ、同じ通りに住んでいて、ジムのほうが二歳年上ではあったが、同じ高校に通い、いっしょにフットボールをやった間柄である。

「彼の自宅は調べましたか?」デュークが尋ねた。

「遺体と彼の車を発見してすぐにジョーナの自宅に行ってみたが、返答なしだった。家の周囲はもちろん調べた。とくに変わったようすはなかったね」

ジョーナはブッチャー＝ペインの研究所で遅くまで仕事をすることがよくあった。とりわけ息子のトレヴァーが前年、十八歳になってすぐに軍隊に入ったあとは。

トレヴァー。父親の訃報におそらく打ちのめされるはずだ。「イラクに派遣されているジョーナの息子への連絡は？」

「いや、まだだ。近親者への連絡は犠牲者の身元確認をすませてからでないと」

デュークはぐいと首をかしげ、二人からわずか二、三メートルのところに立って、あからさまに立ち聞きしている記者を示した。「トレヴァーがその前にニュースで知ったりしたらまずい。ぼくから電話しておきますよ」

サンガーが記者を一瞥すると、彼はそれを近づいてもいい合図ととったようだ。

「やあ、リッチ」サンガーが声をかけた。

「検視官の車をそこで見かけたんですが、死体があるんですか？」

「近親者への連絡をすませたら正式に発表するから」

「ジョーナ・ペインだと聞きましたが」

デュークはひょろっと背の高い痩せた記者のほうに一歩にじり寄ると、百八十八センチの背丈をぐっと伸ばして凄んだ。「公の発表があるまで二度と口にするんじゃないぞ」

リッチは一歩あとずさり、両手を上げた。片手にデジタル・ミニレコーダーを持っている。

「なんだよ、おれだってばかじゃないんだ」

サンガーが口に手をやって咳払いをした。デュークはミニレコーダーをつかみ取り、スイッチがオフになっていることを確認して電池を抜き取ったあと、記者に返した。「おれの話を録音したり引用したりしたら許さないからな。わかってるだろうな？」

「はいはい、ようくわかってますよ」リッチはレコーダーをポケットに突っこみ、反対のポケットから小さなスパイラル式のメモ用紙を取り出した。「たのみますよ、ランス、何か聞かせてくださいよ。もう落書きは見たんで、ラングリアと州立大サクラメント校を狙ったのと同一グループだってことはわかっているんですから。これもそのＥＬＦ？　ＡＬＦ？　それともまったく別人とか？　どういうことなんですか？」

「わかったら教えるよ」

「放火捜査官を見かけたし、連邦政府の車も二台。ひょっとしてＦＢＩがここに？　この事件、捜査はこのあとＦＢＩが引き継ぐってことですか？」

サンガーがあからさまに苛立ちをのぞかせた。痛いところをつかれたってわけか？　デュークは地元のＦＢＩ支局に知り合いがいる。ここ以外の放火事件について調べてもらい、事件の担当者が誰か教えてもらうことにしよう。警備システムのみならず、ブッチャー＝ペインの従業員と出入り業者全員の個人情報も手もとにあるとなれば、捜査に協力できるはずだ。

「鎮火してからまだ二時間とはたっていないんだ」サンガーが言った。「まだまだしなきゃならないことがやまほどある。はっきりしたことがわかるまで、言質を与えるようなことを言うつもりはないね」

リッチがため息をつき、メモ帳を上着のポケットに突っこんだ。「はいはい、オフレコですね。やっぱりジョーナ・ペインなんですか？　焼死ってことですかね？」

サンガーの態度が軟化した。「犠牲者はまずジョーナ・ペインに間違いないだろうが、まだ身元確認がすんだわけじゃない。もしそれ以前にそのことが公になったりしたら、そのときは、おれが保安官でいるかぎり、あんたをプレイサー郡のあらゆる犯罪現場から締め出してやるから、そのつもりでいろよ」

「秘密は守りますから、ランス。信じてくださいよ」

サンガーはただかぶりを振っただけだった。

リッチはデュークに目をやり、軽く首をひねった。「あんたを知ってるような気がするな」

「おれはあんたを知らないが」

「『サクラメント・ビー』紙のリッチ・ベルハムだ」

リッチは相手が名乗るのを待っていたが、デュークにその気はなかった。

「そうだ、ローガン！」名前を思い出したリッチが指をパチンと鳴らした。「ローガン＝カルーソ！　警備会社の？　図星だろう？　有名人や金持ちを警備するあの警備会社だ」

デュークの全身を緊張が走った。ローガン＝カルーソ警備サービスは個人から企業まで広範囲にわたる警備業務を請け負っているが、一部のクライアントが注目を集めることもあるため、ニュースになるのは避けられない。とはいえ詮索好きな記者相手に会社の業務内容についてやりあったところではじまらない。

「もしかしてここの警備を担当しているとか？　放火犯はどうやって侵入したんだろう？おたくのシステムをハッキングしたとか？」

黙っていれば認めたも同然だ。記者の質問はみごとに的中していた。デュークはしかたなく口を開いた。「これから事実関係を徹底的に調査して、結果を捜査当局に報告する。その情報をどう利用するかは当局しだいってことだ」

リッチがサンガーのほうを向いた。「聞いたところじゃ、FBIが大学でコール教授から話を聞いていたとか」

サンガーの両手がぴくぴくと引きつり、歯噛みの音がデュークにも聞こえるほどだった。

「ノーコメント」

「いいじゃないですか、あなたは最初の放火のときからコールの名を出していたんですから。彼は暴動を扇動していたんですよね。三年前には裁判所に侵入して、郡とエンヴァイロテック・サプライが秘密裏に結んだ和解の書類を盗み、あなたが彼を逮捕した」

当時の論争はデュークも記憶していた。不法投棄をおこなったエンヴァイロテックを郡が捜査したが、公判を前に両者のあいだで和解の密約が成立していた。これはエンヴァイロテックが郡の役所の上層部に賄賂をわたして訴訟を取り下げさせたからだとか、訴訟は民間企業から金を引き出すための郡の作戦だったとか言われていた。不愉快きわまる論争だったが、一夜にして論争自体も鳴りをひそめた感があった。

「リーフ・コールとおれには昔からの因縁があるといえばあるが」サンガーが言った。「わかってるな、ベルハム。そんなとこに探りを入れるんじゃないぞ」

サンガーがまたデュークのほうに向きなおった。「きみに見せたいもんがある」立入禁止のテープを上げてデュークをなかに入れると、二人はリッチ・ベルハムに声が聞こえないところへと移動した。

「くそっ、あの記者には虫唾(むしず)が走る」サンガー保安官が言った。

「コール教授って何者ですか？」デュークが小声で尋ねた。

「リーフ・コール、ローズ大学社会学科の主任教授だ」

「知り合いなんですか？」

「同級生だった。仲も良かったんだが、おれは市民的不服従を大目に見るわけにはいかないし、あいつはまた行き過ぎを何度も何度も繰り返すんだ。おれたちの親父は同じ材木会社で働いていたんで、毎年夏は四人そろってハンティングやキャンプに出かけたものさ。野外じゃ各自責任ある行動をとった。ちょっとでも何かありゃ、おれの親父が許さなかった。リーフが変わったのは大学に行ってからだ。あいつの大義名分は遺伝子工学。その影響で全世界が崩壊すると思いこんでる。実際、ああなると信仰だな、もう。大学でのあいつの授業はトラブルの温床だ。学生たちを教唆(きょうさ)するなと言ったこともあるが、あいつは彼らが世界を変えることができるならそれはいいことだと考えてやがる」サンガーがブッチャー＝ペインの建物を手ぶりで示す。「で、あいつの大言壮語が暴走したんじゃないかと思ってるんだ。あってはならないことだろう」

まさか。「あの三つの大文字は？」デュークが正面入り口を指さした。〝ＢＬＦ〟と太いブロック体の文字がスプレーペンキで描かれている。「ＢＬＦって誰ですか？　コール教授のグループですか？」質問は数えきれないほどあったが、サンガーにさえぎられた。

「ＦＢＩはＢＬＦを生物工学解放戦線（バイオテック・リベレーション・フロント）の略と考えている。実験用動物を逃がしたり装置を壊したりする動物解放戦線（アニマル・リベレーション・フロント）みたいに、生物工学に抗議するために組織されたアナーキスト・グループってわけだな。アナーキスト・グループの多くは組織がゆるいから、ＢＬＦとＡＬＦのあいだにははっきりしたつながりはない。おれに言わせりゃ、どっちも有罪だ。数年前、ロックリンでティーンエイジャーのグループが建築中だった家五、六軒に放火した――消防士がひとり重傷を負って、いまもまだ働けず傷害保険の世話になってる」

「あなたはＡＬＦがこの放火事件に関与しているかもしれないと考えている？　その対象になる放火は何件ですか？」デュークは心して理性的に考えようとしていた。警察の捜査については理解しているとはいえ、友人のジョーナが死んだのだ。ＦＢＩと警察がそれぞれの捜査を一本化するまでにどれくらいかかるのだろう？　誰が扇動者かわかっているとしたら、なぜ逮捕に至っていないのだろう？

「ＡＬＦの間抜けどもは全員逮捕して、いまは刑務所にいるよ。刑期が最短のやつでも出所は来年の終わりごろになる。首謀者はこの先まだ十年塀のなかだ」

だとしたら簡単じゃないか、とデュークは思った。「ＢＬＦのほうは？」

「やつらが名乗りをあげた放火はこれで四件目だ」

　話をつづけるサンガーの声がわずかに甲高くなったのをデュークは聞き逃さなかった。

「コールがバイオテック産業反対を声高に主張してきたせいで、ＦＢＩはすでに五、六回は彼から話を聞いているらしい。ま、確たる証拠がつかめたわけじゃないが」

サンガーは明らかにそのあたりの情報を欲しがっている。立入禁止テープのすぐ外側に立つベルハムは、サンガーの声が聞こえるのか、素早くメモをとっている。

サンガーはさらにつづけた。「この捜査、ＦＢＩにめちゃくちゃにされそうだよ。担当捜査官が鼻っ柱の強い女なんだ。おれは国内テロのこの地域のタスクフォースで顔を合わせたことがあるが、その女がろくでもない手続きや規則にいやにこだわるせいで、お偉い役人がただのパーティー好きに見えたよ」

国内テロ？　デュークは思わずにやりとするところだった。国内テロ関係者でそこまでの積極的な怒りを引き出すことができる捜査官といえばひとりしかいない。

サンガーの目がちらっと左に動いたかと思うと、その顔を引きつった軽蔑がよぎり、視線はデュークの後方へと向けられた。「やあ、どうも、イングリッシュ捜査官」声からも皮肉がうかがえる。

ノラ。この悲劇にわずかな光明があるとしたら、デュークにとってそれは、この先ノラ・イングリッシュにもっと頻繁に会えるということだろう。

デュークはくるりと後ろを向き、保安官と話していたのが彼だと気づいたノラのようすを観察した。一瞬の出来事だった。驚きのため、自信に満ちた足取りがわずかにもたつき、黒い目が大きく見開かれた。だがつぎの瞬間にはもう、彼女はみごとなまでの無表情に戻っていた。

だがデュークにはよくわかっていた。

ノラ・イングリッシュがどんなに堅物のふりをしようが、氷でおおわれた盾の後ろにいる彼女の内ではエネルギーと情熱がさざ波を立てているはずだ。そもそもノラのように完璧な曲線を描くボディーとアスリートとして卓越した能力をそなえた女性が、ただひたすら冷ややかな捜査官でいられるはずがない。デュークと知りあってから四年間、彼の片思いではなく彼女のほうも彼に惹かれているのにそれを否定しつづける強情なところがあるが、デュークは半ダースほどの仕事をいっしょにこなしながら時間をかけて粘った。最後に仕事をいっしょにしたのはほんの一年前で、そのときはあとちょっとでデートの約束をとりつけるところまでいったというのに、彼女はぴたりと口をつぐみ、電話も取ってくれなくなった。以来、ボールはそのまま彼女のコートにあったが、今日でまたすべては振り出しに戻った。デュークはパズルが好きだ。イングリッシュ捜査官はとびきり複雑かつセクシーなパズルだから、ピースがぴたりと合う瞬間が待ちきれないほどわくわくしてきた。

「デューク・ローガン」ノラの声からは抑えきれない驚きが伝わってきた。「ひょっとしてセキュリティー?」

ノラはプロの捜査官を演じていたが、デュークは笑顔を向けた。「会えてうれしいよ、ノラ。いつもながらすごくきれいだ」疲れた目もとをのぞけば、最後に会ったときよりまたいちだんときれいになっていた。

ノラがけげんそうに目を細め、下唇を噛んだ。「ここのトップを知っているのね?」

デュークは真顔でうなずいた。「ジム・ブッチャーとはいっしょに学校に通った仲で、ジョーナとは二人が起業したとき以来だ。ジムがぼくを雇って、従業員の身元チェックをさせたんだよ」

「ここの警備システムってあなたの設計？」

「ああ」建物にちらっと目をやりながら、どこかにミスがあったことを再認識した。どこがまずかったのかはわからない。これから入念なチェックをしなければ。

「あんたたちが知り合いだとは知らなかったな」サンガーが言った。

ノラがぐっと顎を突き出して言った。「ミスター・ローガンは以前、ＦＢＩのコンサルタントだったんです」

ミスター・ローガン？　デュークは戸惑った。「イングリッシュ捜査官とはこれまでに数回、いっしょに仕事をしたことがあるんですよ」

ノラは、デュークが何を考えているのかわからないとでもいったふうに細めた目でちらっと彼を見てから保安官のほうを向いた。「保安官ならば当然ご存じでしょうが、警察が規則を守らないと犯罪者が逃げてしまうわ」

「とはいっても、ときには許容範囲を広げなきゃならないときもあるんだよ。何も法律を破っていいと言ってるわけじゃない。関与しているとわかってる連中にプレッシャーをかけたっていいだろうって話だ。たとえ証拠がなくても」

デュークは自分が、ノラと保安官のちょっとやそっとではけりがつきそうもない論争の真ん中にいることに気づいた。勝ち目はどうやらノラにありそうだ。

「イングリッシュ捜査官！」リッチ・ベルハムが両手を大きく振りながら呼びかけた。

ノラの声は表情同様冷ややかだ。「なかに入りましょう」

ランス・サンガーも承知はしたものの、このまま黙っている気はなかった。デュークも二人のあとについていった。ノラがちらっとデュークを見てから空を見あげた。神に問いかけるような表情がのぞく。なぜわたしなの？

なぜって、ぼくらは相性がいいからだよ。

デュークがノラにはじめて会ったのは、地元選出のある下院議員が殺しの脅迫を受けたときのことで、その議員はデュークのパートナーであるJ・T・カルーソの友人だった。デュークはまさにひと目惚れだったが、実際に捜査に着手してすぐに、二人のあいだにあるのが肉体的な欲望だけではないと気づいた。そのことにはノラも気づいたはずなのに、彼女は否定した。きっぱりと。

「失礼だが、ノラ」サンガーが言った。「おれはジョーナ・ペインを知っていた。彼はサクセスストーリーを体現した地元の少年なんだよ。このオーバンで生まれて、大学時代はここを離れたが、また戻ってきて会社を設立した。町に仕事を持ってきてくれた。けっこうな雇用が生まれたんだ」

サンガーの口調ににじむ非難は明白だ。あんたたちがあいつらをもっと早く挙げていりゃあ、ジョーナはいまも生きていたはずだよな。

ノラが返した言葉は氷のように冷たかった。「手がかりはすべて追ったわ、ランス。この事件、証拠不十分で終わらせるわけにはいかない。そのことはあなたもようくわかっているはずよね」

サンガーがさも不満げに言った。「みんな言ってるよ、ノラ。なぜおれたちは——いや、なぜおれは——リーフ・コールを逮捕しなかったのか知りたいってな」

ノラの口調がいくらか和らいだ。「あなたの立場はわかるし、こっちも手は尽くしているの。規則のことだってわたしなりにわかってる——どれが曲げてもいい規則で、どれがたんなる提案にすぎないのかも。このグループをもう野放しにしておきたくない気持ちはわたしもあなたと同じ。だけどコール教授が放火してはいないことはあなたもよくわかっているわよね」

「だが誰の仕業かを知っているかもしれない」

ロビーに入った。石の床には水が二、三センチたまっていて滑る。上着を脱いだ消防士が二人、研究室とロビーの仕切りの壁に斧を振るっていた。

ノラがその方向に首をかしげた。「コールからは五、六回、話を聞いたわ。あなたは彼を個人的に知っているのよね。彼、もし誰が火を放ったのか知っていても口外はしない人かしら?」

「さあ、わからないな」サンガーは五分刈りの頭を手で撫でた。

「わたしもそうなの」

「犠牲者がジョーナ・ペインってことはもう確認がとれたのかな？」

「いいえ、まだだけど、ほぼ確実。二度から三度の火傷を負った状態でも、見たところペイン博士に似ているわ、身長も体つきも。発見場所は彼のオフィスだし、彼の車が彼名義で登記されたビルの裏に駐車してある。ペイン博士と同じように眼鏡をかけていた。これから所持品の確認もするし、遺体を動かすときには財布やそのほか身元確認ができるものがないか調べるし、もし可能なら検視官が指紋採取もしてくれるはずよ」

「遺体を見たいんだけど」デュークが言った。

デュークを見たノラは同情と共感を隠せなかった。「できれば見ないほうが――」

「いや、見ておかないと」

ノラの顎が何か言いたそうに動きかけたが、すぐに彼の手を取った。ノラは理解していた。デュークが説明するまでもなく。「心からお悔やみを言うわ」

デュークはノラの手をぎゅっと握った。彼女の弔慰はありがたいが、本当に欲しいのは正義だ。

「ほかに何か言おうとしただろう」デュークがノラのダークグレーの目をじっと見た。前からノラのその目に惹かれていた――本当のグレーの目をした女性は彼女しか知らないが、とりわけ長いまつ毛、赤い唇と組みあわせるとものすごくゴージャスだ。

ノラが一瞬ためらった。

「知ってるだろうが、秘密情報の利用許可は持ってる」

「ええ、知ってるわ」ノラが手を引っこめようとした。デュークは引き寄せこそしなかったが、離さなかった。「わたしの勘だと、コールは直接関与してはいないが、誰がやったかを知っているか、うすうす感づいているってところでしょうね。合法的な市民運動を支援してはいても、一度だって殺人を擁護したことはないし、根っからのアナーキストってわけでもない。彼の著作は全部読んだし、二か月前には大規模な講演会にも行ってきたわ。彼はあらゆるバイオテック研究を中止させたがっている。妥協点はないって印象だったけど、意見を表明しただけの人間を逮捕はできない」

「暴動を教唆した人間なら逮捕できるだろう」保安官が割りこんできた。

「彼はそんなことしてないでしょう」

「あいつにその気にさせられた学生たちが民間の建造物に火を放ったんだよ！」

「彼、学生にそんなことは言っていないわ」

「懇切丁寧な指示までは出しちゃいなくとも――」

「憲法修正第一条の解説は必要ないわよね、ランス。この論争、もうさんざんしてきたじゃない。わたし、もう一度コール教授に会ってくるわ。あなたはよけいな口出ししないで」

ノラは自信満々のようだが、デュークは国内テロ事件の立件がきわめてむずかしいことも知っていた。ＦＢＩが証拠をそろえて令状をとるまでに数年を要するのがふつうだが、デュークはそこまで気の長い人間ではなかった。

サンガーが憤然とした。「この火事はおれの管轄だ！」

くないわ。あなたの協力が必要なの――」

「でも国内テロはすべてわたしの班が担当することになってるの。こっちの地位を利用したくないわ。あなたの協力が必要なの――」

「協力なんか欲しくもないって口ぶりでもか」

「そんなことないってわかってるでしょう」

サンガーがぶつぶつと何か口ごもった。「あんたはここの人間をおれみたいによくは知らないからな」

ノラは表情をくもらせ、両手の指の付け根が白くなるほどぎゅっとこぶしを握ったが、それを隠そうと背中に手を回した。ノラはいつもそんなふとした仕種を隠そうとする。ほかの人間にはともかく、デュークにそれは通用しなかった。

「それどころか、保安官、わたしはここの人たちをあなたやほかの人たちよりずっとよく知ってるわ」ノラはそう言いながらデュークのほうを向いた。「ローガン、遺体を見たいならついてきて。そのあと、ここの警備システムについて説明してちょうだい」

ノラはそう言うと、ジョーナのオフィスに向かって広い廊下を大きな歩幅でゆっくりと、振り返らずに進んでいった。見るからに動揺し、怒っている。サンガー保安官のしっぺ返し程度のささいなことが原因だとしたら彼女らしくない。デュークの興味をノラ・イングリッシュほどそそった女性はこれまでほとんどいなかったから、彼は一度ならず独自の情報源を利用して彼女の素性を調べたい衝動に駆られたものの、あえてそれを避けてきたのだ。ノラの人格と人生経験は三十代という年齢を考えるとあまりに深みがありすぎる気がしていた。

警察や軍隊の女性とは数多くデートしてきて、もう誰が誰だか、みんな同じに思えてきた。彼女たちはおしなべて喧嘩腰だから、心底楽しむ余裕がない。一方で、この数年かかわってきた社交界の女性たちとも長続きはしなかった——しゃれたディナー、慈善ダンスパーティー、そして偽り。何度となく頭に浮かぶのはノラだけで、彼女のすべてを知りたかったけれど……**彼女の口から聞かなければ。**

「あのくそ女、氷みたいだな」サンガーがぶつくさ言った。「さてと、コーヒーでも飲んでくるとするか。ま、あの女とうまくやってくれ」

あの女とうまくやってくれ。

デュークはサンガー保安官のうがった言いかた以上に、いろいろな意味でノラとうまくやる必要があった。

ノラは、男二人のどちらかがあとからついてきているのか、誰もついてこないのか、そんなことはどうでもいいと思っていた。まだまだ怒り冷めやらず、せめて二、三分、離れていてほしかった。なぜここまでいらつくことをサンガーに言わせたのだろう？　彼がどういう人間かわかっているからこそ、不愉快な関係をもう何年にもわたってなんとか乗り切ってこられたというのに。この事件に関して保安官はノラの要請をなんでもすすんで引き受ける気でいるし、保安官事務所での二十年の経験はタスクフォースにとって大きな戦力だ。しかし彼のリーフ・コール教授との個人的な関係や旧友に対する敵意が彼の判断力をくもらせていた。最初の放火事件の捜査中にコールの名が出てくるまで、ノラとサンガーは友好的な関係にあった。しかしいま、二人はお互いに対してそろそろ我慢の限界にきていた。

むろん、サンガーはノラのこともノラの過去についても知らない。実際、彼女といっしょに仕事をした少数の人間とクイン以外、ノラが自分の母親を刑務所に送りこんだことを知る者はいない。その件に関する記録は極秘扱いでもなんでもないから、調べようと思えばさほど苦労せずにわかることだが、自分からあえて言うようなことではなかった。

そんなところへ今度はデューク・ローガン——よりによって！——の登場ときた。彼は傲慢ともいえる説得力をもってノラを夢中にさせ、ついにデートの約束にまでもちこんだ男だ。というのも、ひとえに彼が素敵だったからである。あのいかにもアイリッシュ然とした魅力、あのウェーヴのかかった黒い髪、あの青い目、そしてあのえくぼ。しかも頭がいい。自信に満ちている。そう、たしかにノラは彼に惹かれていたが、すごく頭がよくて、すごくセクシーな男とつきあう余裕はなかった。仕事に集中できない。相手がデューク・ローガンであれ誰であれ、そんなことに時間を割きたくなかった。だからいくつものプロジェクトで何度となくいっしょに仕事をしてきたこの四年間も、個人的なかかわりは避けてきた。問題は、回を重ねるごとに彼の魅力に抗いがたくなってきたことだ。彼もそれを察知しているらしく、そのせいでノラはひどくいらいらさせられていた。

ほら、事件に集中して。

ノラの基盤はつねに仕事だった。

デュークがあとから来ていることには気づかなかったが、すぐ後ろで彼の声がした。「リーフ・コールがローズ大の教授ってことは知っているが、どういう経歴なんだろうな？　彼が関与していると保安官があそこまで思いこんでいるのはなぜなんだろう？」

　ノラは研究棟への入り口を通過すると、振り返って彼と向きあった。

「コールは社会学の教授で、注目を集めたデモにかかわったり、生物工学全般に対して——とくに遺伝子工学なんだけど——抗議するスピーチをしたりしたことが五、六回あるの。市民的不服従や不法侵入での逮捕歴は七回、数か月間を刑務所で過ごしたけど、暴行や放火での逮捕は一回もないわ」

「それでもサンガーは彼が関与していると思いこんでる」

「まあね、コールはたしかに鼻持ちならないやつだけど、ランス・サンガーが言うほどエキセントリックな人間でもないのよ。彼のスピーチは憲法修正第一条で保護されているし、彼の辛辣な言葉が意図的に暴力を教唆しているって証拠もない」

　コールがこっちの捜査にもっと協力的ならいいのだが、証拠もない状況ではこのまま探りを入れつづける以外に手はなかった。もし過剰反応して彼を連行——さらには逮捕——したりすれば、彼は殉教者になる。こういう事件は有罪判決にもちこめると確信できるところまで、こつこつと証拠を積みあげていくほかない。証拠なしでは上司に令状の請求を認めてもらえない。証拠なしでは立件ができない。もし自分が規則を無視すれば、殺人犯が釈放されることもあるのだ。

　そういう結末を一度ならず見てきた。自分の身にも同じことが起きるのは我慢ならない。

「潜入捜査員を送りこんだらどう？　彼のクラスに。学生たちの話を聞いたらどう？」

このやりとりが向かっている方向が気に入らなかった。とりわけ相手がデューク・ローガンとあっては。

「あなたはよけいなこと考えないで、デューク」

デュークが目を大きく見開いてノラを見たが、下心がないはずはなかった。「ただ訊いてみただけだよ」

「そうよね」

「いつもそうだけど、またきみに会えてうれしいよ、ノラ。こんなところでってのが残念だけど」

ノラがかぶりを振った。「はい、そこまで」

「そこまでってなんのこと？」

「その先はいま言わなくていいわ」

「あとでってこと？」希望をこめて彼が尋ねた。

デュークのからかいにノラは食いついてもこなかった。

「あなたはコンサルタント。それだけのこと」

「きみがボスってことか」

ノラの肩ごしにペインのオフィスの入り口を一瞥した瞬間、デュークが真顔になった。ノラは心ならずも彼の気持ちを思いやった。なんといおうが、被害者はデュークの仲のいい友だちだ。生まれてから今日まで、それこそさまざまな物ごとを見たり実行したりしてきた彼女だが、それでも思いやりの気持ちは忘れていなかった。警官と犯罪者の違いは、人間としての共感だ。「ねえ、あなた、本気で――」

「ああ」デュークがさえぎった。彼からいっさいのユーモアが消えていた。「さあ、はじめよう」

ノラは彼の腕に手をやり、ぎゅっとつかんだ。「かなりひどい状況よ、デューク」

デュークは最悪の場合にそなえて両足を踏ん張った。袖をまくりあげながらもジョーナ・ペインの焼死体を目のあたりにする覚悟がなかなかできずにいると、ノラがドアの前から脇へどいた。

ジョーナの遺体は搬送にそなえて白いシートの上にのせられていた。デュークが最後に彼に会ったのはひと月前、ジムの家で開かれたエンド・オブ・サマー・パーティーでだった。五年前に警備システムがオンライン方式になると、デュークはもう現場に通う必要はなくなり、二度ほどウイルス診断テストのために立ち寄っただけだった。あとはバックグラウンド・テストをしたり、必要に応じてＩＴスタッフを雇ったり。システムのメインテナンスの大部分は、ローガン＝カルーソではなくＩＴチームが実行していた。生活、仕事、約束……友情はなぜそうしたものに邪魔されるのだろう？　ローガン＝カルーソが徐々に成長してきたせいで、デュークが丸々一日の休みをとれたのは二か月以上前、友人の結婚式の日だった。日曜日も、夏なら川でボートに乗り冬ならスキーで仕事を忘れようとしても、いつも一日の終わりは仕事のある日と同じ終わりかたをしていた。

ノラより若くて小柄で威勢がよく、ブロンドが印象的な女性が奥の隅から近づいてきた。デュークの横を全身をかすめて通り過ぎてから向きを変え、ノラのほうを向いた。「燃焼促進用の物質は同じね。サンプルをラボに持ち帰るけど、結果はわかってる。でも変なの――被害者はシャツを着ていなかったわ」

「燃えちゃったんじゃなく？」ノラが訊いた。

「ううん、シャツはなかった。背中は焼けてないの。もし着ていたら、彼の下にシャツの残骸があるはずよね。衣類が灰になるほど長く燃えてはいなかったんだから。でもそれがないのよ」

ノラが顔をしかめた。何か質問しかけてから、ちらっとデュークを見る。「彼女はクイン・ティーガン、こちらはデューク・ローガン。クインは州の放火捜査官で、タスクフォースのメンバー。デューク・ローガンはブッチャー＝ペイン社の警備を請け負っていたローガン＝カルーソ社の人」

クインが驚いたような笑顔を見せた。「あなたがデューク・ローガン？」ノラの顔をちらっとうかがう。デュークは、ノラはこの女におれのことをしゃべっていたのか、とぴんときた。希望が持てそうでもあり不安でもありといった微妙な心境である。

ノラがクインに訊いた。「身元確認をしたいんで、デュークに遺体を近くで見てもらってもいい？」

「いいけど、見るだけね。触らないで」クインはそう答えながらデュークにまた笑いかけたが、そこには二重の意味があることをデュークは見逃さなかった。「お姉ちゃん、ちょっといい？」

お姉ちゃん？　クイン・ティーガンはノラの妹？　俄然興味がわいてきた。二人が部屋の奥の隅へと歩いていくと、デュークは二人の話の内容を知りたくなった――放火に関連することであるのは明らかだ――が、彼は入り口にとどまるほかない。

「テープの下をくぐってきていいよ」検視官が言った。「もっと近くで見たほうがいいだろう。でも歩いていいのはその上だけだ」彼が指さしたのはドアから遺体のあるところまで敷かれた白いシートだ。「証拠をできるだけ損なわないようにしないとな」

デュークはテープを持ちあげて下をくぐった。遺体に向かって三歩進み、足を止めた。

遺体は赤黒く、皮膚のほとんどは完全に焼けてしまって存在しない。髪はごくわずか、シャツはなく、どうにか人間だとわかる程度だ。煙とくすぶった金属がまじったにおいについて考えをめぐらす気にはなれなかった。

「苦しまなかったはずだ」検視官が同情をこめて言った。

「どうしてわかるんですか？」

「仰向けの状態で発見されたからだよ。火が燃えあがったときには少なくとも意識不明だった」

「死因は解剖でわかりますよね？」

「場合によるな。焼死体の死因の特定はきわめてむずかしくてね」

デュークは遺体を身元確認すべく神経を集中したが、そんな必要もなくひと目でジョーナだと確信した。黒焦げになってはいても、間違いなく彼だった。もし疑念がちらっと脳裏をよぎっても、幼馴染だった愛妻が十二年前にこの世を去ったあともずっと左手の薬指にはめていた煤まみれの結婚指輪を見れば、間違いなく彼だとわかると思っていた。しかし指輪など必要なかったし、眼鏡も、その他の証拠も必要なかった。やはりジョーナだった。

「友よ、安らかに」デュークは遺体にささやきかけた。

再びドアに向かって引き返すとき、心のなかでは底知れぬ悲しみがなんとしてでも真相を究明しなければという強迫的な欲求と闘っていた。ノラと放火捜査官だという妹に目をやると、部屋の隅でこそこそ密談がつづいていた。ノラがこっちを見た。デュークはうなずいたのち、もう一度ジョーナをちらっと振り返ってからビルをあとにした。新鮮な夜明けの外気のなかに出たとたん、息苦しさがやや薄らいだ。

アイフォーンを取り出して弟に電話した。以前からローガン＝カルーソの仕事にかかわりたがっていたショーンだが、彼に仕事を与える絶好の機会がいま訪れた。

ショーンのうめくような応答が聞こえてきた。「朝の六時十五分だよ、デューク」

「また学校に戻ってくれ」

「ありえないよ」

「いや、それがあるんだ。シャワーを浴びて服を着ろ。一時間で迎えにいく」

3

　ノラはクインの仮説に耳をかたむけていた。そこそこ筋は通っているものの、疑問がいくつもわいてくる。「犯人たちが動物を逃がしたんじゃなく連れ去ったって言えるのはどうして？　そもそもここに動物がいたってどうしてわかるの？」

「サンフランシスコからこっちへ戻ってくるとき、デヴォンにわたしのノートパソコンでいろいろ調べさせたのよ、ブッチャー＝ペインについて――」

「デヴォン？　ねえ、デヴォンっていったい誰？」

「だから言ったでしょう、サンフランシスコでデートだって」

　ノラが目をぱちくりさせた。「わたし――わたしはてっきりあなたがジョッシュとよりを戻したものとばかり思ってたんだけど」二人は二週間前に別れたばかりだ。

　クインが目をぎょろっとさせた。ノラはティーンエイジャーのとき、クインのその癖にいらいらさせられていたが、いまはあのときよりもっといらいらしていた。「わたしが元カレとよりを戻したなんてこと、いままでにあった？」

　たしかにそのとおり。「で、そのデヴォンって誰なの？　なぜその人を連邦レベルの捜査に引きこんだりしたわけ？」

「あいたっ、なんか藪蛇（やぶへび）になっちゃった」

「クイン、わたし、二時間寝たところで電話が鳴ったのよ。ぐだぐだ言わずに質問に答えるだけにしてくれない？」

「デヴォンは医者。バイオテックにはけっこう詳しい。彼、いい人よ。放火魔でも民衆扇動家でもないし。わたしだってばかじゃないわ、ノラ」

ノラは声を出さずに十まで数えた。「ごめん。わたしって短気だから」

「ほんと」クインが皮肉たっぷりに言った。「思うに、デューク・ローガンをベッドに連れこむ必要がありそうね。それにしても、ノラ、彼に誘われたのにデートしなかったなんて信じられない！　どうかしてるんじゃない？」

ノラはペインのオフィスのほうを一瞥した。デューク・ローガンはいなかった。

クインが声をあげて笑った。「彼なら二分前に出ていったわ」

「わたしのセックスライフなんかこの際関係ないでしょ」

「セックスライフがあるわけ？」

「クイン――」

「いいこと、ノラ、めっちゃくちゃいい男が興味を持ってくれてるっていうのに、お姉ちゃんは彼を避けてる」クインがかぶりを振った。

「動物に話を戻して」

「そうそう、ウサちゃん」

「ウサちゃん？」

「ペインがどんな動物を使っていたのか、わたしは知らないけど、デヴォンが彼らのプロジェクトをネットで調べたところではね――少なくとも公表しているのはそれ。彼らはナノテクノロジー開発関連の特許を持っているけど――」

「ナノ？　バイオコンピューターのセルとか？」

「知らないわよ、そんなこと。ぜんぜんわかんない。でも賭けてもいいわ、デューク・ローガンならきっとわかる」クインが片目をつぶった。「思うに彼ってアポロ顔負けよね」

「アポロ？」

「わたしにとってはアポロって感じなの。ゼウスじゃ歳をとりすぎてて――」

「クイン！」

「はいはい。仕事仕事。いつだって仕事」

しぶしぶとはいえ、ノラもデュークならおそらくナノテクノロジーには詳しいだろうと認めざるをえなかったが、クインや誰かほかから答えが得られるものなら彼に訊きたくはなかった。デュークを民間コンサルタントとして捜査に引き入れたくないのが本当のところだが、彼ならブッチャー＝ペイン社に精通しているうえ、秘密情報の利用許可も所持しており、警備システム関連の専門知識もある。

「わたしがデュークについて話したこと、忘れてね。さもないと二度と男関係の話はしないわよ。それで――」

クインがさえぎった。「いやにむきになってない？」

「それで、あなたのボーイフレンドはなんて言ってたの？」

クインはそのへんの切り替えを心得ている子だから、すぐに真顔になった。「いいわ。以前はナノテクに主眼を置いていたんだけど、二年ほど前から方向転換して、いまは遺伝子治療関連に重点を置いてるの。鳥インフルエンザの治療法や予防ワクチンを探してるらしいわ。鳥からヒトに感染して蔓延するとびきり強力なウイルス。ほかにも豚から――」

「鳥インフルエンザならよく知ってるわ」ノラが言った。

「おっ、さすが。つまりブッチャー＝ペインはどうも、遺伝子治療を利用して鳥インフルエンザの予防法を開発中だったらしいの。少なくともそれを目標にして、小さな成功はいくつかおさめてるってデヴォンは言ってたけど」

「もっと具体的に話してくれないとわからないわ」

「つまりね、キャリアとなる鳥がいなければ、ウイルスをヒトに感染させることができないでしょ？　時間がたてばウイルスは消滅してしまう」

「何かの記事で読んだことがあるけど、遺伝子治療は法律で禁じられているのよね」

「それは対象がヒトの場合で、動物ならオーケー。動物実験では数回成功していたの。人間ははるかに複雑みたい。とにかく、これぞ最先端技術ってこと」

「つまり、模倣犯の仕業じゃないってことね？　それじゃ産業スパイ活動を隠蔽するための放火？」

　クインが鼻にしわを寄せて仮説を却下した。「そうじゃないと思うな」ゆっくりと先をつづける。「もし放火犯のひとりがほかの連中とまったくべつの意図をもって仲間に加わっていたのでなければ、だけど。これは模倣犯ではない――それについてはほぼ百パーセント確信があるわ。同じ落書き、同じ燃焼促進物質、同じ焼けかた。ここの残骸を細かく調べていったら、きっと小型爆弾の破片も見つかるわ」

「爆弾？」

「火炎瓶ね。ドッカーン。ほかの現場同様、ここにもエチルアルコールを浴びせた――理由はおそらく、燃えたときにいちばん毒性が低いことと残った燃料が消散することだわね。爆弾についての説明は必要ないわね。爆弾ってすごく熱く速く燃えるでしょ。布製の導火線に火をつけて、それをエチルアルコールの瓶に結びつけて、部屋の中央に置いて逃げる。瓶のなかで気化したアルコールが引火して爆発！　安くて簡単で仕事は確実」

　クインがいったん間をおき、眉を片方きゅっと吊りあげた。「身に覚えがあるんじゃなくって？」

　ノラにはそれが意味するところを正確に理解していた。なぜならクインの話を聞きながら同じことを考えていたからだ。「ロレインが昔つくっていた爆弾と同じだわ」

「あの人はこう頻繁には使わなかったけどね」

「彼女はかなり早く火炎瓶を卒業して鉄パイプ爆弾に移行したから」クインが母親の話をも

ちだしたことにノラは苛立ちを覚えていた。クインは過去をつついて楽しんでいるように思える。「どんな情報も手軽に入手できるわ。インターネットから、図書館から、『アナーキストのハンドブック』から」

「ねえ、お互いかりかりするのはよそうよ」

「クイン、ＢＬＦの爆弾とほかのものとに何か違いがあるの？」

「ううん。彼らが使った瓶はカリフォルニアでもほかの州でも、およそどこでも買えるものよ。これまでの放火現場で採取した破片がたくさんあるんで照合してみるけど、ここのもたぶん同じようなものだと思うわ。被疑者と爆弾製造の材料を発見してくれたら、そのときは一致するかどうか判断できるんだけど。独特な署名なんかはないわね、もしいまの質問がそういう意味だとしたら。火事から快感を得るって人間じゃないわね」

「選んだ方法に欠点があるわね」ノラが言った。そう言わせたのはＦＢＩの訓練ではなく、幼少時代の体験だ。「最大の欠点は、布製の導火線は火が立ち消えになって中身のアルコールに引火しないとか、気温が低すぎると引火しないとか」

「ビンゴ！　おみごと！」

「クイン――」

「はいはい、ふざけっこなしね。エチルアルコールは引火点が高くて、ふだんは冷たい。もしアルコールが十三度以下に冷えていれば着火はしない」クインが自分の顔を手であおいだ。

「ここなら明らかに問題はないわよね。もうひとつの大誤算、それは爆発までにかかる時間。

同じような爆弾が発火するのを〝確認〟しようと見ていた間抜けを知ってるわ。そいつ、死んでた」クインがかぶりを振った。「燃料はたっぷりあったから、火はこの部屋からペイン博士のオフィスへと広がった。ドアは少し開いていた」

「どうしてわかるの？」

クインが部屋の境へと近づいたとき、キース・コフィーが声をかけてきた。「きみたちさえよければ、彼を移動させるぞ」

「はい、あと五分でそっちへ」クインがドアのところで手ぶりをまじえて説明した。「このドアは斧やその他の道具で叩き壊されてはいない。火の手が上がったとき、ドアは少し開いていた、あるいは大きく開いていた。で、詳しく調べる必要があるんだけど、ペインのオフィスに燃焼を促進する物質がまかれていたとは思えない。ラボは丸焼けなのに、ペインのオフィスは紙と木材が火の粉を浴びて燃えただけだわ。燃焼温度もそう高くない。だから彼の体があそこまでいい状態にあるのよね」

ノラはペインの遺体がいい状態だとは思わなかったが、放火捜査官の見地からすれば、失われた部分もなく、すぐに人間とわかる状態であったことは大いなるプラスなのだろう。

「いつもながらあなたはすごいけど、放火犯が実験動物を連れ去ったと考えている理由をまだ聞かせてもらってないわ」

「ケージが一個なくなっているのよ。もしかしたら二個以上。しかもラボ内に動物は一匹も見当たらない」

ノラは壁――というか壁の残骸――に目をやった。目に入ってくるのは溶けた金属と灰。金属の一部はケージだったのかもしれないが、ノラにはわからなかった――待って。「隙間があるわ」

「ビンゴ！　おみごと！」

「スタッフをここに呼んで、本当に動物がいたのかどうかをたしかめなくちゃね。鳥かもしれないし、どんな種類だったのか訊かなくちゃ。火事の前、ここにケージがあったかどうかも知りたいところね」ノラはもう少しで飛びあがるところだった。「待って。研究者たちって実験動物にマークをつけるものじゃない？　タトゥーとか、足輪とか、そんなような」

「そういえばそうだわね」

もし動物にマークがついていたら――そして放火犯がそのうちの何匹かを飼っているとしたら――確たる物的証拠になる。少なくとも令状をとるにはじゅうぶんだ。「クイン、あなたってやっぱりすごいわ」

「昨日の夜、ショーのあとでデヴォンがそう言ってたの」

今度はノラが目をぎょろっとさせる番だった。「ペインのスタッフに連絡するわ。大きな突破口になるかもしれないもの。人が死ぬ前にそういう手がかりがつかめていたらよかったのに」周囲にちらちらと目をやる。「ところであなたのお友だちはどこかしら？　郡の消防部長――ユリシーズ、だったわよね？」

クインが苦笑いした。「彼には屋外の調査を割り当てたわ。そばをうろうろされたらたまらないし、ひとつ身をもって学んだことがあるのよ。人に生産的な仕事を与えれば、その人はわたしをひとりにしておいてくれる」

「つまり、さっきわたしに記者のことを知らせて外に追いやって、サンガーによけいなことを言わせまいとしたのもそういうことだったの？」

「まさか。そんなことないって。ただ、サンガーがべらべらしゃべってる相手をお姉ちゃんも見ておいたらいいと思っただけ」そこで一拍おいた。「でもたしかに、誰にもあれこれ質問されたりしないときのほうが仕事ははかどるわね」

「言っとくけど、いつでも呼び出しに応じられるようにしててね、クイン。これから数日は遠くでのデートは禁止」

「大事な仕事があるときにそんなことしやしないって」

リーフ・コール教授が書類の山とモーニングコーヒーがのったデスクを前に腰を下ろしたとき、電話が鳴った。まだ朝早く、学部の秘書が出勤してきていないため、電話はすべて彼の直通電話に回ってくる。ひとときの平穏が欲しいのに、テクノロジーは何度となく彼の邪魔をする。

「はい、コールです」

「どうも、教授、ビー紙のリッチ・ベルハムです。いまオーバンの――」

リーフはリッチが好きではなかったが、記者としてはこの大学やリーフの活動に関してフエアな見地に立った記事を書いてくれるから邪険に切るわけにもいかなかった。「リッチ、いまは時間がないんだ。授業の準備をしているところでね。申し訳ないがまたに——」

「——ブッチャー＝ペインの外に消防隊やＦＢＩといっしょにいるんですが」

全身の筋肉が何千もの小さな万力（まんりき）で締めつけられたように引きつった。

だが思ったより冷静な声が出た。「前にも言ったが、放火事件についてなら勘弁してもらいたいね。ぼくは関係ないし、誰の仕業なのかも知らない。ＦＢＩはぼくをしつこく追い回しているが、血税の無駄遣いとしか言いようがないよ。用事というのはその件だろう？」

「そのとおり」リッチが笑ったが、本心から笑っているとは思えなかった。「ただし、今回ははるかに大事件ですよ」そこで偽りのユーモアすら消えた。

リーフは心ならずも質問を投げかけた。「どうして？」

「殺人です」

絶叫マシンに乗っているときに似た、胃がすとんと落ちる感覚。思わず椅子の背にもたれた。

「怪我人が出たのか？」思いきって訊いた。

「死者です。まだそのまま屋内にいるんで詳細はつかんでませんが、保安官に確認したところじゃ——ランス・サンガーはたしか教授のお友だちですよね？——火災現場で死体が発見されたことは間違いなさそうです」

「誰が？」リーフは小声でつぶやいてから咳払いをした。「警察は誰だかわかっているのか？」

「公表はしていません」

リッチは口をつぐんだ。ちくしょう、あいつはこっちを引っかけたがっている。こっちがこの手のゲームをどんなレベルでこなすか知らないくせに。

「で、ぼくに何を？」

「コメントを」

「コメント？　おいおい、リッチ、ぼくは関係ないよ。ＦＢＩは証拠や情報が足りないんで、苦し紛れにぼくや大学を探っているんだが、許しがたいね。訴訟を起こされてもいいのかな。どう思う？」

「まいったな。たんなるメッセンジャーを撃たないでくださいよ。ＦＢＩはなんにも教えちゃくれなかったが、あなたのお友だちの保安官はあなたの首が飛びそうなことをべらべらしゃべってくれましてね」

ランスのやつ。年甲斐もなく。リーフがどう成長してきたか、学んできたか、昔よりましな人間になったか、ランスはちっとも理解していない。ランスは悪党であり、警官だ。社会の腐敗したルールで動く人間。彼が抱く幻想のなかではまだ、リーフも大地から略奪し、罪もない動物を遊びで殺していたあのころと同じボーイスカウトなのだ。

「で、ぼくに何が訊きたい？」リーフがゆっくりと質問した。

「二年前、あなたはブッチャー＝ペインの遺伝子治療研究への抗議活動を先導した。それを機にブッチャー＝ペインは金をかけたメディア戦略に打って出て、あなたやあなたの主張にケチをつけ——」

「ちょっと待った。きみはすでに誤解している。ぼくは抗議活動を先導しちゃいない。ただ参加しただけだ。ついでに言えば、ブッチャー＝ペインもフランケンシュタインの怪物——つまり、遺伝子工学——に関するぼくの発言にケチをつけたりしなかった」

「でも賛成するはずはないでしょう。向こうは個人や公からの助成金をたっぷり得ていて、資金的に余裕があるんですよ」

リッチはナイフの刺しかたを知っていた。

さらに先をつづける。「つまり、あなたとブッチャー＝ペインは敵対関係にある。そして彼らの研究所が破壊された。で、コメントをお願いできますか？」

リーフは巧みな答えをつくった。「人間の命も動物の命と同じく尊い。ブッチャー＝ペインで死者が出たことは悲劇だが、そもそも自分たちの研究が火を放った人間の行動と同じように犯罪的だと気づく人があの会社の社内にもいることを願うね」そこでひと呼吸おき、尋ねる。「火事で死んだのはいったい誰？」

「まだ公表の段階ではないんですよ。近親者による身元確認がまだで——」

「それはわかってる」

「ジョーナ・ペインです」

「本当に？」

「ええ。ただ、警察はまず彼の息子に知らせて、そのあとニュースとして発表したいとか」

たしかにリーフとジョーナ・ペインは敵対関係にあった。もう何年も前から学術誌、大新聞、さらには全国ネットのケーブルニュースを通じ、バイオテクノロジーをめぐって闘ってきた。しかしリーフは彼が死ねばいいなどと思ったこともない。誰であれ、人の死など望んではいなかった。

「事故なのかな？」

「そのへんについては何も聞いてません」

「当然違うんだろうな。すまないが、もう切らないと」

「ちょっと――」

リーフは記者を無視して電話を切り、デスクの前にすわったまま、床から天井までの大きな窓に視線を向けたが、木々や朝の空を見てはいなかった。

ジョーナ・ペインが火事で死んだ。リーフが潔白であることはこの際どうでもいい。というのは、彼の潔白は完全な潔白ではないからだ。彼は知りすぎていた。ずっと前から知っていたが、もう思いとどまってくれたものと思いこんでいた。

オフィスをあとにした。デスクの上のパソコンはつけっぱなしで、Ｅメールは開いたまま、コーヒーはとっくに冷めていた。あのグループがまた集まるようになったのかを調べる必要がある。もしそうだとしたら、目的はいったい？

未明、マギーはワンルームの小さなキャビンのドアを開けると、用心深くケージをなかに運び入れ、キッチンスペースをほぼ占領している丸テーブルの上に置いた。カモはいやにおとなしい。いわゆる科学者とかいうあの連中に残虐に扱われ、気力が萎えてしまったのだろう。

習い性からドアにしっかりと鍵をかける——大自然に囲まれたここでは近くに住む者など誰もいない。辺鄙(へんぴ)なところと人は言うが、この山腹のように本当に身を置きたい素敵な場所はどこへ行こうとめったにない。ここは気持ちを落ち着かせてくれる。とりわけいまのように気持ちを静めなければならないときは。

「もう大丈夫よ、ドニー」やさしい声で呼びかけながらケージを開け、マガモと向かいあう位置に腰を下ろした。マガモはマギーを見、よたよたと前進したあと、立ち止まった。翼が曲がっている。

マギーは怒りをぐっとのみこんだ。動物は人間よりはるかに鋭い本能をそなえているのだから、怖がらせてはいけない。あの連中に言葉にはできないようなことをされてきたのだ。窮屈なところに押しこめられ、得体の知れないものを注射され、部屋に閉じこめられたまま一生を送る。なんてひどい一生なの？　無実の動物を入れる牢獄。動物は悪いことなどできないというのに。

それにしてもあいつ、カモがまだなかに入っているケージを落とすなんて！　あのときあの場であたしに喉を掻っ切られなかっただけでもラッキーだと思いなさいね。もし鳥が一羽でも死んでいたら、たぶんそうしていたと思う。そしたらほかの連中も殺さなければならなくなっただろうから、もうめちゃくちゃなことになっていたはず。あたしのこの衝動的なところ、これが面倒なことを引き起こすこともあるから——これまでにも危機一髪ってことが何度かあった——心して自制しないと。

彼らの扱いかたについてはいい方法を思いついた。数週間ずっと考えた末のことだ。彼らを説得してまた集まり、計画を継続するのはすごく大変だった。スコットはそうでもなかったけど、あれは色仕掛けがきいたから。

心配なのはアーニャだ。あの子には歪んだ良心がある。放火に罪悪感を感じているのだ。動物を拷問したり虐待したりして利益を得ている、あんな堕落した企業に対してどうして良心の呵責など覚えることができるんだろう？　あたしたちが阻止しないかぎり、自主的にやめることはないっていうのに。たいていの人間はとんでもなく愚かで、何が自分たちのためにいいことなのか、気にもかけなければ理解もしていない。彼女自身はそういうことすべてを母親から詳しく教えられていた。

「何が危険にさらされているのかを大衆は理解していないのよ」と母はよく言った。「徐々にコントロールを失っていく壊れたシステムのなかで働くことに満足しているの。わたしたちみたいに未来を危惧する人間が行動を起こして、地球と人間よりずっと前からここに存在してきた動植物を守らなくちゃ世界は破滅するわ」

マギーはドニーに水とパンくずをやった。手にのせて食べさせた。カモを飼い馴らす。自分ならぜったいにこの子を傷つけたりしない。ケージに入れておきたくはなかったが、翼が折れていてはひとりで餌を食べることができないだろう。元気になったら、そのときは湖へ連れていって放してやろう。

バスルームに行って冷たいシャワーを浴び、火事と湖の汚れを洗い流した。自分の家族を裏切ったあの男に向かってナイフを振りかざしたときのパワーを思い出した。

母親は洗いざらい話してくれた。ジョーナ・ペインが彼女の父親をクビにしようとしたわずか数週間後に父親が死んだこと。彼が父親をどれほど見くびり、同僚たちの前で恥ずかしい目にあわせたか。ペインは成功して傲慢になり、自分が正しいと思いこみ、彼女の父親の言うことにけっして耳を貸さなかった。一度だって彼の意見を理解しようとはしなかった。それというのも、ペインは輝けるスターで、間違ったことなどするはずがなく、誰もがペインを信じていたからだ。

ジョーナ・ペインは父親を殺しはしなかったが、その死を早めたことはたしかだ。だから死んでもらうほかなかった。自分と自分の家族に敵対する人間をすべて破滅に追いやるときがきたのだ。

あの男を切ったときの感覚はセックスよりよかった。男の腕から、脚から、胸からあふれる血……とどまるところを知らない血の川。家族の恨みを晴らし、自由になれた。

痛いほどの冷たさを感じてシャワーを止め、痩せた体を拭くと、そのままバスタブを洗った。水を満たすあいだにジーンズをはいて白いTシャツを着、その上に自分で紡いだ糸で編んだお気に入りのセーターを着た。

バスタブに水がたまったところで蛇口を閉め、ドニーを連れてきた。「もうケージに入らなくてもいいからね、ドニー」カモがよたよたとバスルームを歩きまわりはじめると、マギーは探検するカモを残してバスルームをあとにした。

植物を自分で摘んで干してブレンドしたお茶をいれ、ノートパソコンの前にすわった。朝の八時、首尾よく終えた仕事がそろそろ認められるころだ。


任務を説明された弟ショーンは控えめに言っても不満げだったが、デュークの計画が功を奏するかもしれないという点ではしぶしぶ賛成してくれた。

「ほかに誰かいないの?」ショーンが訊いた。「ぼく、大学ってとこが大嫌いでさ」

デュークが運転する車はローズ大の管理棟前の駐車場に入った。「たしかにひどいもんだったな」デュークが皮肉たっぷりに言った。ショーンはIQがとびきり高く、飛び級で一年早く大学に進み、卒業時は二つの学士号と二つの副専攻科目の修了証書を受け取った。飽きっぽいのが小さなころから難点で、結果的に気むずかしい子とレッテルを貼られた。

「デューク――」

「数日でいい。せいぜい一週間」デュークはエンジンを切った。

「こういう捜査は何年もかかるもんなんだろ」

「もう二年近くかけてきて、あとは捜査を方向づけてくれる内部情報を少々必要としているだけだ。ＦＢＩには従うべき規則や規定がいろいろあるが、おれたちにはそれがない」

「去年のあの横領事件でぼくが証拠品を手に入れたがったとき、そうは言わなかったじゃないか」

「それはおまえが、あいつのオフィスに侵入してパソコンをハッキングしたがったからだろう。ショーン、おれは規則を拡大解釈する人間だが、おまえを刑務所に送りこむようなことはしない」

「ぼくはうまくやるよ」

デュークは弟をちらっと見た。たしかに彼ならうまくやりおおせそうだ。しかしショーンの立場はすでに境界線ぎりぎりのところだから、彼をつねにグレーラインの合法側に立たせておく責任はデュークにあった。

「傲慢はおまえが陥る罠だと思え」

ショーンがぶつぶつと文句を言った。「はいはい。わかってるよ。ぼくにだって考えがある——コールのグループの人間に近づいて、放火とか殺人とかブッチャー＝ペインとかについて話してるやつがいないかどうか探る。あるいは後ろめたそうな行動や妙な行動をとるやつとか、放火に関していやに無関心なやつとか」

「おまえのここでの任務はあくまで観察で、行動じゃない——わかってるな？」

「了解」ショーンが車から降りようとすると、デュークは弟の腕をぎゅっとつかんだ。

「これは遊びじゃないからな、ショーン。おまえはその知能に見あういい勘をしてるが、いかんせん無謀だ」

　ショーンは顔をしかめて兄の手を振り払った。「面倒なことになったとしても、ぼくはもう助けを必要とするガキじゃない。自分のしていることくらいわかってるよ。ぼくを信用してくれてるものと思ってたのに」

「信用してるさ」

「だよね」

「ショーン――」

「いいかい、ぼくはばかなことなんかしない。兄さんはぼくが二十五になる前にパートナーにしてくれるって言ってたよね。二十五まではあと十八か月しかないんだよ。それともあれはただ、ぼくをおとなしくさせておくための口実？」

「いや、そんな――」

「だったらぼくの考えでやらせてくれよ。兄さんが何を望んでいるのかはわかってる。もしコールの周辺の人間がかかわっているとしたら、それが誰かを突き止めて、情報を送るよ」

　デュークとしては行かせるほかなかった。きつい。もしショーンが弟でなく息子だったら、もっときついのかどうか、それは知る由もないが、十五歳離れた兄としてはこれまでずっとショーンを保護下に置いてきた。両親の死後、兄のケインは引きつづき他国の戦争を戦っていたため、デュークが弟を育ててきた。いつもうまくやってきたわけではない――ショーンに無理強いしたこともあれば、批判的になったこともよくあった――が、弟を誇りに思っていた。

デュークは言った。「入学事務局の局長にはもう電話を入れてある。待ってくれてるはずだ」

ショーンが眉を片方、きゅっと吊りあげた。「知り合い？」

「古い友だちだ」

「ぼくを送りこむためにこれ以上はないって人を兄さんが知っていても、ちっともびっくりしないってどうしてだろうね？」

「そいつは、もしかするとおまえをここに入れたい理由はほかにあるんじゃないかと疑っているかもしれないが、ＭＩＴの卒業にちょっと問題が生じたと言っておいた。学部生として必修の社会学の単位を取りそこねていたんで、どうしても必要なんだと。その条件を満たすのがなんとコール教授の授業ってわけだ。彼は何も訊いてこなかったし、ＭＩＴからおまえのファイルを取り寄せるころには、もうここには来なくなっているだろうし」

ショーンは苦笑を浮かべながらかぶりを振った。「そういう兄さんがぼくが規則を破ると思ってるんだからね」

「おれは規則を曲げてるだけだ」そう言ってからひとこと付け加えた。「そうそう、ひとつ言っておくと、おまえの経歴は控えめに言っとくほうがいいかもしれないな」

「経歴って？」

「科学の学士号を二つ持ってて、ＭＩＴを卒業してててってことになれば、文科系の学生じゃないってことがばれる可能性がある」

「了解」ショーンは建物に目をやったが、そうしながら策を練っていることがデュークにはわかった。

「何か奥の手でも思いついたか？」

「いや、なんにも。信用してくれよ。溶けこんでみせるから。簡単さ」

「そのなかのひとりが殺人犯の可能性があるんだ。うぬぼれるんじゃないぞ」

ショーンがにやりと笑い、片目をつぶった。「ぼくのうぬぼれのレベルなんてローガン家の平均には遠くおよばないよ」

4

火災現場ではクインがあいかわらずマジックを続行し、検視官が遺体をモルグへ搬送するころ、ノラは相棒のピート・アントノビッチとともに車で、ジョーナ・ペインの研究助手のトップであるメラニー・ダンカンの自宅へと向かっていた。

「きみに言ったとおりだった」ダンカンの家からすぐのところに車を縦列駐車させながら、ピートが言った。「給水ポンプがいじられていた。誰がやったにせよ、故意にやってる。内部の者か、あるいはメカに強いお利口なやつか。空き巣よろしくロックをポンとはずし、内部に入ると給水装置の元栓を閉めた。パソコンの知識は必要ない。ただどのネジを回せばいいのか知っていればできる」

「たぶん指紋や道具は残ってなくて、犯人への手がかりはいっさいない」ノラが言った。

「保安官事務所の鑑識班が現場で指紋採取したり細かく調べたりしてるが、きっと何も見つからないと思うよ。放火犯は防犯カメラも妨害した」

「どうやって？」

「単純さ。覆面をかぶってきて、カメラのレンズにテープで厚紙を貼りつけた」

「二十一世紀なんだから、遠隔地を監視するのにもうちょっとましな方法があってもよさそうよね」

「あるんだよ」ピートがダンカンの家のドアをノックした。「しかし市の行政は時流に乗り遅れてる」

玄関に出てきたメラニー・ダンカンはローブ姿で、濡れたダークな赤毛から背中にしずくが滴っていた。すっきりした黒縁眼鏡をかけた明るいブルーの目以外、女性研究者の外見としてノラが抱いていたイメージとは正反対である。長身で色気があって魅力的だ。

「勧誘ならお断り」ドアを開けたダンカンがぶっきらぼうに言った。

ノラはバッジを見せた。「FBI特別捜査官のノラ・イングリッシュです。こっちは相棒のピート・アントノビッチ。メラニー・ダンカンさん、ですね？」

ダンカンが顔をしかめた。捜査官と相対したときの典型的な表情だ。

「どんなご用でしょう？」

「ちょっと入らせていただいてよろしいですか？」

「どんなご用ですか？」ダンカンはもう一度繰り返し、ドアをそれ以上は開けない。

「ブッチャー＝ペイン社で火災が起きました」ノラが言った。そう言いながらダンカンのようすをじっと観察する。最初の反応に不自然なところはなかった。熟達した病的な嘘つきででもないかぎりは。

「火災？」懐疑的な口調とともに眉をひそめる。「それにしてもどうしてここへ？　だって

――」ピートをちらっと見たあと、ノラに視線を移す。「FBIでしょ？」

「ミズ・ダンカン――」

「ドクター・ダンカン」反射的に訂正が入る。ダンカン博士がドアの脇によけると、ノラとピートはなかに入った。「ペイン博士に連絡しなくちゃ」ダンカンが言った。「なぜ彼に連絡なさらないの？　それよりも、なぜFBIが火災と関係があるの？　うちの研究所は政府の施設じゃないのに。補助金は受けているけれど――」

「ダンカン博士、すわりませんか？」

彼女は立ったまま、ドアは開いたままだ。ノラがドアを押して閉めた。「ジョーナ・ペインが火事で亡くなりました」

目をしばたたく。「亡くなった」抑揚のない声。「ブッチャー＝ペインの火事で？　ううん、ありえないわ――彼はタホー湖にいるはずよ」

ノラがいぶかしげに眉を吊りあげ、ピートをちらっと見た。ピートが言った。「今朝、ジム・ブッチャーと話しましたが、ペイン博士がタホー湖に行っているとは言っていませんでしたよ」

「ジム？　ジムはロサンゼルスでしょ」ダンカンは額をこすり、隣りあうキッチンへと歩いていってコーヒーをついだ。両手が震えている。明らかに茫然としている。ひょっとしたら究極の女優なのかもしれないが、ノラにはダンカン博士が演技をしているとは思えなかった。

「ペイン博士の遺体は彼のオフィスで発見されました。火災の発生時刻は今朝の一時半前後と思われます」

「ジョーナならタホー湖にいるわ」ダンカンが繰り返して強調した。「彼は土曜の午後、タホー湖へ行きました。この時間は車を運転してこっちに向かっている途中です」間に合わせっぽいダイニングエリアに置かれた小ぶりなデスクの上で充電中だった携帯電話を取った。

「ダンカン博士――」ピートが何か言いかけたが、ノラは彼の腕に手をやって首を一度だけ振った。

　数秒後、明らかに留守番電話の声が聞こえたようだ。ダンカンは声を引きつらせ、電話に向かって話しかけた。「ジョーナ、メルです。ぜひ連絡をお願いします。重要なことです」それだけ言い、電話を閉じた。「今朝こちらに戻ってくるはずなんです。午前十時にスタッフ会議があるので」

「なぜタホー湖へ行ったんですか？」ノラが尋ねた。

「毎月最終の週末はあそこへ行くんです」

「毎月？」

「わたしが彼の下で働くようになってからはずっとそうでした。キャビンを持っているんです。いい考えが浮かぶんでしょうね。週に七日働いている人ですから……」語尾が小さくなって消えた。「間違いないんですか？　つまり、たとえ火事があったとしても、ジョーナではないかもしれないとか」声が上ずった。

「警備コンサルタントのデューク・ローガンが遺体の身元確認をしました。発見場所はペイン博士のオフィスです」

科学者はどっかりと椅子に腰を下ろした。下唇の震えが止まらないのが気にかかるのか、唇を噛んだ。目に涙があふれたが、拭おうともしない。

ノラは腕時計に目をやった。朝の八時を回ったばかりだ。穏やかに質問を投げかける。

「ペイン博士と最後に話されたのはいつでしたか？」

「金曜日。わたしが研究所を出るときですから、七時過ぎです。いい週末を、と彼に声をかけて……」ダンカンの声がまた上ずった。目はノラの後方の壁を見ている。

「彼のキャビンの住所はご存じですか？」

ダンカンはゆっくりと椅子から立ち、デスクの前に行った。ノートをぱらぱらと繰り、紙に走り書きして、それをノラに手わたした。そして自動操縦装置に導かれるかのように、また椅子にすわった。

「いつも同じところへ行っているんですね？」ノラは住所にちらっと目をやったあと、メモ帳の後ろにはさんだ。

「彼のセカンドハウスですからね。よそに行く理由がないでしょう？」

定期的なスケジュール。犯罪者は習慣をこよなく愛している。ストーカーを含む人びとにとって、簡単に監視でき、餌食に関する貴重な情報を提供してくれるのが習慣だ。

ノラは急いでタホー湖にあるサテライト・オフィスにEメールを送り、犯行現場の可能性がある住所を調べるよう依頼したあと、この事件の基本情報を付け加えた。

「タホー湖に到着したかどうかはご存じですか？」ノラが訊いた。

ダンカンはかぶりを振った。「いったい――いったい何があったんですか？」

もはや事実をごまかしても意味がない。「火災は放火でした」

「放火？　要するに故意にってことですよね？」その瞬間、ダンカンの目がぎらっと光を放ち、それまでの悲しみが怒りに取って代わった。「ラングリアに放火した犯人と同じ人たちなんですか？　州立大サクラメント校の研究室とも？」

「現場を見たところ、手口は同じように思えますが、まだ初動捜査の段階ですから。証拠収集をおこなっているのはきわめて有能な――」

「前の二件の放火事件で結果を出せてないでしょうが！」ダンカンが勢いよく立ちあがり、行ったり来たりしはじめた。「ラングリアは二年近く前のことよね。あなたがた、いったい何をやってるの？　こんなこと起きてはならないことよ！　ジョーナが死ぬなんてありえない！」

怒りの爆発をノラは許した――今回にかぎってだが。ノラ自身、バイオ系研究施設放火事件捜査の遅々としたペースに心底苛立っていた。リーフ・コール教授のグループにつながる何者かが関与しているとノラは信じているが、それだけではなんの意味も持たない。彼と犯行を結びつけることができないかぎり、強制的にそのあたりを調べさせることも無理やり話を聞くこともできない。

とはいえ、これからも彼を追及していくつもりだ。殺人により事件の重大さは増した。もしコールがアナーキストの信条に忠実ならば、人が死んだことに不快感を抱くはずだ。たぶん——ついに——彼は何か話してくれるのではないだろうか。

ジョーナ・ペインに対するせめてもの慰め。

「セキュリティーはどうしたの？」ダンカン博士がつづけた。「デュークはいたの？ばかでも扱えるっていう、あの人のとびきり高性能の警備システムはどうしたの？誰かが侵入した？なんなのよ。ジョーナは安心しきってたわ」

ノラはデューク・ローガンを弁護したい衝動を抑えこんだ。彼のシステムが故障したのか、あるいはハッキングされたのか、あるいはたんにスイッチが入っていなかったのか、それはわからないが、ジョーナ・ペインの身元確認をしたあとの彼の表情は苦悩に満ちていた。彼は自分を責めていた。警備システムがどうして作動しなかったのかを突き止めるため、デュークはすぐに動きだすはずだ。ノラには確信があった。

もしシステムに不具合があったとしたら、それはデュークのせいなのだろうか？　彼とは何度もいっしょに仕事をしてきたからわかるが、彼が自分の名前で設置したシステムを二重三重にチェックしないはずがない。

しかし放火犯がどうやって研究所に侵入して火を放ったかは突き止める必要がある。さらには、動物を——もし所内にいたとしたら——どこへ逃がしたのかも突き止めなければ。ノラがこれまでに捜査してきたアナーキストや過激な環境保護グループは、人間や動物を殺すことを避けていた。活動の中心には政治があり、殺人をすれば大衆の反感を買うことを知っていたのだ。だからどの死も故意ではなかった。そう考えると、ブッチャー＝ペインへの放火は二重の意味で興味をそそられる。検視官によれば、ペインは火災発生以前に体の自由を奪われていたからだ。

ダンカンの警備システムに関する痛烈な質問はやりすごし、ノラのほうから質問した。

「ペイン博士とはいつからいっしょにお仕事をなさってるんですか？」

「新しい研究所がオープンしたときから五年間、ずっとあそこにいるわ。南カリフォルニア大で生化学の博士号と人間生態学と野生生物生態学の修士号を取ったの」

ノラはダンカンの話を聞きながらメモをとった。「ブッチャー＝ペインでは何人の人が働いているんですか？」

「ブッチャー＝ペイン全社ってこと？　うちの社は二つの部門に分かれてるの。ジムのグループはもっぱらメディアと資金調達。向こうのスタッフの人数は、十人とか十二人ってとこだわね。研究所はフルタイムが六人と、週に一回来る獣医がひとり」

口ぶりから察するに、ダンカン博士はジム・ブッチャーがあまり好きではない、あるいは少なくとも彼の部門に世間の目が集まるのが気に入らないようだ。「ペイン博士とパートナーとの関係はどんなふうでしたか？」

「二人は親友同士だったわ」ダンカンはきっぱりと答えた。

「でもあなたは彼を好きではない？」ノラはもうひと押ししてみた。

「口がうまいのよ。わたしたちがしようとしていることはどうでもいいみたい。彼、学士号は人間生態学だけど、修士号は経営学で取ってて、お金を持ってくることしか頭にないわ。そりゃあお金も重要だってわかってはいるけど、やな感じなの」やな感じ？「どんなふうに？」

ダンカンが肩をすくめた。「ジムは悪い人じゃないけど、ジョーナじゃないわ。彼が調達してくるお金は、わたしたちの研究を特定のプロジェクトに縛ることがあって、そうなると主たる研究は脇へよけておかなければならなくなる。特別プロジェクトが社の事業資金を供給してくれるんだからしかたないわけ。それでもジョーナはそれを引き受けていた。不満がなかったわけじゃないでしょうけど、ジムの望みどおりに動いていたわ」

「主たる研究というのはなんだったんですか？」

ダンカンが深く息を吸いこんだ。「ジョーナはもうちょっとで鳥インフルエンザの治療に成功するところだったの――人間に予防接種をするんじゃなく、キャリアとなりやすい鳥を遺伝子工学的に操作する方法でね。鳥の遺伝子を操作することによって、ウイルスに感染する能力を抑制するの。そうすれば鳥がほかの鳥や人間にウイルスを媒介するのを防ぐことになるわ。世界では毎年、インフルエンザで約五十万人が命を落としているのよ。もし鳥インフルエンザの来るべき世界的流行を防ぐ方法が発見できなければ、その数は指数関数的に増加する。六か月後にはそろそろ広範囲のテストに入れそうだったの。すでに内部テストは開始しているのに、これで何もかも振り出しに戻ったわ。一からやり直すには何年もかかるし、ジョーナはいない……どうしたらいいのかわからないわ」ダンカンがつらそうに目をつぶった。

　ダンカンが言ったことの何かがノラの脳裏をざわつかせたが、どう質問すべきか考えているうちにピートが先に尋ねた。「ブッチャー゠ペイン社もしくはペイン博士が脅迫状を受け取ったようなことはありましたか？　そういう人が訪ねてきたとか？」

「ないはずはないでしょうね。ジムに訊いてください。彼が持っているはずだから。わたしたちが研究所で何をしているのか、誰も知るはずがなかったのに、去年、コールが率いる間抜けなグループが建物の外で抗議したんですよ」

「リーフ・コール教授ですか？」ノラが訊いた。

　ダンカンが不快な表情をのぞかせた。「ええ。あんな連中が全員逮捕されなかったなんて変だわ。交通は遮断するわ、うちの従業員に嫌がらせはするわ、もちろん、動物実験の結果だと連中が主張する、死んだり血まみれになったりした動物のひどい写真は掲げるわ。わたしたちはそんなことしてないのに、ただ鳥に対して遺伝子治療を施したってだけの理由で攻撃をしかけてきたのよ！」

　ノラが言った。「今回のグループは落書きと犯行後のメディアへの声明を通じて、自分たちは反バイオテクノロジー派であって、ＡＬＦみたいな過激な動物保護団体じゃないって言ってるの」

　ダンカンは手をひらひらさせ、鼻でせせら笑った。「同じ穴のムジナよ」

　まあそういうことなんだろうが、放火犯はバイオテクノロジー関連企業に狙いをしぼっていた。州立大サクラメント校の場合もバイオ研究だ。標的がすべて研究に動物を使っていたわけではない。ALFならばサクラメント校は狙わなかったはずだ。あそこは動物実験はしていない。バイオ研究といっても農業向け生体工学にしぼられており、水が限られた地域で農作物を生育させるために遺伝子操作をおこなっているだけだ。

被害にあった四件の共通点は唯一、バイオテクノロジー研究に関与しているという点だ。ラングリア、ネクサム、ブッチャー＝ペインはいずれも実験に動物を使っていた。サクラメント校は使っていない。この大学が標的にされたとなると、理由はほかにあるのかもしれない。

「ぼくの経験からすると」ピートが言った。「過激な環境保護論者たちはさまざまな問題を掲げて集まる傾向がある。重なりあう部分がたくさんあるらしくて」

ノラも同じ意見だ。またダンカンのほうを向いた。「ジム・ブッチャーが脅迫状を持っているとおっしゃいましたよね？」

「通信文書のたぐいはボビー――ロバータ・パワーズ――が保管しているはずだわ。ジムの個人秘書。もし明らかに脅迫的な内容なら、保安官に提出させなくちゃ」

「去年、ペイン博士に解雇あるいは追放されたスタッフはいませんでしたか？」ピートが質問した。

「ブッチャー＝ペインの関係者が放火や殺人に絡んでいると考えているなら冗談じゃないわ」ダンカンの口調は確信に満ちている。

「あなたは科学者ですよね」ノラが言った。「もしあなたがなんらかの仮説を立てたとします。自分は正しいと直感的にわかってはいても、仮説を証明するなり誤りを正すなりする必要があって、そのためにはもっと範囲を広げた研究が要求されるはずです。われわれももっと捜査をしなければなりません。必ずしも的確な答えが返ってくると思えない質問も含めてあれこれ繰り出します。それでもあらゆる質問を投げかけないかぎり、われわれの捜査は完了とはいきません」

ダンカンの表情はやや和らいだものの、時間の無駄だとかなんとかぶつぶつつぶやいている。

ノラはさらにつづけた。「バイオハザード班が現場を検証していちおう安全を確認しましたが、放火捜査官はケージが一個あるいはそれ以上、持ち去られたことに気づきました」

「ケージ？　わたしたちが使っていた鳥は安全を確保した部屋に入れてあるわ」

「研究所の主要部分に動物の姿は見当たりませんでしたが」

「まさか」ダンカンが視線を落とし、顔をしかめた。「南の壁際よね？　長い作業テーブルとファイルキャビネットが数台、小型冷蔵庫があったわ。空のケージと運搬用のケージは倉庫にスペースがなくなったからだけど、動物は必要なとき以外、あの研究室には置いていないの。必ず鳥専用の部屋に戻してる。ケージがなくなったなんてどうしてわかるの？　火事が起きたんでしょう？」

「放火捜査官が現場を分析して、火がどう広がったか、どう消えたか、どこかおかしい点がないか突き止めます。科学的に厳密なものではなく——」

「クインにはそれを言うなよ」ピートが抑えたユーモアをにじませて口をはさんだ。

「知識に裏付けられた推測に基づいて」ノラはつづける。「彼女が言うには、何かなくなったものがあるようです。問題はない可能性もあります——倉庫に移動させた大きなファイルボックスのことかもしれませんからね。でもあなたに現場を見ていただいて、何かなくなったものがあるかとか、ないはずのものがあるとか指摘してもらえたら助かります」

「それならできそう。ええ、もちろん、なんでもするわ」ダンカンはまた椅子にすわり、両手で頭を抱えた。「こんなことを言ったら冷淡に聞こえるでしょうけど、ジョーナはわたしたちに研究を継続してほしいと思ってるはずだわ。この研究は彼にとってすべてだったんですもの」顔を上げると、今度は涙が流れていた。「死んだ鳥を捜さなくちゃ。無駄な作業かもしれないけど、もし鳥の死骸を回収できれば、専属の獣医とわたしとで遺伝子を細胞レベルで分析できるはず。そうすれば何かしら得るものがある——一助になるかもしれない。研究に関する資料書類が全部焼けてしまったとしても——おそらくそうだと思うの——パソコンに全部コピーがあるわ。日誌はだめね——まいったわ、あれは再現不可能よね。だけど少なくとも振り出しに戻るわけじゃない。ジョーナのためにも、この研究を完成させる必要があるのよ。ジムもきっと賛成してくれるわ」

最後に付け加えたひとことが彼女の願望なのか、あるいは本気でそう信じているのか、ノラにはわからなかった。

「およそ何も残ってはいないと思いますよ」そう言いながらジョーナ・ペインの遺体を思い浮かべた。二度か三度の火傷……人間より小さい鳥のこと、もっと短い時間で形を失ってしまうだろう。しかし、だとしたらクインが何か言ったはずだ。じつのところ、クインは動物は逃がされた——あるいはなくなったケージに入れて連れ去られた——との確信があったのだろう。ノラはブラックベリーを取り出した。「鳥を見つけたら丁寧に保存しておくよう捜査官に言っておきます。全部で何羽いたんですか？　鳥の種類は？」

「マガモが十二羽。雄六羽に雌六羽。ジョーナのオフィスの左側の部屋にいたの。あそこは二人用の部屋で、データを記録するエリアもあったし、鳥を飼育していた区画には小さなプールもあったわ」

「標準的なケージには鳥を何羽入れられますか？」

ダンカンが、なんて奇妙な質問するの、とでも言いたそうにノラを見た。「マガモですもの。ケージに一羽ずつよ。明らかにペアって場合は二羽ってこともあったけど。二羽以上入れるのは残酷って気がしたわ。でも考えてみれば、四羽くらい入れることができたかもしれないわね」

カモが研究所にいなかったことにノラはかなり確信が持ててきた。やはり連れ去られたか逃がされたかしたのだろう。

クインにメールを打った。

ペインの助手に聞いたところ、ペインのオフィスの左側にある部屋に十二羽のマガモがいたとのこと。死骸はあった？　もしあれば、保存しておいてくれる？　それからノーベル署長にたのんでほしいことがあるの。現場に突入したとき、どのドアが開いていてどのドアが閉まっていたか、隊員に訊いておいてもらいたいのよ。よろしく。

「いつ行ったらいいのかしら？」

ノラはピートをちらっと見た。「ジム・ブッチャーの到着は何時ごろになるの？」

「ロサンゼルス空港発七時十五分の便がとれたそうだが、搭乗の確認はしていない」

ノラは腕時計に目をやった。飛行時間はだいたい七十分。空港からさらに三十分。あと三十分ほどで到着するはずだ。

「連絡を入れてみる」ピートが言った。

ノラとしては、ペインの忠実な研究助手がいないところでブッチャーから話を聞きたかった。ジョーナ・ペインの自宅についてタホー湖のオフィスからの報告も受けなければならないし、部下にペインのクレジットカードと銀行口座の記録を調べさせ、彼が本当に向こうへ行っていたのか、もしそうだとしたらいつ向こうを出たのかが知りたかった。

ほかにも、警備システムに関してデューク・ローガンから説明を聞かなければならない。犯人を特定するデータが隠されている可能性もある。デュークと過ごす時間は考えるだけで怖かった。彼とは距離をおこうという決意が揺らぐかもしれないとわかっているからだ。

「十時半ではどうでしょうか？」ノラがダンカンに尋ねた。「それくらい時間があれば、気持ちも落ち着くでしょう？」

「いますぐでもかまわないけど」

「十時半のほうがいいでしょう。放火捜査官は予備検証が終わるまで現場に誰も入れたくないと思います。だいたい五、六時間かかるものなんです」

「何か残っていなかったかしら？」

「さあ、わたしにはなんとも。もちろん、火と煙、それに水によるダメージを受けてますからね」

「いつになったらなかに入って、置いていたものを見ることができて？」

「あらゆるものを調べたいということですよね？　少なくとも二日後、もしかしたらもっと先になるかもしれません。犯罪現場ですからね、捜査官たちが証拠収集を終えるまで、誰も手を触れないようにしておく必要があります」

ピートに腕をつつかれ、ノラが振り返った。差し出されたブラックベリーを見ると、支局担当特別捜査官補佐のディーン・フーパーからのメールだった。

ＢＬＦがブッチャー＝ペイン放火事件に関するレターをオンラインで送ってきた。いつ支局に寄れる？

ノラがかぶりを振った。ダンカンの前であれこれしゃべりたくなかったから、曖昧な言いかたをした。「わたしたち、記憶が定かなうちにチェックしておかなければならないことが半ダースはあるわね」

「それじゃ支局できみを降ろしたあと、向こうはおれが引き受けようか」ピートが言った。

「ありがとう。でもちょっと調べたいこともあるんで、やっぱりわたしもいっしょに寄っていくわ」

二人が立ちあがり、時間を割いてくれたメラニー・ダンカンに礼を言ったとき、ノラの電話が振動した。ちらっと目を落とすとクインからのメールだ。

鳥もいなければカモもいない。毛皮に包まれた生物も、ヒレのついた生物も、羽のついた生物もいない。問題の部屋はもぬけの殻。火はあのエリアまで達してはいないんで、煙と水のダメージのみ。だからもしカモがあそこにいたとしたら、ゆっくり焼かれたはず。エクストラ・クリスピーとはいかないな。

こんな気味の悪いネタでノラをにやりとさせることができるのはクインだけだが、笑いが許される状況ではないからノラはぎゅっと唇を引き結び、ダンカンに向かって言った。「研究所に鳥は一羽もいなかったそうです」

メラニーがかぶりを振った。「ああ、わたしたちの研究が。何年も何年もかけた成果が灰になっちゃった。ＤＮＡのことはあまりよく知らないんで、灰からでも検出できるのかどうかわからないの。本当は血液が欲しいけど――」

「説明が足りませんでしたね。死骸がないんです。あなたがおっしゃった部屋は焼けませんでしたけど、鳥はいません。生きているとか死んでいるとかではなく」

メラニーの顔が青ざめた。

鳥たちの身に何が起きたのか、ノラはぴんときた。「動物保護団体はふつう、囚われの動物を自然に帰すか共感を示す救援施設に連れていくかしますけど」

「だめよ、そんなこと。だめ。ああ、どうしよう。あの子たちを捜さなきゃ」

ノラは固まった。「なぜ？」

「鳥インフルエンザよ！　カモの半数はウイルス感染してたの。わたしたち、遺伝子治療をあの子たちに試して、ウイルス・キャリアからの感染を防ごうとしていたんですもの。でもまだテスト段階だから、あの子たちに接触した鳥に感染してしまうわ。

なお悪いことに」ダンカンがつづけた。「ワクチンもなければ、治療法もない。あの子たちのウイルスは遺伝子操作によってとびきり感染力の強いものに変わっているのよ。弱いウイルスでは大成功だったんで、つぎはどんなウイルスの突然変異体をも攻撃できる治療法を探す必要に迫られて」

「そのウイルスが人間に広がる可能性はどの程度なのかしら？」

「さあ、わからないけど。ウイルスを扱っていれば、つねに突然変異のリスクはついてまわるものなの。カモとの長期にわたる物理的接触が前提にはなるけれど、それ以上に大きなリスクは病気がほかの水鳥に広がる事態ね。いまは九月下旬、そろそろ水鳥が移動する時季だわ。あの子たちを急いで捜さなくちゃ」

5

デューク・ローガンはデスクに向かい、パソコンの記録をにらんでいた。いったいどういうことなんだ？　できるかぎりの方法で記録を何度かのハッキング未遂の痕跡も含めて精査したが、何度となく同じ結論に達した。ジョーナは警備システムを無効にしていた。

どう考えてもおかしい。警備計画時に設定した厳密な規定がある。システムは週七日二十四時間態勢でセットし、建物外部、ロビー、エレベーター、全出入り口の内部を記録することになっていた。例外はテスト・モードのときだけ。しかしジョーナはシステムをテスト・モードに切り替えていた。テスト・モードは、たとえ手動で暗証番号をリセットしなくても、二時間以内に自動的に警備モードに切り替わるはずだ……もし火災が起きなかったならば。

「あくまで仮定の話だろう、デューク」独り言をつぶやく。ジョーナの暗証番号が使われていたからといって、ジョーナ自身がシステムを無効にしたとはかぎらない。だとしたらなぜジョーナは人に暗証番号を教えたのか？　安全装置（フェイル・セーフ）はあった。もしジョーナが脅されていたとしたら、システムを解除したように見せかけながらデュークと保安官事務所に警報を送る偽の番号を入力することもできたはずだ。これまでもリスクが高い業種の顧客先に設置する警備システムにはこうした手法を用いてきて、〝非常用〟暗証番号はきわめてうまく機能していた。これを最後の手段としている中小規模の銀行も数行ある。研究所には非常ボタンもあった。ロビーと、ジョーナのオフィスと、ジムのオフィスとに。

だがシステムは午前零時四十八分にテスト・モードに切り替えられていた。サンガー保安官から聞いたところでは、通りかかった車の運転手から九一一番に通報が入ったのが一時五十七分だから、一時間以上あとのことだ。

ビデオファイルはなかった。どういうわけか、なかった。カメラの映像はすべてメイン・データベースに送られ、一時間ごとに外部のサーバーにコピーされる。もしコピーができないときはシステム管理者に警報が行く。

デジタルファイルがここにないはずがない！　どこかに……必要とあらばもういちど作成しなければ。

「ちくしょう」ブッチャー＝ペイン社のＩＴ管理者であるラス・ラーキンにはすでに二件のメッセージを入れてある。

記録に丹念に目を通しながら、かたわらのノートにメモした。

ジョーナ——あるいは個人別暗証番号を持つ人間——が建物内に入ったのが午前零時十五分。そして内部のシステムのスイッチを切ったが、何か所ものドアはまだロックされていたし、カメラは作動していた。誰かを内部に入れるためには従業員カードと建物入り口の鍵が——むろん入館のための番号も——必要になる。これはバックアップ・システムだ——カードあるいは鍵をなくしたあるいは盗まれた場合を想定し、両方がなくては入館できないようにしてある。どれもジョーナのものになっていた。ジョーナのカード、ジョーナの暗証番号。

「ジョーナ、昨日の夜、いったい何をしていた？」

デュークはジェーン・モーガンに電話し、オフィスに来てくれないかとたのんだ。ローガン＝カルーソの社内コンピューター・データベース・マネージャーである。この人付き合いが苦手な若き天才とは、これまで数多くのクライアントの警備システムを暗号化するにあたり、がっちり組んで仕事をしてきた。デュークは現場に出向き、ジェーンはプログラミングの大半を処理するという形で。

デュークは二方向に眺めのいい窓——一方はKストリート・モール、もう一方はセザル・チャベス公園を見おろす——がある角部屋をオフィスとしているのに、一時間以上デスクに向かっているともう落ち着かなくなってくる。彼の強みは警備の現場でこそ発揮されるものであって、すわったままのデータ分析はどうも苦手だ。いちばん得意とする任務は、施設に実際に侵入し、警備システムを分析、検討してくれという依頼である。翻って、ジェーンの強みはサイバーハッキングで発揮される。

「これ、ペイン博士の件？」ジェーンが訊いた。

「ああ。ビデオのバックアップが見つからない。完全に消えてしまったみたいで」

「ありえないわ」ジェーンが確信をこめて言う。

デュークはこれまでに気づいたことをこまごまとメモしたノートを彼女の前にすっと置い

た。「深夜にシステムをテスト・モードに切り替えたのはなぜだろうな？」

「システムを切れば必ずあたしたちに通報が送られるからでしょうね」

「くそっ、そんなことわかってるさ」デュークが目をこすり、大きく息を吸った。「オーケー、つまり何者かが彼を脅して操った。だけど彼はどうして言いなりになったんだろう？　犯人たちはテスト・モードのことをどうして知ってたんだ？　システムを切ったらまずいってことをどうして？」システムの作動が中断されれば、ローガン＝カルーソの緊急センターの管理者に警報が送信される。記録によれば、そうした中断は午前一時四十五分にはじめて起きた。おそらくシステムが火災によるダメージを受けた時刻だったのだろう。混乱のせいでローガン＝カルーソのサーバーはブッチャー＝ペインのシステムに情報を送ることができなくなり、自動的に警報を発した。

「内部の人間の仕業かしら？」

「ああ、たぶん」デュークが顔をしかめた。ブッチャー＝ペイン社従業員の経歴に関する報告はすでにプリントアウトしてある。「もしかすると彼は研究所で誰かに会っていたのかもしれないが、なんでこんな深夜にってことだな？」とはいえ、システムがテスト・モードになっていた説明がそれでつくわけではない。

デュークの携帯電話が鳴った。無視しようと思ったが、ジム・ブッチャーからではそうはいかない。

「ジム」デュークは電話を受けた。

「ジョーナは死んだのか？」

「残念だが」

「くそっ、いったいなんでまた」ジムは強気でそう言いながらも、声を引きつらせていた。

「何が起きたんだ？」

「全貌がわかったわけじゃないが、おれはＦＢＩのコンサルタントとしてこの捜査に参加するつもりだ」彼の提案に対するノラの反応はけっして悪くないような気がしたが、注意深くことをすすめていかないとはずされる可能性もある。ノラの許可も得ずに勝手なことをしたくはないが、そうすることでこのまま捜査にかかわっていけるならそれもありだ。「犯人を突き止めるまで降りる気はないからな」

「トレヴァーに――」

「おれが電話した」十九歳になるジョーナの息子への連絡はデュークにとって最高につらい体験だった。ジョーナの遺体を目のあたりにしたときにもまして苦しかった。「メディアが詰めかけていた。あの子には二段階も仲介者が入った形で知ってほしくなかったんだよ」

「ありがとう。本当はぼくから伝えなきゃいけないんだが。それにしても――くそっ、ひどい話だ」

　たしかにひどいが、デュークにはジムの苦悩を軽くするような言葉をかけてやることはできなかった。行動あるのみ。デュークの強みは行動にあった。

「いま警備システムの記録を調べてるところだが、間違いなく何者かがデジタルカメラのファイルをいじっている。そして何者かが――ジョーナってこともなくはない――個人別番号を使ってシステムをテスト・モードに切り替えた」

「ジョーナは優秀な科学者だった」ジムが言った。「多くの意味で天才だった。しかし、ほかでもないその彼が警報装置のスイッチを切った。彼がテスト・モードのなんたるかを理解すらしていなかったとは思えないね」

ジムの言うとおりだ。「にもかかわらず彼の暗証番号が使われた」

「ラスはなんと言ってる？」

「それが、まだ連絡がとれないんだ」

「あの野郎、女の尻でも追いかけまわしていたら――」ジムが急に言葉を切った。「まさかあいつの身が危険な状況にあるってことはないだろうな？　あるいはこの件に関与して――」

ジムが何を考えているのかはデュークにもわかった。もしもIT管理者が放火に関与していたら？　ラス・ラーキンがジョーナを殺したとしたら？

それはないだろう。デュークはラスをよくは知らないが、面接をし、雇い、訓練した。ラスは政治活動に関心を持つタイプではないように思えた。経歴はじつにきれいだ。仕事もうまくこなしている。しかもローガン＝カルーソがブッチャー＝ペインの警備システムの開発をはじめて請け負って以来五年間、彼はずっとここを担当してきた。誰かを殺したくて待つとしたら五年は長すぎる。

とはいえ、ラスとじかに話してみるまでは、彼を除外するわけにはいかなかった。

「彼のアパートメントに行ってみるよ」デュークが言った。

「こっちはいま着陸したばかりだ。飛行機が一時間近く遅れたんだよ。これから車でブッチャー＝ペインに行ってＦＢＩやその他いろいろと会うことになってるんで、どうなることやら――」

「おれもそっちへ行くよ」デュークは電話を切り、ノートパソコンやらなんやらをまとめてショルダーバッグに入れるとジェーンに言った。「なんとかしていま言ったビデオファイルを見つけてほしいんだ。そのために必要ならどんな手を使ってもかまわない。きみに任せる。おれのオフィスを使いたいならそうしてくれ」

「やってみるわ、デューク。あなたをがっかりさせたりしないつもり」

「これまでだって一度もなかったからね、そんなこと」

ジェーンが部屋を出ていくと、デュークもすぐあとからドアに向かったところで足を止めた。ゆっくりとデスクに引き返して、右側のいちばん下の引き出しを開ける。その引き出しにはたったひとつのものしか入っていなかった。

コルト45。実弾五十発が入った箱とともに、嘲るように彼を見あげていた。

コルトは使いたくなかった。

銃は必要なかった。

銃に手を触れたくなかった。

海兵隊時代、彼は射撃の名手だった。一級射手で、ライフルだろうがピストルだろうが軍からわたされた銃ならなんでも使えた。銃で人を殺し、そのことに激しく動揺しながらも、戦場ではそうするほかなかった。さまざまな感情は箱におさめて封印した。忘れることはできないが、理解はできた。戦争はきれいごとじゃない。政治家たちが〝紛争〟と呼びたがる、宣戦布告なしの戦闘でさえそうだ。六時のニュースであういう呼びかたをするのは、そのほうが怖くなく聞こえるからにすぎない。

海外での三年にわたる服務期間終了後、彼も兄ケインと同じ道に進んだ──海兵隊員から傭兵への転身だ。

目を閉じて十三年前の、ケインとともに仕事をしていたときへと意識を戻した。まだ両親が生きていたときのこと。双子の弟と妹がヨーロッパに逃げ出す前のこと。デュークが末の弟の父親代わりになる前のことだ。

デュークは気負い立っていた。急場しのぎの追跡システムがうまく機能し、めったに人を褒めない兄からひとこと、「よくやった」と言われたのだ。

ケインはコカイン畑一帯に散開して身をひそめているチームのメンバーを呼び集めた。

彼らは誰のために戦っているわけでもなさそうだった。ケインがどこから金を得ているのか、部下にどうやって報酬を支払っているのかは知らなかったが、みな真剣だった。ケインの傭兵部隊に所属していた八か月のあいだ、デュークの銀行口座には毎月一日に給料が振り込まれていた。海兵隊を辞めたのは二十四歳のとき、タリバンが敵だとはまだ公に宣告されない時期にアフガニスタンでタリバンと戦ったあとのことで、そのときケインから誘いがあった。「おまえ向きの仕事がある」

デュークはむろん承諾した。海兵隊に入隊したのも父親とケインの志を継いでのことだったから、それから先の進むべき道もおのずとわかっていた。

ケインとはわずか二歳しか離れていないのに、兄ははるかに世間を知っていたし、傷も負っていたし……何十歳分も思慮深かった。

「コディアック（アラスカヒグマ。地上最大の肉食獣）」ケインの命令は兵士たちにとってなんらかの意味を持っていたが、デュークにはそれの意味するところがわからなかった。

ケインがデュークに手ぶりでついてくるよう指示した。「おれから離れるな」

「どんな作戦なのか教えてくれなくちゃ」

「おまえにはまだ早い」

その言いかたにデュークはいらついた。海兵隊で三年間を過ごしたあとだ、ケインの部下たちに負けない体力もあれば心の準備もできていた。射撃の腕には自信があったし、腕っ節も強いし、士気も高い。部隊は麻薬の売人、密輸業者、中毒性を持つ恐ろしい植物を栽培する悪党とさかんに戦っていた。その一帯で製造されたコカインが全米に流通し、無知な者や愚かな者を殺すのだ。家族を引き裂き、心と体と未来をぼろぼろにする。

兄弟の姉モリーもそのひとりだ。

「ケイン――」

「おれについてこい。油断するな」

デュークに選択の余地はなかったが、この部隊の一員として中米に配置されてからというもの、ケインに子ども扱いされるのはこれがはじめてではなかった。そんなつもりで契約に署名したわけではない。そんなことならむしろ海兵隊に再入隊するか、サクラメントに帰って警官になるかしたほうがいいような気がした。ケインのあとについて畑のなかを進んだ。夜明けまではまだ数時間あり、あたりは漆黒の闇だった。ひんやりとした湿気が垂れこめていたが、地面は前日の夏の熱気の名残を保っていた。

デュークが知っていたのはただ、これから畑を焼くということだけ。コカの木は一気に燃えあがるから、麻薬王たちがかけた原材料費数百万ドルはたちまちパアになる。デュークがかぎられた機材でつくった追跡装置は、敷地外辺の見張りの動きを監視するためのものだ。

作戦は——直接体験のないデュークにも——首尾よくいくものと思われた。ケインとデュークは爆弾を仕掛けながら畑の反対側に到達し、ほかの六名の兵士も数秒違いで合流した。完璧だった。

デュークは兄のあんなに真剣な表情をはじめて見た。任務だけに意識を集中し、肉体が精神になったかのごとく、動作のひとつひとつが明確な目的意識に満ち、命令のひとつひとつに権威があふれていた。

「点火」ケインが命令を発した。

ウェブズが四本の導火線に火をつけた。どの火もほとんど煙を出さずに一定の間隔をおいて進んでいった。爆弾はどれも爆薬を詰めこみすぎるほど詰めこんであった。やりすぎだろうと思ったデュークが問いかけると、ケインはひとこと「保険さ」と答えた。

兵士たちは無言のうちに二名ずつ組んで散り、デュークはケインのあとについた。言われていたことはたったひとつ。もし離れ離れになったときはランセティーヤのはずれのある地点で会おうと緯度と経度を教えられた。けっして北へは行くなとも。

二分後、最初の爆破が起きた。デュークは地面に叩きつけられた——爆弾に黒色火薬を詰めすぎたと気づいた。「立て」ケインに手を引っ張られて立ちあがった。

叫び。声。暗闇。自分たちがどっちへ向かっているのか、ケインはどうしてわかるのか。デュークにはわからなかった。ほかの兵士の姿は見えなかったし、声も聞こえなかったが、存在は感じた……遠くには行っていない。見えるか見えないかの距離を保ち、音を立てない訓練を受けた者たち。

銃声が響いた。

バン！　バン！　バン！

「ウェブズ」ケインがつぶやき、胸で十字を切った。

ウェブズが死んだとなぜケインが知ったのかは想像もつかなかったが、六時間後、集合地点に彼は現れず、ケインはそれについてひとことも触れなかった。

爆発はつづき、デュークは耳ががんがんしていた。ケインの歩調は緩むことなく、デュークも遅れまいと必死で歩いた。それはなんとかやれた。海兵隊の訓練の賜物である。

ライフルがカチッと鳴る音が聞こえた瞬間、デュークは地面に伏せた。ケインより一秒早かった。反射的な動作が兄に負けていなかったことが、なんだかうれしかった。

二人はそこに伏せたまま、じっとしていた。デュークは周囲の物音に耳をすました。畑の銃声。遠くからの叫び――言葉は聞きとれない。自分の心臓の鼓動。落ち着け。落ち着け。落ち着け。

鳥の声。

コオロギの声。

人の足音。

デュークの目が、わずか三十センチしか離れていないケインに狙いをつけたライフルに反射した光をとらえた。敵に向かって発砲した。一発だけ。わずかな影しか見えなかったが、狙いどおり眉間に命中した。銃口が火を噴いた瞬間、その光がぱっと目の前の敵を浮かびあがらせた。

子ども。

銃を手にした子ども。

土の上にばったりと倒れこんだ幼い死体にデュークの目は釘付けになった。ケインがすっくと立ちあがり、死んだ少年の顔には一瞥もくれずにその手から銃を奪い取った。「行くぞ」

少年は弟のショーンと同じくらいの年齢だろう。まだほんの子どもだ。アメリカが鍛えあげた精鋭の兵士を追跡するため、森に送りこまれた子ども。子どもを戦争に送りこむのは誰だ？　少年ひとりを送りこんで死なせるのは誰なんだ？　地面に伏せたままでいるとケインに引きあげられた。デュークの身長は兄より三センチほど高いのに、三十センチほど小さく感じられた。

「軍人だろう！」

デュークは目をつぶった。

ケインが平手打ちを見舞った。

デュークは殴り返そうとしたが、ケインは彼のこぶしを手のひらでつかんでひねりあげ、ひざまずかせた。

ケインは無言のまま、少年のライフルからカートリッジを取り出し、デュークの手にその端を押し当てた。あたたかかった。火薬の刺激臭が鼻をついた。

「三発なくなってる。ウェブズを撃った三発だな」

ケインはデュークの手を離し、くるりと背を向けるや、闇のなかに姿を消した。

デュークがついてくると思ってのことだろう。

一秒後、デュークは歩きだした。

少年の死体の横で足を止めたが、ほんの一瞬だった。殺人者になるべく送りこまれた子ども。大人になる道は与えられなかった子ども。

デュークも無言のまま、ケインのあとについていった。部隊が集合して五分後、彼らは機上の人となった。

さらに三時間後、メキシコシティー郊外に着陸したとき、デュークはケインに、帰国する、と告げた。

「わかった」とケインは言った。

デュークは兄に背を向けた。ケインはわかってはいないと確信していた。たぶん理解できないのだ。

「これは戦争なんだ、デューク」ケインが言った。

わかっていないのはたぶんデュークのほうなのだ。

「おれの部隊の精鋭になれると思っていたが」

デュークは目を閉じた。世界にはびこる悪と戦うにはケインのような男が必要だ。兄がそれまで何をしてきたか、兄がどういう人間なのか、ようやく気づいた。頭脳明晰で、集中力があり、訓練を積んだケインほどの人間がさまざまなリスクを理解できないはずがない。あの少年のような犠牲者は避けられない。ケインの部下たちもじゅうぶん理知的で、やみくもに隊長に従う男たちではない。彼らはみな、すべてを理解したうえで行動しているのだ。

しかしデュークは部隊の一員にはなりきれずにいた。胸の奥のどこかでいまだにふつうの生活を夢見ており、完全にはなじめなかった。たぶん彼には弱いところがあり、父や兄のようなローガン一族の保守本流にはなれないのだろう。自分でもわかっていたのは、おれにはできない、ケインの部隊の一員にはなれない、ということだけだった。

兄の目をまっすぐに見た。「アメリカに帰るよ。もしおれが必要になったら連絡をくれ」

ケインが彼をじっと見た。その表情を何かがよぎったが、精神的に疲れきっていたデュークには、ケインが無言のうちに語りかけてきた言葉を読みとることができなかった。

ケインはそっけなくうなずいた。「J・Tに連絡しろ。彼がおまえを使ってくれる」

そうするかどうか、デュークは自分でもわからなかった。ただ黙ってその場を歩き去ろうとした。

「愛してるよ、デューク」ケインが言った。

あれから数年かかってデュークはやっとわかった。ケインが彼に一目置いていたこと。彼の決断を理解していたこと。デュークが自分でどう思おうと、彼が弱虫だとは思っていなかったことなどが。そしてできるかぎり、過去の出来事と折り合いをつけた――それでもときおり、あの死んだ少年の顔が頭にちらつく。いまみたいなときに。

引き出しのなかのコルトに目を凝らした。手が震えた。あの夜明け前からというもの、銃は一度も撃っていなかった。

コルトには手を触れないまま、引き出しをぴしゃりと閉め、オフィスをあとにした。

6

ノラとピートは昼少し前に検視官のオフィスに到着し、ドクター・キース・コフィーの案内で小規模なサテライト施設内のメインの解剖室に向かった。ノラは歩きながらコフィーに言った。「こんなに早く解剖を引き受けていただいて本当にありがたいです。おかげで立ち会えました」

あと一時間少々で魚類鳥獣保護局がブッチャー＝ペイン社にやってくる。カモの捜索を開始するためで、ノラはぜひそこにも立ち会いたかった。ノラから局長に事情を説明し、局長がチームを編成すると同時に必要な装備をととのえてくれたのだ。ノラはそのほかにも、週に一回、午前中だけブッチャー＝ペインにやってくる獣医のトムセン医師にも連絡し、彼はカモを特定できればとの期待をこめてマイクロチップ読み取り装置の試作品を運んでくることになっていた。

「遺体の準備がととのうのを待ってはじめていたんだよ」コフィーが言った。解剖には、薬物検査や血液検査を除いた基本部分で約一時間かかるが、今回のように状態が変化しやすく微妙な場合——繊細な遺体の場合——は、いつにもまして注意深く周到な扱いが要求される。

ノラとピートは靴の上から紙製カバーをはき、マスクをかけた。ノラは手袋もはめた。ピートは一歩さがった位置に立つ。相棒が解剖嫌いと知っているからノラは何も言わない。支局に行ってもいいと言ったのに、彼はこう言い張った。「ブッチャー＝ペインで魚類鳥獣保護局が捜索をはじめるとき、おれもいっしょのほうがよさそうだ」たしかに彼の言うとおりだ。カモの追跡では、動くことのできる人間がひとりでも多く必要になる。

狭い解剖室のにおいは病院に似て心地よくはないものの、耐えがたいというほどでもなかった。最強に設定したエアコンが何もかもをほかの部屋より冷温に保ち、はなはだしい悪臭が拡散しないようにしているのだ。ドクター・コフィーの助手――若く小柄なアジア系女性――が三人に背を向ける位置で繊維サンプルをのせたトレーで作業を進めている。

コフィーは遺体を切開していた。「箱を見てごらん」

ノラは証拠物件用ドライヤー――証拠保存のために高効率粒子空気フィルターを取り付けた大きな箱――の前に移動した。主として保管に先立ち、衣類を乾燥させるために使われる。箱のなかには全部で三点しか入っていなかった。ジーンズ、男性用下着、スポーツソックス。ジーンズには血とおぼしき汚れがつき、下着とソックスには間違いなく血のしみがついていた。

「被害者のものですか？」

「ああ」コフィーが答えた。「現場で気づかなかったのは、消火作業のせいで遺体が濡れていたからだが、ジーンズを脱がせた瞬間、これは殺人事件だとわかったよ。血液反応の結果は陽性だった」

「血液の量がかなり多いみたいですね」大量失血でないかぎり、これほどの血痕は残らないはずだ。「これ、全部が血でしょうか？　ほかにも——」そうは言ったものの、血液以外には思いつかなかった。「火災が原因の何かとか？」

「ジーンズは燃えたが、そうひどい焼けかたはしていない。きみも見てわかるとおり、裏返しにしてみたんだ」

検視官に言われてはじめて、ノラはそのことに気づいた。血は裏側までしみこんでおり、ジーンズの膝から上の部分はほぼ全面が血まみれだった。

「サンプルをいくつか検査した。どれもAプラスで、被害者の型と一致する。当たり前のようだが、血液が遺体からのものでない可能性もなくはない」

「でも銃で撃たれた痕跡はないんですよね？　刺殺でしょうか？」

「これほどの大量出血の原因がなんなのかがわからない。ただし——」

コフィーが一瞬ためらった。

「なんでしょう？」

コフィーの物言いが慎重になった。「この傷は刺殺じゃないなあ——ナイフを突き刺した形跡がない。内臓にダメージがない。体表に関して言うなら、傷が致命的なものだったかどうかはなんとも——火傷の範囲が広すぎて傷の深さがわからない。しかしながら言えることもある。彼は拘束されていた」

彼は先端にゴムがついたポインターを取ると、ジョーナ・ペインの手首に軽く触れた。「火傷のせいで手の表面のダメージははっきりわからないが、ここを見てごらん。炭化した皮膚を除去したんで、筋肉のダメージがわかる」

彼はノラに解剖台の反対側に来るよう手ぶりで伝えた。「そっと動かさなきゃならないが、背中を見てほしいんだ。すでに写真は撮ってある」

二人は用心深く遺体を横向きにした。「へこみがついてますね」ノラが言った。「死後硬直の初期段階みたい」

「そのとおり」

「だとしたらなぜ紫か黒じゃないんですか？　数時間仰向けになっていたとしたら、背中が鬱血するはずですよね」かすかに紫がかってはいるが、本来ならばそんな色ではないはずだ。

遺体を元どおりの仰向けに戻した。「そう、きみの言うとおり、そういうことなんだよ。全身を調べたが、鬱血箇所はほとんどなく、あるのは背中だけだ――それも裸眼では見えない」

「消えたりしたとか？　たとえば熱のせいで？」

「火事はここまでの大量失血を引き起こすほど長くはつづかなかったし、たとえそうであったとしても、死後硬直の初期から中期段階で生じる筋肉の変色が見られないとおかしい。切創を調べてみた。浅い――深く見えるのは皮膚が裂けているからだ」

ピートが顔面蒼白になって後ろにさがった。「皮膚が裂けてる？」

コフィーがうなずいた。「火災の熱気のせいだ。しかし遺体の体表を隅々まで調べたところ、どれもせいぜい三ミリ程度の深さじゃないかと思われる。ちょっと言い過ぎかもしれないが」

「切創はどうやって生じたんでしょう？」ノラが質問した。

「それはなんとも言えないんだよ。火傷のダメージのせいでね。ナイフだとは思う。刃は剃刀より厚いが、それ以上の詳細まではわからない」

ノラは遺体をじっと見た。「少なくとも三十か所はありますね」

「三十八か所は確認できた。これというパターンはないが、主として腕に集中している。胴体部分には六か所だけだ」

ノラが訊いた。「彼が火災で死んだのか、あるいはそれ以前に死んだのか、推測はつきますか？」

「まだ肺を見てはいないんでね」

ノラは検視官に仕事にとりかかってもらい、そのようすをじっと見守った。そうすることで生前の被害者を思い浮かべずにすんだ。

「ほう」コフィーが言った。

「何か？」

コフィーはしばらく無言のままだった。ノラは前に進み出たものの、どこに目をつけたらいいのかがわからなかった。死んで間もない遺体の内部は複雑で、素人には臓器の区別すらつかないが、コフィーが大きな臓器を引き出すと、それが肺であることはノラにもわかった。

「この肺を見てごらん。内部に煙によるダメージがない。喉も焼けていない。煙が充満した部屋で呼吸したなら、少なくともこんな程度じゃすまないはずだ」

「それで少しすっきりしました」ノラが言った。「だとすると、彼の死因はなんでしょう？　これですか？」胴体と両腕のナイフによるものとおぼしき切創を手で示した。

「正直なところ、わからない」

コフィーは解剖を続行し、ノラはわきあがってくる多くの疑問を抱えながらも質問は控えた。

「心臓を見て」コフィーが言った。

ノラはどこに注目したらいいのかわからなかったが、とにかく見た。

「これだが、わかるか？」コフィーが問いかけた。

「えっ？」

「これだよ！　彼が死んだとき、血圧はゼロに近かった。ふつうなら心臓を切り取ったときは血が噴出するものだが、ぽたぽたと滴っただけだ」

「つまり、血圧がゼロになって死んだ、ということですか？」

「そうだ。ジーンズにしみこんだ大量の血液を考えれば、失血死の可能性は大いにある」

「証拠は？　被害者の死因は大量失血だと断定できますか？」

コフィーがいらついた表情をのぞかせた。「証拠はこれで全部だよ。いまのところ断言できるのは、死因は不明ってことだけだ。彼は火災では死ななかった。死因は火傷を負ったからでも煙を吸いこんだからでもない。火災発生時、彼は死亡していた」

「でも、こういう浅い傷が原因で人が死ぬってありえますか？」

コフィーが言った。「さあ、どうだろうな。とりあえず彼の診療記録を取り寄せることにして、きみが来る前に主治医と電話で話したところだ。彼は血友病ではなかったし、たとえばワルファリンのような、血液の凝固を妨害しそうな薬――少なくとも処方薬――を飲んでもいなかった。血液サンプルを採取したんで、明日の昼前には毒物報告書が出るんじゃないかと思うよ。大至急と言っておいたから」

ノラは何がなんだかわからなくなった。「つまり、大量失血が死因だとは言い切れないわけですか？」

「それを書面にするつもりはないね――もし本当に全身の血液の四十パーセント以上を失って死亡したとしたら、そのときは二次的な判断を下すことになるが、さらに何種類かの検査をしたり血液検査の結果を調べたりしなければならないし、組織検査や血液検査ももっと必要になるだろうな。まだ結論は出せない」

「現場で血痕は見ませんでした。火に焼かれてしまったんでしょうか？」ノラが質問した。

「いや――現場に血痕はなかった。わたしが遺体を袋に納めたあと、鑑識がカーペットを切り取っていたよ。目立った血のしみは――もしあったとしても――わたしは気づかなかったが、鑑識に訊いてみてくれ」

ピートも質問した。「背中のその跡はなんなんですか？　何を意味するんでしょう？」

「そう、それもあるんだ。つまり、被害者の遺体にはちょっとした鬱血があったが、通常の変色が見られなかった。しかし彼の体重は表面が硬くてでこぼこしたものにかかっていた。背中からは微量の繊維も見つかったんで、証拠として袋に入れてある」

ノラが言った。「そのサンプル、ＦＢＩのラボに回すことにします。検査を急ぐように言いますから」

「そいつはありがたい。さもないと州のラボに送ることになるからね。たいていの証拠に関しては州のラボも大したものなんだが、微細証拠の場合、担当がきわめて小さな部署でね。それじゃ、どのサンプルもきみのところへ送らせよう」

「ありがとうございます」ノラが言った。

「つまり、背中の跡はペインがブッチャー＝ペイン社で殺されたのではないことを意味する。そういうことですか？」ピートが訊いた。

「その可能性はある。火が腐敗速度を混乱させたものだから、死亡推定時刻が割り出せない――正直なところ、時間的な絞り込みができないんだ。死後硬直が火災発生前にすでにはじまっていたことは間違いない。最短でも死後六時間は経過していた。おそらくもっと長いはずだ。さらに二十四時間前までの幅で考えていい。とはいえ、きみたちの捜査しだいでもっと限定できるかもしれない。死亡したのは食後約八時間。最後に何を食べたのかは目視だけでは特定できなかったんで現在検査中だ」

ピートが、ちょっと失礼、と言い、部屋を出ていった。

ノラが言った。「火災発生は午前一時三十分ごろですが、彼は六時間前に死亡していたんですね」

ということは、彼の死亡は遅くても日曜の晩の七時半、早ければ土曜の午後。

ノラはデュークにEメールし、警備システムの週末の記録にアクセスできたかどうか尋ねた。放火犯が現場に現れるずっと前にペインがオフィスで死んでいたとしたら？　ありえない偶然の一致のようだが、可能性は除外できない。

「背中のへこみですが、原因はなんだと思われますか、ドクター・コフィー？」ノラが訊いた。

「死後まもなく運ばれたんだと思うね。何かしら表面が硬くて滑らかで凹凸のあるものの上に置かれているあいだに死後硬直がはじまった」

「滑らかで凹凸のある？　矛盾しているみたいですが」

「型をとって照合するまで書面にするつもりはないが、おそらく彼は殺されたあと五、六時間、ピックアップトラックの荷台にいたんだと思う。その荷台にはおそらくおおいがあった。さもなければ昆虫の活動の痕跡がもっと残されていたはずだろうからね」

「荷台に死んだ半裸の男がのっていれば、通行人の目にも明らかにそれとわかるでしょうし」

コフィーが苦笑した。「そのとおり」

「となれば、キャンパーシェルとかそのほかそれに類するおおいがついたピックアップトラックを捜すことにします」

「たぶん荷台が長いやつだな。被害者の身長は百八十八センチだ。荷台の対角線上に置かれていた——へこみのぐあいからわかるだろ。ぺったりと仰向けに——死後硬直のせいで動かせなかったんだろう」

ピートが解剖室に引き返してきた。「魚類鳥獣保護局がブッチャー＝ペインに到着した。担当者がきみを探しているそうだ」


ショーン・ローガンはローズ大のカフェテリアでプラスチック椅子に腰を下ろし、前に置いたサラダをフォークでつついていた。デュークの顔にパンチを見舞ってやりたい気分だった。

与えられた役を演じてこい、とデュークは言った。学生のひとりになれ、とデュークは言った。おまえならうまくやれる、とデュークは言った。

くそっ、どうせおれのことなんかなんにもわかっちゃいないんだ。ショーンは大学が大嫌いだった。MIT在籍中もオールAの成績にもかかわらず大嫌いだった。

オールAとはいえ、一科目だけBマイナスがあった。彼を嫌っていたずんぐりした女性教授の英語だ。

だらしなくすわり、目の前の葉っぱを口に運んだ。どうしてこんなウサギの餌みたいなもんで生き延びられるやつがいるんだろう？　焼き立ての熱々ハンバーガーのにおいが漂ってくるや、胃は大きな音を立て、鼻はひくついた。

これでデュークに大きな貸しができた。

ジョーナが死んだ。

ショーンは怒りをため息で消し、サラダを味わった。そのあと二〇〇ミリリットル入りパックのミルクを半分ほど一気飲みした。少なくともミルクは胃が感じていた飢餓感を満たしてくれた。

「ミルク、飲むの？」

口の周りをナプキンで拭いながら顔を上げた。目の前にキュートなノーメイクの――メイクなど必要ない――ブルネットが片手でトレーを持ち、片手を腰に当てて立っていた。

「骨に問題があるんだ」とっさに嘘が口をついて出た。「カルシウム摂取のために牛乳を飲むようにって医者から言われてて」彼女が詳しいことまで質問してこないことを祈った。そうなったら、何かしらでっちあげる必要が生じる。

「薬ですむでしょうに」

「医者が同じじゃないって言ってたから」自分でも何を言っているのかわからなかったが、これでいいと思えた。これから一、二週間、ベジタリアンを装うだけならなんとかいけそうだが、ミルクまで断つつもりはない。いくらデュークのためとはいえ。

彼女はトレーをテーブルに置き、向かい側の椅子にかわいいお尻をのせた。皿に盛られた正真正銘ベジタリアンの食事を見るかぎり、一時間と体がもたないだけでなく、論理的な思考が五分とはつづかない気がした。

「医者なんてみんな出まかせばっかり。あたしには優秀な栄養士がついてるの。もしよかったら紹介してあげるけど」

「いいね」ショーンは答えた。栄養士？　そいつがぼくがまだ知らないことを教えてくれるってわけか？　**バランスのいい食事をとって、糖分は控え、運動をする。**「きみの名前は？」

「アーニャよ」

「アーニャか。いい名だね。ロシア系なの？」

彼女が肩をすくめた。「さあ、どうかしら。訊いたことがないから」

「訊くって？」

「両親に」

「なぜ？」

また肩をすくめる。「あたし、両親とおしゃべりすることができなかったの。あの人たち、わかってないの。わかる？」

ショーンは自分が大学を嫌いな理由を思い出した。仲間たちが我慢ならなかったからだ。**ぼくもぼくをわかってくれない両親に生きていてほしかった。**

「あなたはたしか……ショーン、よね？　『社会正義』の授業に出ていたでしょう」

「記憶力、いいね」

アーニャがにこっとした。すごく可愛い、とショーンは思った。まだ二十三歳だというのに、ここにいるほとんどの学生より十歳も年上のような気がしていたし、かつてMITにいたときもそう感じていた。しかし、いまでも可愛い女子学生は好きだ。「あなたが無垢なものたちを擁護する姿がすごくよかったから」

無垢なものたち？　ショーンは記憶をたどって……そうか、二時間授業のなかでおこなわれた討論のとき、動物の権利擁護に関して極端な立場をとり、自分の身を守れない動物や彼らの権利について力説したのだ。そのときはわれながらいいことを言うと思ったが、じつは何を言ったかはっきり記憶していなかった。人間も動物にすぎないのに、動物の死体で命をつないでいいはずがないというようなことを言ったような。

「そいつはどうも」ぶつぶつと口ごもった。「言いすぎちゃいけないと思っていたのに」

作戦がこれほどうまくいったことが信じられなかった。活動家を誘い出したいとは思っていたが、まさかたった一日で成功するなんて？

「見かけない顔だけど、どこから編入してきたの？」

ショーンは目を白黒させた。「そうじゃないんだ。話せば長いんだけど、いやな教授に落第点をつけられちゃってさ。六月に卒業した——というか、するはずだったんだけど、そいつの一科目だけが引っかかっちゃって。で、学士号をもらうためにこの授業をとることにしたんだ」

「誰なの、そいつ？　ブリッガー？　ややつよね、あいつ」

「ここじゃないんだ。東海岸の大学に行ってたんだよ。家族からできるだけ遠く離れたくて」本当のことだが、サクラメントを離れたかったからではない。MIT入学の機会を逃す手はないとデュークが言ったからだ。たぶんデュークの言うとおりだったのだろうが、MITは高校やスタンフォードにもましてなじめなかった。たしかに高校と違い、MITの仲間は知的ではあったものの、仲良くなった学生はほとんどいない。しっくりこなかったし退屈だった。彼には退屈すると問題を起こす傾向があり、そのたびにデュークに助けられていた。たとえばショーンが学生部長のパソコンに侵入、そいつがダウンロードしていたポルノを引き出して、そのファイルを大学評議会や学生自治委員会に送ったときだ。学生部長は解雇されたが、ショーンは放校処分となった。それはスタンフォードでのことで、当時ショーンは十七歳の一年生だった。

ひどく不公平な処分だと思った。あの最低野郎はポルノ・サイトをサーフィンしては吐き気がするようなビデオをダウンロードしていた。ショーンだってゴージャスな女性のヌードは大歓迎だが、あいつが好んで利用していた暴力的なセックスは論外だ。たしかに他人のパソコンに不法侵入はした——そもそもはエイプリルフールのいたずらだ——とはいっても、成績を書き換えたとか、あいつのパソコンにポルノを置いてきたとかではないのだ。

学生部長は、ショーンが自分のパソコンに動画ファイルを押しこんだとして訴えようとさえした。そこでデュークが介入し、そうではないことを証明した。最終的にあいつはクビになったが、デュークはショーンの行為に失望し、ショーンとしてはデュークを失望させたことにすごく悔いが残った。

「ねえ、ショーン」アーニャが言った。

「えっ？」

「なんだか悲しそう」

ショーンは大げさににっこりした。「ぼくが？　まさか。ぼくはパーティー好きだよ」

「あたし、ここのグループに入ってるの――あなたも興味があるかもしれないわ。集会は一週間に二、三回で、新聞に記事を書いたり、デモをしたり、キャンパスの緑の維持に協力したり。簡単じゃないけど」

「だろうね」とりあえず相槌を打ったけれど、彼女が何を言っているのか見当もつかなかった。

「あなたってすごく弁が立ちそうだから、あなたみたいな人が参加してくれたらと思うのよ」

「ぼくは授業についていかなきゃならないんだ――遅れて登録したからってロスタイムは与えないってコール教授に言われたから」

「リーフはやさしい人よ」

「リーフ？」

「リーフ・コール。彼をコール教授って呼ぶ人なんかいないわ。彼もきっと今日のあなたのスピーチを気に入ったはずよ。ただ、彼ってえこひいきはしない人なの」

「なんだかうわの空ってようすだったけど」ショーンが言った。

アーニャはすぐには答えず、しばらく黙っていた。「たぶん、ちょっと疲れていたのよ。そういう日が誰にでもあるでしょ。でも今夜は集会だから、彼は必ず来るわ。一度参加して彼と話したら、どんなに素晴らしい人か、あなたもわかるはずよ」

教授にはグルーピーがいるってわけか？　もしそうだとすれば、アーニャはグルーピー軍団のリーダーだろう。ひょっとしたら教授にお熱ってことかもしれない。アーニャみたいな美人女子学生の目に、生え際後退中の髪をポニーテールに結った中年学者はどう映っているのだろう？

だがショーンはうなずいた。「いいね。それ、どこで？」

「エドワード・アルビー館のラウンジ。今夜七時半」アーニャはショーンの肩ごしに、彼の後ろにいる誰かにボディーランゲージで何かを伝えた。ショーンはあえて振り返ったりはしなかった。

「行くよ」笑顔で答えた。「ありがとう。おかげで今学期が退屈せずに過ごせそうだ」

やりすぎないようにしないと。

「それじゃ、またあとでね。もう行かなくちゃ」

アーニャはトレーを持って歩き去った。ショーンは残ったミルクを飲み干しながら、こっそり後ろを見た。アーニャがトレーの上のものを分別してそれぞれの容器に捨てているのは見えたが、目配せしていた相手が誰だかはわからなかった。そこで彼女が角を曲がるや、ショーンもトレーを片付けて、彼女のあとを追った。

リーフはオーガニック菜園でアーニャと会った。

キャンパスで二人きりになることはめったにない。不穏当ということになるからだが、恋愛に関する社会の因習をなぜ気にかけるのか、リーフは自分でもわからなかった。しかし今日はこうするほかなかった。授業の前に彼女に会おうとしたのだが、人が多すぎた。授業のあと、ランチ前に彼女をつかまえようとしたが自由になれず、しかもようやく見つけた彼女は新入りの学生といっしょに食事していた。

彼らしくないが、ハンサムな若者といるアーニャを見てちょっとした嫉妬を覚えた。しかし自分は何を期待している？　彼女は若く、はかなげな美人だ。自分の年齢は彼女の二倍。こんな気持ちを抱くことが不適切であるだけでなく、心のままに行動した事実、学生との恋愛関係を望んで肉体関係を持った——学生と恋に落ちた——事実はこの先、彼の立場をひどく悪くすることになるだろう。ローズ大は学問や教育方針においては進歩的なのに、評議会はことセックスに関してはむしろ堅苦しい。こんな前向きな教育機関が硬直した社会的道徳観に抵抗しないなんて、とは思うが、さほど意外ではない。すべて金のためだろう？　詰まるところ、大学は子どもを特権階級向けの大学に送りこんでくれる裕福な親からの授業料を失うことを恐れているからだ。

だがアーニャの精神には心惹かれるものがあった。彼女は清らかな理想主義者であると同時に古風なタイプの人間でもある。生存のために水が必要であるように、彼は彼女を必要としていた。アーニャを愛していた。われながら奇妙な感情だ。これまで自分以外の人間にこれほど強烈な想いを抱いたことはなかった。学者としてのライフワークや使命感のほうが、感情的ないしは肉体的な執着よりつねにはるかに重要だった。しかしアーニャのことになると、彼女とずっといっしょにいられるのなら、終身在職権など投げ出してもいいと思っていた。

たとえ気持ち以外のことでリスクを負うのがリーフひとりであっても、二人はこの恋を秘密にしておくことで合意していた。

五月になってアーニャが卒業したら、いっしょに暮らさないかと訊くつもりだ。人間がつくった結婚という制約のなかでではなく、それが意味を持つ場所で。二人の精神が互いを補完するかぎり、いっしょにいたいと考えている。二人が満足のいく状況であるかぎり。

オーガニック菜園で待つ彼にアーニャが近づいてきた。いつも着ているゆったりしたロングドレスが心やさしい性格を映し、その姿を見たリーフは抑えきれずに彼女の手を取り、ぎゅっと握りしめて親指で彼女の手のひらを撫でた。アーニャの目の下にはくまができており、青ざめた肌はいつにもまして透き通るようだった。

「大丈夫か？」小声で訊いた。誰かが近づいてくるかもしれないと思い、すぐに手を離した。

「ええ、もちろん。どうかしたの？」

「ランチ・デートはどうだった？」訊くつもりなどなかったが、つい口をついて出た。

アーニャは目をしばたたき、なんのことだかわからないといった顔をした。「ああ、ショーン？ 彼、すごく意識が高いわ。憶えてるでしょ、授業中にスピーチした学生」

憶えてはいたが、ショーンが動物の権利について熱のこもった訴えを述べていたとき、リーフの頭のなかはジョーナ・ペインが殺されたというニュースでいっぱいだった。

「昨日の夜も彼といっしょだったのか？」リーフが訊いた。

「えっ？ いったいなんのことだかわからないわ。彼とは今朝の授業ではじめて会って、ランチのときに話をしたんだけど。どうかしたの？」

「何が起きたかは知っているんだ」

詳しく説明する必要はなかった。アーニャがわずかに目を伏せたのだ。

「彼も昨夜、あそこにいたのか？」もう一度訊いた。

「ううん。あれはいつもと同じ人たち」

リーフは胃が引きつるのを感じ、アーニャの両手をまた握りしめた。「もうやめるときみは約束したじゃないか」

「あそこは重要なの。彼らは――」

「しいっ」リーフがさえぎった。アーニャの放火活動について、これまで声に出して話したことはなかった。彼は知っていたが、肝心な点には触れずにきた。事件にかかわる言葉や名前を声に出して言ったことはなかった。しかし昨夜の悲惨な結果を考えると、やはりアーニャのルームメイトを責めていた。マギーはもう二度とここには戻ってこないものと思っていたのに。

「つまり、マギーが舞い戻ってきたのか?」

アーニャがこっくりとうなずいた。

「なぜ知らせなかった?」

「それは――あたし――あたし、わからないわ」

「知らせるな、とあの子に言われたんだな」

アーニャが目に涙を浮かべてうなずいた。「リーフ、どうか許して。約束を破るつもりはなかったけれど、あまりにも多くの命が危険にさらされているから」

アーニャの情熱にはリーフもつねに敬意を抱いていた。情熱のままに行動するアーニャ――つねづねそうしたいと思いながらも、怖くてできずにきた自分。リーフにとっては行動より自由が大切だった。口では立派な戦略を説いているのに、自分の自由を実質的に危険にさらしたことは一度もない。

そしてアーニャにも自由を失ってほしくなかった。

「アーニャ……」彼女にどう話したらいいのだろう? 自分が話さなければ、ほかの誰かから聞いて、何が起きたのかを知ることになる。

「リーフ――そんな怖い言いかたしないで」

「人が死んだ」

アーニャは言葉の意味が理解できないらしく、彼をじっと見た。まもなく大きな目を潤ませて、かぶりを振った。「何がなんだかわからない」

「新聞記者から電話があったんだ。ジョーナ・ペインの死体が彼のオフィスで発見された」

アーニャががたがた震えだし、リーフは両腕で彼女を抱きしめた。噂なんかクソ食らえ。

「しいっ」とささやく。


肩に顔をうずめてすすり泣く彼女の苦悩が伝わってきた。おそらく事故だ！　アーニャは故意に人を殺すことなどできる人間ではない。マザー・テレサのような女性だ。これからアーニャの人生はがらりと変わってしまいそうだ。だから言っただろう、と前回は言ったが、今回は言えなかった。州立大サクラメント校への放火で警備員が怪我を負ったあと、リーフはアーニャに、きみはぼくのすべてだ、きみの命はかけがえがなく、死や投獄の危険にさらすわけにはいかない、と言った。するとアーニャもわかってくれた。彼女はそうしたリスクは承知しながら、進んでそれを冒そうとしていたが、最後には二人の愛のほうが自分には大切だと言った。そして彼女の卒業後はともに、より強力で永続性のある手段を見つけて世論を変えていこうと語りあった。彼の言葉とそれを聞く彼女の顔。二人ならできるとリーフは思った。しかし、いま……


「何が起きたの？」アーニャは泣いていた。

「さあ」リーフが認めた。「ペインはオフィスで寝ていたのかもしれないな。さもなければ火を消そうとしたはずだ。まだ何もわかっていないらしい」

アーニャが体を離した。「誰かに見られるかもしれないわ」

「そんなことはどうでもいい」

「あなたはあたしの大切な人なの。こんなことであなたのキャリアを危うくするわけにはいかないわ」

彼女がそう言うのを聞き、リーフはこれまで二年間、自分がどれほど自分本位だったかに気づいた。アーニャに二人の関係を秘密にさせていたのだから。

「愛しているよ、アーニャ」

アーニャの唇が震えた。「あたし、人を殺したんだわ」

「故意じゃなかった」

「そんなこと関係ない」

「そんなふうに考えるのはよせ。これは事故だ。ぼくはきみを失うわけにはいかないんだ、アーニャ。檻（おり）に閉じこめられたきみを想像すると堪えられない。お願いだ、ハニー、自分を守らなきゃいけないよ」

「あたし、もう行かなきゃ」

「待て――」

「午後の授業がはじまるの」

「アーニャ、たのむ――」

アーニャは彼から離れようとしたが、リーフが彼女の手首をつかんだ。「心配しないで。あたしがあなたを守るから」

「守るべきものなど何もないよ」本当のことだ。ある程度は。彼がはじめて放火のことを知ったのは第二の放火事件のあとで、詳しいことは知らなかった。ほかに誰が関与しているのかも知らなかった——感づいてはいたが。アーニャからは何も聞いていなかった。証言台に立つことはできない。知ってはいても、証拠もなければ告白を聞いてもいないのだから。

「あたし、人を殺したんだわ」アーニャが今度はささやくように繰り返した。

リーフはそのことを頭のなかから追い払った。何も聞かなかったことにしよう。

「約束してくれ」リーフは言った。「自分を守ると。弁護士がいないところで警察に何も話さないこと。何も言うな。連中はきみの発言を利用してきみを不利な立場に追いこむ。きみに罪悪感を抱かせようとする。ぼくはきみの性格を知っている。心やさしく善良だ。誰かがきみの権利を守らなければならない」

アーニャが涙をうかべながらうなずいた。あたしもあなたを愛してる、と声には出さずに唇を動かし、そのまま走り去った。

リーフは眼鏡をはずし、熱くなった目をぎゅっと閉じた。絶望と不吉な予感が一気に膨らんできて息苦しくなった。これまでのしかるべき人生、愛していた人生が終わりを告げようとしている。わかってはいても、それを止める手立ては何ひとつなかった。

7

デュークはジム・ブッチャーの話に耳をかたむけていた。ライフワークが消滅し、親友が死んだ事実を受け入れながら語るジムは、どうしたらいいのかわからないといったふうだった。デュークはなんとか彼を励ますべく、「おれが必ず犯人を突き止めるから」と言った。

二人はブッチャー＝ペイン社から二車線道路を隔てたところにあるオフィスにすわっていた。警察の現場検証が終わるまでいたらいい、とジムの友人が提供してくれたスペースだ。オフィスには窓があり、一部焼失したブッチャー＝ペインの社屋が見えるのがいいような悪いような環境だった。現在、駐車場には保安官事務所の車が二台、放火捜査官のトラック、カリフォルニア州魚類鳥獣保護局の大型車が三台停まっている。

ジムがデュークをじっと見た。「これまでの放火事件をＦＢＩが何ひとつ調べなかったせいで、おれのパートナーが死んだ」

デュークは言葉に詰まった。ジムのもどかしさもわかる一方、ＦＢＩが全力で捜査を推し進めていることも知っていた。捜査はしているし、ノラ・イングリッシュはきわめて優秀な捜査官だ――デュークは半ダースほどの仕事をいっしょにし、その仕事ぶりをじかに見てきた。

「この捜査の担当捜査官を知っているが、彼女は手を抜くようなことはしてないよ」

「そいつはすごい！」ジムが皮肉たっぷりに言った。「この放火犯たちのせいで、これからいったい何人死ぬんだろうな？　正気じゃないよ、こいつらは」

デュークは話題を変えた。「ラスのアパートメントに寄ってきたが、彼はいなかった。気配すらない。隣の人は土曜から見かけていないそうだが、これはあんまり意味がない。彼をよくは知らないとも言っていたからな。きみはラスが遠出するようなことは聞いてなかったのか？」

「いや」ジムが顔をしかめた。「何かまずいことでも？」

「わからない」デュークはすぐさまアイフォーンからパートナーのJ・T・カルーソにEメールを送った。

ブッチャー＝ペイン社のIT管理者、ラッセル・ラーキンのあらゆる財政状況、最近の旅行などに関して詳しい調査をたのむ。住所はロックリン、ロックリン・ロード十六番地一〇一〇。

「ジョーナに危害がおよぶようなことにラスが関与するはずがない」ジムが言った。「何が起きてるんだと思う？」

「わからない」答えがないことを腹立たしく思いながら、デュークがまた同じ返事を返した。

「警備システムの暗証番号を知っていて、思いどおりに操作できるほどシステムを理解している人間は、おれ以外にはラスしかいない」

「何か見落としているとしか思えないな。そんなことはありえない」ジムが言ったが、説得力はない。ジョーナが死に、彼らの研究はつぶされたとなれば、なんだってありうる。

「彼はおれが捜す」デュークが言った。

「メラニー・ダンカンから電話があって、FBIがもう彼女のところに話を聞きにきたと言っていた。研究用のカモが外に放たれたというのは本当なのか？」

ノラから依頼のあった警備システムの記録のコピーを一時間前に送信して以来、デュークはまだノラと連絡はとっていなかった。

「それに関する情報はまだ何も聞いていない。FBIがそう言ったんなら、おそらく本当なんじゃないかな」

「まずいな」ジムが薄くなった髪をかきあげると、あちこち毛が立ちあがったままになった。「どうしたらいいのかわからない。おれはメディア・コンサルタントなのに、どうしたらいいのか見当もつかない」

デュークが言った。「できることを精いっぱいやるしかないだろう。おれが情報収集をするよ。だがメディア相手に発言する前に、まずFBIに話したほうがいい」

ジムが言った。「ピート・アントノビッチ捜査官と十分前にここで会う約束をした。ここの住所を伝えておいた」

「彼がここに来るんだな」

「デューク、いくらでも払う。犯人を突き止めてくれ」

「請求なんかするつもりはないよ」

駐車場にノーマークのセダンが入ってくるのが見えた。いかにも〝FBI〟らしい。「アントノビッチとイングリッシュが到着したようだ」デュークは言った。

そのまま目を離さずにいると、ノラが運転席から滑らかな動きで降りてきた。ピート・アントノビッチが彼女に何か話しかけ、デュークとジムがいるビルに向かって歩きだした。ノラは魚類鳥獣保護局のスタッフのほうへと行った。

デュークは昔からの友人であるジムを見た。「アントノビッチ捜査官と話すあいだ、おれにもいてほしければそうするよ。でなければおれは向こうへ行って、イングリッシュ捜査官から何か新しい情報を引き出してきたいんだが」

「行ってこい。おれなら大丈夫だ。隠すことなど何もないからな。ジョーナを殺しちゃいないし、死んでほしくもなかった」ジムの声がかすれた。「あいつは兄弟みたいな存在だった。あいつを失うことはブッチャー＝ペイン社にとって大打撃だが、おれ個人にとっても……」まいった、という表情で両手を上げる。「唯一無二の友を失ってしまったよ。ジョーナがいなけりゃ、事業の成功もなんの意味もない」

モルグからブッチャー＝ペイン社までの短いドライヴのあいだ、ノラは疾病管理センターに連絡を入れた。むかつく連中だった。とにかく連絡が不可欠なところだからそうしたのに、少なくとも電話に応答した相手は最低だった。しかしノラはなんとか彼らに指示どおりに動いてもらいたかった。向こうの反応はこうだ。いちおう警戒はするが、自分たちが駆り出される理由がもっとそろわないことには、起こりうる非常事態への即応は無理だ。

駐車場に入るとき、サンガー保安官が部下を入り口に配置して身分証を呈示させ、メディアやその他の人びとを排除しているのを見てほっとした。正式に秘密情報使用許可を持つ人間以外——とりわけメディア関係者——の耳に、きわめて破壊的なウイルスに感染しているかもしれない実験用カモが十二羽、空に放たれた事実を入れるわけにはいかなかった。ふと気がつくと、クインのトラックがまだ現場にあった。放火捜査官チームは時間をかけ、細かな証拠を集めようと苦心しているのだ。事件が法廷までたどり着ければ、そのひとつひとつが重要な意味を持つことになる。

魚類鳥獣保護局のチームリーダーに自己紹介をした。ケヴィン・バリー。顎ひげを生やした長身痩軀の野生生物学者は黒いロングヘアをゴムで結わえていた。彼とそのチームは地域の地図に目を凝らし、近場で水のあるところを確認していた。そう離れていないところでメラニー・ダンカンが行ったり来たりしている。ノラが近づいていくと、ダンカンはカリフォルニア大学（UC）デイヴィス校から車でこっちへ向かう途中の獣医と携帯電話で話していた。カモの一羽一羽の皮下に埋めこんだ識別用マイクロチップを追跡できる読み取り装置の試作品を彼が運んでくるようだ。

ノラはそれぞれの仕事の邪魔はせず、自分の地図を開いた。

「やあ、ノラ」

後ろから聞こえたセクシーな低い声の主が誰だかはすぐにわかった。振り向いてデューク・ローガンと顔を合わせる前に気を引きしめた。そこまで心の準備をしたにもかかわらず、彼と目が合った瞬間のインパクトはあまりに強烈で言葉に詰まった。

それをごまかすため、即仕事の話に入る。

「セキュリティーのディスクから何か見つかった？」ノラが訊いた。

にこやかだったデュークがその瞬間、真顔になった。ノラはちょっと後悔した。

「建物への侵入の際はジョーナの暗証番号が使われていた。いま、うちのスタッフが防犯ビデオを復元している」

「ビデオ、どうかしたの？」

「それがわかればいいんだけどね。ただ、あるべきところにないんだ」

答えがない状況に置かれたデュークは、ノラにもまして戸惑っているようだった。さまざまな答えを**見つける**ことはノラの仕事の一部だから、ときに動揺したり苛立ったりもすることがあるにしろ、それはたんなる捜査の過程にすぎなかった。デューク・ローガンのような行動主体の人間にとっては、知らないことはものすごく痛いのだろう。

「きっと見つかるわよ」

「ここへ来る途中でラス・ラーキンのアパートメントに寄ってみた。ブッチャー＝ペイン社のＩＴ部門を仕切っている男だが、留守だった」

「ここにも来てないのよね。保安官事務所が従業員、近隣の人、目撃者かもしれない人を追っているけど、その情報はわたしに入ってくるわ」ノラはデュークの表情をよぎった不安を見逃さなかった。「ラーキンが無事かどうか心配してるの？」

デュークの返事は質問から少々ずれていた。「彼のアパートメントに見張りを置いた。もし彼が姿を見せたら、彼女から連絡が入るはずだ」

「わかった。もしよければ、全国手配って手もあるわよ。スタッフに連絡する必要はあるけど」

「名案だな」デュークはラッセル・ラーキンの身体的特徴や身長体重、車の型式をノラに伝え、ノラはその情報を支局に送った。

ノラが口を開いた。「あなたは――」

デュークがさえぎり、魚類鳥獣保護局のトラックのほうを手ぶりで示した。「あれはどういうこと？　カモがいなくなったとかジムが言ってたけど」

デュークに話さないわけにはいかなそうだ。「放火犯が実験用のカモをどこか自然のなかに逃がしたんじゃないかと思うの」

デュークが顔をくもらせ、低い声で言った。「カモを逃がすためにジョーナを殺したとか？　正気じゃないな、そいつら」

ノラは黙っていた。彼と同じく、彼女もまったく理解できなかった。

ケヴィン・バリーがマークをつけていた地図から顔を上げた。「問題のカモは足輪で判別できるのかな?」鳥類の専門家である彼の有能さは、少し前に挨拶したとき、すぐに伝わってきていた。

ノラが言った。「放火犯が足輪をはずした可能性は大いにあるわね。また捕まってほしくないと思っているはずだから」

「そう考えて逃がしたんだろうからな」

その声がダンカンのところまで届いたらしく、駐車場の反対側からノラたちが立っているところまで小走りで近づいてきた。チームはそのあたりに集結し、準備をはじめている。

「逃がした?」そう言って足を止めた。「カモを逃がしたってどうしてわかるの? 連れて帰ったってこともあるでしょ?」

ノラが説明した。「動物保護の活動家が実験動物をペットとして飼うことはめったにないのよ。十二羽のマガモ? どこで飼うの? 自宅のプール? 鳥がいなくなったニュースが流れれば、近隣の人や親族が怪しんで通報するかもしれないわ。それに、彼らは野生動物の自由を奪うべきではないと信じているのよ、研究者であれ自分たちであれ」

「だけどあなたは、これは動物保護団体の仕業じゃないって言ったわよね。遺伝子研究に反対する連中がやったんだって」ダンカンの口調は非難めいていた。

「ええ、たしかに」ノラが言った。「でも、カモを連れ去った事実から察するに、彼らの活動の目的はひとつとはかぎらないような気がするの」

「なぜこんなことをしてうまくいくと思ってるのかしら?」

「足輪をはずしてやれば、十二羽はあたり一帯の何千羽ものカモのなかに紛れこむ。自由になる可能性を与えてやったというわけ」

「彼らに賛成みたいな言いかたするのね！」ダンカンが言った。

ノラは半ばヒステリックになったダンカンに言い訳する必要はないと思いながらも、彼女の怒りはよく理解できた。ノラも怒っていたが、あえて彼女の機嫌を取り結ぶ余裕はなく、引きつった声でこう言った。「彼らと同じように考えて、動機や目標を理解するのもわたしの仕事の一部ですから。彼らの目標は鳥を自由にしてやることであって、ペットとして飼うことではないわ」

バリーが横から割って入った。「発見したら、自由にも囚われの身にもしてやれないね。死んでもらう」

ダンカンがあわてた。「わたしに返してもらえないんですか？」

バリーが首を振った。「殺処分しないと。おたくのカモだけでなく、このあたり一帯のカモも全部。ウイルスが拡散する可能性は否めない。その後はもっと地域を拡大して鳥のサンプリング検査をする必要があるし、全部捕らえたか、ウイルスは広がらなかったかを確認もしないと」

デュークがノラを見おろして訊いた。「それ、本当か？」

ノラはうなずいた。「急いで見つけないと」

ダンカンはまた行ったり来たりしはじめたが、まもなく顔を上げて、入り口に立つ保安官代理に身分証を提示しているバンに目をやった。「やっと来たわ！」保安官代理が入っていいと手ぶりで指示しているのを見て、大股でバンに近づいていく。

やってきたのが獣医だと推測したノラがバリーに声をかけた。「向こうへ行きません？獣医が機材を運んできてくれたみたいなんで」

「すぐに行く」バリーはポケットから地図を引き出した。「変人集団のことだ、鳥をどこへ連れていったとしてもおかしくない。連中が向かいそうな場所、どこか思い当たるところはないかな？カリフォルニア州全域からカモを捜し出すとなると、干し草の山から一本の針を捜し出すよりむずかしい」

ノラはこういう連中の活動に関する知識を斟酌してみた。「たぶんあなたが思っているほどむずかしくはなさそう」ゆっくりと言い、魚類鳥獣保護局のスタッフがすでに印をつけた地図に目をやった。「まず第一に、彼らはそう長い時間、鳥を抱えた状態ではいない。彼らがここをあとにしたのが午前一時半から二時のあいだ。カモを職場、学校、自宅に近い場所には連れていけない。そんなことをしたら、鳥を逃がすところを知り合いに目撃される可能性が高くなる」

「きみは犯人がどこに住んでるか知ってるのかな？」バリーが皮肉をこめて訊いた。

ノラは彼のコメントは無視し、犯人の立場になって考えた――熱心な動物解放者だった母親からいろいろ学んだ彼女にとっては簡単なこと。「すぐ近くの湖には連れていかない――捜査の手が最初に伸びると考えられるから」

　母親とともに実験用動物を解放したときのことを思い出した。幼いときは自分が正しいこと、人道的なことをしていると思いこんでいた。しかしすぐに、自由すなわち安全ではないと気づいた。少なくとも人間に育てられ餌を与えられてきた動物にとっては。

　もし自分がカモをどこかへ連れていくとしたら、人びとがパンくずを投げてくれそうな場所を探すだろう。豊富な水があり、やんちゃな子どもたちや乱暴なティーンエイジャーに追いかけられたときに逃げることができる場所。しかし人間がいる場所でなくてはならない。動物保護活動に携わる人びとは、囚われの身だった動物が自分の身を守るためにどれほど苦心することになるかを知っているからだ。今回のカモたちにも餌と水と安全が必要となる。

「ケージに入れることは動物を虐待していると考える連中だから、カモに鳴かれたらきっと堪えられなくなるわ」ノラは言った。「それに彼らが持ち去ったどのケージにもカモがぎゅう詰めになっているはずだけど、本来はひとつのケージに四羽以上は無理なの。証拠物件をずっと抱えているとなれば、いくら放火犯でも不安になるだろうし」

「なるほど――となると半径何キロ以内かな？」

「断言はできないけど、せいぜい三十分以内。誰かが放火をすぐに通報して、警察が車種を特定して捜しているなんてこともあるわけだから、パトカーに停止させられるリスクは冒さないわ。フリーウェーからすぐの水場――できれば保護区ね」そのときふと思い出した。サンガー保安官の部下がすでに聞き込みをはじめているはずだから、目撃者か何かが見つかったかどうか訊いてみよう。

「うーん」バリーは地図を見ながら考えこんでいる。

ノラは地図を逆さまから見ていた。もし自分が半ば飼い馴らされた水鳥を一ダース抱えていて、野生に返して生き延びる可能性がいちばん高いところに放してやりたいとしたら、いったいどうするだろう？

餌がとぎれずに供給され、水が豊富にある。公園。

現場から離れることに比べれば、そういう場所を見つけることは二次的な問題になるから、逃走経路沿いに見つけるはずだ。その逃走経路は最終目的地とは反対の方角だと推測する。

バリーが言った。「このあたりには池が数か所あるな。特定の季節に出現して現在は涸(か)れているところもあるが――」三キロ以内の三か所を指さした。特別な環境にはない――公園もないし、人もいない。工業地帯に接している。ここではない。放火犯は池の有毒物質を心配するはずだ。

ノラがかぶりを振った。

「アーサー湖はどうだろう？」バリーがもっと大きな池――湖と読んでもよさそうだ――を示した。ここから東へ行き、州間高速道路八〇号を降りてすぐのところだ。

可能性は高い。逃走経路として理想的だ。同様に、ここから十分ほど西へ行ったニューキャッスルにあるいくつもの人造池も可能性はあるが、近くに公園がない。ここもまた、軽工業地帯のそばに新たに造成された区域だ。工場からの公害レベルは低いため、カモを捨てるには好都合だが、動物のための条件がいいとはいえない。自分だったらここに置き去りにはしない。

「ここ」ノラがパインズ湖を指し示した。「きっとここだわ」

「そこと同じようなところならもっと近くに少なくとも一ダースくらいあるけどな」

考えれば考えるほど、自分は正しいと思えてきた。その他のはそこと同じようなところではないのだ。ロレインならパインズ湖を選ぶはず。なんとも皮肉な話ではあるが、ノラはかつていろいろ教えてくれた服役中の母親に感謝した。

「パインズ湖なら高速四九号と二〇号を使ってメリーヴィルまで近道ができるから、そこから北ならチコ、南ならサクラメントに向かえるわ。州間高速道路八〇号経由よりどこへ行くにも時間はかかるけど、このエリアから遠ざかるし、帰りに現場をまた通らずにすむでしょう」

「きみはすごい」デュークが言った。

驚いたことに、デュークが隣に立っていることをすっかり忘れていた。「どうも」皮肉をこめようとしたのに、どうもニュアンスが違ってしまい、彼に褒められてうれしいような口調になった。けっしてそうではないのに。

ううん、きっとそう。でも彼に対してそれを認めるつもりはなかった。

「ここは広大なレクリエーション・エリアなのよ」ノラが先をつづけた。「人間、ペット、子どもたちがいる――カモも餌には困らない。犯人たちはそのへんを懸念するわ。カモに餓死してほしくない。つねにそれがリスクなのよ」

「なるほどね」バリーが地図をたたんだ。「きみがどう考えようと死ぬ運命ではあるんだが。ここのカモだけでなく、その湖にいるほかのカモも全部。数にして数百羽だろうな。きみが間違っていることを願うよ」

心臓がどすっと沈みこみ、胸がむかついた。無垢な動物たちが死ななければならないことはつらいが、ウイルスがほかのカモに広がる可能性の大きさを考慮したらやむをえない。何千羽もの野生のカモが死ぬかもしれず、そうなればカナダからメキシコにかけて生息する種の数が激減する。さらに、その脅威をただちに排除しなければ、人間への感染の危険も高まる。

「すぐに出発したほうがいいわ」ノラが言った。

「きみが間違っていることを願うばかりだが」バリーがもう一度繰り返し、地図をしまった。

「わたしもよ」そう言いながらも、ノラは自分が間違っていないことを確信していた。「向こうで合流しましょう。ダンカン博士とドクター・トムセンをいっしょに連れていって。協力してくれるそうだから」

「そいつはありがたい。ドクター・トムセンの読み取り装置がうまく機能してくれるといいが、ああいう機械がマイクロチップから一メートル以上離れて機能したって話は聞いたことがない」バリーはそう言って歩き去り、チームに指示を出した。

ノラはデュークを見た。「ピートを見かけなかった？」

「彼なら通りの向こう側でジム・ブッチャーと話している」

デュークはノラのあとにつづいた。彼女の顔からは不安が読みとれた。ノラの分析には大いに感服しており、どうしてああいうことを思いつくのか少なからず好奇心をくすぐられていた。ノラの知性と頭の回転の速さにはずっと前から一目置いていたが、今回は特別だった。まるでアナーキストの考えを読みとることができるかのようだ。とはいえ、むろん、取るに足らないことだ。ケインとともに行動した経験からデュークは知っていた。有能な兵士が偉大な戦士になるとき、それは敵の身になって、敵の動きのひとつひとつを予測できるようになったときだ。

有能な警官もそれとあまり変わらない。

二人はジムが仮オフィスにしているビルの前で足を止めた。

「見つけよう」デュークが言った。

「カモのこと？　それとも放火犯？」

「両方さ」デュークが手を伸ばし、ノラの顎に軽く触れた。悲しそうな彼女を前にして抑えきれなくなったのだ。「ほら、元気を出して、ノラ」疲れきっている。無理もない。夜明け前からずっと動きつづけているのだから。

「ジョーナ・ペインは殺されたのよ」

「わかってる。おれたち――」デュークがいったん口をつぐんだ。「彼は故意に殺害されたって意味か？　事故死ではないってこと？」

「ピートとわたし、ここへ来る前に解剖に立ち会ってきたの。ペイン博士は火災が起きるずっと前に死亡していた――六時間以上も前に。証拠に基づけば、殺されたのはどこかほかの場所」

デュークはノラが言っていることについて考えをめぐらせ、独り言のようにつぶやいた。

「とんでもない偶然の一致だな。放火とは無関係な何者かがジョーナを殺して死体をオフィスに遺棄したその日に、アナーキスト・グループが研究所に放火して実験用動物を解放した」

「わたしもまったく同じことを考えたわ。でもこの行動って、アナーキスト・テロリスト集団についてわたしが知っていることから完全にはずれているのよ。わたし、そのへんの傾向にかなり詳しいんだけど、これは反社会性人格障害をもつ人間の仕業に近いような」

デュークが顔をしかめた。「ジョーナはどうやって殺されたんだろう?」

「確定的ではないけれど、検視官は多量の失血が死因だと考えているわ。彼の腕や体幹部分に浅い切創が複数あった。大動脈に損傷はないとはいえ、ドクター・コフィーが彼のジーンズを乾かしたところ、おびただしい量の血がしみこんでいた」

デュークにとってこの説明は拷問のように思えた。理由がわからない――ジョーナは科学者だ。いささか浮世離れしたところがあるかもしれないが、頭脳明晰でひたむきだ。

ノラがやんわりと言った。「ただ、わからないことがあるの。この事件、あらゆる点で一般的な環境保護過激派グループにとって完璧な教科書ともいえるの。放火、スプレーペンキで描いたメッセージ。何もかもが……ただし計画殺人を除けばの話」

「きみは反社会性人格障害をもつ人間の仕業みたいなことを言ったよね。アナーキストたちはそれには該当しない？」

ノラの表情が微妙に変わった。「ううん。昔、知り合いにそういう人がいたわ」

彼女が告げた事実にびっくりし、デュークは詳しいことを訊きたくなったが、ノラは唐突にビルのなかに入っていった。このときもまた、デュークは彼女のあとにつづいた。あとで必ず聞き出そう。

8

状況が違っていたなら、美しいパインズ湖コミュニティー——主として休暇や引退生活を楽しむ人たちによって構成される——はノラを大いにそそったはずだ。湖岸を時間をかけて散歩したり、パドルボートを借りて太陽の光を浴びたり、冷たい水で泳いだりしたくなりそうだ。ピクニックやアウトドア・レクリエーションの人気スポットのわりには管理が行き届いており、至るところに配置されたごみ箱がごみのポイ捨てを阻止している。というのも人びとが規則を守っているからだ——その動機はおそらく、あちこち目立つところに掲げられた標識だろう。ごみを捨てた者には法外な罰金を科すというものだ。

軽やかな微風が日中の熱気を冷やすと、ノラは自分が晩夏（インディアンサマー）がいちばん好きな理由を思い出した。昼は夏の名残、夜は早くも冬の訪れの気配を感じさせ、行く先々であたたかな色彩と活気あふれる生命力に囲まれるからだ。収穫の時季、生命の周期、緑色と黄金色、赤と茶色。秋は内省の季節。一年の終わりを祝う季節。そして来年に期待する季節。

そろそろ午後も終わりかける五時。通勤帰りの人びとが警察の活動に気づいて足を止める。メディアも到着しはじめているが、報道に規制をかけることはできない。魚類鳥獣保護局と疾病管理センターは早くも真実に近い声明を出していた。カモ数羽がきわめて有害なウイルスに感染したことが判明、病気の蔓延を防ぐため、感染したカモを殺処分しなければならない、というものだ。

ドクター・イアン・トムセンはケヴィン・バリーに試作品であるスキャナーの使いかたを教えていた。「これは障害物がなければ、十五メートル離れていても読み取ります」

「そいつはすごい」バリーが装置を見た。「われわれが使っている機器は、その動物の真上にかざすくらいにしないと信号音は鳴りませんからね」

「これをつくっている会社は、来年から大量生産に入るみたいですよ。埋めこんだマイクロチップによって差はありますけどね」

信号音が拾えるかどうか試すため、トムセンとバリーがマイクロチップ・リーダーを手に湖の周りを歩きはじめ、それ以外の者はみな、遮断した準備エリアで待機した。ノラは全身をこわばらせて立ち、二人のようすをじっと見ていた。泳いで二人に近づいてきたり、岸をよたよた歩きながら餌を漁ったりしているカモをではなく。もしノラの勘が当たっていれば、ここにいる動物はすべて殺されることになる。

ピートとジム・ブッチャーは疾病管理センターの担当者と話をし、デュークはノラの隣に立っていた。ノラは自分の気持ちを整理することがむずかしくなってきた。

「ずっと見ていなくてもいいんだよ」デュークが言った。

「どこかへ行くわけにもいかないでしょ。あなたにわかるはずないわ」

「話してごらんよ。わかるかもしれない」

自分でもよくわからないのに、彼に何をどう話すことができるっていうの？　ブッチャー＝ペインで起きたことに責任を感じているとか、放火犯がカモをどうしたとか、そういうことではない。どう表現したらいいのかわからない漠とした無力感と、もっと効果的な捜査のために発奮する必要があるとか、そんなふうな。とにかく彼らの愚行の最終結果をしっかり見届けなければならない。そして自分の分析に磨きをかけることになるが、それは同時に自分自身を罰することにも通じる。昔、自分が手を染めたさまざまな悪事……みずからそうしたかったからではなく、ほかの生きかたを知らなかったからだが。

「ノラ？」デュークが静かに声をかけてきた。

「いまはだめ」おそらく永久にだめだろう。トムセンとバリーがマイクロチップ・リーダーを持って近づいてくるのが目に入った。とにかくいまはそれどころではない。

ピーッ。

「つまり――」デュークが何か言いかけたが、ノラは片手を上げて制した。説明している余裕はない。集中が必要だ。

再び信号音が聞こえた。微弱ではあるが、はっきりと聞きとれた。二人がそのまま湖岸を歩きつづけると、まもなく音がやんだ。バリーが方向転換し、葦が茂る入り江に沿って歩きだした。信号音がまた鳴りだし、音がどんどん強くなった。近づくにつれ、信号音はテンポも継続時間もアップしていく。

二人が立ち止まり、話しはじめた。ノラもそこに加わると、デュークもついてきた。認めたくはなかったが、彼がいっしょにいてくれてよかったと思った。

「この数値は？」バリーがドクター・トムセンに訊いた。

ノラもちらっとのぞいた。装置の小さな画面で数字がちかちかしている。

ドクター・トムセンが顔をしかめてからうなずいた。「われわれのカモが数羽いそうです――じつは、まだこれを広い場所でのスキャン・モードで使ったことはないんですよ。個々にスキャンしたことしかなくって。機械の異常ということもあるが、どうも検知した状況を数字コードで示しているようだ」

バリーが湖を眺め、また画面に目を戻した。「イングリッシュ捜査官、さっきわたしした地図はあるか？」

ノラはこのあたりの地図を取り出した。バリーはノラにマイクロチップ・リーダーを手わたし、地図を見ながら無線機に向かって告げた。「やまが当たった。網を持ってこい。銃はいらない」

「あのカモを助けるつもり？」ノラが訊いた。うれしいような、信じられないような。

バリーが首を振った。「そういうわけにはいかない。殺してラボに送る。これだけの数になると、われわれだけで処理できるとは思えないんで、疾病管理センターはきっと全部マディソンへ送るように命じるはずだ」

「ウィスコンシン州の？」

「ああ、そうだ。あそこのラボなら設備は万全だ」

「でもいま、銃はいらないって」

「一発で一羽しか仕留められないだろう。残りは逃げてしまう。それじゃ話にならない。四方八方に飛んでいく。問題の十二羽が全部ここにいるとしたら、このエリアのカモを一羽残らず仕留めるのがわれわれの仕事だ」

ノラが不可解な顔を見せたにちがいない。バリーがこう付け加えたからだ。「首を折る。それで即死だ。苦痛はない」

ノラの電話が鳴った。クインからだ。邪魔されたくはなかったが、事件のことで電話してきたのかもしれない。

「もしもし、クイン。いまちょっと忙しいんだけど」

「ランスから聞いたけど、魚類鳥獣保護局の人たちとパインズ湖にいるんですってね。どういうこと？　カモは見つけた？」

「ええ。いまちょうど――」

「彼ら、カモをどうするって？」

クインの声からパニックが伝わってきた。妹に事前に説明しておく時間がなかったことを後悔した。「彼らが何をしなければならないか、わかるでしょ、クイン？」

「お姉ちゃん、どうしてそんな大量虐殺に加担できるわけ？」

「さもなければ何千羽というカモが危険にさらされるのよ。わかるわよね」

「あたし――あたしには考えられない」

ロレインはクインをまるめこんでいた。その点、ノラはどういうわけか、ロレインの生きかたにはなじめなかった。まだ幼いころから反感を持ち、内心では自分たちのしていることは間違っていると感づいていたが、どうしたら止められるのかがわからなかった。クインは母親に認めてもらいたいがために、ロレインのひとことひとことを福音のごとく受け止めていた。そんなクインにノラは何年もかかって、自分の頭で考えるように、ありとあらゆる政治問題をスローガンや大言壮語で弁じないように、と仕向けた。

「ハニー、大丈夫、安心して。そっちはもう終わったの？」

「えっ？　ええ、まあ、いちおう。あたしも行くわ」

「ううん、家に帰りなさい。ボーイフレンドに電話して、おしゃれなディナーに連れていってもらうといいわ」

「何が起きているのか知っていながら、食べることなんて考えられないわ」

バリーがノラに言った。「そろそろはじめるよ」

ノラはうなずき、バリーはチームに散開するよう手ぶりで指示を出した。

「クイン、お願いよ、家に帰って。あとでまた電話するわ」

クインが電話を切ると、ノラは顔をしかめた。

「妹さん、どうかしたの？」デュークが訊いた。

「ショックを受けてるの」だがクインのパニックのせいでノラは驚くほど冷静になった。解決しなければならない危機的状況に置かれたとき、いつにもまして力を発揮できるのがノラだ。クインと話したおかげで、しかるべき精神状態になれた。

バリーと彼のチームは湖の西側で作業を進めていた。全員が防護マスクを着用している。マイクロチップ・リーダーを操作するのはドクター・トムセンとダンカン博士だ。

いくつもの方向から接近しての流れ作業。魚類鳥獣保護局の職員が網あるいは手でカモを捕獲し、ダンカンとトムセンのところへ連れてくる。二十羽のカモが集められたときもまだ、研究所のカモは一羽も発見できなかった。捕獲したカモはトラックのおおいのついた荷台に入れられる。もし研究所のカモが一羽も確認できなかった場合、捕獲したカモは全部解放するが、ブッチャー＝ペインのカモをたった一羽でも発見したら、捕獲したカモはすべて殺処分となる。

労を惜しまない秩序立った作業がつづく。待つ身もつらかった。太陽が南西の方角に沈みかけ、空気がひんやりとしてきた。

デュークはいまにもノラに触れそうなほど近づいて立っていた。ノラは目を閉じて、彼に惹かれる気持ちを捨てたいのかどうかを考えていた。しかし、いっしょに家に帰ってくれる人、きつく抱きしめてくれる人、彼女の仕事やすることを理解したうえで愛してくれる人がいる状況を思い浮かべると……そういう人が欲しかった。

これまで持ったことのないものをどうしたら手に入れることができるのか、それがわからなかった。

本物の家庭を持ったこともないくせに、家庭が欲しかった。

そのとき、けたたましい信号音が静寂を破り、ノラは目を開けた。メラニー・ダンカンが声を押し殺して泣きだし、トムセンが一羽のカモを調べ、うなずいた。トムセンはそのカモを魚類鳥獣保護局の職員に返した。「これだ」

バリーはすでに捕獲したカモの処分を命じ、職員からブッチャー＝ペインのカモを受け取るや、一瞬のためらいもなく首を折り、バイオハザード用の鮮やかなオレンジ色のビニール袋にその個体をおさめて密封した。ほかのカモたちも殺されたが、そちらは透明の大きなビニール袋ひとつに十羽から十二羽が入れられた。

ノラはその場に立ち尽くし、つぎつぎとスキャンされては殺され、オレンジの袋か透明な袋かに分別しておさめられるカモたちを見ていた。ウイルス感染したカモといっしょに泳いだカモたちにその日のうちにウイルスが広がっていた場合を考慮し、たとえ野生のカモであっても検査――血液採取や解剖――の対象になるのだ。

ノラにとっていちばん悩ましいのはその光景ではなかった。

音。

枯れた細い木の枝さながら、カモのほっそりした首がポキンと折れる。その死骸が適切に処理される。

ノラは目を大きく見開いて作業のようすを見ていた。もし音だけ聞いていたら、取り乱してしまいそうで怖かったからだ。

ずっと昔、ロレインが野生の馬を解き放った日のことがよみがえっていた。馬は生まれながらに自由であるべきなのだから解き放ってやるのだ、と母親に言われた。ノラも手伝った。ロレインを喜ばせたかったからだ。その前日、母からは妊娠したことを告げられていた。

驚いた馬たちの暴走は忘れられない。ノラは低木の茂みに身をひそめた。逃げた馬を捕らえて柵に戻そうとする男女の悲鳴や罵声。一頭の馬がノラの目の前で転倒して、片脚がノラのところまで聞こえる音を立てて折れた。あのままでは一生不自由になったはずだ。

苦しむ馬をひとりの男が見つけたとき、彼の顔に浮かんだ苦悩をノラは見てとった。苦悩とショックと怒り。男は馬に静かに話しかけた。もう大丈夫だよ、心配いらない。言葉がはっきり聞こえたわけではないが、リズムと口調が感じられた。やさしいささやき声のせいで、ノラも男の言葉を信じそうになった。

もう大丈夫だ……心配いらない……しいっ、楽にして。

男はその格好から考えてカウボーイだったのかもしれないが、ノラは本以外でカウボーイを見たことがなかった。彼は馬の折れた脚のかたわらに膝をついた。用心深く脚に手を触れると、馬は立ちあがろうとするも、ふらついて転んだ。いななきが苦悩に満ちていた。

「**すまない**」

カウボーイはベルトから銃を抜き、馬の頭に銃弾を撃ちこんだ。

ノラは固まった。声も出なかった。まさかそんな……

男は馬に背を向けると空を見あげた。顔は涙で濡れていた。ノラはそのときはじめて男の人が泣くのを見た。あそこまで現実的な苦悩を目のあたりにしたのははじめてだった。その後、母親は耳をかたむけてくれる人なら誰彼なく話していた。「その悪党がかわいそうな馬を殺したの。冷酷きわまりないわ。助けてやろうともしないんだから。たぶん楽しんでいたのね。さもなければ何も考えていなかったか、ただの愚かな動物としか考えていなかったのよ」皮肉をこめて最後に付け加えていた。

ノラはあとから母親のところへ行った。「あの人、泣いてたのよ、ママ」

「泣くわけないでしょう、あいつが」ロレインは言った。「それから、あたしをママって呼ばないでね」

母親は間違っている、とノラが気づいたのはあの日だった。そして、あの悲しみに耐えていた男について嘘をつく母親なら、何についても誰にでも平気で嘘がつけるはずだと気づいた。ノラが母親ではなく自分自身を信じることにしたのはあの日からだった。ノラは母親とは違う生活をしようと心に決め、あの生活から脱却するためならなんでもすることにした。六か月後にクインが生まれたが、ノラは可愛い妹が自分と同じように育つことがあってはならないと考えた。二人がそろって自由になる術を見つけなければ。

ノラはそのとき八歳だった。

デュークがおぞましい光景をじっと見守っていると、そのへりに立つノラのところに雄と雌のカモのペアがよたよたと近づいてきた。魚類鳥獣保護局の職員のなかにはパンを投げてカモをおびき寄せている者もいる――どのカモもかなり人になついているのだ。明らかにそのペアはノラが餌をくれるものと思っているらしい。

「イングリッシュ捜査官、そこの二羽を捕まえてくれませんか？」職員から声がかかった。

ノラは身じろぎひとつしない。表情は硬く冷ややかで、全身をこわばらせている。サングラスのせいで目は見えないが、どうかしたにちがいない。

デュークはノラに代わって苦心してカモを捕まえ、流れ作業のラインへと届けた。少しして獣医のドクター・トムセンがその二羽にスキャナーを当てると、信号音が響いた。

「これで十、十一」メラニー・ダンカンがバイオハザード用の袋にそれぞれの死骸をおさめて密封しながら、万感こもる声で言った。彼女の顔も目も腫れぼったくなっていたが、真っ赤な目を見ると、もはや涙は涸れていた。

「チームBも完了」バリーが言った。「これで全部です」

「一羽足りないわ」メラニーが言った。

「ここにはもういませんが、チームにもう一度念入りに捜させましょう」バリーが鼻をかみながら立ち去る。

デュークはノラの隣に戻った。「やあ」

ノラはまったく気づかない。

デュークは手を伸ばし、ノラの肩に触れた。ノラがびくっとした。緊張で張りつめた全身に、デュークは彼女がポキッと折れそうな気がした。顔は真っ青で、日焼けの色が肌からすべてしみだしてしまったようだ。「お願いだから触らないで」ノラが弱々しい声で言った。

「大丈夫だよ。ノラ、これでいいんだ」

「あっちへ行って」

彼がカモを捕らえて連れていったことを怒っているのだろうか？「もう終わりだってさ」デュークが言った。「ちょっとすわらないか？」あたりを見まわし、二十メートルほど離れたところに人目につかない木陰を見つけた。

「ひとりにして。もうしばらく」ノラが唾をのみこんだ。「お願いよ、デューク、ひとりにさせて」

かすれた声を聞き、デュークはいまの彼女がひどく情緒不安定な状態にあることに気づいた。

魚類鳥獣保護局のバリーが近づいてきた。「完了したが、一羽足りない。チームがもう一度、あたり一帯をくまなく捜しているが、すでに三周してるからな。獣医が車でこのエリア全体を回ってみようと言っている。ダンカン博士によれば、問題の一羽は雄で、翼が折れているのでそう遠くへは行かれないそうだ。ぼくはこれからほかの鳥をラボに送る準備にかかる。疾病管理センターから、ここのメディアの相手は引き受けるから、できるだけ早く後片付けをしてほしいと言われた。きみはそれでいいかな？」

ノラがうなずいた。

デュークは投げかけたい質問が半ダースほどあったが、そのとき後方でべつの声が響いた。

「保安官、トイレの裏のごみ箱でこれを発見しました」

デュークが振り返ると、二個のケージを抱えた保安官代理の姿が見えた。

ダンカンが叫んだ。「研究所のケージよ！」

ネバダ郡の保安官、ドナルドソンが近づいてきた。「証拠物件のタグをつけておけ、ボイル」

「はい、すぐに」

「イングリッシュ捜査官」ドナルドソンが言った。「公衆トイレを調べたほうがいいと思いますね。何か見つかるかどうかはわかりません――けっしてそう清潔とはいえません――が、ラッキーってこともあるかもしれません。この証拠物件ですが、そちらのラボでお願いできますか？ 管轄の問題はともかく、ここには大きなラボがないものでね。大きな事件の際はたいてい、サクラメントか州のラボに送ってるんですよ」

「それはわたしの責任で処理します」ノラが声を抑えて言った。

「そいつはよかった。それじゃ荷造りしておわたししますから。それにしても、なんとも憂鬱な捜索になったたな。うちの子どもたちがニュースを見ることを考えると、最後のところは聞かせたくないですよ」

ノラがいきなり保安官のほうを向き、驚くほどきつい口調で言った。デュークが知っているノラ・イングリッシュとはかけ離れていた。「犯罪者が警備の厳重な研究所に侵入して他人の所有物を盗んだとなれば、こういう不愉快な出来事も起きるでしょうよ」

体勢を変え、歯を食いしばったノラの頬骨が鋭い印象を与えた。

「悲劇よね」ダンカンが言った。「自分たちがしようとしていることをよく考えなかったのかしら？　一ダースの研究用のカモを自由にしたかったせいで、昨日の夜はひとりの男が死んだ――そしてその無謀な行動の結果、今度は百五十七羽のカモが死んだ」

「メディアの対応はどなたが？」保安官がひとところに集まったグループに訊いた。

「疾病管理センターよ」ノラが答えた。

「彼にデータをわたしておこう」バリーが言った。「肉付けをしてもらう必要はあるが」

「この湖は数日間、立入禁止にしてもらわないと。最後の一羽を見つけるまで」ドクター・トムセンが言った。「なんとしてでも捜し出さないと――こうしているあいだにも一分ごとに……」

最後まで説明する必要はなかった。グループはすぐにちらばっていき、デュークはノラと二人、その場に残された。

「ノラ？」デュークは穏やかに、だが決然とした口調で言い、両手をノラの肩においた。ついでに彼女のサングラスをはずした。目は濡れてはいなかった。乾いて充血していた。ノラはサングラスを取り返してまたかけたが、すでに太陽は沈みかけており、もはや必要ないはずだ。

「わたしなら大丈夫」

とうてい大丈夫だとは思えない。

ノラが歩きだしたとたん、ポキッと大きな音が聞こえ、ノラは幽霊でも見たかのようにびくっとした。目を落として、木の枝を踏んだのだと気づく。

「なんなのよ、もう」ノラがつぶやく。「ただの枝じゃない」

「家まで送ってくよ、ノラ」

ノラはいやとは言わなかった。また彼のほうを向き、顎を震わせながら言った。「ありがとう」

ピートといっしょに帰り、車内で事件の詳細に耳をかたむけずにすむことがありがたかった。すでに七時を回っているということは、十六時間ぶっ通しで動きつづけていることになる。太陽もほぼ沈んでいたが、ノラも同じ状態だった。

「イングリッシュ捜査官!」ニュースリポーターが大声で呼びかけてきた。

ノラがぱっと顔を上げた。何もかもが黒っぽくしか見えなかったが、サングラスははずさなかった。感情を完全に抑えこめるようになるまではだめだ。

「ノーコメント」大きな声で言ったが、野次馬の一団が彼女に向かってわめきだしたため、その声は誰の耳にも届かなかった。

「殺し屋!」

「カモたちがおまえに何をしたっていうんだ!」

「むごいことはよせ!」

「ビッチ!」

宙を飛んできた物体に気づくのが一秒遅れ、胸に当たった。まだ中身が残る炭酸飲料の缶。胸に飛び散った泡立つ黒い液体は水っぽい血のようだった。

ノラは群衆のほうを向いた。彼らはいったい何が起きているのか、哀れなカモがなぜ殺されなければならないのかなど知るはずもない。

デュークはすぐさま缶を投げた二十歳くらいの女の子のところに行った。女の子は挑戦的な表情をしている。怖がっていない——怖がっているとしても、みごとにうまく隠していた。

「ローガン！」ノラが呼んだ。デュークがちょっと躊躇した。彼の顔には怒りがあらわに浮かんでいる。おかげでノラに思い出を振り払うために必要な力がわいてきた。今夜はもう、母親を思い出さずに過ごせそうだ。「もういいわ」

そのままさっきのリポーターのところに引き返した。「手短に説明させてもらうわ」そんなことをしたらあとでボスから大目玉を食らうだろうが、国民の安全にかかわる情報以外を公表するとは思えない疾病管理センターに真実を隠させるつもりはなかった。事態に過剰反応した政府が、じゅうぶんな理由もなく動物を殺害したと誰もが思いこむに決まっている。

ニュースリポーターがせわしく駆け寄ってくると、そのあとをカメラマンが追ってきた。

ノラは言った。「これ、一度しか言いませんからね」

「こちらからの質問は——」

「だめです」きっぱりと強調した。

「オーケー。わかりました。あなたの名前を――」

ノラはポケットに手を突っこみ、名刺を彼に差し出した。咳払いをしながらカメラが回っていることを確認し、話しはじめた。

「今日、百五十七羽のカモを殺す悲しい出来事が起きました――詳しくは五種類のカモと二種類のガンです――が、これはひとえに、何者かがある民間企業の研究所に不法侵入し、隔離してあった十二羽のカモを逃がすという犯行を犯した結果です。窃盗犯グループは自分たちが鳥を救い出して自然のなかに逃がしてやったと思いこんだのでしょう。ところが現実には、彼らは今日皆さんが見たように、鳥を死に追いやった張本人なのです」しばし間をおくと、リポーターが何か言おうとしたため、すぐまたつづけた。「なおひどいことに、犯人グループは研究所に火を放ち、その結果、焼死者が一名出ています」

ジョーナ・ペイン殺害に関する詳細までは語らなかった。ひとりといわず複数の放火犯を引き出す方法をまだ考えているところで、当面は内部にとどめておくことになるかもしれない情報を流すつもりはなかった。

「もうご安心ください」さらにつづけた。「FBIの国内テロ対策タスクフォース、ネバダ郡保安官事務所、プレイサー郡保安官事務所ができるかぎりの法的手段を用いてこの悲劇の責を負うべき者たちを捜し出し、逮捕します」

また一秒間をおいてから言った。「カット」

「質問を――」

「だめです」

すぐに踵を返し、足早に立ち去った。驚いたことに、気分がすっきりした。さっきは怖くてたまらず、自分がばらばらに壊れそうだった――頭のなかのさまざまな情報を仕分けするテクニックが機能しなくなった。ポキッと折れる音のひとつひとつ、カモの一羽一羽に記憶がよみがえり……


そんなことを考えちゃだめよ、ノラ。考えちゃだめ。


頭から追い払おうとかぶりを振った拍子につまずいた。

力強い腕がすっと腰に回ってきてノラを支えた。デュークに引きあげられてはじめて、自分が転ぶ寸前だったことに気づいた。デュークは引きあげたノラをしばし脇に引き寄せたが、そのしばしは騎士道精神から発した行動にしては少々長かった。でもノラは心地よかった。とっても。彼の幅広い胸はずきずきする頭の最高に心地よいうずめ場所だった。ノラをきつく抱き寄せる彼のあたたかく逞しい腕。ほんのつかのまとはいえ、恋人と呼べる人、いたわってくれる人がいるような感覚……だがノラはとうの昔にそうしたことは全部あきらめていた。

「うまくやってのけたじゃないか」デューク・ローガンが耳もとでささやいた。

「ごめんなさいね――さっきは」

「謝ることなんかないさ」

ノラはサングラスをはずしてポケットに入れたあと、しぶしぶデュークから離れた。「そばにいてくれてありがとう」

デュークがノラの頬をそっと撫でた。「おれの車、トランクにシャツが入ってると思うよ」

炭酸飲料の缶を投げつけてきた女の子のことはもう忘れかけていた。振り向いて後方を見やると、デュークが言った。「もういないね」

「ただの野次馬が不満をぶつけてきただけだったのね。わたしは平気」

9

ショーンはローズ大にあってひどく場違いな自分を感じていた。リーフ・コールの〝アクション・ナウ!〟グループの集会ではとくに。

二十名前後の学生が学生会館に集まり、雑談しているうちに最初の一時間が過ぎた。コールは遅刻、アーニャはあとをつけて菜園に行ったとき以来見かけていなかった。彼女はあそこでコールと待ちあわせていて、かなり親密な雰囲気だった。キスこそしなかったものの、お互いの体に触れるときの自然な仕種やお互いに話しかける感じからも、ショーンは二人が恋愛関係にあることを察知した。なんだか気になった。アーニャがコールの教え子だからではなく、コールの年齢が彼女の二倍――あるいはそれ以上――だからである。

あのベンチに盗聴器を仕掛けておけば二人の会話が聞けたのに、ともどかしかった。何かが起きたらしく、アーニャは激しく動揺していた。コールもあまり楽しそうには見えなかった。二人の会話は放火やジョーナ・ペインの死に関係があったのだろうか? デュークから聞いたところでは、FBIはコールのグループの誰かがやったのではないかと考えているらしい。ショーンとしてはアーニャではなくコールであってほしかったが、どう見ても二人とも不安と動揺で落ち着かないようすだった。

そのとき、女の子が学生会館に駆けこんできて、まだ実際にははじまってもいない〝集会〟を中断させた。「テレビをつけて！」彼女が叫んだ。「ニュースよ。10チャンネル」学生のひとりが近くに置かれたテレビのスイッチを入れた。画面にはカモの死骸が詰めこまれたビニール袋がいくつも映し出されていた。

ひとりの学生が大きな声で言った。「何が起きたんだ？」

「警察よ」テレビをつけるように言った女子学生が息を切らしながら言った。「警察が皆殺しにしたのよ！」

ぶつぶつと不満げな声。ショーンは画面の後方にちらっと映ったデュークに気づいて驚いた。わずか一、二秒のことではあったが。

ニュースキャスターがしゃべっている。「……ブッチャー＝ペイン・バイオテック社で──」

学生のあいだからブーイングがあがる。

「……本日早朝に発生した火災との関連を捜査中です。捜査関係者が『ニュース・テン』に語ったところによれば、放火犯たちは遺伝子操作を施したウイルスに感染しているカモをこのパインズ湖に放した模様です」

「遺伝子操作か！」学生が叫んだ。「ざまあみろ」

「あの火事では人が死んでる」コールが言ったが、ショーンは自分以外は誰も聞いていないのではないかと思った。

ニュースキャスターがつづけた。「付近の住民は殺処分にショックを受け、動揺しています」

画面が年配の女性に切り替わった。「こんなのは見たことがありません。あの人たちはカモの死骸を二つに折って、ごみ袋に投げこんでました」

十代の少年が言った。「残酷だよね」

年配の男が言う。「妻はこの悲劇に大きなショックを受けたせいで、ぐあいが悪くなって横になってるよ。孫たちを連れて湖に来たんだが、あのたくさんの小さな死体のことはみなけっして忘れることはできないね」

いかにもプロ然とした女性がコメントを加える。「こんなことが起きるなんて信じられませんが、カモをここに運んできた犯人たちがオーバンにある企業に火を放った事実のほうが、それにもましてショッキングだと思いますね」

カメラが現場に立つリポーターを映し出した。「二十分前、ＦＢＩの国内テロ対策班のノラ・イングリッシュ特別捜査官から話を聞くことができました」

光の指しぐあいが異なる映像に切り替わった。二十分、あるいはもっと前の映像だろうとショーンは思った。捜査官の話の最初のほうは、部屋に集まっている学生たちからのブーイングや不平で聞きとれなかった。そんなときにコールが言った。「しいっ、よく聞くんだ」

「……ある民間企業の研究所に不法侵入し、隔離してあった十二羽のカモを逃がすという犯行を犯した結果です。窃盗犯グループは自分たちが鳥を救い出して自然のなかに逃がしてやったと思いこんだのでしょう。ところが現実には、彼らは今日皆さんが見たように、鳥を死に追いやった張本人なのです。なおひどいことに、犯人グループは研究所に火を放ち、その結果、焼死者が一名出ています」

「FBIみたいなファシストの言うことなんか信じるもんか！」背の高い、年かさの学生が大声で言った。

「しいっ！」コールが注意した。その学生はそれでもぶつぶつと不満げに何か言っていた。部屋の反対側に席をとったショーンは耳をすましてテレビの音を聞きとろうとした。

「イングリッシュ捜査官の話はまだつづいていた。「……保安官事務所ができるかぎりの法的手段を用いてこの悲劇の責を負うべき者たちを捜し出し、逮捕します」

現場のリポーターにカメラが戻るとあたりはもう暗く、風のなか、コートを着こんでいた。

「カリフォルニア州魚類鳥獣保護局のここでの活動はいまもまだつづいていますが、その理由は教えてもらえません。これはたんなる憶測にすぎませんが、ウイルスに感染したカモがもっといるのか、あるいは追加の証拠を捜しているのか、どちらかなのではと思われます。プレイサー郡保安官事務所はさきほど、今朝の放火事件の犠牲者はオーバン出身の遺伝子学者、ジョーナ・ペイン博士であることを認めました。未確認情報によれば、これまで州立大学サクラメント校の研究棟を含む三か所の施設に放火を仕掛けたグループがブッチャー＝ペインの放火にも関与しているらしいとのことです」

　画面がスタジオに戻るとニュースキャスターが言った。「プレイサー郡のランス・サンガー保安官は、保安官事務所はＦＢＩに全面的に協力するとの声明を発表しました。捜査当局が〝アクション・ナウ！〟やその他のグループをすべて監視下に置いていると認めながらも、その他のグループが捜査対象になっているのかどうかについてはコメントを避けました。〝アクション・ナウ！〟はローズ大学社会学科主任教授で環境保護論者であるリーフ・コール氏により創設された環境保護活動グループです」

　コールがテレビのスイッチを切った。

　学生たちがわめいた。

「いいか、みんな！」コールが学生たちに話を聞かせようとしたが、声を張りあげなくても聞こえるようになるまで数分を要した。

「今回の出来事にみんなが動揺していることはわかっているが、われわれは真相を客観的にとらえる必要がある。ＦＢＩと魚類鳥獣保護局のしたことが間違っている――」

「当然だよ！　ファシストの豚野郎が」学生から声があがった。

「しかし」コールが先をつづけた。「われわれは失われた人命についても考えなければならない。これはわれわれの信条とは相反する。みんなもこの点は賛成してくれるはずだ」

　学生たちはまだざわついていた。ひとりの女子学生が言った。「でもリーフ、彼らはなぜカモを殺したの？　どうしてあそこまで残酷になれるのかが理解できないわ」

「ぼくだってそうだ」コールが言った。

ショーンは集会の解散後、三十分待った。そしてやっとリーフ・コールと二人だけになった。

「どうも、コール教授。ぼくはショーン。今日はじめてここに来ました」

「今朝の授業にいたね、憶えているよ」

「アーニャ・バラードにこの集会に来ないかって誘われたんだけど、彼女、いませんね。どこに行ったら会えますか？」

コール教授が胡散臭そうにショーンを見ると、ショーンもその目つきにすぐに気づいた。怪しんでいるのか、あるいは嫉妬しているのか。「さっき会ったが、気分がすぐれないようだった」

「そうか、そりゃあいけないな。それではまた水曜の朝に」

部屋を出るときもずっとコールの視線を背中に感じていた。

キャンパスの駐車場に戻り、車に乗りこんだ。そのまま家に帰るつもりだったが、アーニャのことがちょっぴり気になったため、車を降りて寮に向かった。アーニャの寮の部屋番号は事前に調べてあった。ドアの前に立ち、ノックする。

出てきた彼女の目には疲れがにじみ、赤かった。「ショーン」びっくりしたようだ。

「今夜の集会にきみが来なかったんでちょっと」

ショーンは彼女の肩ごしに、あくまで控えめに室内のようすをうかがった。彼女ひとりではなかった。見えるだけでも二人の男子が床にすわっていた。そのうちのひとりは集会に参加していた学生だ。

「あたし、疲れてるの。勉強してたら、あっという間に時間が過ぎちゃって」

「ごめん、邪魔したみたいだね」ショーンはそう言ったものの、何がいけないんだろう、と考えた。集会に出ていた男子に一瞥をくれた。名前はたしかクリスで、早めに出ていったことを思い出した。たぶんここに勉強しにきたのだろう……が、彼らの周囲に本や紙は見えなかった。

「それじゃ明日」アーニャが言った。

「うん、水曜日」ショーンが言った。「明日はぼく、授業がないんだよ」

「水曜ね。またいっしょにランチできると思うわ」彼女の口調にロマンチックな感じはいっさいなく、たんなる友だち同士というふうだったが、ショーンは思いきって言った。

「いいね、そうしよう」

アーニャがドアを閉めたとき、ショーンは間違いなく、「誰だったの？」と訊く女性の声を聞いた気がした。

「誰だったの？」マギーがアーニャに訊いた。見覚えのない男だった。なぜだかわからないが、マギーはいやな予感がした。たぶんやたらとさわやかな印象を受けたからだろうが、じつはドアの隙間からのぞいただけで、あまりよく見えてはいなかったのだ。

「ショーンよ——新しく来た学生」アーニャが答えた。

「ふうん」とくにどうということはなさそうだ。「リーフの集会が月曜だってこと、忘れてたわ。引き留めちゃってごめん」

アーニャが首を振った。「あたし、行くつもりなかったの」またベッドのへりに腰を下ろす。「それにもう終わったわ」

「そういう話はしない」クリスがぴしゃりと言った。彼らの厳しいルールのひとつなのだ。過去の活動の話はけっしてしない。

「そうじゃないの。事実を述べてるだけ。もしまたこんな事故が起きるとしたら、あたし、自分に耐えられない。もしまた誰かが——」

「アーニャ!」クリスが怒鳴った。「もういい」

アーニャの目に涙があふれた。人に怒鳴りつけられるのが苦手なのだ。

マギーがアーニャをかばう役を演じた。「やめてよ、クリス。あたしたち、みんな動揺してるの。こんなこと、起きるはずじゃなかったんだから」

スコットはマギーをにらみつけたが、何も言わなかった。そんなつもりもなかった。有罪という点では彼女と同じだ。つまり、ジョーナ・ペインに実際にナイフを使うことはなかったとはいえ、死体をタホー湖から運ぶにあたってマギーを手伝った。文句ひとつ言わずに。当然だ。彼はヤクがギンギンにきいているとき以外はつねにぼうっとしていて、周囲のことはほとんど気にならない。いまもぼうっとしている。すごくハイな状態ではなく、ほどよく気分がいいという程度に。

「悪いけど、マギー」アーニャが言った。「あたし、もうできない。間違ってるわ、こういうのは」

間違ってる?　アーニャは**間違っている**という語を口にした。堕落した企業を全焼させることはちっとも**間違って**などいない。よく考えもせずに人の人生を破滅に追いやるジョーナ・ペインのような悪党を殺すことはちっとも**間違って**いない。マギーの父親の人生。彼はただほかの人と同じように意見表明の場を求めていただけ……

「もう終わったな」スコットが同調した。「おれは抜ける。クリスは?」

「ああ、そうだな」クリスはタフガイを装ってはいるが、さっきは吐き気に襲われていた。行動する度胸などないのだ。みんなが抜ける気でいると知り、マギーはほっとした。

「満場一致ね」マギーが言った。「安心したわ」このばかたちを始末する方法はもう考えてあるから安心だった。

アーニャがマギーをぎゅっとハグした。「戻ってきてくれてうれしいわ、マギー」なんとか罪悪感を抑えこもうとしたが、やはり落ち着かず、もじもじしてしまう。

「あたしもよ」マギーは体を離し、目をしばたたいて涙をごまかした。

「どうかしたの?」

マギーが首を振った。「ううん、ただ――カモのことよ。すごく腹が立つしショックなの。

あんなことまでする必要ないのに」それは本当だった。ノラ・イングリッシュ捜査官。あの女の言ったこと。あの女が黙認したこと。それについていまはまだ考えることができなかった。あとでひとりになってから、自分が言ったことややったことや考えたことについて心配する必要がなくなってからにしよう。

「喉が渇いちゃった」マギーは言った。「アイスティー、飲みたい人いる？」

「水は？」アーニャが訊いた。

「ごめん、ないのよ」アーニャがほかのものより水が好きだと知っていたから捨てておいたのだ。

「じゃあアイスティー」アーニャが言った。

マギーはカップに紅茶をつぎ、全員に手わたした。ポケットに手を突っこみ、携帯電話を見る。「やだ、母親からだわ」目をきょろきょろさせる。「ちょっと電話しなくちゃ。廊下に出てかけてくる。にぎやかにパーティーかなんかやってると思われそうだから」ドアを開けながら電話に向かって言った。「もしもし、ママ」

ドアを閉めるや携帯電話をポケットに入れ、そのまま立ち去った。

「彼女、どうかしたのかな？」クリスがアーニャとスコットに言った。

「マギー？」アーニャがかぶりを振った。「あの子、大学に戻ろうとしたんだけど、前の学期からの授業料を納めないと復学は許可しないって学校から言われたの。そんなお金、あの子にはないのよ。あたし、三百ドル余分に持ってたから全部あげたんだけど」紅茶を飲んだ。

よく冷えていて、オレンジの味がした。スコットはひと口飲んだあとに言ったが、それでも一気に飲み干した。

「砂糖、入れすぎだよ」スコットはひと口飲んだあとに言ったが、それでも一気に飲み干した。


「今度のことは何もかも最悪だな」とクリス。「まず事故だろ。つぎにFBIがあの鳥を皆殺しだ。おれ、もうここを離れたいくらいだよ。FBIがすべてを結びつけるんじゃないかと思うんだが、どうだろう？」

アーニャが胃のあたりを手で押さえた。おなかが変だ。ものすごく変な感じだが、クリスとスコットにもう帰ってくれとは言いたくなかった。

「おれ、クッキー食いすぎちゃったよ」スコットが言った。

クリスは何も言わなかったが、顔がみるみる紫色に変わっている。

「クリス？」アーニャが立ちあがり、彼のほうに一歩踏み出してから床に倒れた。胃が締めつけられるようで、いきなり嘔吐した。

クリスがのたうちまわりはじめた。すぐにアーニャも呼吸困難になってパニックを起こした。四肢に激痛が広がり、起きあがることができない。

アーニャは這って——身をくねらせながら滑って進み——ドアに向かった。後方ではスコットが嘔吐しはじめた。その音声の野太さ、荒々しさがアーニャは恐ろしかった。

目がかすみ、頭がくらくらし、全身が激しく引きつった。喉は火がついたように熱い。

何時間にも思えたが、ドアにたどり着くまでにせいぜい二分程度しかかかっていないはずだ。壁にもたれながらなんとか体を起こし、やっとのことで取っ手に手が届いたものの、視界はぼやけ、取っ手を回すことができない。

「助けて！」——大きな声を出したつもりだが、自分の声が聞こえなかった。「助けて」咽喉部が機能していなかった。聞こえるのはただ、自分のざらついたうめき声にまじる呼吸音だけ。手もまともに動かなかった。視界はかすみ、痛みはいっそ死んでしまいたいと思うほど強烈だ。

アーニャは死にかけていた。

リーフ。

助けて。

再び吐き気に襲われ、その場で吐いた。すると目の前に血が。助けて。

取っ手にかけた手が落ちると、アーニャはドアにもたれて倒れこんだ。

10

ノラが着替えるのを待つあいだ、デュークは彼女の家のなかを興味津々で歩きまわっていた。ここに来たのは今日がはじめてだが、思ったとおりの部分、思っていたのとは違う部分、その両方を目のあたりにしてうれしくなっていた。思ったとおりだったのは、人目につかず、趣味がよく、きれいに片付いているところ。そうでないのは、開放的な部屋、たくさんの窓、広い庭、小物のコレクション、といったところだ。

家自体はそう大きくないが、フェアオークス中心部のひっそりとした地区、人目につかない通りを少し入った行き止まりに建っており、広々とした各部屋には高い丸天井と大きな窓がある。裏手の窓からはシンプルさが際立つ裏庭が見える。きちんと刈られた芝生を見わたすベランダ、裏の丘の斜面には昔からそこにあったと思われるオークの木、右側には小ぶりでしゃれたプール、左にはローズガーデン。照明も絶妙な位置に配してあり、きっと一年を通して心休まる庭なのだ――隅に目をやると、雨の日のためか、四阿(あずまや)まである。

デュークはノラをもっとミニマリストだろうと思っていたのだが、ほぼ全部の部屋に本棚が造りつけになっており、本や小物や写真があふれんばかりだった。写真はほとんどが彼女と妹のクインのものだ。ノラは小物を集めているらしい。ある棚には小さな透明ガラスの動物、べつの棚には貝殻、またべつの棚には陶磁器の象、そしてさらに別の棚には全米五十州のうち二十一州のコーヒーマグが並んでいた。

書斎にはありとあらゆる形やサイズの動物のぬいぐるみが押しこまれ、ヴィンテージものが隅のラヴシートにごちゃごちゃと置かれていた。なぜ彼女はこういうものを処分できないのだろうと思わずにはいられない。なぜ思い出の品々に執着するのだろう？　長椅子の上方にはフレームにおさめられた写真が掛かっている。ライフルを手に、賞を受け取るノラが写っている。もっと近づくと、驚くどころか感服させられた。ノラはＦＢＩで射撃の名手として認められているのだ。

ベッドルームは広い部屋の両側に二つあり、それぞれにバスルームがついているが、ノラが着替えている部屋に入りたくはないのでスルーした。いや、それは嘘になる。着替えている――あるいは脱いでいる――ノラを見てみたいのはもちろんだ。だが今夜はまずい。二人ともうくたくたに疲れている。今夜はただ、湖での午後の出来事のあとの彼女がもう大丈夫だと確認したかっただけだ。あの体験は彼女にとっていろいろな意味でつらかったが、デユークとしてはようやく彼女の心を少しだけ開かせることができた。

ノラはスウェットパンツと色褪せたＦＢＩアカデミーのＴシャツに着替えて、キッチンにいた。そういう格好でもノラはやはりゴージャスだ。顔を洗った彼女は、と見ると、昼もメイクは薄いが、完全なすっぴんだと実年齢より若く見える。

「お湯をわかしたの――わたしはノー・カフェインのカモミールティー。今夜はぐっすり寝たいのよね。カフェイン入りのティーバッグもあるけど――」

「いいねえ、カモミール」雑草を飲んでいるような気がするカモミールだが、デュークはもう少しここにいる口実が欲しかった。

「あなたの家ってここから遠いの？」

「ランチョコードヴァだよ」

ノラがぱっと彼を見た。「そういうタイプに見えないけど」

「労働者階級の町だから？」

「まあね」

デュークは肩をすくめた。「両親の家なんだ」

「ご両親といっしょに住んでるの？」

「二人とも死んだ。飛行機の墜落事故なんだ」

「まあ、お気の毒に。最近のこと？」

「十三年前だ。いまはおれとショーンだけ」

ノラが彼の前にカモミールティーを置き、ハチミツも差し出した。デュークはひと口飲んだあと、ハチミツを加えた。

「どういうことだったの？」

ノラは家族全員が死んだものと誤解したようだ。「言いかたがまずかったみたいだね。いま、あの家にはショーンとおれしか住んでないってことなんだ。兄のケインは中米で傭兵をしている。おれの下に双子のリアムとイーデンがいるけど、二人はいまヨーロッパで暮らしている」

「ヨーロッパ？」

「向こうで独自の警備会社を経営しているんだよ。金のある有名人をターゲットにして」デュークは声をあげて笑ったが、愉快そうな響きはなかった。たぶん彼自身、それを一度も名案だと思ったことがないからだろう。

デュークが話題を変えた。自分の家族の話でもかまわなかったが、ノラのことをもっと知りたかった。「いい家だね。気に入ったよ」

疲れきっているというのに、ノラの表情がぱっと華やいだ。「ありがとう。ここに住んで七年になるの。三十になってすぐに買って。昔から夢だったから……」声がだんだん小さくなり、表情が寂しげになった。

「家を持つことが？」

「わが家(ホーム)を持つことが」

その違いに好奇心がわいた。「小さいころによく引っ越したの？」

返事はなかなか返ってこなかった。「ま、そう言ってもらっていいかもしれないわね」

「きみならなんて言う？」

「べつに知りたくないでしょ」

「いや、知りたいね。知りたくなければ訊かなかった。おれはどうでもいい世間話をするつもりなんかないんだ」

「だったらなあに？」ノラが彼の目を見た。疑り深そうに、慎重に、神経質そうに。しかしその口調には何かがあった。希望が持てそうな何かが。

デュークは椅子の背にもたれた。「きみのことが知りたいんだ。いっしょに仕事をするときは誰だってそうだろう。お互いを気に入ったときも。興味を持ちつづけて、そうだな、四年たってるときにも。こういうのは〝語らい〟と呼ぶ」

「わたし、そういう授業を受けそこなったみたい」ノラがマグに視線を落としたが、口もとにはかすかな笑みが浮かんでいた。彼には見せたくない笑み。ノラがため息をついた。「ふつうの育ちかたをしてないのよ、わたし。学校に行かなかったのもそのひとつ。ロレインは家で自分が教育するって言い張って」

「ロレインっていうのはきみのお母さん？」

「不運なことにね。母の考える教育は、自分が気に入ってる主義主張をわたしに教えることだったの。だからわたしは、鍵の開けかたや抗議用プラカードの描きかたや爆弾のつくりかたを習った」

デュークの予想を裏切る答えだった。なんと言ったらいいのかわからなかった。何年ものあいだ、何も知らずに半ダースほどの事件でいっしょに仕事をしてきたのだ。

べつに大したことでもないかのようにノラは手をひらひらさせて振り払ったが、それが彼女に大きな影響を与えていることがデュークにはわかった。「ロレインの友だちのなかにはロレインより穏健な人もいたわ。読むことができるようになったのはジジのおかげ。ジジは素敵な人だったけど、十五年間ずっとグレイトフル・デッドの追っかけをしてるってエキセントリックなところもあってね。セーターを編んで売って生計を立てていて、わたしも何枚か持ってたわ。母が十字軍のひとりとして遠征するとき、わたしを数か月ジジに預けていくことがあったの。最初はわたしが五歳のときだったけど、それからもジジのところにはよく泊まったわ。キャンパーシェルのついたピックアップトラックを持っていたのよね。なんだかそこが家みたいな気がして」

声ににじむ哀愁を帯びた苦悩がデュークの胸を締めつけた。誰であれ、そんな育ちかたをしてはならない。

「お父さんはかかわっていなかったみたいだね」

ノラがかぶりを振った。「わたしの父もクインの父親もまったく。父親が違うのよ、わたしたち。とりあえずわたしたちはそう思ってるわ。わたしの父親が誰か、ロレインは知っていた――少なくとも彼の名前だけは。ずっとあとになってから、わたし、彼を追跡してみたの。そしたら三十二歳で死んでいたわ。酔っ払って、ソーケル近くの崖から転落してね。クインの父親が誰かはロレインも知らないの――気にもかけていなかったわ。クイン・ティーガンって名づけたのは、ティーガンって名の男を好きだったから――だけど、その人とは寝てはいないってわたしには言ってたわ。クインって名の出どころがどこかは知らない。ボブ・ディランの『マイティー・クイン』からだと思うけど、だとするとつづりが間違っているのよね。たぶん、わざとだわね。ロレインは因習を嫌っていたから」

　ノラが窓の外の闇に目をやった。

「いやな思い出なんか話すつもりじゃ——」

「わかってる。ただ今日が——やたらときつい一日だっただけのことさ」

「湖ね」

「それもだし、放火もだし、人殺しも——きみ、さっきそのことで何か言ってたよね」

「反社会性人格障害のことね」

　デュークははっきりと記憶していた。というのも、そのことで彼女が激しく動揺していたからだ。

「昔のことだけど、反社会性人格障害かと思われる人を知っていたの。キャメロン・ロヴィッツ。母が彼と出会ったのは、わたしがもうすぐ十六歳になるころだった。母はそれ以前から犯罪者だったわ。微罪専門だったけど。せいぜい落書きとか不法侵入とか取るに足りない窃盗。爆弾もいくつか製造したけど、めったに成功しなかった。わたしは何年か前から母の計画を妨害していたんだけど、母はそのことを知らなかった」ノラがため息をついた。デュークはせっついたりはしなかった。自分の過去を語るためにはそれなりの時間が必要だろう。

「わたしはただひたすら十八歳になるのを待っていたけど」しばし間をおき、ノラがつづけた。「正直なところ、出ていく決心はなかなかつかなかった——クインをひとりにはできなかったから。あの子を学校に行かせたのはわたしで、わたし自身もあの子の教科書で独学したの。図書館に入り浸りだった……」ノラが咳払いをして、カモミールティーをひと口飲んだ。「でもキャメロン・ロヴィッツはテロリストだったわ。石油会社の重役とその家族を乗せていた船をサンタバーバラ沖で沈めたことを吹聴したりしてね。彼の話を信じていいのかどうかわからなかったけど、公立の図書館で彼の言っていたことを調べたら、沖合の石油を採掘する会社の役員はどうも事故で死んだらしいの。本当にロヴィッツがやったのかしら？そうだったのかもしれないけど。

だけど母が突飛な計画に引きこまれていくうちに、彼の大言壮語への疑いは薄れていったわ。新しくできた団地に爆弾を仕掛けたり、有毒化学物質の危険性を示すために有毒廃棄物を積んだ列車を脱線させる計画を立てたり。ロレインがわたしを引きこもうとするから、わたしはジレンマに陥った」

ノラが椅子から立ちあがり、半分残ったティーを捨ててカップをゆすぎ、そのままシンクに置いた。「ロレインはすごくばかだったし、何も見えなくなっていた。キャメロンを愛しているから、彼に言われたらなんでもするつもりだって言ってたわ。ディアブロ峡谷の原発への不法侵入もそう。いまとなれば知識があるから、彼らの計画がうまくいくはずがなかったことはわかるんだけど、原発への不法侵入が目的じゃなかったのよ。彼らの目的はみんなを不安におとしいれることだったんだと思うわ。そして実際、それはそのとおりだった」

「どういうこと？」

「わたし、十七歳のときにＦＢＩの情報提供者になったの。ロサンゼルス支局と連絡をとりあって、あらゆる情報を流していた。そしてあのとき、ＦＢＩはあそこに彼らを捕まえにきていたのよ」

「だけど捕まえなかった？」

「キャメロン・ロヴィッツは死んだの。あとの人は刑務所にいるわ。わたしの母親も含めて」

「それできみはＦＢＩに入ったわけか？」とんでもなく唐突な話に思えたが、ノラならば違和感はなかった。

「自分の世界が崩れ去ったあと、わたし、何がしたいのかわからなくなってしまったのよ」ノラはカウンターに歩み寄り、そこにもたれた。「ＦＢＩの担当者がわたしに嘘をついていたの。いろいろなことについて。だけどわたしはそれを、作戦中に彼が死んではじめて知ったわけ。彼が憎かったけど、憎めなかった。いまなら理解できるけど、当時は……」声がだんだん小さくなって消えた。「そのあと、べつの捜査官に出会ったの。ロサンゼルス支局のリック・ストックトン。いまはＦＢＩラボの所長。彼はアンディー・キーンとはぜんぜん違って、わたしにいろんなことを教えてくれた。おかげでクインの養育権も得られたし、高校卒業程度認定試験を受けて大学にも行けたわ。適性検査のために心理学を取るようにも勧めてくれた」

「心理学？　きみ、プロファイラーなのか？」なるほどね。放火犯がカモを連れていった場所を分析したときのあの推測のしかた。

「資格は持ってるわ。声をかけてくれた大学もあったけど、長旅をしなくちゃならない場所だったから」

「旅行は嫌い？」

「休暇で一週間くらいあちこちへって意味？　それならいいわ。だけど職場でしょ？　わたし、ホームが欲しいから。自分の居場所。自分のものを置いておくところ」自分で言ったことがおかしくて笑ったが、寂しそうな笑い声だった。デュークは椅子から立ち、ノラの横に行った。彼女の両手を取り、ぎゅっと握りしめる。

「ホームは大切だ」デュークは言った。「おれ、両親が死ぬまでホームがどれほど大切か気づかずにいて、いまはそれがない。そうか、そうだな、きみの気持ちはすごくよくわかるよ」

ノラはぐっと唾をのみこみ、握られた手を引き抜こうとしたが、デュークは離さなかった。

「きみがなぜそうなのかをやっと突き止めた」

「あなたはわたしのことなんかわかってない――」ノラが反論しかけた。

「その反対だよ。きみが下す決断はつねに自分以外の人のためだってことに気づいてる？　FBIの情報提供者になったことにはじまって、妹を育てたこともFBIに入ったことも」

「そんなことない――」

「クインのことを考えなければ、そのときまでずっとロレインのもとにとどまっただろうか？」デュークがノラをさえぎった。

「それはそうかもしれないけど、でも――」

「それだけじゃない。なぜきみはここ、サクラメントにいる？　妹がいるからじゃないのか？」

「だって家族だもの。あなたもいま言ったでしょ、ホームは大切だって。クインはわたしのたったひとりの家族だもの。どうしてそんなにいじめるの？」うまく言えなかった。大人げない間抜けな物言いは本意ではなかったが、デューク・ローガンの彼女を見る目がまるで本人よりも彼女をよく知っていると言わんばかりで気に障ったからだ。

「きみは素敵な家を持っているけど、ここでの暮らしを楽しんでるわけじゃない。一日十四時間も働いている。それも一週間に七日。おれが思うに、きみは自分自身を一番に考えたことがない。クインやパートナーやボスやクソＦＢＩより自分の夢を優先させたことがない。〝ノラは何を望んでるのか？〟はけっして考えない。いつだって〝あの人には何が必要か？〟だ。きみは何をしてるときが楽しいの？　庭にあるあのおしゃれなプールで泳ぐのが好きなのか？　スキーに行きたいのか？　キャンプに行きたいのか？　遊園地に行きたいのか？」

ノラの目に涙があふれた。瞬きをして涙をこらえ、目をそらす。

「ごめん、スイートハート。そんなつもりじゃなかったんだ。ただ、おれはきみのことがすごく好きだから、きみにもっともっと幸せになってほしいんだ」

「じつはわたし、ディズニーランドに行ったことないの」ノラがそっとつぶやいた。「ディズニーランドがこんなに気になっていたなんて、自分でも信じられないけど」

デュークのキスを予知すべきだったのだろうが、いずれにしても唇に彼の唇が触れたときはびっくりした。

軽くふわっとしたほんの一瞬のキス。そしてつぎの瞬間、彼は引き締まった体をノラにぴたりと押しつけ、両手をノラのウエストに回してぎゅっと引き寄せた。ぬくもりが伝わってくるキスが瞬く間に焼けつくような熱いキスに変わる。

彼の体が放つ熱っぽさ、ノラの唇を激しく強引に求める彼の唇。ノラの全身を稲妻が駆け抜けた。片手を上げて彼の顔に触れるや、今度は彼の震えが伝わってきた。

もはやキス以外のことは頭のなかから消えた。彼の舌を呼び入れると、彼の味とにおいがノラの全神経を包みこみ、もう何も考えられなくなった。ノラに火がついた。心地よい火。あまりにも長いあいだ抑えこみつづけてきたデュークへの渇望。まだ恐怖感が払拭できたわけではないが、それを横へ押しのけて両手を彼の髪まで伸ばした。ノラの喉からうめきがもれた。

デュークはいったん離した唇をノラの顎のラインから耳へと這わせ、ささやいた。「何年も前からきみにキスしたかったんだ」羽根のように軽いキスを顔に何度も繰り返す。「さ、もう帰らなきゃ」

ノラが、そうね、という顔でうなずいた。嘘だ。自分でもわかっていた。

デュークはもう一度キスをしてから、ノラの顎の下に手のひらを当てた。「つぎは泊まっていくから」

熱い期待の波に揺さぶられ、ノラは膝がかくがくした。デュークがやさしく微笑む。ノラの心理を見透かしているかのように。

「帰るのがつらくなる前に帰ることにする。警報装置(アラーム)、忘れるなよ。それじゃ明日の朝、FBI支局で。元気な顔で会おう」

ノラは言葉がなかった。デュークのあとについて玄関ドアまで行った。うまく声が出ない。咳払いをした。

「じゃあ明日」とささやく。

デュークがくるりと振り向いてノラをじっと見た。やたらと真面目な顔にかすかな笑みが浮かんでいる。「いい夢を見るんだよ、ノラ」だがその口調はけっして甘くはなく、スパイスがきいていた。さっきの彼の言葉、「**つぎは泊まっていくから**」の含みを持たせていた。

彼が帰っていった。

ノラはドアをロックし、アラームをセットすると、その場に立ち尽くしたまま、激しく打つ心臓の鼓動を鎮めた。唇にはまだ熱っぽく探ってくる彼の唇を、顎には彼の手のひらを感じていた。

もう引き返せない。禁断の果実を味わったいま、もっともっと欲しくなっていた。

禁断の果実はデューク・ローガンのことではなかった。必要以上に近づいてこようとする人間のことだ。ノラが慎重に組み立ててきた生活、静かな家、心の平和にとって危険な存在。ノラはこれまで身の回りのあらゆるものを用心深く築いてきた。友情、クインとの関係、キャリア。デュークのような存在はそのバランスを一気に崩しかねない。だがデュークのような人といっしょにいられるなら、いまの生活を完全にひっくり返されてもかまわない気がしないでもなかった。

それでもやはり、自分を見失いそうで恐ろしかった。これまで夢中で達成してきたすべてを失いそうで恐ろしかった。だが何より怖いのは、これまで誰にも何にも近づきすぎないようにと築いてきた壁が、レーザーさながらのデューク・ローガンの青い目に見つめられて溶けてしまうことだった。

妹のクインができるだけ多くの男性——例外なく頭脳明晰で知的職業に就いていてハンサムで、結婚相手として相応しい独身男——とデートすると意思表示してからというもの、ノラと妹との関係は希薄になりつつあった。クインはけっして本気になったりしないから、傷つくこともない。しかし幸せではない——でもけっしてそれを認めようとはしない。

ノラは正反対だった。アンディー・キーン以来、つきあった男性の数は数えるほどしかいない。いつだって本気だった——そしてどの恋愛も最悪な結末を迎えた。ノラは現在の生活が気に入っていた。忙しい一日の仕事を終えたあとはホームに帰りたかった。日が沈むまでベランダにすわって本を読むのが大好きだった。夕食にシリアルを、朝食に冷えたピザを食べたくなったときは、それができる。注釈や批判は無用。

ノラは満ち足りていた。

だが満ち足りた生活は孤独だった。

11

　翌朝八時前、ノラはFBI支局のなかへと歩を進めながら、携帯電話でタホー湖サテライト・オフィスのネーサン・ダン捜査官と話していた。

「昨夜、ようやく向こうに到着したときはもうすっかり暗くなっていたもので」ダンが言った。「令状は持ってましたが、なんだかもどかしい状況でしたよ。ペインの別荘はがっちり施錠されていて、誰かが危機に瀕している気配もない」

「彼はもう死んだの」ノラがそっけなく言った。「彼がオーバンの自宅を出発したのは土曜の朝七時。目的地はタホー湖の別荘だった。検視官によれば、殺害現場は研究所ではないということだから、彼の別荘に入る相当な理由があると考えたのよ。すぐに実行して、すぐまた連絡を入れて」相手に言い訳できる間を与えず、すぐに電話を切った。厳密にはノラは彼の上司ではない。彼とその相棒はタホー湖のオフィスを独立して仕切っている。しかし何年も前から何度となくいっしょに仕事をしてきているし、ノーラン・キャシディーがクアンティコに行って留守のあいだはノラが臨時で国内テロ対策班のチームリーダーを代行しているのだ。情報を迅速に入手できるのなら、いま手にしているささやかな権限を行使しても問題はないはずだ。

明けても暮れてもきついルールや規則の下で動くことに煩わしさを感じはじめていた。何かが起きているとわかったいま、なんとしてでも自由に動きたくなっていた。もしペインが別荘で殺されたのでないとしたら、早急にそのことを知る必要がある。もしそうだとしたら、証拠対応チームを現場に急行させる必要がある。ダンは有能な捜査官である一方、手続き上の境界線を踏み越えたために連邦検事と衝突したことが数えきれないほどあった。この前の選挙のあと、連邦検事はほぼ全員が入れ替わっている。新たな面々に何を期待すべきか、誰も見当がつかないまま、神経をいつもの二倍ぴりぴりさせているところだ。

だが、人がひとり死に、アナーキスト・グループは明らかに反社会性人格障害者と思われる人間が率いている。この事実を考えると、ノラが十五年前に捜査官になって以来学んできたほとんどのことが意味をなさなくなる。この種の特殊な心理学をもう一度勉強しなおさなければ。キャメロン・ロヴィッツとひとつ屋根の下で暮らした二年間に戻らなければ。彼の強烈なパーソナリティーがノラの母親に原発への侵入は名案だと納得させたのだ。

それほどのカリスマ性を持っているのは誰だろう？　たとえばリーフ・コールだが、ラングリアでの最初の放火事件以来二十か月あまり、彼からは六回ほどじかに話を聞いたし著作も読んだが、あの学者が被疑者だとはとうてい思えなかった。遺伝子研究反対を声高に主張しているからといって、彼が放火犯や殺人犯ということにはならない。

しかしノラが間違っているのかもしれない。もう一度彼と話してみる必要がある。プレッシャーをかけて協力してもらおう。

昔ながらのアナーキスト分子が人を殺したとなれば、事故だろう。そしてその時点でグループは解散のはずだ。それでも一件、未解決事件がある。五年前の事件だ。新しい団地で放火があり、ホームレスの男が死んだあと、連続して十七件起きていた同じような放火事件がぴたりとやんだ。

しかしジョーナ・ペインの死は謀殺だ。何者かが、たとえ政治的方針はあるにせよ、それとはべつの目的を持って活動している。市民の怒りは犯人の行動を抑えているのか、あるいは助長しているのか？

ノラは自分のチームのメンバーに大会議室に八時半に集合するようメールを送った。任務報告を受け、今日の仕事を割り振るつもりだった。つぎにメガン・エリオット主任特別捜査官の小さなオフィスの前で足を止めた。メガンは凶悪犯罪を担当している。

そのとき、そうだ、キンケードだった、と思い出した。メガンとはめったにいっしょに仕事をすることがないため、彼女がこの夏に結婚したことをついつい忘れがちだ。結婚生活のなかであのワーカホリックな生活をどうつづけているのかがノラには想像できなかった。誰にも頼りになどされず、自分だけのスケジュールをこなすことができる状況がどれほど楽なことか。

メガンはデスクに向かっていた。ノラに手招きしながら電話でのやりとりを切りあげる。

「なあに？」メガンから訊いてきた。

「ブッチャー＝ペイン社放火事件がらみで反社会性人格障害を扱っているんだけど、あなたの専門分野よね」

「あら、うれしい」メガンが言った。

「いまうちのチームに招集をかけたんで、二十分後に報告会がはじまるの。もしよければ参加して、お知恵拝借願えませんか？」

「ぜひわたしも入れて。ノーランはどうしてる？」

ノラがかぶりを振った。「べつに。クアンティコが気に入っているみたいで」

「あなた、彼のあとを引き継ぐ準備はできてるの？」

「取り越し苦労はしないことにしてるわ」ノラが答えた。考えたことがないわけではなかった。班の責任者でいることに怖気づいてはいないが、自分がその地位に最適な人間だとの絶対的な確信もない。ピートからいつも言われているように、ノラは事件に対して感情的になりすぎる嫌いがある。

「あなたに百パーセントの信頼を置いていなければ、ノーランがあなたを班の責任者に据えるはずないわ」メガンが言った。

「どうも。そう言ってもらうとうれしいわ」腕時計に目をやる。「それじゃ十五分後に」

「ええ、行くわ」

ノラは自分の席に戻り、メッセージをチェックしたあと、支局担当特別捜査官補佐ディーン・フーパーに手早く最新情報リポートを書いた。フーパーはノーランがクアンティコに行った週にワシントンから異動になってきたばかりで、ノラは彼に対していささか神経質になっていた。ワシントンでは長官補佐としてホワイトカラー犯罪捜査を専門にしていたフーパーは、地元のＩＣＥ捜査官との結婚を機に以前より低いポジションを選んだと聞く。

クインが仕切りのなかに入ってきてノラをぎくりとさせた。「ねえ、お姉ちゃん」

ノラは顔をしかめた。「来られないって言ってたのに」

「二、三分しかないんだけど、朝一でラボに行って燃焼促進物質の検査結果をもらってきたの」薄いフォルダーをさっと差し出した。「はい、これ、お姉ちゃん用のコピー。前とまったく同じ銘柄のウオツカ。これ、メディアにはこれまで伏せられてきたことよ」

ノラはプリントアウトを読んだ。「あなたは正しかったのね。あのオフィスに燃焼促進のために使った物質の痕跡はない」

「われわれの知るかぎり、なかったわ」

「わざわざ来てくれなくてもよかったのに」

クインが肩をすくめた。「来てって言ってたくせに。気にしないで。でも署で十時からスタッフ会議があるんで行かなくちゃ。そのあとはユリシーズとブッチャー＝ペインで会って、ありとあらゆるものの目録を作成するの。明日の朝、おたくの証拠対応チームに提出するのよ」

二人はいっしょに会議室に向かった。途中、ノラの携帯電話が振動した。ちらっと見るとタホー湖にいるダンからだった。

「はい、イングリッシュ。家のなかに入った？」

ダンの声には緊迫感があった。「きみの言ったとおりだ。ここが犯行現場だと思われる」

「家のなかのどこが？」

「ベッドルームだ。ベッドにぐっしょり血がしみこんでいる。ほかにも生物体の排出物が――強烈な悪臭を放ってる」

「いっさい手を触れないでね。すぐに証拠対応チームを送るから。現場を保存して、聞き込みを開始してちょうだい。近隣に彼が到着したのを見た人はいないか。見たとしたら、それはいつだったか。彼と話したり、彼が誰かといっしょにいるところを見たりした人はいないか。なんでもいいから探して。見つかりしだい報告を入れて」

「この家の周囲にはおよそなんにもない。これ以上のプライバシーはありえないっていうような場所だ」

「彼のクレジットカードの直近の使用履歴と通話記録をすぐに調べさせるわ。どっちでもいいから追ってちょうだい。わたしはこれからブリーフィングに入るけど、何かわかったら電話して」

そう言って電話を切る。

「ペインが殺されたのはタホー湖だった」証拠対応チームのリーダーと支局担当特別捜査官補佐フーパー宛に、タホー湖の現場のようすとチームの現場への出動要請を記したEメールをせわしく送信した。

二人は会議室に入った。数分後にはメガン・キンケードを含む全員が顔をそろえた。デュークの不在が気にかかったが、電話をかけている余裕はなかった。

「すべきことがやまほどあるので急ぐわね。まず第一に、みんなに知らせておくことがあるの。タホー湖オフィスのネーサン・ダンからいま電話があって、ペイン博士の別荘で暴力行為の物的証拠を発見したとのこと。現場の保存を指示して、証拠対応チームに出動を要請したわ。ペイン博士がそこで殺害されたかどうかについては確認の必要があるけど、あらゆる証拠がその方向を指してはいるわね」

そこで水をひと口飲み、先をつづけた。「わたしが検視官のオフィスと現場から送ったメモはみんな受け取ってるわね。ドクター・コフィーはまだ正式な報告書を提出してはいないけど、新たな情報が出てくるまではこれに沿って進めるから。被害者は火災発生の少なくとも六時間前に死亡していた。火災現場とはべつの場所で殺害され、おおいのついたピックアップトラックの荷台にのせられて運ばれた。ドクター・コフィーがいま、被害者の背中に見られる鬱血の跡と一致するトラックの型や年式を調べてくれてるんで、それが判明すれば、われわれにとっては最初の手がかりといえる手がかりになるかもしれないわ」

ジョーナ・ペインは習慣をきっちり守る人間で、毎月最後の週末は別荘へ行っていたとダンカン博士から聞いたときから、ノラは彼がそこで殺されたと考えていた。それなりの殺人者は細部まできっちり調べて殺人計画を立てる。標的のあとをつけ、ベストな襲撃方法を練ったのち、襲いかかる。

さらなる情報を伝えようとしたとき、支局担当特別捜査官補佐ディーン・フーパーがドアを開けて顔をのぞかせた。「ノラ、ちょっと時間ができたらぼくのオフィスに来てくれないか。ここを終わらせてからでいい」

それだけ言って去っていったが、ノラはあわてた。メガンをちらっと見ると、ただかぶりを振っているだけで、なんのことやら見当もつかないらしい。

ここを終わらせてから。そうよね。

またチームのほうを向いた。「メガンにも加わってもらったのは、彼女は反社会性人格障害について理解が深いからなの。誰がジョーナ・ペインを殺したにせよ、典型的なアナーキストではないわ」

メガンが口を開いた。「考えていたんだけど、類似した犯罪を調べてみたいわね。ペイン博士の事件と似たような未解決事件があるかどうか。遺伝子研究との関連はなくてもいいし、放火でなくてもいいわ。問題は死因。もしよければ、その検視官からじかに話を聞いてみたいんだけど」

「かまわないからそうして」ノラが言った。「ピート、昨日のブッチャー＝ペイン社周辺とパインズ湖周辺の聞き込みについて、サンガー保安官とドナルドソン保安官から聞いてフォローしてもらえる？　何か新たな情報を入手していたら、足を使って確認してきて。彼らも視点の違う人間を必要としているかもしれないわ」

「了解。コールはどうする？」

ノラとしては、ここまでの分析を再評価する機会があるまで、そこは避けて通ろうとしていたところだ。「彼からはもう一度話を聞く必要があるわね」

ピートが咳払いをした。「気を悪くしないでもらいたいんだが、ノラ、きみはこの捜査の適任者だろうか？」

彼が何を言いたいのか、ノラにはわかっていた。ピートはずっと前から感じていたのだ。ノラが捜査をあまりにも身近なものとしてとらえていること。放火犯のように考えることにこだわりすぎること。ノラが必要以上に共感してしまうのではないかとピートは心配しているのだが、実際にそんなことはいっさいなかった。

「ええ」ノラがさらりと答えた。「そうよ」

ノラはテッドのほうを向いた。「ローガン＝カルーソ社のデューク・ローガンからブッチャー＝ペインの従業員に関する報告書が送られてきたから、それを精査してちょうだい。奇妙な点を探すの。目のつけどころはわかってるわね――そこを徹底的にフォローして」つぎはレイチェルだ。「ジョーナ・ペインとジム・ブッチャーについて徹底的に調べてほしいの。ブッチャーが――彼は科学者じゃないから失うものはすごく大きいんだけれど――間接的に関与している可能性も除外はできないわ。何者かが彼のメシの種を殺すことで彼を懲らしめたかったのかもしれない」

「だとするとアナーキストの仕業じゃないな」ピートが言った。

「ええ。ふつう、アナーキストは人を殺さない。でも現に昨日、人が死んでるの」

「もしつながりがないとしたら話はべつだろう」

「ちょっとばかり偶然の一致がすぎるでしょう」ノラが言った。「ペイン博士の死体が研究所まで運ばれたのには理由があるわ。説明がつかない状況の謎を解こうと奔走するわれわれを眺めるためだけかもしれないけど、それだって殺人犯は考え抜いたはず。ま、そんな幼稚な理由ではないだろうけど、とにかく理由はあるはずよ。それを突き止めれば、犯人を発見したも同然じゃないかしら」

腕時計にちらっと目をやった。十分が過ぎていた。

「行ってこいよ」ピートが言った。「向こうがすんだら、どういうことなのか知らせてくれ」

ノラはチームの面々に、ありがとう、と言い、クインに、それじゃまた、と言い、ディーン・フーパーのオフィスへ直行した。

デューク・ローガンはディーン・フーパーのオフィスに入り、握手をした。「また会えてうれしいよ、フーパー」

「こっちこそ。ショーンはどうしてる?」

「元気にやってるよ」ショーンが今週、ローズ大で動いていることは言わずにおいた。フーパーは知らないほうがいいだろう。もしショーンが捜査上重要な情報を入手したとしても、知らなかったことにできる。

「よく来てくれたな」フーパーが言った。

「とにかく来てみたが、いったいどういうこと？」

「クアンティコから気がかりな電話が入った。うちのトップ・プロファイラーがこの事件について調べ、至急話し合いを持ちたいそうなんだ」

そのとき、ドアをノックする音がし、まもなくノラが入ってきた。デュークはノラと二人きりで話したかった――彼女と二人きりになりたくてたまらなかった――が、ノラのほうはいつもながら仕事一辺倒だ。

「お呼びでしょうか？」ノラがしばしデュークと目を合わせた。デュークには彼女が昨晩のことを考えているのがわかった。ようし。だから彼女は油断してはならないと思っている。デュークがウインクすると、ノラは目をそらしながら、頬をかすかに紅潮させた。

くそっ。だがすごくセクシーだ。

「ああ。今日の手配はすべてすんだのか？　きみの報告書は読ませてもらった」フーパーが答えた。「証拠対応チームはすでにペインの別荘に向かって出発した」

「今日またリーフ・コールから話を聞いてこようと思ってます」フーパーが反対意見を口にしないうちにと片手を上げて制する。「彼はわれわれがうるさいことを言うたび、訴訟を起こすと脅しをかけてくるんですが、間違いなく何か知っているはずです。関与はしていないようですが――」ノラの声が消え入るように小さくなるにつれ、デュークは彼女が何を考えているのかよくわからなくなった。「誰かを疑っているにちがいありません。彼らはそれぞれ自由に活動していますが、そう大きくはないグループですから」

「コールのような人間は共犯証言はしてくれないと考えている」

「はい。ですが、こういう状況、わたしはうまく対処できると思うので、彼が自分でも気づかずに何かぽろっと言ってしまうように仕向けてみたいんです。やってみる価値はあります。現状では手がかりがほとんど何もないんですから——証拠対応チームがタホー湖で採取した指紋がこっちのと一致したりすればべつですが」最後の部分は皮肉まじりの口調になり、デュークには彼女はそんなことあるはずがないと思っているのだとわかった。

「いい考えだ」フーパーが言った。スピーカーホンのスイッチを入れ、電話番号を押した。

「ハンス・ヴィーゴから今朝電話があって、BLFの放火犯から送られてきた最後の手紙に関して話しあいたいと言われた。ローガンはうちのコンサルタントもしてきたというから彼に来てほしいとたのんだんだが、かまわないだろう?」

「ええ」とノラは答え、咳払いをした。デュークに一瞥を投げると、彼はにこりと笑いかけてきた。

ハンス・ヴィーゴはみずから電話を受けた。

「ハンス、ディーン・フーパーだ。ここにノラ・イングリッシュとデューク・ローガンがいる」

「こんなにすぐ電話をもらえるとはありがたい」ヴィーゴが言った。

「で、どういうことなんだろう?」フーパーが訊いた。

「各放火事件のあとに送られてきた手紙四通を分析してみたところ、イングリッシュ捜査官が過去に扱った事件への言及を再検討する必要があると思ったんだ」

デュークの背筋がぐっと伸びた。「聞いたことがなかったが」ノラをちらっと見ると顔色がすぐれない。

フーパーがノラとデュークにそれぞれ四通の手紙のコピーを手わたした。「いちばん上が最後の手紙だが、そのなかで引き合いに出されている事件はすべて、ノラが潜入捜査員として活動していたものだ」

デュークはその手紙を読むノラを観察していた。それにフーパーの言いかた……。「殺人犯はノラを知っていると言いたいのか？」

「そんなはずないわ」ノラが反射的に言った。デュークとしては、ノラに聞こえるとは思わずに発した言葉だった。

フーパーが言う。「ハンスからの電話を受けて、ぼくもノラがかかわった事件をチェックしてみたんだが、同系列の事件ではほかに二件しか記録がなかった」

ノラが最後の手紙を指先で軽く叩いた。「ここに書かれているその二件ですが、わたしは捜査官ではなく情報提供者でした」

ハンスが電話を通して発言した。「そこなんだよ。だからぼくは、この最後の手紙を書いた人間はきみのことをよく知っていると考えざるをえなかった。メディアに連絡をとってくる殺人者は注目されたがっているわけだが、この殺人者の場合はきみに注目されたがっているように思えるんだ」

デュークは胸が締めつけられ、そわそわとすわりなおした。手紙の主が何者であれ、ノラがそんな不審者からプレッシャーをかけられるようなことがあってはならない。

「わたしに注目されたがっている?」ノラが言った。「いったいなぜ? こういうアナーキスト・グループは自分たちの政治的主張に注目してもらいたいはずです。FBIとかFBI内部の誰かではなく」

「そのとおり」ハンスが言った。「だから彼らは建物にスプレーペンキでメッセージを残したり、活動の〝マニフェスト〟を発行したりするわけで、それがエスカレートしていく。新聞の伝言板への手紙の投稿は自分たちの犯罪に独自の解釈を加える手段だろう——一般市民がふつうのニュースメディアから放火事件を知る前に、放火の理由を公表しておくわけだ。堕落した企業、動物実験、遺伝子操作などと大義を並べて」

デュークはこの議論が向かっている方向が気に入らなかった。ドクター・ヴィーゴが話しているあいだにはじめの三通の手紙にざっと目を通し、つづいて四通目を丁寧に読んだ。たしかにその一通だけ語調と焦点が異なっていた。

ヴィーゴはさらにつづけた。「はじめの三通は個々の企業とそこが犯している犯罪とやらに焦点を当てている。たとえばラングリアだが、ここは医薬品開発のために動物と遺伝子の実験をおこなっている。州立大サクラメント校は農業における遺伝子工学。ネクサムは動物からの副産物を利用して利潤を得ている。しかし最後のブッチャー＝ペインへの放火に関する一通はどうだろう? 手紙は遺伝子研究に動物を使っていることに言及はしているものの、主眼は解決ずみ事件の捜査での警察の行動に置かれている。しかも列挙された事件はどれもいっさい公表されていないものだ」

フーパーが発言する。「イングリッシュ捜査官が情報提供者だった二十年前の事件関係者に疑わしい者はいない。彼らは全員が確たる証拠によって有罪判決を受けている。それについては徹底的に調べた」

「この手紙を読むかぎり、あのグループの誰かが書いたとしか」ノラは手紙を脇に置いたものの、目はあいかわらずそっちを向いていた。デュークは不安になった。口ではなんと言おうと、ノラは不安でならないのだ。

「ああ、そうだ」ヴィーゴが言った。「しかしなぜ？」

「あのグループにおそらく新人がいるんです」ノラが考えを口にした。

「可能性はある」ヴィーゴから懐疑的な反応が返ってきた。

ノラはつづけた。「過去の事件に基づけば、こうしたタイプのグループにはふつう三人から四人のメンバーがいるはずです。そのうちのひとりがドロップアウトしたとか、それ以外の何者かがPR活動をしたくなったとか」皮肉まじりの口調。きつすぎる状況から自分を遠ざけたいというわけか。

「ノラ、現実を無視することはできないだろう」デュークが言った。

「こう仮定したらどうでしょう――殺人者はわたしに、自分を止めようとする人間として目をつけた。そしてあれこれ調べていくうちに――**おっ、見ろよ！**――わたしが注目を浴びた事件について知り、わたしを混乱させようとしている」

「可能性はある」ヴィーゴがまた同じ返事を返してきた。

殺人者がノラを標的にしていると考えるだけで、デュークはぞっとした。ノラがＦＢＩ捜査官として危険な事件を捜査していることにはなんの問題も感じなかったが、何者かの焦点が彼女に当たっているとなれば大問題だ。デュークの専門は対個人の警備、ノラ・イングリッシュから目を離すつもりはなかった。

「この最後の手紙は私的な含みがある」ヴィーゴが言った。「焦点は〝堕落した〟政府――こういう連中が政治家や連邦捜査局について語るときにしばしば使われるフレーズだ。こうした事件のファイルに目を通したが、イングリッシュ捜査官以外に共通点はない」

「それと、事件がどれも国内テロに分類されるものだという点」とフーパー。

「国内テロ関連の捜査に携わっている捜査官はわたしひとりというわけではないのに」ノラが言った。

デュークはノラのようすをうかがっていた。ヴィーゴとフーパーの発言について考えをめぐらしているようだが、この事件がなぜだか自分がらみの流れになってきたことを信じたくないふうだ。ノラは関心の中心になりたくないし、自分自身を被害者と考えたくないのだ。

フーパーが言った。「いまアナリストに、ノラが担当した事件をすべてチェックして、彼女が逮捕した人間で出所した者がいるかどうか調べさせている」

「ついでに服役中の者の親族も調べてもらってくれ」ヴィーゴが言った。「西海岸に住んでいる者にしぼってもいいな。当初はこの犯人はかなり歳のいった人間だと思っていたんだが、この手紙は一本調子でこっちをからかっている——かなり若く未成熟な印象だ。三十歳以下で、学士号はとっていないが大学に在籍したことはありそうで、学生たちとうまくつきあえる」

「リーフ・コールですが」ノラがつぶやいた。「彼はそういうタイプじゃないですね。歳もいっています。それに、彼が殺人者だとは思えません」

「この手紙を書いたのは彼じゃない」ヴィーゴが同調した。「が、この独特な文体の主に覚えがあるかもしれない。ユナボマーと呼ばれたテッド・カジンスキーが発行したマニフェストの特徴的な語法に気づいたのは彼の兄弟だったことを思い出してごらん」

「コールはこれまでのところ、いっさい協力の意志を示していません」ノラが言った。「ほかの手紙にも見向きもしないでしょうが、もう一度やってみます。グループの活動がエスカレートして殺人まで起きたとなれば、彼もさすがに協力するでしょう」ノラの口調はけっして楽観的ではなかったが、きっとコールを強気で追及するのだろう、とデュークは確信した。

「つぎのステップは？」フーパーが質問した。

ノラが動揺して椅子から立ちあがった。「捜査を推し進めるため、今回の事件には大々的なチームを動かして徹底的にやっていきます。答えは現場にあるわけですから、それを見つけるつもりです」

「なるほど」ヴィーゴが相槌を打った。「しかし答えを見つける最速の方法は、きみに腹を立てている人間を見つけることじゃないかな、イングリッシュ捜査官。彼らは念入りに計画を練って、きみを彼らのゲームに引きこんだようだ」

「ピートを責任者に据えて、ノラにはしばらく捜査から離れてもらったほうがよさそうだ」フーパーが言った。「ノラ、ぼくはここに来てまだ六週間だが、きみの人事記録を見たところ、もう何年も休暇をとっていない」

「そんなことはありません」ノラはそう言ったが、デュークにはノラがどうだったか考えていることがわかった。もちろんフーパーの言うとおりなのだろう。デュークは本人以上にノラのことをよく知っていた。「わたしはこの捜査、あきらめるつもりはありません。ノーランに連絡してください。わたしの上司です。ドクター・ヴィーゴ、彼とじかに話してください。この事件の真相をきわめるにあたっては、わたしがいちばんの適任者だと言うはずです。わたしはこういう連中をわかっています。彼らの思考回路がわかっているんです」

「きみの身の安全のほうが重要だ」フーパーが言った。「私的なつながりがなくてもこの事件を捜査できる、訓練を積んだ捜査官はほかにもいる」

ドクター・ヴィーゴが言った。「ノラをはずせばいいのかどうかわからないが」

「もちろん、いいはずありませんよ!」ノラは言った。「もしこれがピートだったら、はずしますか?」

デュークはノラの声が震えているのに気づいた。恐怖。殺人者に対する恐怖ではなく、自分のアイデンティティーを失うことへの恐怖。ノラという人間＝仕事なのだ。そう思いながらデュークは考えた。自分が彼女にとって仕事と同じくらい大切な存在になるところまでアピールすることが果たしてできるのだろうか？　そもそもそんなことを自問自答する程度の見込みくらいはあるのだろうか？

見込みがあるのかどうかはどうでもよかった。この件に関しては。

「イングリッシュ捜査官の身の安全についてはぼくが責任を持ちます」デュークは言った。

彼の顔を見たノラの表情にはショックとともに不信感に似た何かが浮かんでいた。それについてデュークはあまり深読みはしたくなかった。ノラの精神状態はいま、ジェットコースターさながらのはずだ。たぶん一度も乗ったことはないのだろうが。それにしてもどうしてわかってくれようとしないのか、デュークはもどかしくてたまらなかった。

彼女に信頼してもらう必要があった。信頼なくしてはどんな関係も築けるはずがない。

「それはいいな」フーパーが言った。「どうだろう、ハンス？」

「たいへんけっこう。われわれも過去の事件を調べる必要があるが、ノラ、きみにも余裕があるときに見なおしてみてもらいたいね」

ノラはたちまち平常心を取り戻し、落ち着いた口調で答えた。「おっしゃることはよくわかりますが、ドクター・ヴィーゴ、わたしに個人的恨みを抱いている人間は思い当たりません。殺人を犯すほどの恨み……何がしたいんでしょう？」

「ノラ、きみはテロリズムがわかっている。ぼくは反社会性人格障害のなんたるかがわかっている。この事件はその二つが衝突して起きた。ぼくはいま、まったく新しい危険な怪物を抱えこんだ気分だよ。用心しろよ」

デュークの電話が振動した。パートナーであるＪ・Ｔ・カルーソからのメールだ。メッセージに目を落としながら気持ちが重くなったが、意外ではなかった。おそらくすでに真実を察知していたのだろう。というのは、ラス・ラーキンがジョーナ殺しの片棒をかついでいたとは思えなかったからだ。だからといってこのニュースを軽く受け止められるわけではないが。

三名のＦＢＩ捜査官にニュースを伝えた。「ラス・ラーキンの車をリノで発見しました。彼は死亡しています」

12

二時間後、デュークとノラがリノに到着したときには、ラス・ラーキンの遺体はすでにモルグに搬送されたあとだった。デュークがリノ警察から殺人に関する知らせを受けたあと、ノラはＦＢＩリノ支局に連絡を入れ、現場でサラ・ラルストン捜査官と合流した。荒れ果てた倉庫の裏手にある汚らしい駐車場だ。

いくら混乱のなかでとはいえ、ラスを悪党かもしれないと思ったことにデュークは激しい罪悪感を覚えた。ラスと彼のパソコンが消えたとわかったとき、デュークはまずラスが犯人だと考えた。ラスが面倒なことに巻きこまれたのかもしれないと考えたのはもっとあとになってからだ。

「被害者は見た？」ノラがラルストン捜査官に訊いた。

「ちょっとだけ。わたしがここに到着したとき、被害者はすでに車から引っ張り出されて、袋に入れられてタグがついていたの。現場で立ち会った検視官代理が顔見知りだったんで、基本的なところは教えてもらったわ。死後二十四時間以上経過。以上がどの程度かは解剖してみるまではわからないとのこと。着衣はジーンズとＴシャツ、スニーカー。掻き切られた喉以外の目立った外傷は見受けられず。切創は深くて、背後からやられた可能性が高いそうよ」

「助手席？　それとも運転席？」デュークが質問した。

「運転席。シートベルトを装着したまま。シャツに血で汚れていない部分が帯状に残っていたから、喉を掻き切られたときはベルトを着けていたんだと思うわ」

ラスはいったいなぜリノなんかへ車で来て、廃屋の裏に車を停めたんだろう？　二十四時間ということは、月曜日の午後二時にはここにいたことになる。放火よりだいぶあとだ。

「死後、もっと長い時間が経過している可能性もあるわけね？」ノラが訊いた。

「そうみたい。わたし、詳しくないのよ。担当はホワイトカラー犯罪なんだけど、ここに小さなサテライト・オフィスがあって、うちの凶悪犯罪班は人里離れた国有地で起きた無理心中捜査のために出払ったところだったの。ひどいものだわね。よく連日こういうことをやっていられるものだと感心するわ」

「わたしの担当は国内テロで、凶悪犯罪じゃないんだけれど、死体はけっこうな数見ているわね」ノラが言った。

「検視官はかなり気さくな人だから、正式な報告書が出る前に答えが聞けるかもしれないわよ」

「遺体にメモがあったって聞いたが、持ってますか？」デュークが訊いた。

「見たけど、いま手もとにはないわ。リノ警察が保管してるのよ」

「コピーが欲しいんだけど」ノラが言った。

「向こうにじかに訊いて。ここは縄張り意識が強くて」

「そのメモ、何がなんでも入手しなくちゃ――プロファイリングの材料として」とノラ。

ラスの車はより細かい証拠収集のため、鑑識チームが署のガレージに移動させる準備をととのえているところだった。デュークは彼らのほうへ歩いていく。責任者が誰かはすぐに見てとれたので、まだ二十代と見られるその若者に近づいた。彼のみならず全員が若いことに驚かされた。

「ぼくはデューク・ローガン。二時間前に被害者に関してロブ・プレンティス警部補と電話で話したんだけど」

「プレンティス？　彼なら署だよ」

「被害者はぼくの部下で、所持品のなかに機密扱いの情報があるもので、来てほしいと言われたんだ」

若者が言った。「プレンティスに訊いてよ。ここはおれの持ち場なんだ」

デュークはしつこく食いさがった。「死体といっしょにあったメモのコピーをくれるって言われてる」

「さあ、メモのことは知らないよ。おれは聞いてない」

「彼に電話してくれないか」

「いま忙しいんだよね。あんた、うちの管轄の人じゃないよね？」

「サクラメントだ」

「サクラメントの何？　あんた、警官じゃないだろう。なのにおれになんかしてもらえると思ってるってことがおかしいんだけど」

ノラがいきなりデュークの隣に立つと、若者は素早く彼女を品定めした。「どうも」彼は言った。

「ドレスラー巡査ね？」

「はい、そうです」

「国土安全保障省にFBIから出向中のノラ・イングリッシュ特別捜査官よ」ノラが早口で言った。「被害者のミスター・ラーキンは国土安全保障省と契約しているローガン＝カルーソ警備サービスに勤務していて、権限的には国家安全保障に属する機密情報を扱える立場にあったの。ミスター・ローガンはその会社の社長で、国土安全保障省とFBIの両方で秘密情報の利用を許可されたコンサルタントだから、アメリカの国民の健康と安全が危険にさらされるのを防ぐために彼が必要と考える情報はすべて提供してもらいたいのよ。一刻の猶予も許されないわ」

ドレスラーが目をぱちくりさせた。「どういう――」

ノラは腕時計をちらっと見た。「わたしたち、これからつぎの現場に向かう途中なの。この犯人の犯行は州境をまたいでいるから、言わせてもらえば、この事件はわたしの管轄下になるわけ。リノの鑑識チームはきわめて優秀だと聞いているわ。うちのチームはいっそ呼ばないほうがいいとは思っているんだけど、とにかくぐずぐずしている余裕がないのよ。必要なものを――いますぐ――入手するか、あるいはうちの証拠対応チームが到着するまでこの現場をわたしひとりで保全するか」

デュークはただただ感服していた。これほどみごとなはったりは聞いたことがないばかりか、きわめてまことしやかに聞こえるところがすごい。苦笑が表に出ないよう抑えこみながら、ノラの頭の回転の速さにキスを送りたい気分だった。とはいえ、文句があるなら言ってごらんなさい、どっちみちわたしが勝つんだから的傲岸さにものを言わせているいま、彼女が喜ぶとは思えない。

ドレスラーが何やらぶつぶつつぶやいたあと、「ちょっと待ってくださいよ」とその場を離れた。

ノラはデュークに向きなおり、口もとをわずかにゆるめて片目をつぶった。

「ラスのノートパソコンとフラッシュドライヴが欲しいんだ」デュークが言った。

「必要なものは全部わたしてくれるわよ。わたしが証拠品の受領証にサインして、ドレスラーに車を精査してって譲れば、彼は満足するはずだもの。ラルストンが言ってたけど、彼、細かいことにもうるさいんですって。だから管轄だのなんだのにこだわってるんでしょうけど、証拠の検査にかけては神がかってるそうよ」

まもなくドレスラーが戻ってきた。「あんたたちが必要なものはわたしてやれってプレンティスから言われたよ」その命令に不満があることは一目瞭然だ。

ノラが態度をやわらげ、ドレスラーにやさしい笑顔を向けた。「ありがとう、ドレスラー巡査。ご協力に感謝するわ。こちらが必要なのはその手紙と車内にあったパソコン関連のものだけ。どれも所有権はローガン＝カルーソ社にあるのよ。高度な機密情報が入っているかもしれないから、犯人がそれを知っているかどうかを確認する必要があるの。アメリカの国民の幸福を守るためにね。とはいっても、あなたのほうで車と被害者からの微細証拠の検証をしてもらえれば、本当にありがたいことだわ。あなたにはこちらからも情報を提供するつもり。この事件には大いに力を入れているんで、あなたがたの高い技術は大歓迎」

ドレスラーは文句のひとつも言いたげだったが、ぐっとこらえた。「証拠物件の受領証を用意してきます」

「お世話さま」ノラは言った。「車に関する情報が何か判明したときはただちに連絡して。わたしに直接」そう言いながら名刺を差し出す。

ドレスラーが密封した袋におさめた証拠物件を取りにいったあと、ノラはデュークに尋ねた。「ラーキンはどうしてここに来たのかしら？　このあたりにクライアントがいるとか？」

「ラスはうちの社員じゃなく、おれがブッチャー＝ペイン社に代わって雇った人材なんだよ。雇い主はジムとジョーナだ。おれが彼の経歴をチェックしたとき、ひょっとして何か見落としたのか——」

「それはなさそう」

「彼のノートパソコンを調べれば、たぶんわかるはずだ。それにしても、どうもわからないな。彼がリノまで車でやってきて……なぜだろう？」

「ジョーナ・ペインの別荘はここから五十キロ足らずのところにあるわ。ダラーポイント。ペイン博士とラーキンは仕事以外でも友だちだったの？」

「さあ、聞いたことがないな。ジョーナは愛妻に死なれてからはいつも、週末はひとりで過ごしていた。誰かとデートをしたことがあったとしても、何回もないはずだ。仕事人間だったからね。ラスは若くて利口な男だったが、コンピューターに関してだけだ。ブッチャー＝ペインの科学的な側面には関心も抱かず、ただただコンピューターとだけ向きあっていた。彼の経歴をチェックしてみても何ひとつ思い当たることがない」

「ラーキンは大学はどこだったの？」

「州立大フレズノ校。二〇〇三年に卒業して、州政府に二年勤務したあと、二〇〇五年にうちがコンサルティングをしていた保険会社の担当者としておれが雇った。フレズノにある会社だったけど、彼がこっちに来たがっていたんで、何かないかなと探していたところへちょうど二〇〇六年、ブッチャー＝ペインが事業を拡張するにあたってＩＴ担当者を探していた。以来ずっとあそこだった」

「ラーキンがサクラメントに来たがったのはなぜ？」

「さあね。おそらく仕事のチャンスがあると思ったんじゃないかな。州中央部の谷にある小さな町の出身だから、フレズノよりサクラメントのほうがずっと魅力的だったんだろう」

「だまされやすい人かしら？」

「だまされて――セキュリティーコードを教えるとか？　それはないだろう。そこまで世間知らずなタイプだとは思えないよ」

「でももし女性と親しくなったとして、女性は暗証番号を手に入れても彼が気づかないってこともあるわ」

「可能性はあるが、犯人がテストコードをどうやって知ったかの説明はつかない。おれがラスに現場で教えたから、どこにも書いてはいないはずなんだ」

「彼もどこにも書いてはいない？」

デュークが考えこんだ。もしかしたら何かに書いたかもしれないが、こういう結果になったということは……。「わからない」

ドレスラーが箱を抱えて引き返してきた。「ここにサインを」顎をしゃくって箱の上に置いた用紙を示す。

▼HPノートパソコン・モデル8730一台。助手席より回収。レザーケース入り。

▼フラッシュドライヴ二個。2MB。青（コンソールボックス内）、緑（ノートパソコン用レザーケースのポケット内）。

▼財布一個。黒、革製、表に頭文字RALの型押しあり。内容目録：カリフォルニア州発行の運転免許証　D-00098774　ラッセル・アントン・ラーキン　ローズヴィル在住。現金六十七ドル。ゴールデン1クレジットユニオン発行VISAチェックカード。

チェース発行VISAクレジットカード。シェル石油カード。札入れサイズの写真三枚。フィットネスセンター会員カード。スターバックスカード。診察券。電子セキュリティーカード　表示なし　青。被害者の氏名と住所が記された白地式小切手一枚（ナンバー988）。レシート三枚（シェル石油　カリフォルニア州ローズヴィル　9／26／09　一四・五ガロン。スターバックス　#NV731　9／27／09　午前一〇時〇五分　九ドル五十五セント。シェル石油　ネバダ州リノ　9／27／09　七・六ガロン　午前一一時五八分）

▼バックパック一個。ダークグリーン。内容目録：Tシャツ。ジーンズ。ソックス。下着。歯ブラシ。練り歯磨き。デンタルフロス。処方箋によって調剤されたモトリン　ローズヴィルのラリー薬局　7／17／09　担当医ドクター・ブース。使い捨て剃刀。

▼鍵五個付きキーリング一個。鍵のうち一個は被害者名義のホンダ・シビックのキー。その他四個は不明。

▼システム手帳一点。ゴムの帯付き。

「お手間とらせたわね。ほんとにありがとう」ノラはそう言いながら受領証にサインをした。二枚組の用紙を双方で一枚ずつ受け取る。

デュークにはノラの声がほとんど聞こえていなかった。目録を丹念に読んでいくうち、早く手帳を開きたくてうずうずしたし、すぐにでもスターバックスに行ってラスを憶えている人間がいないか調べたかったし、ノートパソコンをすぐにでも開きたくなった。ここに何かがあるはずだ。それを探し出さなければ。

「慎重に扱ってくださいよ」ドレスラーが念を押した。

「ええ、気をつけるわ」ノラは答え、箱を受け取った。

二人はサラ・ラルストンのところへ戻り、ノラが彼女に言った。「彼をつついて、車内からどんな証拠を採取したか聞き出せない？　指紋、繊維、なんでもいいから。サクラメントに持っていく必要がありそうだと思うものがあったら教えてほしいの。そうしたらうちのボスに掛けあうわ。これってどんどんエスカレートしていく連続殺人犯の犯行で、時間が勝負なのよ」

「偉そうでたちの悪いＦＢＩ捜査官役は大好きよ」サラが答えた。「しかもこのしけたカジノの町から二、三日脱出できるんでしょ？　あなたにひとつ借りができるわ」

「借りならいますぐ返して――」ノラは箱を開け、個別に袋におさめられたレシートを取り出した。「このスターバックスとこのシェルのスタンドはどこかしら？」

「簡単よ。このシェルのスタンドは東四十三番通りを五、六ブロック行って、出口からすぐのところ」サラが交差点を指さした。「スターバックス――ここは州立大からすぐの店ね。フリーウェーに入って東へ向かって、つぎの出口で降りると、その道がたしかそのまま目抜き通りになるの。正門の手前に右手に一方通行の道があるから、そっちへ曲がって」

13

ノラとデュークはまずガソリンスタンドに行った。オーナーは強い訛りと風貌から察するにインド人らしく、日曜日も営業していたが、ノラの質問がよくわかっていなかったし、日曜の昼前に青のフォード・エクスプローラーでスタンドに来た男のことも憶えていなかった。それでもノラのバッジのなんたるかはわかっていて、彼女が防犯カメラを指さすと、二人をカウンターの横から奥へと招き入れ、四台のモノクロ・テレビを見せた。そこに映っているのは二台の給油ポンプ、トイレの入り口、そして広角で撮っている小さなコンビニの内部。

デュークが機材を調べてかぶりを振った。「ライヴ映像だな。記録してはいない」

「つまりビデオはないってこと？」ノラが訊いた。

「ああ」

「記録映像が残らないとしたら、セキュリティーの意味がないじゃない」

「抑止効果だろうな。それと、万が一面倒なことが起きそうなとき、店員が事前にサインをキャッチできるかもしれない」

「あまりに行きあたりばったりだわ」ノラが不満げにつぶやいた。

二人はガソリンスタンドをあとにし、ラスが死亡するわずか数時間前に立ち寄ったスターバックスへと車を走らせた。着いたところはいかにも大学町というイメージで、庶民的なレストランに衣料品店や本屋、そして角に建つスターバックスは広い店内のほかに外にもテーブルが並んでいる。ちょうど昼時で、砂漠の町には太陽がじりじりと照りつけていた。客はほとんどが大学生、テーブルは半分ほどが埋まっている。おしゃべりしている者もいれば、ノートパソコンに向かっている者、ひとりあるいはグループで宿題をしている者もいた。コーヒーの香りに刺激され、ノラの胃がグーグー鳴った。

「なんにする?」デュークが訊いた。

「ううん、いいわ」ノラが答えた。

「嘘をつくなって、きみのおなかが言ってるよ。おれがおごるから」

「おしゃべりな子ね、このおなか」空腹の音が伝わったことがちょっと恥ずかしそうだ。

「それじゃアイスモカ。ホイップクリーム入りの」

「ノラは甘いもの好きなんだな」

「ノラには糖分が必要なの」かすかに笑みが浮かんだ。レジに行くと、デュークは注文し、ノラは店長と話したいと告げた。

二人の飲み物が出てからまもなく、せいぜい二十五歳といった感じのキュートなブロンドが近づいてきた。「何かご用でしょうか?」ロングヘアを後ろで結わえてノーメイク。グリーンのエプロンの紐がありえないほど細いウエストに三重に巻かれている。名札には副店長サンディーとある。

ノラは自分とデュークを紹介し、人のいないところで話せないかと尋ねた。

「奥にそういうスペースはないんですよ、じつは」サンディーが言い、隅っこの空席を手ぶりで示した。

しかたがない。三人はそのテーブルに着き、ノラが声を抑えて訊いた。「この男性のことを調べているんですが」デュークが持ってきたラッセル・ラーキンの写真を彼女の前に押し出した。陸運局の写真を引き伸ばし、上質の印画紙にプリントしたものだ。

サンディーが写真を見た。「さあ、知らないわ。わたしが知ってるはずなんですか？　たくさんのお客さまを見ているもので、見覚えがあるような気もするけど、こういう顔の人ってよくいますよね？」

ラーキンはたしかにごく平均的だ。すっきりとさわやかな印象で、とくに目立ったところがない。「身長は百八十五センチくらいで痩せてるの。ここには日曜の午前に来たはずなんだけど」

「わたし、週末は出てないんで――スケジュール表をチェックして、その時間に誰が出てたか見てみます」

副店長はすっと立ちあがり、ノラはアイスモカを飲んだ。デュークが注文してくれたのはいちばん大きなサイズ。本当は規則正しい食事をしなくてはいけないし、つねに自分にそう言い聞かせてもいるのだが、一日に二度の食事をとることがなかなかできずにいる。

「ありがとう」

「きみの顔を見ていられるんだから、こっちこそありがとう」

そのコメントをどう受け止めたものか、ノラは困った。デュークはただにこにこ笑いかけてきた。

サンディーがサマーという名の小柄なアジア系の女の子を連れて戻ってきた。「サマーは日曜日、開店から二時までいました」

サマーが興味津々で写真を見た。「この人なら憶えてます。スターバックスカードを使った人だわ。ずいぶん前から見ていないカードでした。車には二人と犬が一匹」

ノラが証拠用の透明なビニール袋に入ったままのカードを見せた。「こういうカード?」

サマーが顔をしかめた。「ええ。どうかしたんですか?」

サンディーも不安そうな顔をのぞかせた。「地区マネージャーに連絡しましょうか?」

「その必要はないわ。お店には関係がないことだから。ただね、このカードの持ち主がここに来た日に殺されたの。それで彼の足取りを追っているわけ」

サマーが手で口を押さえた。「やだっ、怖い」

「レシートによると、彼が注文したのは飲み物とペイストリーを二点ずつね。どんな人といっしょだったか、思い出せるかしら?」

「お店には彼がひとりで入ってきて、飲み物を注文して、そのあとパティオに出ていきました。サンデーモーニング・スペシャルの時間で、二個買うと一個が半額だったんです。彼がパティオに出ていったとき、あたしはレジにいたんで、その位置から彼は見えなかったんですけど、二十分くらいするとレジがすいてきたんで、テーブルを拭きに外に出ていきました。彼、女の子といっしょでした」

「女の子？　どんな子だった？」

サマーが肩をすくめた。「髪はブルネット、丸顔ですごく美人」

「もしその子を見たら、わかるかしら？」

「たぶん。いや、どうかな。たしかここに二、三回来たことがあると思うけど、最近は見かけてないような？　あたし、人の顔はわりとよく憶えるほうなんだけど、定期的に来るお客さんじゃないとなかなか」

「その女の子の特徴みたいなもの、何か思い出せない？　身長、体重、ホクロとかなんでもいいんだけど？」

「あんまりはっきりとは。どちらかといえば痩せてるほうで、すれ違った人が振り返りそうなほど派手な感じ。そうだわ、思い出した。目が丸くて大きいの。その子の目のことを話してた男性スタッフがいたように思います。もっと協力したいけど、記憶が曖昧で申し訳ないわ」

「ううん、大したものよ」ノラが言った。「その二人、時間的にはどれくらいここにいたの？」

「あたしがなかに戻ったときはまだいて、つぎにテーブルを片付けに出ていったときはいなかったけど、あれは少なくとも三十分後だったから」

ノラはレシートを見た。ラス・ラーキンがコーヒーを買ったのは午前十時ちょっと過ぎ。そして十時半くらいにサマーが外に出て、彼がブルネットの魅力的な子と話しているのを目撃している。そのあと十一時ころには二人の姿は消えていた。

「二人のようすはどんなふうだった？」ノラが質問した。「友だち？　恋人同士？　緊張している感じ？」

「友だちっぽかったかな。笑ってもいなかったし、喧嘩もしていなかったし、ただおしゃべりしてました。穏やかに」

「お時間割いてもらってありがとう」ノラはサマーに名刺を手わたした。「もしその女の子を見かけたり、ほかにも何か思い出したりしたら、できるだけ早く連絡ください」

「ええ、そうします」

店をあとにしながらノラが言った。「サラ・ラルストンにその男性スタッフから話を聞いてもらうことにするわ。サマーの供述に追加することが何かあるかもしれないものね」

車に戻ると、デュークは助手席に乗りこんでサンドイッチを二個高く上げてみせた。「ターキー？　それともチーズ＆アボカド？」

「あなた、チーズ＆アボカドが大好きって顔してないわ」ノラはそう言いながらそっちを取った。木陰に車を停めて、ノラは窓を大きく開けた。生ぬるい微風が太陽の熱気を和らげてくれる。

「きみがベジタリアンかどうかわからなかったからね」

「ベジタリアンってわけじゃないけど、チーズ&アボカドは大好き」サンドイッチのラップをはがす。「たいへんけっこうなチョイスでした」

「朝からなんにも食べてないだろう。思考回路に支障をきたすぞ。おれは腹が減ると集中できない」

「ブルネットの美人と聞いて、誰かぴんとこない？」ノラがデュークに訊いた。

「こないね。ラスをそれほどよく知らないし」

「彼、お泊まり用の荷物を持ってたわ」

「その可能性もないわけじゃない――が、つねにああいうものを持っていたとも考えられる。おれも緊急時用に車に積んでるからね」

「あなたが？」

「きみは持ってないの？」

「そりゃあ持ってるけど、わたしは連絡が入ったらすぐに動かなきゃならないからよ。いまの役職では必需品ね」そこでちょっと間をおく。「習い性でもあるわね。子どものころ、しょっちゅう引っ越してたでしょ。それもたいてい突然。母がただ引っ越したいって気分になっただけのときもあったけど、そうせざるをえないときもあったわけ。だから身軽に旅することも、バッグのなかにつねに大切なものをしまっておくことも習慣になってるの」そして**そのバッグをつねに持ち歩くことも。**

「きついな」

「間違いなくホームレスに類するわね」ノラがそっけなく笑った。

「冗談でなく、子どものころはホームレスみたいなものだったわ。母は働けないというより、働くことを拒否してた。あちこちで半端な仕事をしてたけど、一軒家に住んでいたときもあったわ。たいていはグループの人たちといっしょに。母は家庭内暴力の被害者だと偽って郡から郡へと流れ歩く詐欺も働いていたの。そうすると二、三週間は住むところを与えてもらえるし、当座の仕事も世話してもらえるのよね。そうやってある程度のお金を手にすると、母はすぐまたつぎの〝冒険〟へと旅立つの。〝冒険〟って呼んでたのよ、母は。欲しいものはたいてい盗んでいたけど、母は罪悪感をいっさい感じていなかったわね。わたしはそれが嫌だった」

ノラがサンドイッチの残りの半分を置いた。顔を赤くしながら。「こんなことまであなたに話すなんて信じられない」

「うれしいよ、おれは」

ノラは自分が腹立たしかった。つらそうな話だが、つらくはなかった。自分の過去については、とっくにあきらめて受け入れていた。だからこそ、人にもそんな話ができるのだろう。ううん、そうじゃない。自分をごまかしているのよ。自分の過去を受け入れてはいるものの、人に話すようなことではない……デュークだけだ。彼には居心地のよさを感じていて、自分という人間を知ってほしかったし、理解してほしかった。でもここで？　いま？　時と場所が違うような気がする。

「すごく変な話しちゃったわね」車を発進させた。「おなかがすいていたからってことにさせて」

デュークはノラの手を取り、彼女が自分のほうを向くまでぎゅっと握りしめていた。

「話してくれたことに感謝してるよ」

ノラがにこりとした。

そう、ノラも彼に話せたことですっきりしていた。

サクラメントへ急いで戻る車のなか、デュークは運転するノラを見守っていた。巧みに運転してはいるけれど、どこか物思いにふけっている感じがした。過去を思い出しているのか？　これまでに担当してきた事件のこと？　この事件のこと？　おそらくあれもこれもだろう。

両親が事故死するまで、ローガン一家は楽しく暮らしていた。ずっと裕福だったわけではないが、双子の弟と妹が生まれる少し前、デュークの両親ポールとシーラは警察や軍隊向けのある装置の特許をついにとり、それが大当たりしたのだ。

とはいえ、そんな転機が訪れる前もローガン一家にはつねに家があった。デュークは生まれ育ったその家にいまも住んでいる。大金が転がりこんだとき、ランチョコードヴァの築百年の農家風の家を改築したのだ。低所得層に属する家族が住む、規格化された家が並ぶ地区だが、ローガン一家はアメリカン川に接した五エーカー（約六千坪）の土地を所有している。飛行機事故のあともそこから離れたくはなかった。何よりも情緒の安定が必要なショーンを住み慣れた場所から引き離してはならないと考えたからだ。で、いまは？　やはり住み心地がよかった。よそへ移り住むことなど思いもよらない。

ずっとみんなが集まる場所だった。Ｊ・Ｔとジャックス・カルーソ兄弟は実質的にはあの家に住んでいるようだった。彼らの両親は離婚して、どちらも子どもたちが何をしていようとあまり気にかけてはいなかったからだ。近所の子どもたちが毎日放課後にやってきた。ストリートで悪い連中に染まるよりは自分の家に来るほうがいいわ、とシーラはいつも言っていた。近所の子どもたちに食事を与え、何か問題はないかと目を光らせ、つねに話を聞いてやる母だった。

母親を思い出すとき、デュークは母のそんな面がいちばん恋しかった。母はいつも彼を含めて子どもたちのために時間を割いてくれた。仕事中でも、外での約束があるときでさえ、子どもたちの話に耳をかたむけてくれた。はっきり頼まないかぎり、アドバイスをくれることはめったになかったが、子どもたちを正解に導くような質問を必ずひとつかふたつ投げかけた。父親は母親に比べると型どおりの善悪に重きを置いていたが、父も何よりも家族を優先した。だから家族がともにいるかぎり、みんなどんなことも乗り越えられた。

そんな両親が死んだあと、みんなの心にぽっかりと大きな穴があき、家族は分裂した。どうしてそんなことになったのか、デュークにはまったく理解できないままだ。中米で数か月、傭兵としてケインとともに戦ったあと実家に帰って一年足らずで両親が死んだ。ケインは家に戻り、家長になろうと努力したが、彼には向いていなかった。彼はふつうの人間とは違う形で悲しみと向きあったのだろう、とデュークは思っている。その結果、責任はデュークが負うことになった。その直後、双子のリアムとイーデンが外国で警備会社を経営するからとこの国を出ていき、ケインもJ・T・カルーソと共同で立ちあげた会社をデュークに委譲して、また中米へと戻っていった。そしてデュークとショーンは、二人には広すぎる家を今日まで維持してきた。

だがそのあいだずっと、もし何か必要なものがあるかと問われたら、デュークはケインにいてほしいと思っていた。ホームベースはいつだって……わが家。両親に与えてもらった基盤はかけがえのないものだ。

ノラをじっと見つめた。ノラも見つめられていることにもう気づいていた。運転のしかたでそれがわかった。道路に目をやったり、ほかのドライバーに注目したりするが、彼のほうはけっして見ない。彼はノラがこれまでに築いてきたものに畏敬の念を抱いていた。特殊な状況のなかで成長したあと、頭のよさや鋭さを周囲に認めさせただけでなく、警官になった。それもFBI捜査官だ。簡単ではなかったはずだが、まさにうってつけの職業だ。自分のしていることを信じ、相対する人間を理解し、関係者すべてに対して並はずれた共感を抱いている。たぐいまれな特性だ。おそらくそれが、子どものころの自身の葛藤にもまして、ノラをこれほど緊張させるのだろう。ひとつの問題をあらゆる面から見ること、すなわち犠牲者と同様に略奪者をも理解することは簡単ではない。自分の感情を制御できずにたちまち燃え尽きてしまう警官を——地元警察であれ、FBIであれ——デュークはたくさん知っていた。

ノラのみごとなまでに揺るがない姿勢は見せかけだ。デュークにはそれが透けて見えた。彼女は自分の正気を保ってくれる盾を持っているが、それだけのことだ――自分を守る盾。彼はその盾の下をくぐって、ありのままの女性としてのノラ・イングリッシュが見たかった。昨夜、彼とキスをしたノラ・イングリッシュ。ふだんは内に隠れているノラ・イングリッシュ。

彼は実行に移すつもりだった。欲しいものはすべて手に入れるつもりだ。車がシエラネバダ山脈をカリフォルニア側へと下りはじめたとき、デュークの電話が振動した。ボイスメールだ。

うつむいて耳をすます。

「ショーンからメッセージが入った」

「弟さんよね？」

告白するほかなくなった。「じつはおれ、二日ほど前からあいつをローズ大にもぐりこませていたんだ」

ノラは何も言わなかったが、知らされずにいたことがうれしいはずはない。

「今朝、学生が三人、死体で発見された。どうも自殺らしい。書き置きがあって、自分たちがジョーナ・ペインを殺したと告白しているって話だ」

14

ローズ大学は喪に服していた。

ショックを隠せない顔で埋まるキャンパス、そのあいだをぬってノラは進んだ。保安官事務所がメディアの侵入を規制し、三人の学生が自殺したと見られる寮のロビーでサンガー保安官が学生部長と話していた。

ノラは茫然としていた。デュークが弟からの連絡を受けたあと、ここに到着するまでの四十分間、政治活動と連続殺人とにどう折り合いをつけたものやらずっと考えてはきたが、どうにも了解しかねた。

「保安官」そう呼びかけながら近づいた。

「イングリッシュ捜査官」サンガーが行儀よく言った。「ずいぶん早かったですね」

ノラが眉を吊りあげた。「えっ？」

「支局に連絡したのはほんの十分前なのに」

「あら変ね。わたしが自殺の知らせを受けたのは四十分前で、そのときはもう情報入手からだいぶたっていたみたいだけど。書き置きが見つかった時点ですぐに連絡を入れてほしかったわ」

サンガーの顎のあたりにぐいっと力がこもった。とりあえず学生部長を紹介する。「グレッグ・ホルブルック、こちらはノラ・イングリッシュ捜査官だ。それからデューク・ローガン」

「みんなショックを受けてますよ」ホルブルックが言った。「三人とも模範的な学生でしたからね。全員最終学年で将来有望。自殺なんて――」

「手紙を見せてもらわないと」ノラが言った。

「ちょっと失礼、ホルブルック部長」サンガーが歩きだす。ノラとデュークは彼のあとについていった。

近くに人がいないところまで行くと、ノラは言った。「わたしへの連絡、なぜこんなに時間がたってからなの？」

「まず第一に、手紙は全面的な自白というわけではなかったんで、対応した巡査がそうと気づくまでに時間がかかった。彼らがようやく気づいて、おれが現場に呼ばれ、おたくに連絡を入れた」

ノラの鬱積した怒りが和らいだ。「悪かったわ、ランス。あなたを非難するつもりじゃなかったんだけど、わたしたち、べつの殺人現場から戻ってきたばかりなの。ラッセル・ラーキンが喉を掻き切られたわ。ブッチャー＝ペインのＩＴ管理の責任者ね」

「聞いてないな」サンガーが言った。

「リノでの犯行で、死後二日経過していた。おそらく日曜日の昼前だわね」

「そいつは気の毒だったな」サンガーがデュークに言った。

デュークは慰めの言葉を受けるとすぐに質問した。「ここはどういうことだったんですか？」

「最終学年の学生が三人死んだ。寮の部屋のなかはひどいもんだよ――三人とも猛烈に吐きまくったんだな。救急隊員が到着して、女子学生の蘇生を試みた。彼女だけはまだ脈があったんだが、病院に到着したときはすでに死亡していた。そのあいだ、一度も意識を取り戻さなかった。手紙はデスクの上にあった。遺体は検視官が二十分ほど前に運び出して、いま階上ではうちの保安官代理たちが証拠を採取している」プレイサー郡では保安官代理が鑑識作業もおこなう。カリフォルニアの小さな郡の多くではごく当たり前のことだ。

「薬かしら？」ノラが訊いた。

「らしいが、どういう薬かは解剖するまでわからないな」

「どういうふうに発見されたの？」

「今朝早く、廊下の向かい側の部屋の女子学生がいやなにおいがするんでドアをノックした。返事がないんでそのまま授業に行き、戻ってきてからもう一度ようすに見にいった。そしたらドアはロックされていないとわかった。かなりおぞましい光景だったからね、その子はかわいそうに、まいっちゃってるよ」

「三人とも部屋のなかで吐いていただけで、助けを求めようとはしなかったの？　その女子学生にルームメイトはいなかったの？」

「そう、いなかったんだよ。見たところ、三人は死にたかったとしか思えない」サンガーが言った。

あるいは摂取した薬物が体を麻痺させるものだったか、とノラは考えた。それでもまだしっくりこない。薬を使った自殺は何件も見たことがあった。きれいではなかったけれど、猛烈にと呼ぶようなものではなかった。一般的に嘔吐がはじまると、じゅうぶんに吐くことで体から毒素を追い出して生き延びるか、あるいは自分のやったことを後悔して助けを求めるかする。「そんなひどい状況になるはずはないんだけど」ノラが言った。

「どういうこと？」

「自殺を計画したら、目的を果たすためには薬を何錠飲んだらいいのか、どういう薬が痛みや苦しみを最小限に抑えるかを当然チェックするはずだわ。自殺者のほとんどは、いちばん苦しくない楽な方法を選ぶものよ。そして誰かにそのことを話す――聞かされているほうは相手がまさか自殺の話をしているんだとは気づかないとしてもね。なんらかのサインを示すものだわ、絶望とか鬱とか――」

「彼らは放火殺人の罪でいまにも告発されようとしていたからな」サンガーが指摘する。

「そうかしら？　まだひとりの被疑者も浮上してないけど」

サンガーがたじろいだ。「きみの言いたいことはわかる」

「三人の身元はわかってるの？」

サンガーがメモに目をやった。「アーニャ・バラード。二十二歳。オレゴン州ポートランド出身。この大学に四年間在籍。クリス・ピアソン。二十三歳。カリフォルニア州リッチモンド出身。彼も四年間在籍だな。スコット・エドワーズ。二十二歳。カリフォルニア州ロサンゼルス出身。二年前にUCLAから編入。向こうではコンピューターエンジニアリングを専攻していたが、こっちに来てから環境学に変えた。ほかの二人といっしょだ」

サンガーがノラを見た。「彼らの履修表を入手したよ。驚くには当たらないが、三人ともリーフ・コールの『社会正義』をとっている」

ノラが眉をきゅっと上げた。「彼に責任をなすりつけるようなこと、手紙に書いてなかった？　ほかの誰かでもいいけれど？」

「いや。手紙は証拠袋におさめてバンのなかにあるんで、いま取ってこさせよう」サンガーが無線機に向かって指示を告げた。

デュークが尋ねた。「何時ごろの出来事なのか、わかりますか？」

「昨日の夜のいつかだろうな。三人は来ると思われていた集会に出てこなかったが、誰ひとり深くは考えなかった。うちの保安官代理たちが寮の学生全員、彼らの政治グループ、同じ授業をとっていた学生から話を聞いているところだ。ホルブルックが聞き取りと捜査の期間中、学生会館を使うように言ってくれた。寮の部屋の捜査が終わりしだい、三階は開放するつもりだ」

「デューク！」

ノラが振り返ると、立入禁止のテープの外側にデュークと双子といってもおかしくないほど似ているが、だいぶ年下の若者がいた。

「弟だ」デュークが言った。

ノラがサンガーに言った。「彼、入れてもいいでしょ？」

サンガーは渋い顔をしたが、ドアのところに立った保安官代理に手ぶりで指示し、ローガンの弟が入ってきた。

ノラがデュークをちらっと見た。「わたし、この件についてはまだ言いたいことがいっぱいだわ」小声で言う。

「わかってる」デュークはそう言ってから弟を紹介した。「ショーン、こちらはノラ・イングリッシュ特別捜査官とプレイサー郡のランス・サンガー保安官だ」

サンガーが訊いた。「きみもここの学生？」

ショーンがためらっていると、デュークが説明した。「おれが彼をここにもぐりこませて、コールとその活動グループを監視させていたんですよ。ノラは知らなかった。おれの一存でやったことで」

サンガーは感心したようだ。「なるほどな。ノラ、規則を曲げてもかまわないってことがきみにもあるんだな」

サンガーはノラが本当に知らなかったとは思っていないわけだが、あえて訂正はしなかった。そんなことをしても意味がない。そのかわり、ショーンに尋ねた。「昨夜の集会には行った？」

ショーンがうなずいた。「集会なんてほどのものじゃなかったけど。ほぼずっとパインズ湖で殺されたカモのことでわめきちらしてるだけ。お開きは早かったですね。八時ちょっと過ぎ。ぼくはアーニャの部屋に行って、彼女に問題がないかどうかたしかめました」

デュークが言った。「おまえ、彼女を知ってたのか？」

「月曜の朝の授業で会って、いっしょにランチしたんだよ」

「そのときの彼女、どんなようすだった？」ノラが尋ねた。

「明るい感じでしたよ。ごくふつう。ぼくを集会に誘ってくれたんで、それじゃ向こうで、みたいな返事をしたんです。でもランチが終わるころ、彼女がなんだかそわそわしだしたんで、席を立った彼女のあとをつけたら、オーガニック菜園でコール教授と会ってました。二人の言ってることは聞こえなかったけど、彼女、教授の言ったことに間違いなく動揺してましたね。それと、ぼくの印象ではあの二人、できてます」

「できてる？」ノラが訊き返した。「恋愛関係ってこと？　キスでもしたの？」

「まあね」

「まあね？」

「熱烈なキスじゃなかったけど、お互いに手を触れる感じとかなんかがそれっぽかったんですよ。立ってる二人の距離がすごく近くて、こんなんじゃなく、このくらい」ショーンがノラにぐっと近づき、両手を取った。二人の距離は約三十センチ。「そう、こんな感じです。

こうやって手を取りあって」

ショーンが照れくさそうにあとずさった。

「なぜ彼女の部屋まで行ったの？」ノラが訊いた。

「集会に来なかったからですよ。ぼくを誘っておきながら」

「彼女の部屋で話したの？」

「ドアのところでちょっとだけ。勉強してたら、いつのまにか時間がたってしまったって言ってました。だけどクリスは——ドアの隙間から見えたんです——集会場に来てました。早めに帰っていったんです。集会がはじまる前に」

「ほかには誰か見えなかった？」

「いいえ。でも声は聞こえました。女の子の」

ノラの背筋がぐっと伸びた。「女の子？」

ショーンがひと息ついた。「断言はできませんけど。ぼくから見えたのはアーニャとクリス、それからもうひとり、べつの誰かがちらっと——白いスニーカーをはいた足がでかかった。でももうひとりの声が聞こえた。もしかしたらあれは男だったのかもしれないな」

ノラはショーンの第一印象を支持したかった。おそらくそれが正しいはず。しかし本人が早くも前言撤回しているとなると、法廷では認められないだろう——もし本当に室内にもうひとり女の子がいたとして、三人が何をしようとしているのか知っていながら止めるために何もしなかったとすれば、その子は罰せられる可能性がある。カリフォルニア州では自殺はいまだに犯罪なのだ。

「アーニャ、ほかに何か言っていなかった？」ノラがショーンをせっついた。

「ぼくが水曜の授業で会おうと言ったら、彼女、またランチをいっしょにって言ってたな」

「予定を立てていたわけね？」

「いや、それほどきちんとした約束ってわけじゃなく」ショーンが言った。「もしカフェテリアで会ったら、いっしょに食べようってくらいの」

いまにも自殺をと考えている人間がこれから先の予定を立てるのはおかしい。たとえ二日先のランチであれ。

ショーンはさらに付け加えた。「集会が終わって帰ろうとしたとき、コール教授にアーニャはどうしたのか訊いてみたんです。そしたら気分が悪いって返事が」

「つまり彼はアーニャが集会に来ないことを事前に知っていたわけね？　彼女が勉強していたんだとしたら、彼はなぜ気分が悪いって言ったのかしら？」

実質的にはショーンに向けた質問ではなかったが、彼はいちおう答えた。「コール教授は必死で彼女をかばおうとしているみたいだったけど、ぼくはもう二人のあいだには何かあると気づいていたんで」

「ありがとう、ショーン。あっ、そうそう、もうひとつ。あなたは三人目の声を聞いて、それが女だと思った。それを女だと感じた理由、ほかにもあって？」

ショーンが肩をすくめた。「ドアが閉まってて――いや、閉まる寸前だったって言ったほうがいいな。だけどクリスじゃなかった」

曖昧だ。死んだのは三人。そして部屋にいたとわかっているのは三人。スコットの声が女性的だったのかもしれない。しかし、環境活動に参加している三人の大学生がIT管理者の喉を掻き切ってまでセキュリティー情報を盗むだろうか？ ペイン博士を拷問にかけ、失血死させるだろうか？ なんとも腑に落ちない。とはいえ証拠をないがしろにすることは許されず、現時点までに入手した証拠ではこの三人が放火殺人を自白している。

三人の保安官代理が証拠の入った箱を抱えて階段を下りてきた。そろって紙製ブーツ、手袋、マスクを着けている。

「保安官」ひとりがマスクをはずしながら呼びかけてきた。「七五・五度のウオツカのボトルとグリーンのスプレーペンキを四本発見しました。ほかにはバラードのパソコン、日記ですね。自分たちが放火したみたいなことは書かれていませんが、標的になった企業のいわゆる犯罪行為については詳細な記録が残されていました。ついでに、まだ被害にあってはいない企業のものも。まだ証拠物件を袋におさめているところで、作業は今日いっぱいかかりそうです」

ノラが言った。「指紋は採取しました？」

保安官代理がノラをちらっと見たが、質問には保安官が答えた。「自殺の処理方法は了解している。つねに犯罪として扱っているよ」

「現場写真、送ってもらえますよね？」

「きみには何もかも提供するよ。証拠物件だって持っていってもいい。連邦検事も放火犯死亡の確たる証拠が欲しいだろうからね」

保安官代理がひとり、証拠袋を手にロビーに入ってきた。サンガーはほかの保安官代理に箱を鑑識のバンに運ぶよう手ぶりで示したあと、ビニール袋におさめられた手紙をノラに手わたした。

短い手紙は罫線入り大学ノートの紙にしたためられていた。青のボールペンで、片面だけに。紙にたたまれた痕跡はいっさいなかったが、しわが寄っていた。手紙に付着した吐瀉物らしきものが乾いていた。本文はこうだ。

両親と友だちへ

みんなを苦しめて本当にごめんなさい。こうしなければならないことは残念です。わたしたちは人を殺したくなんかなかったんです。ただ手に負えない事態になって、どうにも止められなくなりました。

わたしたちの願いはただひとつ、わたしたちの行動からささやかでいいから素敵な可能性が生まれることです。人びとは目覚め、自分たちがどれほどこの惑星を台なしにしているかに目を向けなければなりません。自然破壊を阻止するのです。水、植物、大気の汚染を阻止するのです。遺伝子操作がおこなわれた食品を食べるのはやめましょう。手遅れになる前に阻止しましょう。

わたしたちはこれが最善の策であることに合意しました。　アーニャ、クリス、スコット

ノラは手紙を三回繰り返して読み、どう理解したらいいのかわからなかった。四件の放火とジョーナ・ペインあるいはラス・ラーキン殺害が自分たちの犯行だとはっきり言ってはいない。それに、短い――自殺者の書き置きとしては一般的だ――が、自殺者の書き置き自体めったにない。書き置きを遺すのは四件に一件だけ。たいていが衝動的な行為なのだ。自殺者の多くは投獄やその他の刑罰を回避したいという思いがふと頭に浮かんで実行するが、この三人はまだノラのレーダーにとらえられてはいない。この大学には数回、コール教授から話を聞くために足を運んでいるが、学生は誰ひとり事情聴取に呼んだことはない。特定の学生を示す証拠は何ひとつとしてないからだ。彼らの活動への具体的な捜査もはじまっていないのに、なぜ自殺を？　罪悪感からか？　昔学んだ心理学の本を引っ張り出してきたほうがよさそうな局面だが、罪悪感だけが理由の自殺は順位としては最下位だろう。

「どうした？」デュークが訊いた。「眉間にしわが寄ってる」

「考えてるのよ」ノラが答えた。

「何が問題なんだ？」サンガーが言った。「わりあい型どおりという気がするが」

「放火と殺人を認めてるわけじゃないわ」

「人を殺したくなんかなかったが、手に負えない事態になった、とそこに書いてあるだろ

う」

「自分たちの自殺を指しているのかもしれないわ。計画した自殺を実行せずに切り抜ける術を知らなかったとか。わからないけど――」

「証拠がもうすぐ部屋から出てくるさ」デュークが言った。「ウオッカとペンキ――」

ノラがうなずいた。「そうね。都合がよすぎるような気もするけど」

「ひょっとして彼らがはめられたとでも思っちゃいないだろうな」サンガーが言った。「その解釈には無理があるだろう」

ノラは大学生が行ったり来たりする前で保安官代理を従えたサンガー保安官とやりあうつもりはなかった。寮は三階は立入禁止だが、ほかの階は寮生の出入りが許可されていた。まもなく三階も開放されるはずだ。

手紙にはどこか引っかかるものがあるのだが、はっきりと指摘できない。彼らが犯行の証拠を遺していったのに、警察がまだそれに気づいていないだけか？　あるいは罪悪感を覚えていたのは三人のうちのひとりだけだったとか？　無理心中だったかもしれない。手紙の筆跡は女性のように見えるけれど、男性がそれらしく書くこともむずかしいとはいえ不可能ではない。薬や毒薬はふつう女性の自殺者が手段として選ぶもので、男性は銃器のほうを好む。皮肉ではあるが、女性の殺人者が武器として選ぶのもおそらく毒薬だろう。アーニャが仲間を殺し、そのあと自殺した可能性はあるだろうか？

「空の薬瓶とかナイフはなかったかしら？　被害者は二人いるわ、ジョーナ・ペインとラッセル・ラーキン。でも、どっちもこのグループとは手口が違うのよね」

「手口ってなんの？」サンガーが訊く。「四件の放火には同一グループがかかわっているとわかっている――きみの妹が証明してくれただろうが？　同じ燃焼促進物質、同じ爆弾、同じタイプの標的。スプレーペンキも一致した。彼らはだんだんエスカレートしていった――よくあるように。連続放火犯はもっと大きな、もっと激しい火事を欲するようになる」

「でも連続放火犯は火事を眺めて性的な満足を得たいがために火をつけるものでしょう。アナーキストは政治的な声明を出すため、犯罪行為をおこなっている企業に経済的ダメージをあたえるために火をつける」

「きみはなんでそうつっかかってばかりなんだ？」サンガーが訊いた。「事件の解決を喜んでしかるべきだろうに」

「解決？　解決なんて程遠いわ」

「そりゃどういう意味なんだ？　ここに三人の学生の死体があって、彼らは自分たちがやったと言ってるんだし、少なくともその確たる証拠を提供してくれてる。証拠の照合には二、三日かかるだろうが、現場で採取した証拠と一致するに決まっている。彼らはきみがおれに教えてくれたプロファイリングにも当てはまる。二十代前半から半ば、大学教育を受けた白人、環境活動家」

　たしかにサンガーの言うとおりなのだが、「それは人が殺される前のものなのよ。もしペイン博士が事故死ならば、そう、その可能性はあるわ。だけど彼は拷問ののちに殺されて、死体は別荘から会社に運ばれた。彼の同僚であるラーキンは、廃屋の裏に停めた自分の車の運転席にすわったまま喉を掻き切られた。従来のアナーキストのやりかたじゃないわ」

「それはただこの連中が完全にイカレてたってことだろう」

ノラはその日の朝のメガン・キンケードやハンス・ヴィーゴとのやりとりを思い返していた。ジョーナ・ペインのあの殺しかたは反社会性人格障害のなせる業だ。「おそらくあなたの言うとおりだわ」ノラが静かに言った。

しかしこれですんだわけではない。まだまだだ。殺人と放火の犯人をこの三人の自殺者に限定するには、百パーセントの確信を得なければ。それまでは捜査を打ち切るわけにはいかない。

「保安官、これからコール教授と話してくるわ。彼は三人の学生を全員知っていたわけだから、なんらかの洞察なり情報なりが聞けるかもしれないでしょ。いっしょにどうですか？」

「おれもあいつから話を聞かなきゃと思っていたところだ。おれの車で行こう」

ノラが顔をしかめた。「保安官の車？　彼のオフィスは反対側だけど、キャンパス内よ」

「あいつがこの捜査への協力になかなか応じないもんだから、身柄を拘束したんだ。郡の拘置所にいる」

デュークとショーンはノラのあとについて外に出、車まで歩いた。「よくやったよ、ショーン」デュークが言った。

褒められたショーンはびっくりしたようだった。デュークはめったに人を褒めたりしないのかしら、とノラは考えた。

「ありがとう」ショーンが兄に礼を言う。

ノラはデュークの車の後部座席からブリーフケースを取り出した。「いまピートにEメールを送って、証拠に張りついていてってたのんだところ。すべてうちの支局を通してほしいんだけど、サンガー保安官にはそうは言いたくなかったのよ。うちのほうが検査態勢もとのっているってことで、ピートが彼を納得させられるといいんだけど」そう言いながらメモ帳を取り出し、自殺した三人の名前その他を書き写してデュークに手わたした。「この三人の身元調査をたのめるかしら？　支局に情報を送ることは送ったけど、もう遅いから今夜じゅうに報告が来るとは思えないの。それに」——ショーンからデュークにさっと視線を走らせる——「ブッチャー＝ペインの従業員に関するあなたの調査は徹底してたわ」

「ブッチャー＝ペインの従業員は応募に際して、社会保障番号やその他詳しい個人情報の提供に同意していたんだ。おかげでけっこう深く調べられた」

「今回は基本的なことでいいんだけど、この三人とリーフ・コールとかブッチャー＝ペイン関係者とかのあいだに何かもっと深いつながりがないかが知りたいの。とくにペイン本人とその息子のトレヴァーね」

デュークはあ然とした。「なぜトレヴァーが？　きみはまさか彼が——」

ノラがかぶりを振り振りさえぎった。「そうじゃないの。でも彼は十九歳で、軍隊にいるとはいえ、大学生と同じ年齢だわ。この子たちの誰かと高校でいっしょだったかもしれないし、リトルリーグの同じチームでプレーしてたかもしれないでしょ。とにかくわたし、この子たちがこれという理由もなしに自殺したことに大いに戸惑っているわけ。だってわたしたち、彼らを取り調べてもいないのよ！」

「でもコールを調べてたじゃないか」デュークが指摘した。「アーニャ・バラードは彼をかばおうとしたのかもしれない」

「コールだって正式に取り調べていたわけじゃないわ」ノラが訂正した。「ただ、彼は口で言っている以上のことを知っているんじゃないかと疑っていただけ」

「おれには同じに聞こえるけどな」

「追及はしたわ、デューク。手は緩めなかった。でも彼を放火事件と結びつける証拠は何ひとつ得られなかった。彼とブッチャー＝ペイン社とのつながりは唯一、彼とペイン博士とのあいだの学術的論戦だけ」

「もっとささいなことでも殺人は起きるよ」デュークが言った。「それにすでにもうひとつのつながりが判明している。彼とアーニャ・バラードの恋愛関係だ」

ノラが目をこすった。デュークは彼女の顎に手をやり、上を向かせた。「おいおい、尋問しながら居眠りするなよ」

「疲れてはいないわ。ただもどかしいの。これってあまりに都合がよすぎるもの」ショーンがぶっきらぼうに言った。「アーニャは自殺じゃないと思う」

ノラがショーンの顔を見た。「それはなぜ？」

「ショーン」デュークが言った。「明らかな証拠があるんだぞ。彼女の部屋から出てきたものと放火現場で採取した証拠が比較的簡単に一致するはずだ」

「アーニャは放火犯じゃないとは言わなかっただろう。放火のことはぼくは知らないよ」ショーンが顔をしかめ、まだ警察がさかんに動きまわっている寮をちらっと振り返った。「ただ、アーニャが人の喉を掻っ切れるとは思えないだけさ。凶暴な子じゃなさそうだった」

「いいか、人は見かけによらないこともときにはあるんだ」デュークが言った。

「子どもに話すみたいな言いかたはよしてくれよ」ショーンが言った。「ぼくはただ、昨日アーニャといっしょにいた一時間のあいだに受けた印象から意見を言っただけなんだから。兄さんは彼女に会ったことがないんだろ？」

ショーンの反駁にデュークはぎょっとした。「上から目線で言ったつもりはないさ。事実を述べただけだ」おそらくショーンには、わかりきったことを口を酸っぱくして言っているのだろう。いままで気づかずにいたが、弟はそれを煩わしく感じていたのだ。

ノラが言った。「いずれにしてもまだはっきり判断を下すことはできないと思うの。誰がラーキンを殺したのかについても、あの三人は自殺したのか、それとも――」ノラがそこで口をつぐんだ。

「それとも？」

「それとも殺されたのか」

もう一度ショーンのほうを向いた。「率直な意見を聞きたいわ、ショーン。昨日の夜、アーニャを訪ねたとき、三人目の声を聞いた。それが女の子だった確信はどの程度？」

ショーンはしばし無言だったが、明らかにあのときのやりとりを反芻していた。「八十パーセント」ついに答えが返ってきた。

「わたしとしてはじゅうぶんな数字だわ」ノラは携帯電話のボタンを押しはじめた。「もしもしテッド、ノラよ。死亡した女子学生、アーニャ・バラードの陸運局とローズ大の学生証の写真を至急手に入れて、リノ・オフィスのサラ・ラルストンに送ってもらいたいの。彼女にはこうたのんで。写真をわたしの報告書に記載されている住所の――大学の近くの――スターバックスの店員全員に見せてほしいって。その際、サマーっていう子を見つけて――今朝は店に出ていたわ――彼女がアーニャを見たかどうか必ず確認してほしいの。わたしが知りたいのは、アーニャ・バラードが日曜の昼前にラス・ラーキンといっしょにいた女の子かどうかってことと、彼女以外の店員もアーニャの顔を憶えているかどうかってこと。それと、レイチェルに遺書のコピーをクアンティコに大至急ファクスして、筆跡の分析と鑑定を依頼してもらってくれる？　とくに、遺書を書いた人間とメディア宛に送られた手紙の筆跡が同じかどうかって点に……よかった、ありがとう」電話を切った。「すぐにとりかかってくれるみたい」

「ぼくがまだ聞いてないことがありそうなんですけど？」ショーンが尋ねた。

ノラが答える。「ラーキンは殺された日に大学生くらいの年齢の女の子と会っているの。

もしアーニャ・バラードを除外できれば、あなたが聞いた声の記憶の信憑性がいちだんと高まるわ」

そのとき、郡拘置所までノラを同乗させるため、サンガー保安官の車が近づいてきた。

「サンガーが来たわ」ノラは腕時計に目をやった。「あとでFBI支局に来てくれる？ 七時ごろでどうかしら？」

「わかった。行くよ。おれはこれからジェーソンといっしょにラスのノートパソコンを調べてみる。きみのところの証拠対応チームが指紋を採取したあと、何かないかどうか」

「どうしてうちのコンピューター・アナリストを知ってるの――」ノラがいったん口をつぐんだ。「前にもジェーソンといっしょに仕事をしたことがあるのね」

「あの仕事に彼を推薦したのはおれなんだよ」デュークが言った。「彼、大学時代にローガン＝カルーソでパートの仕事をしていたんだ」

「ちっとも知らなかったわ」ノラはそう言いながら笑みを浮かべた。「ありがとう、二人とも。ご協力に感謝してるわ」

ご協力？ なんだか改まった言いかただな。だがノラは昨日のキスのことでデュークにからかう間を与えず、速足でサンガー保安官のトラックへと向かい、フロントシートに乗りこんでしまった。トラックが走り去る。

協力か。彼はこの捜査のコンサルタントかもしれないが、ノラ・イングリッシュ特別捜査官にとってはたんなる**協力**をはるかにしのぐ役目を果たしていくつもりでいた。

「ぼくはキャンパスに残るよ」ショーンが言った。「耳はすまして口は閉じておく。何か収穫が得られるかもしれないだろ。たとえば四人目は誰だったとか」

「もし四人目がいたとして、そいつが自殺にひと役買っていたとしたら、危険なやつだぞ。とりわけ三人目を殺しておいて、自殺に見せかけようとしたんだったら」

自分の身を自分で守れないような言われようにショーンは苛立った。「デューク、いつになったらぼくを大人として扱ってくれるの？　もうすぐ二十五歳になるんだよ。学士号二つ、修士号をひとつ持ってて、ＩＱは兄さんより高いんだけど」

「頭のいいやつがばかなことをするんだ」デュークはまずいことを言ったと気づいていた――ショーンに対し、〝わかりきったことを口を酸っぱくして言う〟問題だ。デュークが謝ろうとしたとき、ショーンが彼の車の屋根を叩いた。

「ケインのとこで働こうかな」

「ばかはよせ」

「兄さんはもうぼくの後見人じゃないんだよ、デューク。ほんとに兄貴なのかどうかわからなくなるよ」

「おれが間違ったことを言うんで頭にきてるってわけか？　おれはおまえのことを心配してるだけだ。おまえも過剰反応だとは思ってるんだろうが――」

「いや、過剰反応じゃないよ」ショーンが言った。「ぼくにむずかしい判断なんかできないと思ってるだろう。ぼくの友だちを嫌ってるし、ぼくをローガン＝カルーソで働かせちゃくれないし、ぼくが役に立てそうな場面では危険だからと妨害する。兄さんにこの先ぼくを一生守ることなんてできないんだよ。ちくしょう、デューク。ママとパパが死んだあと、ぼくには兄さんしかいなかった。ケインには大義があったし、リアムとイーデンにはお互いがいたけど、ぼくには誰もいなかった――でも兄さんだけはずっとそばにいてくれた。だからぼくは兄さんを愛してる。だけど甘やかされて、守られて、管理されるのはごめんだ。かんべんしてくれよ。ぼくはローガン＝カルーソに自力で貢献したいんだよ。兄さんに見守られながらじゃなく」

ショーンがこんなふうに自分の気持ちをはっきりと言葉にするのを、デュークははじめて聞いた。いつもは不満があってもぶつぶつと口ごもりながらその場をあとにするのがショーンだ。デュークはデュークで、問題の核心に触れるよりはとショーンの不満をあえて無視してきた。ショーンはもう自分で判断が下せるし、頭がいいから正しい判断を下せる大人なのだという現実を受け入れるより、あいかわらず自分が支配権をにぎっているふりをするほうが楽だからだ。

とはいっても、指示した任務のせいでショーンの身に何かが起きたりしたら、デュークはどうしていいかわからなくなるはずだ。

「おまえを誇りに思っているよ、ショーン」

ショーンが足をぎこちなく動かした。「そんなこと言ってもらうのははじめてだよ」

「そんなことないだろう――」デュークはそこで口をつぐんだ。どうだったろう？　ショーンは真剣な表情で彼を見つめていた。「悪かった。でもおれは前からずっとおまえを誇りに思ってきた」

「ぼくがスタンフォードを放校になったときも？」

「そりゃあ、かっときて、おまえに分別ってものを叩きこみたくなったが、内心密かに誇らしかった。ああいう独創的な計画を立てて実行に移したんだからな」

「マサチューセッツまで出かけてぼくを保釈にしたときも？　あのときはボストン警察のデータベースに侵入して、自分の駐車違反切符の記録を全部消したんだよ」

「もう五年早くあれを成功させてくれてたら、おれは相当な額の金を払わずにすんだだろうな。イーデンが百六十何回か交通違反の切符を切られてたから」

　ショーンが眉を片方きゅっと吊りあげ、人なつっこいえくぼをのぞかせた。「ふざけるなよ」

　デュークが首を振りながら苦笑した。「ま、それはともかく、ショーン、おまえが規則を破るときはいつも――駐車違反切符は例外だが――誰かを助けるためや弱い者を守るためだった。自分の利益のためじゃなかったところに、おれは大いに感心してる。ケインをすごく尊敬している理由もそれさ。いやなやつかもしれないが、これまでやってきたことは個人的な栄光とか富のためじゃない。彼がしてきたことはすべて他者のためで、その私利私欲のなさには感服せざるをえない」

「ぼくが知ってる人間のなかでいちばん私利私欲がないのは兄さんだよ」ショーンが言った。

デュークがかぶりを振った。「さ、もう行けよ。でも、いいか、ショーン、くれぐれも用心しろよ。さもないとただじゃおかないからな」

「どうも」ショーンはまた寮へと向かって歩きだしたが、すぐに振り返った。「いま言ったこと、冗談じゃないからね、デューク。これまでは黙っていたけど、兄さんはいまのぼくくらいの年齢でぼくを育てる責任を負っていた。ぼくのために大きな犠牲を払った。欲得ずくじゃできないと思うよ」

「おまえがおれの弟だからさ」ショーンが生まれてからずっとそばにいたため、デュークは自分が何をしたか何をしなかったかなど考えたこともなかった。「犠牲なんか払っちゃいないし」

「だけどぼくは兄さんの息子じゃない。そりゃあ期間限定なら父親面するのも悪くはなかったかもしれないけどさ。でもいまはどう？　パパは死んじゃって、兄さんは生きてる。ぼくに必要なのは兄さんだよ」

デュークは理解した。くそっ、わが弟ながらなんて可愛いやつなんだ。「わかった」

ショーンは前を向き、二歩進んだところでもう一度振り返った。「ところであのＦＢＩ捜査官だけどさ、気に入ったよ。すごくホットでさ」

デュークが咳きこんだ。「おまえには年上すぎるだろう」

「年上にそそられるほうなんだ」

デュークが渋い表情を見せた。ふざけるなよ。ノラは彼より十歳以上も年上というだけでなく、デュークとしては譲れない状況だ。とりわけライバルが弟とあっては。ノラにあっちへ行けとはっきり告げられるまでは、粘り腰で落とすつもりでいた。ノラもじつはそうしてほしいと思っているのはわかっていた。昨日の夜、彼女の目はそう言っていたし、唇もそんな味がした。

「ショーン、そいつはちょっと――」

「やっぱり！」ショーンが人差し指を舐める仕種を見せた。「兄さんになら年上すぎるってことはないよな。彼女を見る目つきにぼくが気づかないわけないだろう」

「ノラを特別な目で見てなんかいないけどな」

ショーンが声をあげて笑った。

「いや、まじめな話、そんなことないって」デュークが抗議した。

「うんうん、まじめなのはわかるよ」ショーンがにやにやする。「いいと思うよ」

「うれしいね、おまえに認めてもらえるとは」

ゆっくりと歩き去るショーンを、今度は手を振って送った。

正直なところ、ショーンがノラを気に入ってくれたことがうれしかった。それにしても彼女に気があることがはた目にも明らかだとはじめて知った。あるいはショーンは、デュークが思っていた以上に観察眼が鋭いのかもしれない。

15

ノラはサンガー保安官にしたがって郡拘置所に入っていった。FBIは勾留施設を持っていないため、ここにはこの何年間に何度となく足を運んで被疑者の取り調べをおこなっていた。罪状認否手続きのあとも公判がはじまるまで、被疑者は郡拘置所に勾留されるのがふつうだ。そして有罪判決が出れば、そのときは連邦刑務所に移送され収監される。

サンガーはこれは自殺だと簡単に決めてかかっていたが、ノラはそれが気に食わなかった。たしかに三人が罪悪感から自殺を図る可能性もあるが、ノラはその根拠がもっと必要だと考えていた。コールが扇動者だというサンガーの仮説以上に根拠が必要だ。まずは証拠と動機がそろわないと。

ノラの経験によれば、何ひとつしっくりこない。みずからの経験にたよることができないとなれば、彼女がこのチームにいる意味がない。

立件を危うくしてまで自分の正しさを主張したいわけではない。そんなことは思っていない一方で、整合性のないこの自殺に対しては抑えようのない激しい抵抗感が拭えなかった。人間の行動はつねに予測できるものではないとわかってはいても、これだけ矛盾が多いと疑念を抱かずにはいられない。

「コールを二番面接室にたのむ」サンガーが内勤の巡査部長に命じた。

「コールなら弁護士といっしょに四番面接室にいますが」

「ずいぶん早いな」サンガーが言った。

「そのほうがいいじゃない」ノラが応じる。

「いいって、いったいどういいんだ？」サンガーが不満げに言った。

ノラがサンガーについてくるよう手ぶりで示すと、巡査部長が二人を二番面接室に案内した。

ノラはサンガーと向きあってすわり、テーブルにもたれた。彼に対して喧嘩腰にならないほうがいいことはわかっているものの、心中戦闘態勢であることは否定できない。「コールはこれまでだって弁護士立ち会いの下でないと何も話してはくれなかったのよ。逮捕したとたんに心を開いてくれるとでも思ってるの？」

「おれはリーフ・コールを昔から知っているんだ。口を割らせてみせるさ」

「まあ、すごい。公益と私利の衝突が見ものだわ」

「そりゃどういうことだ？」

「あなたとコールには昔からいろいろあるのよね」

「それとこれとは関係ない」

「そうは言っても」ノラには信じられなかった。「まだまだ情報と証拠が必要だわ。もし本当にコールが関与していると思うなら、その証拠を探さなくちゃ。だって、こっちが何も持ってないというのに彼が自白するはずないでしょう」

「だがおれたちが何を持ってるのか持ってないのか、あいつが知るわけないときてる」

「彼への接しかたをひとつ間違えれば、彼はぜったい何もしゃべらないわ。米国市民権擁護団体を引きこんであなたを袋叩きにするかもしれなくてよ、ランス。あなたもわたしもそんな巨人と闘ってる余裕はないわ」

「おれが何を考えてるかわかるか?」ランスが言った。「おれの考えじゃ、あの三人はリーフ・コールを守るために自殺した。そしておそらくペインを殺せと命じたのはあいつだ。ペインはあいつにとってこの何年か、目の敵だったからな」

もしリーフ・コールが犯人だとしたら、ノラは最初から間違ったプロファイリングを念頭に置いて動いていたことになる。そんなことは言い訳にもならないが。しかるべきプロファイラーであれば、まだ被疑者がひとりも浮かんでこない時点での心理学的評価などひとつの指針にすぎないとわかっている。固定的なものではない。ノラはペインが拷問を受けたと知ったときにプロファイリングを書きなおしていた——反社会性人格障害的な要素を付け加えた。コールにそうした点があるのか? もしそうだとすれば、これまで事情聴取を繰り返しながら、その点を見落としていたということになる。もしそうでないとすれば、ペインを殺したのは三人の学生のうちの誰なのか? 三人が協力して? 扇動者は誰? 徒党を組んでの行動は個々の行動とは異なる。アナーキストの分子は小集団的メンタリティーを持ち、お互いに刺激しあって市民的不服従や重罪へと走る。

「たぶんあなたの言うとおりだわ」

サンガーが驚いた顔を見せた。「きみがそう簡単に折れるとは思わなかったな。あいつはかかわっちゃいないと確信してただろうが」

「たぶんって言ったでしょう。これまでわたしが言ってたのは、リーフ・コールは放火にかかわってはいないけど、誰かを**疑ってはいる**ってこと。ショーン・ローガンによれば、コール教授はあのアーニャ・バラードって学生と関係があったのよね」

「それを法廷で認めさせるとなるとむずかしいな。弁護人は伝聞情報だと主張するに決まってる」

「その点はショーン・ローガンがきっちり証言してくれるわ」ノラが言った。「そのへんはわたしに任せてくれる？」

サンガーはそうやすやすと主導権を譲りたくなかった――顔と態度にそれが見てとれた――が、しぶしぶ抵抗をやめた。「わかった。いずれにしろ、きみには動きまわってもらわないとな」

サンガーの意外な発言に返事を返す間もなく、リーフ・コールが弁護士とともに部屋に入ってきた。弁護士はギャヴィン・シェパードと名乗った。

シェパードは即本題に入った。「依頼人がそちらの質問に答えるか否かは、質問が問題の学生三名の身に起きたことに関係があるかどうかによります。またこの不法逮捕に関して即刻釈放の申し立てをしますのでご承知おきください」

サンガーが言った。「不法逮捕だと？　彼に大学で話を聞こうとしたら拒否されたんで、それじゃあ署で話そうと申し出たら凄んできた。そこで警察官に対する威嚇行為で逮捕したんだが」

なかなかおもしろい、とノラは思った。サンガーはそれまで罪状については口をつぐんでいたからだ。シェパードはそこを主張してくるはずだ。コールが〝凄んできた〟とサンガーが裁判長に言えばなおさらだ。威嚇行為は暴行とは違ううえ、サンガーは体重で二十キロ、身長で五センチほどコールを上まわっている。

リーフ・コールが平手でテーブルを叩いた。「ぼくが簡単な質問をひとつしたのに、きみは答えなかっただろう」

「そういうもんじゃないんだよ」サンガーが言った。「おれが質問して、あんたが答える――あるいは拒否して答えない」

ノラは咳払いをし、シェパードは依頼人を諭した。「教授、あなたの質問はどういうものだったんですか？」

「アーニャは大丈夫か、と訊いた。救急車で運ばれたからね。彼女が無事かどうか、それだけが知りたかった」

サンガーが居心地悪そうに腰を動かした。コールにとってそれがどれほど重要な情報だったかは、昨日のショーン・ローガンの観察の結果を踏まえれば、ぴったりつじつまが合う。

「お気の毒ですが、教授、彼女は搬送途中で死亡しました」

コールの体が震えた。両手をぎゅっと握りしめ、歯を食いしばり、泣きだしたりしないよう必死にこらえていたが、彼は闘いに負けた。断腸の思いが伝わってくる泣き声に、ノラは鳥肌が立った。

無言のまま、コールが最初の悲しみをやりすごすのをじっくりと待った。教授と学生の恋愛関係の妥当性に関する意見は後回しにするとしても、リーフ・コールがアーニャを心から愛していたことは紛れもない事実のようだ。演技ではなかった。

「なぜなんだ？」コールが声を荒らげて訊いた。「なぜ彼女が自殺なんか？」

「教授」ノラがやさしく言った。「アーニャとほかの二人についていくつか質問させていただきますね」

コールは答えなかった。

ノラは無視して質問をはじめた。「あなたとアーニャが親密な関係にあったと言っている目撃者がいるんですが、本当ですか？」

「本件とは関係ないでしょう」シェパードが言った。「依頼人がミズ・バラードと肉体関係にあろうとなかろうと関係ありません」

「疑わしい状況で死亡した学生とコール教授との関係を明確にさせたいんです。では質問のしかたを変えます。あなたは教室以外でもアーニャ、クリス、スコットを知っていましたか？」

「はい」コールが答えた。

「三人のうちの誰かが自殺を考えていると思ったことはありますか?」

「いや。とくにアーニャに関しては」

「なぜそう言いきれるんでしょう?」

「ぼくは彼女と恋愛関係にあった。彼女を愛していた。卒業したらいっしょに暮らすつもりだった。あなたが何を考えているかはわかる。ぼくは四十二歳で彼女は二十二歳だが、そういうこともあるんだよ」

サンガーがもぞもぞと落ち着かないので、ノラは彼に鋭い一瞥を投げた。この場を台なしにしてほしくなかった。

「最後にアーニャと話したのはいつでしたか?」

「月曜の午後。オーガニック菜園で。その日の夜、集会から帰宅したあと、十時か十時半ごろに電話をしたが、出なかった。しかし——まさかそんなことをしたとは」

「菜園での彼女はどんなようすでしたか?」ノラは訊いた。

「あることに動揺していた」

「あることとは?」

コールは答えない。

シェパードが言った。「その質問に依頼人が答える義務はありません」

「アーニャ・バラードの自殺の理由に関する情報をコール教授が持っているとすれば、義務がありますよ。彼は答えてしかるべきだと思いますが」

「しかるべきというのは強制的な根拠ではありません」シェパードが言った。

「アーニャと二人の男子学生が放火犯だったことはご存じでしたか？」

「それには答えません」弁護士がすぐさま答えた。

「ブッチャー＝ペイン社の火災で死者が出たことはご存じでしたか？　ペイン博士が亡くなられましたが？」

コールが口を開いた。「月曜に新聞記者から電話があって、そう聞かされた」

「記者はなぜあなたに電話をかけたのですか？」ノラが質問した。

「きみたちのせいだよ」コールがぶっきらぼうに答えた。「きみたちがぼくの周辺を嗅ぎまわっているからだろう。きみにはもう何度となく言ったが、ぼくは放火とはいっさい関係がない。ブッチャー＝ペインへの放火やペイン博士の死亡にはいっさい関与しちゃいないんだ」

「彼が殺されたことをいつ知りましたか？」

「それには答え――」シェパードが言い終わらないうちにコールがさえぎった。

「きみは第一級謀殺と事故死の区別もつかないようだな」

「国内テロ活動は当然第一級謀殺ですが」ノラは冷静だ。「ジョーナ・ペインの死は事故ではありません」

「きみはいったい何を言ってるんだ？　記者が言ってたが、ペイン博士は自分のオフィスで死んだそうじゃないか。火災が起きたとき、おそらくそこで仕事をしていたか眠っていたかだと思うが」

コール教授の苛立ちは本物のようだ。コール教授の態度と目つきから察するところ、彼はペイン博士の死は事故だったと信じているようだ。ペイン死亡をはじめて知ったのも、本当に記者から電話をもらってのことだったらしい。ノラには徐々に全体が見えてきた。

「ペイン博士の死は事故ではなく、冷酷きわまる計画殺人でした。拷問を受けたのち、時間をかけて失血死したようです」

「とんでもない嘘をつくんじゃない」コールが反感をあらわにした。「きみとこんなゲームをするつもりなどないからな、イングリッシュ捜査官」椅子から立ちあがりかけた彼を手ぶりでなだめながら、ノラはブリーフケースからファイルを取り出した。無言のまま、現場と解剖の写真を数枚ずつ、コールの前に置いた。そのときも彼の顔に浮かんだショックは偽りではなかった。リーフ・コールはいまにも嘔吐しそうだった。

「さすがに察しが早いですね」おぞましい写真を並べ終えると、ノラが言った。「彼が殺されたのはこのオフィスに俯せに倒れたペイン博士の写真を指先でこつこつと打った。「まずはオフィスでではありません。「殺されたのは――」携帯電話をくるりと回し、証拠対応チームがEメールで送信してくれたペインのタホー湖の別荘のベッドルームに残された血痕の写真を見せた。「――ここです」

白いシーツを染めた黒ずんだ赤を鮮明に写したデジタル画像。コールに期待どおりの効果をおよぼした。

「検視官の予備報告書によれば」解剖写真数枚を手で示す。「ペイン博士の死因は失血死」――もう一度携帯電話を持ちあげた――「そのあとオフィスまで、おおいのついたピックアップトラックで百二十キロあまりの距離を運ばれてきました。研究所は燃焼促進物質をまいてから火をつけられています。スプリンクラーは壊されていました。ダメージを最大にするためでしょう。遺体に残った証拠を消したかった可能性も大いにあります。つまり、ペイン博士の死因を実際とは異なるものに見せかけるためです」

犯人たちが遺体に燃料をかけなかった理由の説明にはならないけれど、スプリンクラーを無効にした理由の説明にはなっている。ペイン博士の死体がもっと長い時間焼かれていれば、捜査陣も死因が失血だったことは発見できなかったはずだ。放火犯が七五・五度のウオッカを切らしたか、あるいは時間が足りなくなったか、あるいは殺人犯が切り傷だらけの死体のことを仲間には知られたくなかったか？

解剖以来ずっと、ノラはペイン博士殺しは私怨だと感じていたが、それでもどこかで彼の職業人としての地位に関係がありそうな気がしていた。だがおそらく、彼がバイオテクノロジー学者であるという事実には関係がなさそうだ。彼が殺された理由はほかにあり、放火はただ捜査陣の目をそらすために好都合なだけだったのではないだろうか。

放火と放火の間隔はこれで説明がつく。アナーキストがエスカレートしていくのはふつうで、まんまとやりおおせた感覚を嚙みしめるにつれて攻撃の間隔が縮まっていく。しかし今回の事件では、攻撃の間隔が長くなってきている。

唯一偏りのない視点から観察したショーン・ローガンによれば、ランチをいっしょにしたときのアーニャ・バラードは明るく楽しそうだったという。だがショーンは菜園で取り乱した彼女を見た……

ノラはコールの目をまっすぐに見た。「教授、アーニャと菜園にいたとき、ひょっとしてジョーナ・ペインが死んだことを彼女に伝えましたか？」

コールは答えをよく考えたのち、口を開いた。「ああ。記者からの電話でニュースを知らされたと言った」

「それを聞いた彼女の反応は？」

ノーコメント。

ノラは言葉を選んで答える彼にいらいらしていた。

「教授、少々説明させてもらいますね。放火で使用された燃焼促進物質とおそらく同一のものがアーニャ・バラードの寮の部屋で発見されましたし、標的となった企業の外壁への落書きに使われたものとまったく同じスプレーペンキも見つかりました。ネクサムの放火現場から採取した親指の指紋は、間違いなく自殺した三人のうちの誰かのものだと思われます。それから遺された書き置きですが、そこには放火したのは自分たちだと書かれていて、ペイン博士が死んだことに対する良心の呵責も記されています」最後の部分は誇張だが、取り調べ中に被疑者に嘘をついてはならないという法律は存在しない。

コールは無表情のままで、ノラをじっと見据えていた。

ノラは先をつづけた。「これはわたしの考えですが、アーニャ、クリス、そしてスコットはあなたの説法を真に受けて行動に移した――」

その瞬間を待っていたかのように弁護士が異議を唱えた。「コール教授は放火や殺人を唱導したことなど一度もありません」

ノラが眉間にしわを寄せ、じろりとにらみつけた。「わたしはあなたの依頼人を逮捕しにここへ来たんじゃありません。違うんです。わたしは彼が殺人犯だとは思っていません。彼がブッチャー＝ペインに火をつけたとも思っていません。ただ、彼は誰がやったことかをよく知っていながら、心得違いの忠誠心ないしは罪悪感から沈黙を貫いてきた。そう考えています。なぜか？　それはですね、二日前までは誰も殺されなかったからです。ものは破壊されたけれど、人的被害はなかった」そこでコールのほうを向いた。「教授、あなたの著作は全部読ませてもらいました」コールの目をじっと見る。ノラの発言に驚いていることは明らかだ。ノラはつづけた。「著作のなかでこれでもかと強調されているテーマが人命の保護。あなたは殺人を許さないでしょうし、もし殺人を止めるために手を打たなかったりすれば、そんな自分を許せるはずがありません」

ノラはさらにつづけた。「おそらくあなたは、当初は一連の放火がアーニャと男子学生たちの仕業だとは知らなかった。でもさっき認められたように、アーニャとそういう関係になってから気づいたんじゃないでしょうか。そう、わたしの推測では……」今回に先立つ三件の放火を頭のなかでチェックした。「……州立大サクラメント校で警備員が怪我をしたあとかしら。アーニャは人を傷つけてしまったことで気が動転したんじゃないでしょうか。あなたにすべて打ち明けたか、あるいはそれとわかるようなことをほのめかしたか――そしてあなたはもうやめるように言った。だから彼女はその先の活動については黙っていた」ノラが眉を片方きゅっと吊りあげた。「三人の学生の自殺に関して、わたしは疑問を持っています。無理心中ということもありえます」書き置きを書いたのが女性であることを知らせるつもりはなかった。

考えをめぐらすコールをノラはじっと観察していた。どう話したら自分が罪をかぶらずにすむかを計算しているのだろう。

「ぼくは――」

シェパードが咳払いをした。「リーフ、ここで助言させてもらうと――」

コールはかぶりを振り、そのまま つづけた。「きみの仮説には真実が数多く含まれている」やった。コールは自分が罪をかぶらないための策を弄(ろう)することなく、ノラに必要なもの――情報――を与えてくれた。

「たとえ事故であれ、もし自分が人を殺したと知ったら」コールが慎重に言葉を選ぶ。「アーニャは激しく動転しただろうが、自殺を考えるとは思いもよらなかった。彼女は――」声がかすれ、咳払いをする。「彼女はあらゆるものを愛していた。自然、花、動物。命を尊重していた。人間、動物、植物、あらゆる命を」

「クリスとスコットはどうでしたか？」

「クリスは短気で、学業は行き当たりばったり。スコットは物静かで控えめで、真面目な学生だった。クリスは教室でよく発言し、スコットは手を挙げることがなかった。しかしあの二人のどちらかがアーニャを殺すとは考えられない。二人ともアーニャを愛していた」

ランス・サンガーが取り調べ開始からはじめて口を開いた。「だとしたら、あんたと彼女の関係が気に食わなかったんじゃないのか。もしかするとこいつは三角関係のもつれかもしれないな」

ノラはかぶりを振りたいところをぐっとこらえた。それは見当違いだが、どうしてなのかをきちんと説明できなかった。

それがコールを怒らせた。「ばか言うな、ランス。クリスとスコットはアーニャの親友だ。ぼくたちのことも知っている。それもずっと前からだ。それにスコットにはガールフレンドがいる。アーニャをそんなふうには思っていなかった」

ノラの耳が猫の耳よろしくぴくぴくっと動いた。「スコットのガールフレンドというのは誰ですか？」

「マギー・オデル。アーニャの元ルームメイトだ」

その瞬間、コールが目を大きく見開いたため、ノラはこの捜査のカギはここにあると直感した。

「マギー・オデルについて教えてもらえませんか？　アーニャには今年、ルームメイトはいませんよね」

「マギーは去年のクリスマスに退学したんだ」

「なぜですか?」

「さあ、知らないね。アーニャも知らなかった。マギーはただ、大学を辞めるとだけしか言わなかった」

「マギーもグループのひとりだったんですか?」

「答えなくていい、リーフ」弁護士が言った。

「アーニャがいるところにはマギーもいる。二人はつねにいっしょだった。聞いたところじゃ、舞い戻ってきているらしい」コールが言った。

「依頼人を即刻釈放願います」シェパードが言った。

コールは弁護士にちらっと視線を投げてから言った。「アーニャはいまどこに?」

「知りません。病院かもしれませんし、もうモルグに移されたかもしれません。モルグには行きたくないでしょう」

「彼女に会いたいんだ。たのむ」

ノラはサンガーをちらっと見た。コールを拘束しておく理由は、じつは何もなかった。たしかに放火については知っており、事後共犯ではあるが、自分に不利になることは何ひとつ言っていない。協力的だったのに、自分は罪をかぶらなかった。警察が必要としている情報を持つ犯罪者にしては、みごとな駆け引きと言わざるをえない。

「おれが連れていこう」サンガーが言った。

「わたしが連れていきます」シェパードが強い口調で言った。

サンガーがシェパードをにらみつけた。「おれが行く」そのあとコールのほうを向いた。「町から出ないと約束するなら釈放してやってもいい。この先二週間は旅行などは禁ずる」

コールは言い争いたくなかった。そこで手のひらを返したように態度を変えた。「わかった、そうする。感謝するよ、ランス」

16

ノラがＦＢＩサクラメント支局に戻ったとき、時刻はすでに午後七時を過ぎていたものの、くたくたと同時にうきうきとしてもいた。長い二日間を耐え、はじめて手堅い手がかりをつかむことができたのだ。

オフィスには誰もいない。

と思ったらそうではなかった。狭いコンピューター室にデュークとコンピューター・アナリストのジェーソン・キャンプがいた。ノラは顔をのぞかせた。「どんなぐあい？」

「ハードドライヴの記録が消去されてた」ジェーソンの口調がいらついていた。「いまデータをキャプチャーしようとしてるとこだ。ある程度うまくいけば、ドライヴの復元ができるかもしれない。でも今夜じゅうには無理だろうな」

「ありがとう」ノラはジェーソンに礼を言ったあと、デュークに声をかけた。「経歴チェックで何か見つかった？」

「きみのデスクの上に置いといたよ、スイートハート」

ノラは顔をしかめてその場をあとにした。〝スイートハート〟？　わたしにキスをしたからって、もうスイートハートだと思ってるわけ？

胸がどきどきした。うろたえながらもわくわくしていた。だがいまは恋愛のことなど考えている場合ではない。とりわけ相手がデューク・ローガンとなれば。この四年間に回数にして一ダースほど彼の誘いを断りつづけてきたというのに、彼はそれと気づかないのだろうか？

椅子に深く腰かけながら目を閉じた。デューク・ローガンに関心はある。最初からそうだったが、真剣に恋愛をする時間の余裕がなかった。デュークはなれなれしくしてきたり冗談を言ったりはしても、ノラに向けられるまなざしからは、何回か食事して、ホットなセックスをして、さよなら、ベイビー、で満足してくれそうにないことがわかっていた。もっと長期にわたっての関係を求めているのだ。ノラは恋愛を望んではいなかった。真剣な恋愛はほとんど経験がないし、それもはるか昔のことだ。二度と胸が張り裂ける思いはしたくなかった。

目を開けて書類受けのなかの書類を見ると、いちばん上にドクター・コフィーのジョーナ・ペイン検視報告書が置かれており、メモが付いていた。

ノラ、
いま自殺と見られる三人のうちの二体が到着したところだ。三体目を待って解剖をはじめるので、もし立ち会いたければ明日の早朝——午前七時半——に来なさい。

ペインの毒物検査の結果が戻ってきた。ペインは精神安定剤ロヒプノールに似た薬物を摂取していた。これは覚醒剤やまだ特定されていないその他の物質を含んでいるようだ。まだ確定的な検査結果ではないので、同種の物質が検出できるかもしれないと思い、血液サンプルをクアンティコに送っておいた。どうも自家製のようだ。だがもし摂取時にロヒプノールと同じ効能があるとすれば、記憶喪失、倦怠感、不眠症、めまいなどが生じた可能性がある。反応が鈍くなり、聴覚や視覚もそこなわれたのではないだろうか。錠剤ではなく液状だから、食べ物あるいは飲み物のどちらとでもいっしょに摂取できたはずだ。これが胃の内容物から検出されたということは、摂取したのは死亡前四時間以内だろう。

そのほか、血液からヘパリンが検出された。これは血液に対して抗凝固作用を持つ。効き目が現れるのが早く、ふつう三十分以内。これは注射で投与される。ほかの似たような薬は効果が現れるまでに四時間から二十四時間かかる。ヘパリンはストリートで売買されるドラッグではなく調剤薬。こんなところだが、少しでも役に立てることを願っている。なお自殺者の解剖結果もできるだけ早く知らせるつもりだ。

プレイサー郡検視官　K・コフィー

殺人犯はヘパリンをどうやって入手したのだろう？　犯人がなんらかの理由をつけてそれを要求しないかぎりは入手困難だ。ノラはＦＢＩデータベースにログインして、この地域で発生した薬物窃盗事件報告に目を通した。病院はつねに薬剤の流れを追っており、特定の薬剤の在庫が想定外に減ると警告が出る。だがヘパリンにそうした警告は出ていなかった。つまり最近ヘパリンを盗んだ者はいない。

記録に関してずさんな病院もあることはわかっている。少量が消えただけでは気づかないこともあるだろうし、書類の作成が面倒なのかもしれない。いずれにしても殺人犯は医薬品への接近が可能なのだろう……

片手で電話を取り、片手でラングリア関係のファイルをデスクから引き出した。メモを読んでいると、クインがやっと電話に出た。

「はい、クイン・ティーガンです」

「クイン、ノラだけど」

「またお姉ちゃんか」

「ええ、そうよ。ラングリアに関する情報が必要なの。あそこは倉庫に抗がん剤を保管していたわよね？」

「あそこの主力商品だもの」クインが言った。

「そのほかにはどんな薬があった？」

「さあ憶えてない――あたしの報告書にあるはずよ。一覧をもらって添付しておいたから」

「それが見当たらなくて――」

「いま出先なのよ。もし大至急ってことなら三十分で家まで帰れるけど」

クインの背後から男の声が聞こえた。「ううん、だめ——あっ、これこれ！　あったわ」

クインが損失物の一覧を読みあげた。薬剤はアルファベット順に記されており、五種類しかなかった。

ヘパリンは三番目だった。

「ありがとう、クイン」

「ま、いいわ。この事件、あたしが全部解決したようなものね」クインが皮肉まじりに言った。

「あなたの詳細な報告書のおかげだから、そうかもしれないわ。これで殺人犯がペインに使った血液の抗凝固薬をどこから入手したかが判明したわけ。簡単に入手できる薬じゃないってドクター・コフィーが教えてくれたんで、ラングリアが頭に浮かんで——」

「でもラングリアへの放火は二年近く前でしょう！」

「ラングリアのついでに伝えておくと、今日ローズ大で自殺と見られる死体が三体発見されたのよ」

「自殺？」

「自殺かもしれないし、殺人も考えられるわ。死亡した学生がみんな放火にかかわっていたことは間違いないんだけど、どうももうひとりの学生あるいは元学生が関与しているみたいで、いま彼女の線を追っているところ。死亡した学生三人のうちのひとりの元ルームメイトなの」

「幸運を祈ってるわ。すごいじゃない」

「デート、楽しんでらっしゃい」

ノラは電話を切り、デュークが調べてくれた経歴報告書を手に取った。あくびが出ておなかが鳴ると、書類を全部ブリーフケースに詰めこんでジェーソンのオフィスへと向かった。なかをちらっとのぞくと、ジェーソンがひとりだった。「デュークはどこ?」

「電話がかかってきて出かけた」

「それじゃ、お先に失礼、明日また、って伝えておいて」


マギーはドニーのケージを開け、自由に歩きまわらせてやった。囚人のように閉じこめておきたくはないけれど、逃がしてやると大きなリスクがある。警察がほかのカモたちをどうやって捜し出したのか、詳しいことは知らなかったが、ニュースによればインプラントされたマイクロチップが決め手になったようだ。ドニーを丹念に探ってはみたが、どこにそれが埋めこまれているのかわからないし、ドニーを傷つけたくなかった。彼は今回のことの罪もない犠牲者だ。ああいう連中に実験に使われたのは彼に落ち度があるわけではない。悪いことなど何もしていないのだ。

残酷な警官たちがあそこのカモたちにしたひどい仕打ちを思い出すと、涙があふれ肩が震えた。あいつらはあれを楽しんでいたんだわ。なんてサディスティックなやつらなんだろう。あの子たちの細い首を木の枝みたいにポキッと折っていた。つぎからつぎへと……

しかしそれもこれもすべてあの女、ノラ・イングリッシュの命令によるものだ。

パインズ湖でノラに炭酸飲料の缶をぶつけたときは、ちょっとやりすぎたかと思ったけれど、じつはノラにあんなに近づいたのははじめてだったのだ。ずっと前からこれでもかと切りつけて痛い目にあわせたいと思っていた。あの女が自分たちの活動に与えてきた痛みの仕返しに、あの女を苦しませたかった。ノラ・イングリッシュがマギー個人に与えてきた痛みもある。だがノラはマギーの存在を知らない。知りようがなかったが、マギーは知ってほしかった。ノラは彼女の人生を破滅に追いやりながら、それを知りもしない。自分がダメージを与えるかもしれない人間のことなどおかまいなしに非情に行動してきた。刑務所に送りこんだ人間のことも、有罪であれ無実の罪であれ、いっさい気にもかけていない。

個々の人間より重要なのは大義だ。マギーは正義のために闘うなかで殺人を犯したし、そのためには死んでもいいと思っている。個人より大きな理想もある。自分の命より大きい。有罪というのは、たんに堕落した司法制度が下す判断にすぎないのでは？　これまで同志のなかに自然律の下で有罪となる者はいただろうか？　断じていない！　彼らは実際に誤ったことをしたからではなく、人間がつくった規則や法律のせいで有罪になっただけだ。

ドニーが水を満たしておいたシンクのほうへよたよたと進んでいき、水を飲んでからなかに跳びこんだ。マギーが笑顔になった。二羽連れてこなかったことが悔やまれる。できることなら全部連れてきたかったが、あのときはまだＦＢＩがあんなふうに拷問して殺すとは思いもよらなかった。ドニーを連れてきたのはこの子が怪我をしたからだ。あの乱暴なスコットがカモたちを、まるで子どものおもちゃか何かみたいに無造作にケージに詰めこんだせいだ。みんな自然界の生き物だというのに。ドニーは翼が折れていたため、そのまま放したら生き延びる可能性はないと考えてのことだった。

それなのに生き延びたのはドニー一羽だけ。

マギーはお気に入りのナイフを手に取り、その刃をじっと見つめた。明かりの下、きらりと光る刃は天使を思わせる。角度を変えると光はまた鈍くなった。

特殊な砥石を取り出し、明確な目的意識を持ってゆっくりとナイフを研ぎはじめた。刃を研ぐ作業はほかの何よりも心を鎮めてくれる、手づくりの刃と石がこすれるシュッ、シュッという音。そのナイフを養父とともにつくったときのことがよみがえる。いっしょにつくったナイフのことは一本一本全部憶えていた。教えてくれた養父の辛抱強さ。そして火、鉄、刃に対する尊敬の念も。

ジョーナ・ペインにはそのナイフを使った。彼には理解できなかっただろうが、そんなことは期待していなかった。彼を死なせたのは、練習が必要だったからだ。練習を積んで完璧な技を会得しなければならないからだ。

ノラ・イングリッシュにはおのれの行動の罰を受けてもらおう。無実の人びとを刑務所に送りこんだり、ドニーの兄弟姉妹を大量虐殺したり、腐敗したシステムの下で働くことにより自然に逆らったり。ノラ・イングリッシュは活動を阻む大きな障害の中心的人物といえる。

マギーの手に落ちたら、ノラは死なせてくれと懇願するはずだ。マギーとしてもそうしてやるつもりだ……最終的には。

ジョーナ・ペイン殺しがはじめての殺人ではなかったし、ノラ・イングリッシュがつぎの標的でもない。

その前に殺すべき人間がいる。彼女を傷つけた人間。そいつのせいでたくさんの人が彼女に背を向けた。

マギーは人がすべきことをしない状況が大嫌いだ。人が自分の思いどおりに動かないとむかつく。

はじめて人を殺したとき以来、多くのことを学んできた。あのときは……なんだかもうめちゃくちゃだった。クレイが恋しいこともときにはあるが、彼は殺されてもしかたがないことをした。彼女と別れようとしたのだから。

二人は大きなオークの木の下に毛布を敷いて横たわっていた。マギーとクレイ。四月最後の週末のこと。春は再生と美の季節。あたり一面の緑に花が咲き乱れる。だが今日、セントラルコーストの小さな町パソロブレスには陽光が木々を透かして熱く降り注いできているというのに、マギーの血は凍りそうに冷たく、全身が震えていた。

クレイが話を切り出す前から、彼がとんでもない間違いを犯すことをマギーは察知していた。だからそうはさせたくなくて、キスで彼の告白を先延ばしにしていた。

「しいっ」と言いながら彼のきれいな髪を耳にかけた。彼の両親は彼の髪が襟に触れるのを嫌ったが、マギーは長い髪が好きだった。クレイ・ベイカーの何もかもが好きだった。髪、において、笑顔、大義への傾倒、そして何よりも彼女への傾倒。いまもこれからもずっと、彼はマギーのもの。二人は高校時代ずっといっしょで、マギーがセックスしたのはクレイひとりだけ。彼を心から愛していた。マギーの心は彼のもので、彼の心は彼女のものだった。

クレイがキスを返してきたが、それまでとは違った。先月、あのろくでもない手紙を受け取る前までとは違っていた。

彼はすでに五千キロ離れたところにいた。

「マギー、今日はどうしても話しておきたいんだよ」

「聞きたくないわ」マギーが口をとがらせた。

「卒業までたった四週間しかない。それまでずっと引きずっていたくないんだ」

「いや」

「マギー、聞いてくれよ。ぼくの人生の大きなチャンスなんだ。ニューヨーク州立大の奨学金！　それも全額給付だ。ずっと前から欲しかったんだよ。ぼくのために喜んでくれたっていいじゃないか」

「あたしたちにとって悲しいことだわ。行っちゃだめ」

クレイはマギーの髪に手をやり、ため息をついた。「ぼくだってきみと離れるのは寂しいよ」

「あたしもいっしょに行く」

「大学へは行かないんだろ?」

「あたしはコミュニティーカレッジしか行けないもん」マギーの成績は基準に達していなかった。卒業できるだけでも幸運なレベル。幼いころからずっと、マギーと両親は教師たちに、潜在能力ほどには成果を上げられない子だと言われてきた。IQを見るかぎりはすごく頭がいいはずで、CやDを取るなんておかしい、と。

「きみはきみで自分に適した場所を見つけたほうがいいよ」クレイが言った。

「あたしの場所はあなたといっしょにいられるところ。あたしもシラキュースに行く」

そのときのクレイの表情が気に食わなかった。彼女がなんと言うかを事前に予測していたようで、もう返事も用意してあるような顔。

「マギー、いっしょに来られても困るよ。気が散って勉強できない。ぼくにとっては大事なことなんだ。わかってくれよ。環境学に関してやりたかったことが何もかも、ニューヨーク州立大の学士号取得で実現するんだ。四年後には戻ってくる。そのときにもしまだぼくたちの気持ちが――」

マギーに敵意が芽生えた。「もし?」

「だって四年後だよ――マギー、四年たてば人は変わる」

「あたしを捨てるのね」

「Eメールがあるし、毎週電話するよ」

彼としてはマギーが聞きたがっていると思ったことを言っていたのだろう。だがマギーが聞きたかったのは、クレイ・ベイカーは彼女を捨てたりしないというひとことだけだった。

クレイがマギーの手を取って、うなじにキスをした。「まだ夏じゅういっしょにいられるじゃないか。そんな先のことで悩むのはやめよう。いいね？」

その何週間か前から、きみを愛してる、と言わなくなっていた。セックスももう何週間か前からしていない。

シンディー・トムリンソンもニューヨーク州立大に行くことをマギーは知っていた。マギーが知っていることをクレイは知らない。前の月に大学から手紙が来てからというもの、彼がシンディーに向けるまなざしをマギーはずっとうかがっていた。二人のあいだにはろくでもない大学のことなんかで絆ができていた！　なんたる不公平。マギーは頭がいい。あんな二人より頭がいいのに！　そしていま、クレイはシンディー・トムリンソンといっしょに五千キロ離れたところへ行こうとしていた。

マギーはクレイのなすがままにキスをさせ、胸を触らせ、スカートをまくりあげさせた。彼とはじめて愛をかわしたのもこの木の下だった。

そしてこれが最後。

クレイはしばらくマギーを抱いていたが、やがてコンドームを捨てにいった。マギーはすぐに戻ると彼に言い、裸のまま小川へ歩いていった。ピクニックのあと、クーラーボックスを川で冷やしておいたのだ。

クレイの母親がつくってくれたレモネード。ミセス・ベイカーはマギーを嫌っていたが、ごく最近、いやに機嫌のいいことがあった。〝あなたが知らないことを知ってるのよ〟的な機嫌のよさ。あの女ときたら、いつでもマギーとクレイの恋を妨害してきた。クレイにマギーを捨てるよう説得したのもあの女に決まっている。息子の将来、息子の人生、息子の夢。じゃあ、あたしはどうなのよ？　マーガレット・ラヴ・オデルにも希望や夢があった。どれもその中心にはクレイ・ベイカーがいた。

少なくともあと一日だけは。

川の水にクーラーボックスを浸したとき、そこに生えているドクゼリを見た。そこは二人の記念すべき場所でよく来ていたから、前にも見たことがあった。クレイはそれがなんなのか知らない。たとえ知っていたとしても、それについて何も言ったことはない。

マギーはランチバスケットから布のナプキンを取り、それを手袋のように使って手を包むと、ドクゼリの葉をもんで膜組織を壊して毒素を放出させた。皮膚から毒素を吸収してはまずいから細心の注意を払った。毒は冷たい液体とは混ざりにくいため、大量の葉が必要になりそうだ。空になった水のボトルに葉をぎゅうぎゅう詰めこんだあと、そこにレモネードを注いでよく振った。ボトルを置いて、葉のようすを観察しながらしばらくじっと待つ。淡い黄色の液体のなかにドクゼリの葉から毒素が浸出していくのが目に見えるような気がした。レモネードが暗い色に変化していく。空想ではない。現実に反応が起きていた。

「マギー！　門限まであと三十分しかないよ」クレイの声が木立の向こうから聞こえた。

彼の母親が決めた門限。日曜日は午後六時。家族そろって夕食のテーブルを囲むからだ。マギーは一度も招かれたことはない。シンディー・トムリンソンはきっと招待されているはずだ。

レモネードを濾しながらべつの水のボトルに移した。見たところ違和感がある。彼は気づくだろうか？　もしかしたら。クーラーボックスの中身を全部元に戻し、バスケットとクーラーボックスをオークの木の下に持っていった。レモネードに浸したドクゼリの葉がボトルの内側にくっついていた——あとで処分しなくては。

クレイは仰向けに寝ながら、マギーを眺めていた。

マギーは荷物を置くと、レモネードを飲むふりをした。「まだ冷たいけど、ちょっと苦いみたい。あなたもどう？」

「ママはいつも砂糖をあんまり入れないから」

クレイはボトルを受け取ると、毒入りレモネードをボトル半分ほどごくごくと飲み、渋い顔をした。「ほんとだ。日向に長く置いといたせいだよ、きっと」

クレイはボトルのキャップをしめ、毛布の上に放り出した。自分の隣を手でぽんぽんと叩いたので、マギーはそこに腰を下ろした。

「明日のことで悩むのはよそう」クレイは言った。「大事なのはいまとここさ。今日は何もかもうまくいってる。そうだろ？」

マギーはにっこり微笑んだ。「そうね、何もかも完璧」

17

ノラはようやく電話を切った。ダイニングルームのテーブルに広げた経歴報告書、目の前にはとっておきのシャルドネ——今夜の唯一の楽しみ——を注いだグラス。

帰宅から二時間足らずだが、収穫はたくさんあった。サラ・ラルストンから返ってきた電話で、日曜日にラス・ラーキンといっしょにスターバックスにいた若い女はアーニャ・バラードではないことが判明した。その女の子を見たスターバックスの店員サマーによれば、たとえアーニャの髪がもっと濃い色であっても違うという。つぎにはレイチェルにマギー・オデルの——〝マギー〟と呼ばれる可能性がある名前をすべて含めて——経歴を調べるようにたのんだ。

「陸運局とローズ大の写真を取り寄せることも忘れないで。成績証明書も手に入れて——もし大学側がしぶったら、そのときは知らせて。令状をとるわ。理由は十分あるから」

レイチェルが明日の朝一番でとりかかってくれると聞いてほっとした。明日は九時からチームの面々との連絡会議だが、その前に学生三人の解剖に立ち会うことになっている。コフィーがあとから報告書を送ってくれることはわかっていても、できることなら立ち寄ってなるべく早く情報を入手したかった。支局に行く前に検視官のオフィスへ寄るのはさほど遠回りでもない。

アーニャ、スコット、クリスに関するメモをつくった。三人は大学と専攻が同じとはいえ、それぞれ違う町で生まれ、違う高校に行っており、ローズ大学入学以前になんの接点もなさそうだ。

もう一度ブッチャー゠ペイン従業員の経歴に目を通しながら、何か見落としてはいないかチェックしていた。そのとき玄関のベルが鳴り、飛びあがらんばかりに驚いた。誰にも見られなかったことはわかっているのに恥ずかしくなり、ドアまでゆっくりと歩いていって、のぞき穴から外を見た。

デューク。

ドアを開けると、ノラに何か言う間も与えずにデュークが言った。「どこへ消えたのかと思ったよ」

ノラが首をかしげた。「消えたりしないわよ」

招き入れてもいないのに、デュークが敷居をまたいで入ってきた。思わずノラのほうがあとずさった。そうせざるをえなかった。さもないと彼と触れることになる。

「支局を出るって言ってくれなかっただろう」

「あら、そうしなきゃいけなかったのかしら」あえて彼の目をまっすぐに見て、あのキスを思い出さないようにした。「ジェーソンに言っておいたけど」

あのキス。どうしても忘れられない。胃のあたりで期待めいたものがうごめくと、これは空腹、と自分に言い聞かせた。

そう、おなかがすいたのよ。さっさと何か用意して、欲しかったのはデューク・ローガンよりも缶入りスープだったってことを自分に教えてやらなきゃ。

また一歩あとずさったけれど、彼が動いたわけではなかった。彼がにやりと笑った。まるでノラが知らない何かを知っているとでもいうような笑い。

デュークが玄関のなかに完全に入り、ドアを閉めた。

ノラは彼に背を向け、仕事を広げたままのダイニングルームに向かって廊下を歩きだした。

「仕事してたの」振り返って言いながら、距離を広げることでどんどん熱くなっていく二人を静められればと願っていた。

「きみはいつも仕事なんだな」デュークはすぐ後ろまで迫っていた。長い脚が二人の隔たりをたちまち詰めてきた。

彼に批判されるとは思っていなかったから、くるりと向きなおってそう言おうとした。デュークとの距離はわずかに十センチ少々しかなかった。彼の右手がノラのうなじにすっと伸び、ためらうことなくノラの唇を自分の口もとに引き寄せた。許しを得ようともしなければ、ノラが抵抗するなどとは考えてもいないようだ。

たしかにそう。

ノラは口を開き、デュークに引き寄せられるままに体を密着させていった。デュークの左手がノラの背中に回ってシャツの下にもぐりこむと、ノラの素肌にぴったりと手のひらを当てて強く抱き寄せた。

何もかもが遠のいていった。仕事のプレッシャー。過去の記憶。自分が率いるチームや妹や犠牲者をめぐる気苦労。何もかもがどこへともなく消えて、二人がすべてになった。自分とデューク。それ以外のことはどうでもよくなった。生まれてはじめて自分が欲するものに屈し、ほかのことなど無意味になった瞬間だった。

ノラは自分の夢や自分が下した決断を優先させたことがない、と言ったデュークは正しかった。

ノラはこの瞬間、自分自身のための決断を下した。デューク・ローガンが欲しい。だから欲しいものを手に入れる。

ノラは彼のTシャツをジーンズから引き出し、硬く幅広い胸に両手を這わせた。親指で彼の乳首の周囲に円を描くと、彼女の髪に触れていたデュークの手に力がこもった。彼の舌がノラの唇のあいだから一気に押し入ってくる。まるで擬似セックス。ノラが小刻みに体を震わせ、切ないうめきが二人の唇のあいだにとらわれた。両腕を彼に回し、膝からくずおれまいとする。

デュークが自由なほうの手でノラのヒップをつかみ、引きあげた。指が肉をもみしだき、締めつけ、じらしてくる。二人の体温はなおいっそう上昇し、ノラは燃えあがった。デュークのTシャツの裾を持って引きあげると、彼が片手でシャツをつかみ、頭から脱ぎ捨てた。

服を着て隠しておくのがもったいない、彫刻さながらのボディーをじっと見つめるノラ。ぐっと唾をのみこんだが、口のなかはからからだ。するとまたデュークが唇を重ねてきた。ノラが欲しながらも否定してきたすべてを約束するようなキス。けっしてきみのそばを離れないと語りかけてくるキス。きみのことならきみよりよく知っていると語りかけてくるキス。ノラもはじめて会ったときから彼が欲しかったことを認めざるをえないキス。

そう、彼の言うとおりだった。

彼が両手を二人のあいだに差しこんできて、ノラのブラウスのボタンを自信に満ちた仕種ではずし、肌とレースをあしらった白いブラをあらわにした。デュークの唇がノラの口もとから顎へと移り、ノラが頭をやや後ろへそらせた。デュークの舌が顎のラインをなぞってノラをぞくぞくさせながら首へと下りていき、そこをやさしく噛んでから吸った。ノラは息ができなくなった。

デュークはそのまま膝をつき、ノラの胸に顔を押し当てた。片手でブラのホックをはずしてすぐさま投げ捨てるや、ためらうことなく乳首をふくんで吸い、左右交互にそれをつづけながら、ノラが触れてほしいところを熟知しているかのように両手を動かしていく。ノラがはっと息をのんだのは、彼の両手がじれたようにノラのパンツを強引に下げにかかったときだ。彼はそのままぎゅっとヒップをつかんだ。唇が胸から胃のあたりをかすめてウエストまで下りておき、ついに舌がショーツごしにあの部分に刺激を加えはじめた。ノラが喘いだ。いつものノラからは想像もつかない激しく甲高い声。前戯ともセックスともつかない高まり。

膝の力が抜けて脚が開き、徐々に床へと沈みこみかけたところで、デュークがぐっと引きあげた。片手で背中を支え、片手はあの秘密の部分を自分のほうに押し当てて、貪るように吸いはじめた。

ノラはもう何も見えなかったし、何も考えられなかった。目の前は断崖絶壁。その崖っぷちに立っていた。デュークの肩につかまり、溺れかけた者さながらにしがみついた。七色の光が炸裂、思わず叫びをあげた。自分の声だというのに、はるか遠くから聞こえてくるような感覚。

乱れた呼吸をととのえようとしながら彼の唇はどこかと探した。だがデュークはそんな彼女にキスはせずに床から抱えあげ、軽々と肩に担いだ。そして廊下を先へと進み、ノラのベッドルームまで行った。ノラはベッドに放り出されてはじめて目を開けて彼を見た。高ぶった姿から性急さが伝わってきた。汗で光る肌。ジーンズはダイニングルームからベッドルームへと移動するあいだに消えていた。全裸でノラの前に立つデューク。あそこはすでに長く硬くそそり立っている。

「なんてきれいなんだ、きみは」彼の声は荒っぽくざらついていた。ゆっくりとノラの上におおいかぶさる体勢をとりながら頭の両側を手で押さえ、もう一度唇を重ねた。

四年前にはじめて会ったときから、デュークはノラ・イングリッシュに狙いを定めていた。今回の放火事件以前、彼女のチームの捜査にコンサルタントとして加わるたび、その想いはどんどん募っていった。彼女を見れば、彼女も自分と同じように求めていることが彼にはわかっていたが、彼女はみずからにそれを許さなかった。ノラはほんの一時ではあっても、自分の欲するものにふけることなどけっしてない。彼女のすべてを知るためには、心を開かせてしゃべらせなければと考えていた。取りつかれたように仕事に邁進するのはなぜなのか、そこまで真剣なのはなぜなのか、そこまで献身的なのはなぜなのか。こんなふうに彼女の体も開かせなければとも考えていたが、予想をはるかにしのぐ奔放な反応にぞくぞくさせられていた。もっと粘らなければならないだろうと思っていたのに、彼女の気をそそろうとしたとたん、彼女はたちまち屈した。デュークにはそれがすごくうれしかった。ノラはきわめてわかりやすい人間で、ノラについて彼が知っていたことはすべてそのとおりだったと同時に間違ってもいた。あらゆる点でノラは見かけどおりだっただけでなく、それ以上だった。外見から想像する以上に、深み、情熱、そのほかにも多くのものをそなえていた。

　そしていま、ノラがデュークに注ぐ視線がそれだ。自分のすべてをそっくりそのまま彼に委ねてきている。ともに快楽を与えあえることを思うと、デュークはわきあがる欲望をもうどうにも抑えられなくなった。

　余裕を持ってゆっくりと時間をかけ、彼女への想いの丈を伝えたかったけれど、欲望の深さが自制の域を超えた。彼が与えると、彼女はそれを受け止め、同じだけを返してきた。ノラの手は迷いのない動きで彼の胸や背中を探ったあと、下へと伸びてペニスをとらえて握りしめた。デュークの胸部から声にならない声がもれる。

切ない声で彼の名を呼ぶノラの口を、デュークが苦しげなうめきとともにふさいだ。

「ノラ」デュークはノラの耳もとでささやき、耳たぶを吸い、耳の後ろの柔らかで繊細な肌に唇を這わせる。「ノラ」もう一度ささやきかけた。「おれは最初からずっときみのものだった」ノラの首筋にキスをすると、ノラの全身が彼の下でうごめき、両手が彼の体に沿って上へと動きはじめた。彼の背中を撫でる短い爪の感触は軽やかすぎず強すぎず、それでいて確信がこもっていた。

ノラの手が彼の両手をつかんでぎゅっと握りしめ、自分の頭の上へと引きあげた。全身がデュークの下にがっちりととらえられる形をつくったあとは、ひとつになった二人の胸だけに聞こえるリズムで動きはじめる。

デュークにロードマップは不要だった。いつしかしかるべき体位になり、ペニスはノラの脚のあいだで核心を探りながらぴくぴくした。まもなくそこを探り当てた瞬間、ノラは喘ぎをもらし、瞬きしながら目を閉じ、彼の胸と密着した胸では心臓がばくばくいった。

ノラのなかにゆっくり沈みこむと、原始のうめきに近いものがデュークの胸を震わせた。ノラは彼の下で息を殺し、唇をわずかに開いて目を閉じた。表情からは素直に喜びが伝わってくるものの、かすかな不安もにじんでいた。デュークにはわかったことがいくつもあった。彼女はいま、すごく大切なものを彼と共有していること。彼女は誰とでも簡単にベッドインはしないこと。彼女が彼の期待よりはるかに心を開いてくれていること。そして彼はそれらをすべて受け止め、彼女が自分に寄せてくれた全幅の信頼にじゅうぶん応えることができるよう祈った。

ノラは最後のセックスがいつだったか思い出せなかったが、それがこんなふうでなかったことはわかっていた。

デュークの手を離し、両腕を彼の背中を包むように回し、指先を硬い筋肉に食いこませながら全身をしなやかに伸ばした。デュークといまここでこうしている……何にも代えがたい時間だった。心に迷いはなかった。体も不安を表に出したりはしなかった。実際、不安はなかった。確信があるからこそ大胆になれた。確信に後押しされ、思っていたよりもっと多くを彼に求め、自分自身にも多くを求めていた。

ノラがのけぞった。言葉は要らなかった。すぐさまデュークが深く入ってきた。ノラは息を乱しながら声を押し殺した。おおいかぶさると同時に内側にも侵入している彼の体が発する最低限の音、逞しいにおい、肌の感触がノラを包みこみ、感度をどんどん高めていく。なんだか自分がまるごと彼のなかに吸収されてしまったような感覚。自分の端がどこで、彼の端がどこなのかがわからない。知りたくもない。誰かとこれほどの一体感を覚えたことはこれまでになかった。デュークはノラの一部になって彼女を満たし、とろけさせていた。

デュークが肘をついて胸を浮かせ、ノラに空気を送りこんだ。欲しくはなかったが、その必要はあった。彼の両手がノラの顔をはさむ。

「ノラ」彼のかすれた太い声がささやくとノラの全身を震えが走り、それを感じとったデュークがうめいた。

ノラは目を開けた。わずか数センチのところに彼の深みをおびた青い目があり、力強い顎は歯を食いしばっていた。彼の腰の動きから目が離せない。ゆっくりと浮き、そして沈むのを見ているうちにはっとした。ノラの体のなかでトルネードが発生し、どんどん大きく強くなりだした。さっきダイニングルームにいたときに襲ってきた竜巻よりさらに激しい。

それにはデュークも気づいていた。顔をくもらせ、無理やりペースを落とそうとしている。ノラは彼の上腕の筋肉を感じていた。硬いだけでなく、動きを抑制しているせいで静脈が浮き出ている。彼の汗がノラの肌に滴り、二人のにおいが混じりあった。ノラも体全体を使ってデュークに応え、密着した二人の腰の動きは完璧なリズムをつくりながら、一拍ごとにテンポを上げていく。

また閃光が見えたとき、ノラは大きな声をあげ、見えない糸に吊りあげられるかのように体をのけぞらせた。片脚をデュークのウエストに絡め、彼をそのままの位置にとどめた。ノラのオーガズムの波が二人のなかに砕けていく。ひと波、そしてまたつぎの波。デュークはノラの背中に腕を回してきつく抱き寄せ、自分のオーガズムを彼女のなかへと一気に発射させた。分かちあった快感の思いもよらぬ強烈さはノラをくらくらさせ、心ゆくまで満たした。

脱力したデュークがノラの上にもたれてきた。心臓の激しい鼓動が伝わってくると、そのリズミカルなパワーがノラを眠りへと誘いこんだ。デュークは頬、首筋、唇にキスしながら、愛情や満足感をささやきかけてきた。

「なんて言うか……」ノラも何か言おうとしたものの、頭のなかがぐちゃぐちゃで言葉にならず、ただ彼に微笑みかけて吐息をつき、彼の下でくねくねと身をよじらせた。

「すごくよかった」デュークが代わりに言ってくれた。ごろんと横向きになった彼はノラを引き寄せ、どこかに落ちたシーツをさりげなく見つけて二人をまとめてくるむと、あらためて彼女を抱きしめた。

「おれはどこへも行かないから」力強い言葉だった。

「よかった」ノラはつぶやき、彼に体をすり寄せた。目を閉じて、いかにも満ち足りた吐息をもらす。もうここ以外の居場所は想像もつかなくなった。

デュークは気持ちよさそうに眠りに落ちていくノラを見守った。激しく動いたあとの汗に濡れた髪を耳にかけ、横顔がよく見えるようにした。驚くほど柔和で美しく穏やかな寝顔。無防備な姿は、彼女がいつも巧妙に隠しているものだ。

守ってやりたい衝動に駆られることはよくある。それが仕事の一部でもあるが、なんとしてでもノラを守りたい衝動には抗しがたいものがあった。これは仕事ではなく、それ以上のものだ。ノラが傷つくのは我慢ならなかった。そのためには彼女の身の安全を確保し、敵からだけではなく彼女自身のやる気や強い感情移入、さらには彼女にはどうにもならないことに対する罪悪感からも彼女を守る必要がある。ノラにはこれまで気づかってくれる人が誰ひとりとしていなかった。母親も、ボスも、妹さえも違った。ノラ自身にしても。

だがいま、彼女にはデュークがいた。デュークにとっては仕事よりもはるかに重たかった。気持ちが先に立っている。まだ、愛している、とも言っていないのに、早くも平常心を失いかけていた。

18

保安官の車でモルグから自宅へ送ってもらう途中、リーフ・コールは絶望感に打ちのめされていた。アーニャが死んだいま、自分の責任は部分的なものではすまされないと感じていた。

ブッチャー＝ペイン社の火災で人が死んだと聞かされたときのアーニャの激しい動転ぶりを目のあたりにしたのだから、そばにいてやらなければいけなかったのかもしれない。しかし自殺するとは思いもよらなかったのだ。

もしジョーナ・ペインが残忍な殺されかたをしたとすれば、アーニャが加担していなかったことは明らかだ。命あるものを故意に殺したりする子ではない。ランス・サンガー保安官やＦＢＩのイングリッシュ捜査官の言うことには何ひとつ納得がいかなかった。放火？　なるほど。殺人？　ありえない。

ランスの車はリーフの自宅へとつづく私道を進んだ。高級住宅地グラニットベイに建つ、こぢんまりとしてはいるが、プライバシーを守れる平屋が自宅である。昔の友だちランスは意外にも、モルグでも帰りの車内でも思いやりを示してくれた。リーフは、ランスに逮捕されたときに大学に置いてきた自分の車をとうてい運転できる状況ではなかったが、明日は友人に電話をして同乗させてもらってもいいし、タクシーを呼んでもいいと思っていた。もし明日も授業に出るのであれば、の話だが。考えなければならないことがやまほどあった。考えるだけでなく悲しまなければならないことも。

アーニャの若すぎる死。

「ありがとう」ランスに言い、ドアの取っ手に手をかけた。

「気の毒だったな、彼女のことは」ランスの口調が明らかにぎこちない。

「ああ、逝ってしまったよ」リーフがそうつぶやいたあと、咳払いをした。「彼女はジョーナ・ペインを殺しちゃいない。イングリッシュ捜査官が言ったような殺されかただとしたら」

「あんたと捜査の話をする気はないね」

「それならそれでいいが、ただ聞いてくれ。アーニャは間違いを犯したが、動機は間違っちゃいない。殺人については――彼女はそういう人間じゃない。自殺したこともまだ信じられないくらいだ」

「三人の死亡についちゃ徹底的に捜査するよ。何が起きたのか、必ず突き止める」

「彼女は戻ってはこない」リーフが声を詰まらせた。

ランスが運転席で腰を動かしはしたが、それでも、ちょっと寄って一杯やっていかないか、と声をかけるのが甘えすぎであることをリーフは承知していた。ランスには、警官という自分の職業はさておいても、リーフが自分の理念を正しいものとどこまでも信じているその理由が理解できなかった。時間が二人を隔て、理念はあいかわらず二人を遠く引き離していた。核となる価値観が異なれば、意見が一致することはけっしてない。

「町からは出るな、だな。わかった」リーフが言い、ドアを開けようとした。

「リーフ――」ランスが言った。

リーフは彼をちらっと見た。

「あんたに謝りたいことがあるんだ。あんたが大学を卒業して帰ってきたとき、おれはむかつくようなことを言ったよな。あれはただ、昔の友情が懐かしかっただけなんだ。あんたがすっかり変わってしまったから」

「人間誰しも成長する。きみだって変わった」リーフが言った。「お互い、子どもだった昔と同じじゃいられないさ。それでもヌードソン先生にカンニングしたって叱られたあと、先生の部屋に死んだスカンクを置いてきたときのことは一生忘れないよ」

ランスがにやりとした。「先生はおれたちがスカンクを置いたことはわかっていたが、それを証明できなかったんだよな。あれから何週間も先生はスカンクのにおいがしてた」

「わざわざ送ってもらって助かったよ」リーフはそれだけ言った。

「しばらくいっしょにいようか？」ランスのほうから申し出た。

リーフはもう少しで申し出を受けそうになった。もう少しで。だがぐっとこらえ、かぶりを振った。「いや、ひとりになりたいんだ」

「あんまり飲みすぎるなよ」

「ああ、そうする。心配するな。いろいろ考えたいだけだ」リーフは車を降り、玄関に向かって歩きだした。玄関から家に入ることはめったにない。ふだんはガレージに車で乗り入れ、勝手口からなかに入る。鍵をぎこちない手つきで探し、玄関のを見つけると、車で走り去る保安官に手を振った。

しばしポーチにたたずみ、星を見あげた。美しい夜だった。アーニャがいたら、うっとり眺めたはずだ。彼女は星や広大な宇宙や自然のままの地球を愛していた。あらゆる人、あらゆるものをたぐいまれな思いやりをもって大切にした。アーニャが去ったいま、世界はなおいっそう住みにくくなるはずだ。

目頭が熱くなった。リーフはぎゅっと目をつぶり、首の後ろをさすった。アーニャを愛していた。くそっ、心から愛していた。もはや彼女を生き返らせる術はない。

ドアをぐいと押し開け、バタンと閉めた。ランスには酒は飲みすぎないと約束したが、心の痛みを和らげるものが必要だった。何かの助けを借りなければ寝つけそうにない。ウイスキー三杯でなんとかなるだろう。それに熱いシャワー。

一本だけあったウイスキーのボトルをつかんだ。去年、格式高い学術誌に論文が掲載されたとき、学長から贈られたシーバスリーガルだ。そのボトルと大きなグラスを手にバスルームへ行き、なみなみと注いで、ぐいっとひと口飲んだ。喉の焼ける感じが、アーニャを失った悲しみで熱くなった目の感覚と似通っていた。悲しみを吹っ飛ばしてくれ、と思ったそのとき、すすり泣きが咳きこむようにこみあげてきた。

シャワーの栓をひねり、バスルームの床に服を脱ぎ捨てて裸になった。またひと口、ウイスキーをぐっとあおると、今度はさっきより滑らかに喉を通った。

シャワーの下に入った。まだ水だったが、気にもならなかった。胸のなかの苦悩に比べれば、肉体的な不快感など取るに足らなかった。

湯があたたまってきた。リーフは幼い子どもよろしく大声をあげて泣き、シャワー室のタイルの床にへたりこんだ。さまざまな意味でアーニャを失望させてきたことが悔やまれた。そのままそこに長い時間こもり、出てきたのはずっとあとになってからだった。腰にタオルを巻き、シーバスのグラスに手を伸ばした。残りを全部飲み干し、また注ごうとしたが、胃がむかついている。空っぽの胃にウイスキーがまずかったのだろう。そういえば最後に何か食べたのがいつだったか思い出せない……ひょっとして朝食？　コーヒーとスコーン。食事といえるほどではない。

クラッカーかチップスはないかとキッチンの戸棚をがさごそと探った。頭がくらくらする。箱をひとつつかむと、ふらつく足でベッドルームまで行き、読書用の椅子に倒れこむようにして窮屈そうに腰を下ろした。目をつぶった。めまいはおさまらない。飲んだのがまずかった。酒が飲めないたちなのに。

うとうとするうち、眠りに落ちた。アーニャ……

腕に鋭い痛みを感じてぎょっとした。目を覚ました感覚がない。頭はぼうっとしたまま、まるで二日酔いだ。それもたちの悪い二日酔い。ウイスキー二、三杯でこれか？　たぶんそうなのだろう。それとももっと飲んだのに憶えていないのか？

伸びをしようとした。頭のなかのクモの巣を払い落としたかったが、手足が重たくて動けない。目を開けようとするが、まぶたは閉じたまま張りついてしまったようだ。

かすかに漂う花の香りにはっとした。

女性。香水。なじみのない香りだ。アーニャではない。アーニャは死んだ。

誰かが家のなかにいる。

「誰だ？」ろれつが回らない。

「あら、おはよう」女の声がする。顔に息を感じた。

無理やり目を開けるが、まぶしさに目を細める。明かりをつけた記憶はない。

「誰なんだ、きみは？」自分の声なのに、なぜかトンネルのなかにいるときのようにエコーがかかって聞こえてきた。立ちあがろうとしたとたん、足に力が入らず、またどっかりと椅子に腰が落ちてしまった。両手も動かすことができない。

「心配いらないわ」女が言った。

寝ているあいだに――あるいは意識を失っているあいだに――何者かが家に侵入してきて、彼を椅子に縛りつけたのだと気づいた。頭のなかの霧がやや晴れてきた。女の声はなんだか聞き覚えがある気がした。

「なんなんだ？　何をしようというんだ？」必死で言葉を明確に発音しようとした。もう一度目をゆっくりと開けながら、まぶしすぎる明かりになんとか順応した。

「悪いのはあんたでしょうが。あんたがあたしにこんなことをさせたのよ」

マギー。

あのマギー・オデルなのか？　拘束に抗って懸命にもがく。ダクトテープが左右の手首に巻かれ、贅沢な椅子の両脇にがっちりと貼りつけられている。いくら引っ張ったところでいっこうにはがれない。目を脇にやると、より厳重に拘束するためにテープを交差させていた。

「マギーか？」

そのとき彼女が見えた。茶色の髪と茶色の大きな目。昔から美少女ではあったが、どうも好きになれなかった。なぜなのかはわからない。

マギーが彼に平手打ちを見舞った。

「あんたがあたしにあの子を殺させたんだわ」

めまいがした。「なんだって？」

マギーはまた平手で彼を叩いてから、行ったり来たりしはじめた。平手打ちのおかげで頭がいくらかはっきりしてきた。じっとマギーを見る。怒っているようにも見えるし、パニックをきたしているようにも見える。ベッドルームの隅にあるデスクまで行くとモニターを持ちあげ、すごく華奢な体からは想像もつかない力で壁に投げつけた。

リーフは拘束を解こうと力任せに動くが、テープはまったく緩まない。指先が痺れていた。

「二十分」マギーがつぶやいた。

「えっ？」リーフはマギーがそれを誰に向かって言ったのかわからなかった。

また引き返してきたマギーが、椅子にすわるリーフの上に両脚を大きく広げてまたがった。彼はそのときはじめて、腰に巻いていたはずのタオルがはずされ、自分が全裸であることに気づいた。だがマギーの表情にセクシャルなものはいっさいない。

「全部あんたのせいよ。悪いのはあんた！」マギーの手が伸び、リーフの首をつかんでぎゅうっと力をこめた。「あんたなんか大っ嫌い。あんたが憎いわ。最低なやつ。あんたのせいで何もかも台なしよ。何もかも。あたしは彼女を殺したくなんかなかった。あたし、彼女を姉よりも愛してたんだもの。誰よりも何よりも。なのにあんたがあんなことをさせたのよ！」

マギーの手にさらに力がこもると、リーフは体をこわばらせて必死で空気を吸いこもうとした。

するとマギーが彼の上から素早く下り、ふたたび室内を歩きはじめた。「十五分」マギーが言った。

この子はどうかしている。正気じゃない。

あたしは彼女を殺したくなんかなかった。

その言葉が示す真相が弾丸よろしくリーフを撃ち抜いた。「きみがアーニャを殺したのか」

「あんたよ！　あんたがアーニャを殺したの。あんたのせいで彼女はあたしに背を向けた。あたしたちはいいことをしていたのに、あんたのせいであたしの計画はめちゃくちゃ。致命的な妨害をしてくれたじゃない。ほんとに自己中な人よね、あんたって。自分以外の人のことなんかどうでもいいのよね。彼女をああやって利用して」

「ぼくはアーニャを愛してた」

マギーが高笑いした。「あんたは若い女とやるのが好きだっただけよ、クソおやじ」

また彼のところに戻ってきて、両脚を広げてまたがった。今度は萎えたペニスに股間を押しつけて腰をくねらせた。「ただの変態野郎よ」

「いったい何が欲しいんだ、マギー？」

「あんたに死んでほしいの。アーニャみたいに苦しませたいわ。アーニャには苦しんでほしくなかったけど、あんまり時間がなかったのよ」マギーが跳ねるように立ちあがり、リーフの股間に蹴りを入れた。リーフが甲高い悲鳴をあげる。マギーは意に介するふうもない。

「彼女から電話がかかってきて、あの火事で人が死んだから警察に出頭しなきゃって言うじゃない。出頭！　そう、まるであたしに人を殺したことを認めろっていうような口調よ。あの男は死んで当然。人を苦しめたり悲しませたりしたんだもの」

「きみがジョーナ・ペインを殺したのか」リーフの声は消え入るように弱々しかった。苦悩に肩を震わせる。

「あいつ、自分はすごく頭がいいと思ってたみたいね。どれほど頭がいいかをみんなに知ってもらいたがってた。自分が正しいことを証明するためなら、人を傷つけようとおかまいなしだった」

「方法は……ほかにもあっただろう」リーフが大きく息を吸いこんだ。

そんな声には耳も貸さず、マギーは先をつづけた。「ペインが唯一の問題だった。あれさえなけりゃアーニャはずっとあたしの味方だったはずなのに、あんたが彼女に入れ知恵して、あの子を堕落させた。あたしの敵に変えた。あんたなんか大っ嫌い。大っ嫌いよ！」

またマギーの蹴りが入ると、リーフは目の前が暗くなった。目をつぶって息を殺す。どこもかしこも痛い。両手は痺れ、急所はずきずき痛み、頭はくらくらする。

「きみの考えなんだな」弱々しい声でつぶやいた。

「まあほとんどはあたしね。放火を思いついたのはスコット。彼、火を放つのが楽しくってしかたがなかったみたい。標的を選んだのはアーニャとあたし。そうね、最初の標的はあたしが選んだわ。ラングリアに欲しいものがあったから」

「それはなんだ？」

マギーは質問には答えずに話をつづける。「あたしたち、あんなにうまくいってたじゃない。いいチームだったわ。でもあんたがアーニャをものにして、あの子はあの子であんたに夢中。なんておめでたいのかしら。あたし、あの子に言ったのよ。あんたはただのやりたいだけだって。だけど信じちゃくれなかった。根性なしのホルブルックにも言いつけたのに、あいつはどうでもよかったみたいね。調べとくって言ったくせに、なんにもしなかった」

リーフは思い出した。去年、あの学生部長が彼のところにやってきて、アーニャに警告の電話をかけた。学生と恋愛関係にあるかどうか尋ねたことがあった。リーフは否定して、アーニャを呼び出して質問し、もちろんアーニャは否定した。クリスもそんなルブルックはアーニャを呼び出して質問し、もちろんアーニャは否定した。クリスもそんなことはないと証言した。あのとき二人のことを密告したのがマギーだったとは思いもよらなかった。

「ばかなことをしでかさないうちに出ていかなくちゃと思ったのよ。あんたを殺したくてたまらなかったけど、どうもいいプランが浮かばなくって。肝心なのはプラン。考える必要があったわ。頭をすっきりさせないとね。そしたら……」マギーの声がだんだん小さくなってとぎれた。

リーフにはマギーの声が聞こえなくなった。姿も見えなくなった。どこへ行った？　拘束を解こうともがいた。まもなく色彩感覚がいきなり鋭くなり、風変わりな色をとらえた。学生時代にＬＳＤをやったときみたいだ。素早く何度も瞬きするとそれは消えたが、また頭がぼうっとなり、吐き気がした。なかなか神経を集中させることができず、目をつぶるとまためまいに襲われた。マギーはどこかと顔を左右に向けるが、どこにもいない。どこへ行ったんだ？　何をしてるんだ？

沈黙が一分ほどつづいた。もっと長かったかもしれない。もう出ていったのだろうか？汗が出てきた。また一分がゆるやかに過ぎた。目を閉じて、激しい鼓動を鎮めようとした。

「さ、時間よ」

ぱっと目を開けると、マギーが目の前に立っていた。ひょっとして気を失っていたのだろうか？　一秒前まではそこにいなかった。

マギーの手に握られたナイフに目がいった。彼の家にあったものではない。マギーが持ってきたものだ。つまりマギーはこの家に彼を殺しにきた。全身が震えだし、抑えこもうとすればするほどわななないた。

「お願いだ」恐れおののいた甲高い声で懇願した。「やめてくれ」

マギーはいっさいの感情がこもらない目でナイフを見たあと、それを彼の前腕に押しつけた。彼は鈍い痛みしか感じなかった。紙で切ったときのような。腕を見ると、細い傷から血がにじみ出て腕を伝い、椅子の脇へと滴っていた。痛みはわずかだが、血の量はきわめて多い……

刃がふたたび皮膚に触れた。前より二、三センチ上に。血の量は前より多い。それが何度か繰り返された。腕が血に溺れていく。滴った血に。自分の腕からあふれてくる血のようだ。自分が死にゆくことを承知しながらも、目を離すことができなかった。

落ち着け。リーフ、落ち着くんだ。

アーニャはマギーの計画への協力を断ったから殺された。ということは、自分も間違いなく殺される。

「なぜだ？」マギーに問いかけた。こみあげる恐怖を声から悟られまいとしたが、無駄だった。

「だから言ったじゃない」

マギーは笑顔でまた傷をつけた。彼を傷つけて楽しんでいた。

「マギー――アーニャはきみを傷つけたりしちゃいない。きみが学校を辞めたときは動揺していた。きみがいないのを寂しがっていた」視界がぼやけはじめた。浅い傷口から流れ出す血以外、ほとんど何も見えなくなった。

マギーがナイフを握りなおし、ひと突きにするような仕種をしたのち、先端が胸に刺さった瞬間に止めた。刃がわずか五ミリ程度食いこんだだけなのに、痛みが全身に広がり、傷口からは血が大量に流れ出した。マギーがナイフを引き抜くや、血は胸を流れ落ちた。リーフの喉から恐怖の叫びがもれた。

「あんたはあたしを傷つけた。アーニャもあたしを傷つけた。アーニャがもっとちゃんと話しあえば、こんなことしなくてもすんだのよ。あたしの計画はまだ終わってないっていうのに！」マギーがまた室内を歩きはじめた。

リーフが死にかけているというのに、マギーはあいかわらずわめきちらしていた。

「あんただってほかの連中とおんなじよ！ 心配してるようなこと言ったって、それは建前で、大義を裏切りかねないわ。あの女と同じ！」

マギーはまた彼のところに戻り、今度は反対側の腕に回った。熱っぽい顔で目を大きく見開き、口をすぼめて無言のまま、腕を切りはじめた。一回、二回、三回。血がどんどん滴っていくと、リーフの視野は外側から中心に向かって黒くなってきた。唾をごくりとのみこんだが、それだけのことでも骨が折れる。

マギーはアーニャの親友だったのにアーニャを殺した。自分も殺される。彼女が途中でやめるはずがない。

あたしの計画はまだ終わってないっていうのに！

死んだふりをしよう。もう死んだと思わせるのだ。そうすれば彼女は出ていく。そうだろう？　死んだ彼を置き去りにして出ていかせよう。朝になれば、彼が大学に姿を見せないことに誰かが気づくはずだ。生き延びる可能性はある。よく考えてみろ。生き延びるんだ。

落ち着け。目を閉じろ。

ああ、疲れた。

コール教授の血まみれの体をじっと見ているマギーの呼吸は荒く、肌はほてっていた。ナイフを落としてあとずさったとき、積んであった紙につまずいて尻餅をついた。そのままそこにすわりこんで血に染まった手で頭を抱え、深く息を吸いこんだ。

これで終わったこれで終わったこれで終わった。

気持ちが静まるのを待った。またものを考えられるようになるまで待たなくちゃ。

顔を上げて教授を見た。

死んでいる。全身が血でぬるぬるだ。そんなに何度も切った覚えはなかった。腕、脚、胸。

「あんたのせいよ」死人を責めた。

床から立ちあがり、手袋をはめた手でナイフを拾って、バスルームに行った。着ていたものを全部脱いだ。今日、古着屋で買ってきたばかりの服。それをさっきリーフが脱ぎ捨てた服の上に落とした。

栓をひねって冷たい水の下に立ち、血が細い流れとなって体を伝い落ちていくのを眺めた。

血が洗い落とされたところで、リーフの石けんを使って全身を念入りに洗い、彼のシャンプーで髪を洗った。

ベッドルームに引き返しはしなかった。もう彼を見る必要はなかったし、彼の血がまた体につくのはごめんだった。リーフ・コールはもうこれまで。もう彼のことなど考えないことにしよう。

アーニャはきみがいないのを寂しがっていた。

自分がいなくても誰も寂しがったりしないことをマギーは知っていた。自分は誰にも望まれてはいないことを。アーニャと教授はお互いに夢中だった。そしていま、二人はもういない。ジョーナ・ペインは何よりも仕事だったが、彼も彼の研究ももはや消えた。

しかしマギーの計画はこれで終わりではなかった。

コールの帰宅前にバスルームのキャビネットに隠しておいた薄手のワンピースを着た。スニーカーをはいたあと、入ってきたときと同じ経路で帰ろうとした。横のドアから外に出て、車を停めてきた広い草地を横切るルート。だがそのとき、猫のための小さなドアに目がいった。

なぜいままでこれに気づかなかったんだろう？

キッチンであちこち探してようやくキャットフードを見つけた。箱を振っていると、小さな黒い猫が猫用ドアからすうっと入ってきた。マギーは猫をすくいあげて抱いた。猫が喉をごろごろと鳴らす。「なんて可愛い子なの、きみは」

マギーは満面に笑みを浮かべ、猫の首に顔をこすりつけると、猫とキャットフードを抱えて家をあとにした。死んだ男のことなどすでに眼中になかった。

19

「ジムスンウィード（シロバナヨウシュチョウセンアサガオの英名）だそうよ」ノラは招集していた連絡会議の会議室に五分遅れて入った。

ブリーフケースを置くと、ホチキスで留めた書類をレイチェルの前にすっと滑らせ、一セット取ったらつぎに回すよう手ぶりで合図した。

「ジムスンウィード？」ピートが部屋の奥から訊いた。

「学名はダチュラ・ストラモニウム。一般にはジムスンウィードとして知られる。温暖で乾燥した気候帯に生息。なかでも冬のあいだは湿度があるけど夏はからからに乾燥する土地を好む。このあたりでも数か所、生息が確認されている。すぐに見分けがつくんで、ティーンエイジャーがよくこれを使ってハイになるのは、ほんの少しで幻覚効果が現れるから」

「となると、これは事故だったんでしょうか？」レイチェルが訊いた。「つまり彼らはハイになろうとしていた？」渋い表情をのぞかせる。

「しかし書き置きがあった」ピートが指摘した。

ノラが言った。「ほんの少量だとしても、生き延びることはなかったみたいね。男子はアーニャの二倍の量を摂取していて、それで彼女だけがほんの少し長くもちこたえたわけだけど、たとえ摂取直後に発見されたとしても、助かった可能性はほぼゼロだそうよ。この毒性は致命的で、全身に麻痺状態が生じるため、部屋を出て助けを呼ぶことができなかったんでしょうね」

ピートが疑問を口にした。「なんでそんな激しい反応を起こす毒で自殺を図ったんだろう？」

「いい質問だわ」ノラが言った。

レイチェルは検視官の報告書を読んでいた。「三人が飲んだアイスティーはジムスンウィードの葉でいれたお茶だったんですか？　正気の沙汰じゃないわ。このオレンジピールはなんなんでしょうね？」

「このアイスティーは本来毒液だから」ノラが説明する。「シロップを加えて甘ったるくしたり、苦味をごまかすためにオレンジピールを入れたりした」

「ごまかす？　つまり本来の味を味わいたくなかったから？　それとも彼らは知らなかったから？」

「それ、百万ドルの質問だわ」ノラが言った。

「きみはこれが殺人かもしれないと考えてるわけか？」ピートが訊いた。

「殺人あるいは無理心中」ノラが答えた。「死ぬ数時間前のアーニャ・バラードのようすについて、昨日二人の証人から話を聞いたわ」

会議室のドアが開いた。入ってきたのは凶悪犯罪班のスティーヴ・ドノヴァン捜査官。彼は証拠対応チームのリーダーも兼任している。ドノヴァンがノラに会釈してピートの隣に腰を下ろした。

「二人とも死亡数時間前に彼女と会っていて、アーニャは動揺してはいたけれど、その二人と今週中にまた会うつもりでいるようなことを言っていた。自殺を考えている人間にはありえないでしょう。それからこんな事実も判明したわ。アーニャの去年のルームメイトが放火にかかわっているかもしれない。名前はマギー・オデル。レイチェル？　この子について何かわかった？」

「カリフォルニア州の運転免許証は持っていません。大学に連絡しましたが、令状がないと記録は開示しないそうです。これまでの情報を連邦検事に伝えましたんで、なんらかの連絡が入るはずです」

「一時間以内に連絡がなかったら、そのときは再度連絡を入れてみてちょうだい。現在進行中の国内テロ活動の一環である放火事件の重要参考人だと言って。なんとしてでも今日じゅうに情報が欲しいわ」もうひとつ考えが浮かんだ。「そうだわ。ローズ大の図書館に行って、イヤーブックに写真が載っていないかどうか調べてきて。大学新聞も要チェックだわね。もしどちらもだめだったら、そのときは寮へ行って誰かが彼女の写真を持っていないかどうか訊いてまわって。写真、住所、いま彼女がいそうな場所に関する情報ならなんでもいいわ」

「すぐに行ってきます。席をはずしてよければ、ですけど」レイチェルが書類をまとめはじめた。

「もちろんよ。すぐに行って。オデル追跡は最優先事項だもの。もし写真が入手できたら、リノ・オフィスのサラ・ラルストンに送って。受信した写真をどうするかは向こうがわかっているから大丈夫。あっ、そうそう、出ていくとき、通りがかりにジェーソンにローズ大関連のウェブサイトをチェックして、キャプション付きの写真をチェックするようにたのんでいって。もし三人のうちの誰かがブログかウェブサイトをやっていたら、そこにマギー・オデルに関する情報が含まれているかもしれないでしょ」

レイチェルが会議室を出ていくとピートが言った。「彼女は被疑者ってこと？」

「いま言ったとおり、重要参考人」ノラが答えた。「現時点ではマギー・オデルが放火に関与した物的証拠はないわ。毒を盛った証拠もないし、町にいた証拠すらない状況よ。彼女の関与をほのめかした証人がひとりいることはいるけれど、じかに知ってるわけじゃないんで、とにかく彼女から話が聞きたいの」

そう言ったあと、スティーヴ・ドノヴァンのほうを向いた。「スティーヴ？　証拠に関する報告をお願い」

「発見物に関しては記録のため、すでにきみ宛にEメールを送ってある。タホー湖のペインの別荘で発見された血痕は本人のものだ。彼は土曜の午後は間違いなくタホー湖にいた。四時ごろ、隣人が外を歩いているペインを目撃している。ペインは彼に手を振り、二人は数分にわたって立ち話をした。隣人はそこに住んでいて、ペインとは気楽なお隣さん同士だ。彼によれば、ペインにいつもと変わったようすはなく、楽しそうだけれどどこかうわの空という感じだったという。夕食に誘ったところ、ペインは辞退した。いつもとなんら変わったところはなかったと隣人は明言している。辞退もいつもどおりで」

「ほかの隣人は？」

「あのあたりは人里離れた場所でね。ペインの別荘からほかの家は見えなかっただろう？とにかく鬱蒼とした森のなかで、湖の見晴らしが素晴らしいっていうような場所じゃない。ベランダの隅っこで必死に首を伸ばせば、ぎりぎり湖が見えるって程度だな。しかしプライバシーが守れるいい別荘だ」

住人が殺されても誰も物音を聞きつけることがないほどプライバシーが守られていた、とノラは考えた。つぎの質問をしようとしたとき、スティーヴが付け加えた。「その隣人がペインの家にいちばん近い家の家主の連絡先を教えてくれた。サンフランシスコに住む夫婦だが、彼らは週末に向こうへ行き、日曜の夜までいた。電話でだんなから話を聞いたところでは、ペインの家のカーポートの彼の四輪駆動の隣に見たことのない黒っぽいトラックが停まっているのを見たと言っていた。そのときは大して気にもとめなかったが、土曜に歩いて通りかかったときにはなかったような気がするとも言っていた」

「たまたまナンバープレートを見たなんてことはないわよね？」

ドノヴァンがかぶりを振った。「ところがだ、スコット・エドワーズが彼名義で二〇〇三年型ダークブルーのフォードF－150を所有している。キャンパーシェルの付いたタイプ」

「ビンゴ」ノラが言った。「それがわかったとき、どうしてわたしを叩き起こしてくれなかったの？」

「彼から話が聞けたのはここに入る十分前だから」

「そのトラックはいまどこに？」

「保安官事務所に連絡を入れたら、まだ押収してなかったんで、レッカー車と捜査官を一名、押収のため大学に送りこんだ。アーニャ・バラードはフォルクスワーゲン・ビートル。新型のトレンディーなタイプ。これも押収リストに入れておいた。自殺したもうひとりは自分名義の車は持っていなかったが、いま両親名義の二台を調べているんで、彼がいつもそのどっちかに乗っていたとしたら、もうすぐわかるはずだ」

「おみごとだわ。結果がわかったら知らせて。すぐにその全部に手配をかけるから。マギー・オデルが彼らの車のキーを持っていたかどうかは知らないけど、自分名義の車が登録されていないとしたら、そのうちの一台に乗っているのかもしれないわね。日曜の深夜、彼らはカモを運んだことを思い出して。現場と車がつながる可能性もあるわ」

「彼女は免許を持っていないんだったな」スティーヴが指摘した。

「カリフォルニア州発行の免許は持っていないけど」ノラが言った。「ほかの州でとった可能性はあるわ。もし免許を持っていないとしても、運転しないってことではないし」ノラの母親も運転免許をとったことはないものの、しょっちゅう人の車を借りていた。ロレインの場合、警官に停止を命じられたことは一度もない。

スティーヴがもうひとつ新事実を明かした。「昨日の夜、ピートとぼくとで時間をかけて寮の部屋から収集した証拠に目を通したあと、アーニャ・バラードの日記はクアンティコに送って、放火後メディアに送られた声明文と比較分析するよう依頼した。作業終了直後に気づいたのは、彼らが飲んだ問題のアイスティーをいれた痕跡はいまのところまだ何ひとつ発見されてはいないってことだ。アーニャの部屋からも、男子二人の部屋からも。道具も、容器も、ジムスンウィードの葉も。ところが今朝、捜査日誌をチェックしていたら、保安官事務所が濁ったお茶の入ったグラス四個を証拠物件として記録していたんだ」

「四個？」

「三重にチェックしたが、間違いなく四個あった。現場写真をチェックしたら、お茶をついだまま口をつけていないグラスが一個、ドレッサーの上にあった」

「それ、いまどこにあるのかしら？」

「袋に入って保管されている。お茶は密封されているが、問題がいくつかあって」

「問題って？」

「グラスはきちんと保管されてはいるが、ラベルがまずい。番号が振ってあるのに、記録には番号が記されていないんで、誰がどのグラスを使ったのかがわからない。いまグラスの指紋を採取してもらっているとはいっても、ドレッサーの上に置かれていたのがどのグラスなのかは断定できない状態だ」

ピートが言った。「どのグラスに三人の学生の指紋がついていないかだな」

「もし死んだ学生のうちの誰かがグラスを手わたしていたらどうなる？　もしそのグラスが部屋に来なかった誰かのために用意したものだったとしたらどうなる？」

ノラが背筋を伸ばした。「もし誰かが飲んだふりをして、そのあと部屋を出ていったとしたら？」

「つまり、最後の最後で怖気づいたやつがいたってこと？」テッドが訊いた。

「ううん、最初からお茶を飲むつもりがなかった人間がいたってこと。もし死んだ三人がアイスティーに毒が入っていることを知らなかったとしたら、第一級謀殺の可能性が出てくるわ」ノラがスティーヴに言った。「まずはグラスの指紋採取が最優先だわね。幸運が舞いこんでくるってこともあるかもしれないわ。バラードのパソコンはあなたのところ？　アドレスブックとか携帯電話とかは？」

「ああ、あるんだが、まだパソコンまで手が回らなくて」

「彼女のものを調べるとき、マギー・オデルに関するものが何かないか、とくに目を凝らして」

「了解」

「そのほかに何か？」ノラが訊いた。

スティーヴが苦笑を浮かべた。「これだけじゃまだ不足？」

ノラがにこりとした。「いえいえ、ご苦労さまでした」

「じつはもうひとつあるんだ」とスティーヴ。「昨日、ペインの車を調べたところ、彼よりずっと背の低い人間が最後に運転したことがわかったんだ」

「すごいじゃない」

「彼女は――」

「女なの？」

「運転席で発見した髪が四十センチ近かった。男って可能性もなくはないが、まあ女だろうな」

「ＤＮＡは？」

「もうクアンティコに送った。しかしこれだけは断言できる。アーニャ・バラードの髪じゃない」

ピートが言った。「リーフ・コールの髪もかなり長いが」

ノラが訊いた。「色は？」

「茶色だ」

アーニャはブロンドで、リーフ・コールは薄茶とグレーだ。「薄茶？　それとも焦げ茶？」

「中間ってとこかな。パーマやヘアダイといった手は加えられていない。しかしクアンティコから戻ってくるまで、わかっていることはそれで全部だ。大至急送りはしたが、ＤＮＡ検出にどれだけ時間がかかるかは向こうのスケジュールしだいってことなんで」

「ありがとう、スティーヴ」

テッドが質問する。「行方不明のカモに関する情報は何かありましたか？」

「ううん、まだ」ノラが答えた。「発見されたときは魚類鳥獣保護局から連絡が入ることになっているわ」

コンピューターの専門家ジェーソン・キャンプが会議室に入ってきた。「ノラ、会議中に申し訳ないが、ラーキンのパソコンについてわかったことがある」

「いいニュース？」

「そいつはきみの見かたしだいだな。ブッチャー＝ペインの警備システムの記録は消去されていたが、日曜の午後、誰かがパスワードで守られたファイルにアクセスして、そのわずか数分後にデータが破損している。しかし、データが消去された理由は突き止めた気がする。Eメールだ」

「Eメールのなかに殺人犯がわれわれに知られたくない情報が何かあったってこと？　だったらなぜノートパソコン本体を持っていかなかったのかしら？」

ジェーソンがにやりとした。「それはね、ロージャック（盗難時追跡システム）」

「そのパソコン、ロージャックがついていたの？」

「そういうこと」

ノラが顔をしかめた。「だとしたらデュークはなぜ月曜日、ラーキンを捜していたときにそれを使って追跡しなかったのかしら？」

「知らなかったんでしょう。ちょっと前に彼と電話で話したばかりなんだけど、あのノートパソコンはローガン＝カルーソのものじゃないって言ってたから」

　ノラは頭のなかを整理した。「ということは、殺人犯はあのパソコンが追跡装置をそなえていることに気づいて、その場で情報を奪った。ラーキンを脅したか、あるいは彼を殺したあとでハッキングしたか」

「それはわからないが、Eメールが復元できないことだけはたしかだ」

「そんなこと、わたしが知ってもはじまらないわ。つまり情報は何ひとつ入手できてないってことよね」

「プロバイダーって手があるさ」

「どういうふうに協力してもらうの？」

「ラス・ラーキンのプロバイダーはローガン＝カルーソだ。あそこは専用のサーバーを持ってる。だから警備システムのデータも複製ができるってわけ」

「でも、インターネットからのアクセスが可能だとしたら、セキュリティーが危うくなるようなことはないの？」

「それはない――複製はたんなる情報で、実際のモニタリングとは違う。アイポッドをシンクロさせるようなものだが、この場合は片道だ。ローガン＝カルーソのコンピューター担当ジェーン・モーガンに電話したら、ラーキンの過去二週間分のEメールをすべて引き出してくれるそうだ。圧縮して保管されているんでちょっと時間はかかるけど、今日じゅうにはできると言っていた」

「それじゃ何かわかったら――」

「もちろん、真っ先にきみに知らせるよ」ジェーソンはそう言って出ていった。

ノラはついにこの捜査が前進をはじめた実感を得た。

「ピート、ラス・ラーキンについてもっと掘りさげてみてくれない？　レイチェルがやってくれていたんだけれど、彼女、マギー・オデル追跡のほうへシフトしちゃったから。とくに気をつけてほしいのは、死亡した三人の学生やオデルと何かつながりがなかったかどうか。いまのところ、たぶん何か見逃しているのよね。親類、友人、何かそんなことでラーキンと彼らのひとりがつながっているんじゃないかって気がするの」

ノラがメモにちらっと目をやった。

「テッド、あなたはリノからの検視報告が届いてるかどうかチェックして。もしまだだったらサラに電話を入れて、検視官に問いあわせてもらって。ラーキンの車から採取した微細証拠についても」

テッドは指示をひとつ残らず書き留めた。「了解」

ピートが尋ねた。「学生三人についてはどうしよう？　経歴が必要だろう」

彼らの経歴チェックは、FBI分析担当者だけでなくデュークにもたのんでいた。「もう取りかかってるわ」それにしてもデュークはどこにいるのだろう？　今朝別れたとき、ここで会おうと言っていたのに。すでに十時を過ぎていた。

まさにそのとき会議室のドアが開き、ディーン・フーパーが入ってきた。すぐ後ろにはデユークが。デュークはフーパーの視線を避けてノラにウインクしてきた。ノラはチームの面々に素早く目をやった。ピートやほかのメンバーが気づいたのでは？　首から顔までを一気に襲ったほてりをなんとかしなくてはと、下を向いてテーブルの上の書類をぱらぱらと繰った。

「では、そういうことでよろしく」そう言って会議を打ち切った。「もし何か問題が発生したときはわたしに連絡して」

フーパーは部屋を出ていく捜査官ひとりひとりにふたことみこと声をかけ、自分とデュークとノラの三人だけになると、あらためて話を切り出した。「少し前までドクター・ヴィーゴと電話で話していたんだ。彼はアーニャの日記のサンプルを精査した結果、ＢＬＦの最初の三通の手紙を書いたのはアーニャだが、最後の一通は違うと断定した。文体、語彙の選択、語調――何もかも違ったそうだ」第四の手紙に関する昨日の評価が追認されたことにはなるものの、死亡した三人の学生と放火を結びつける物的証拠がさらに増えたことにもなる。

「マギー・オデルが書いたもののサンプルが必要ですね」ノラが言った。「新聞に掲載された記事かなんかがあるんじゃないでしょうか。あるいは担当教授に話して彼女が書いた小論文を入手するとか。レイチェルがいま大学に向かっていますから――」

フーパーがノラをさえぎった。「それならもう入手した。スティーヴが昨日送ってくれた証拠のなかにあった」

「聞いていませんけど――」

「彼は知らなかったんだ。ミズ・バラードの日記のあいだにはさんであった手書きの手紙で、〝親愛なるアーニャ〟ではじまり、〝M〟のサインで終わっている。その手紙を書いたのが誰であれ、BLFの四通目の手紙を書いたのはそいつだとドクター・ヴィーゴは言っている。それだけじゃない。その手紙を書いたのが誰であれ、書き置きを書いたのもそいつだそうだ。そしてそれがアーニャ・バラードでないことは間違いない」

「〝M〟が書いた手紙の内容は重要なものなんですか？」

「かもしれない」フーパーが手紙のコピーを差し出した。「オリジナルは指紋採取に使った。二人の人間の部分的な指紋が数か所から採取できたが、かなりぼやけている。クアンティコが精度を高める作業をやってくれているが、これには時間がかかりそうだ」

ノラは手紙を読んだ。日付は記されていないが、内容から察するところ、マギーがローズ大を辞めた前年の十二月、それと同時期にアーニャに宛てられたもののようだ。

親愛なるアーニャ、

あたしたちの活動より彼を選ぶなんてどういうこと？　あなたにはほんとにがっかりよ。もうどうでもいいわけ？　問題解決にひと役買いたいとは思わないの？　あなたの彼氏は活動は大事だと思っているとかなんとか言うくせに、あいつ自身が問題の一部になってるのよ。あいつはまぎれもない体制派。あたしたちにだって何ひとつ協力してくれたことがない。そうよね。口先だけえらそうなことを言って、自分はこんなに立派で高潔な進歩的環境保護論者だとみんなに思ってもらいたがってる男。自分は産業複合体が殺している地球や動物のことを気にかけているってところを見せたいだけなのよ。

二人ともむかつくったらありゃしない！

〝M〟は最後の一行を線を引いて消していたが、冒頭部分は小さくきちんとした文字で書かれているのに、文字はだんだん大きくなり、だんだん右へかたむいていっている――きちんとした文字という点に変わりはないが、とがった感じが増し、筆圧も上がっている。つづくその先では文字が小さめにはなるものの、筆圧の高さや右への傾斜はあいかわらずだ。

ごめん。アーニャ、愛してるわ。あなたがあたしの姉だったらと心から思ってる。あたしの姉のことは知ってるわよね。口をきくこともできないんだけどね。またあなたと友だちになれたらいいのに。前みたいな友だちに。会えなくなるのは悲しいけど、行かなくちゃ。そのうちいつか、いっしょに計画したことを全部実行できる日が来ることを願ってるわ。あんな男の言うことに耳を貸しちゃだめ。きっと近いうちにべつの学生とやりまくるようになるだろうから、そのときになればあなたもいまのあたしみたいな目であいつを見ることができるはずよ。あいつときたら歩くペニスだもん。月曜だって、あの誰とでも寝るアシュリー・コーマンと二人で研究室に長い時間こもってたわ。中間試験の話をしてたとはとうてい思えないな。あいつに訊いてみて。思いきって訊くのよ。それとも知らないまんま利用されてるほうがいいの？

あたしたち、世界を本当に変えるために、見違えるような世界をつくるために、いっしょにできることがたくさんあるわ。あたしたちならできるわ、アーニャ。信じて。あなたの気持ちがわかる人間はあたししかいないんだから。母グマがSUVに轢き殺されたとき、あたしの腕のなかで泣いたときのことを憶えてる？　母グマは子グマたちを守って死んだのよね。あなたが泣いたとき、あたしは言ったわ。あたしたちの手で仕返ししなくっちゃって。不正を正さなきゃって。そしてあたしたちは実行した。そうよね？

彼はあなたのためにあんなことをしてくれないわ。

あたしはこれからもずっとあなたのことを忘れない。あたしたちにはまだまだすべきことがいっぱいある。あなたも約束したじゃない。電話ちょうだい。

M

「常軌を逸してるな、こいつは」デュークが言った。

「どうかしらねえ」ノラがつぶやく。

「どうした？」フーパーが言った。「この手紙のなかにどこか際立った箇所があるのか？」

「まず第一に」ノラが答える。「姉ですね。彼女の姉を捜さないことには。もしかするとマギーがそこに隠れている可能性があります。レイチェルが大学に行っていますから、大至急令状をとりましょう」

「連邦検事にはぼくから電話しておく」フーパーが言うと、ノラが笑みを浮かべた。フーパーには一般のＦＢＩ捜査官にはないコネがいろいろとあるのだ。

「ほかには？」デュークが言った。「なんだか不安そうな顔をしてるな」

「すごく心配なの。この文章を見て。彼女、きつくネジを巻いた時計みたいで、いまにも壊れそうでしょう。衝動的だし、怒りに満ちている。まだ若いから、ここまで何ごともなくやってこられたのよね。両親や教師は若い子の常軌を逸した行動を、大人になればおさまるだろうと考えてつい大目に見る傾向があるから。この子、とうてい同じ職に長くとどまることができるとは思えないわ。感情の激発をうまく制御できそうにないけれど、いまのところはなんとか自制がきいている。三歳児がほかの子を押しのけておもちゃを奪い取るみたいなものね。叱られれば返すけど、最初の奪い取りたい衝動は制御できなかった。欲しいときに欲しいものを手に入れたい衝動を抑えるのは、学習によって身につく行動なの。マギーはそれが抑えられないんだと思うわ」

フーパーが言った。「ここにあるクマの話について調べてみるつもりだ。〝仕返しした〟となると、未解決事件の可能性がある」

ノラの母親のような人間はそうした状況ではどうするだろう？「もしクマを轢いた運転手の身元が公表されたとすれば、彼女たちの標的はその人」

「ひょっとして彼女たちがその人を殺したとか？」フーパーが訊いた。

「アーニャじゃありませんね。もしリーフ・コールの言ったことを信じるならば、ですが。

ジョーナ・ペインが火事で死んだと知ったときのアーニャの動揺が本当にそれほど激しかったとすれば、彼女が冷酷な殺人に加担できるはずがありません。でもだからといって、その男が大事にしているものを破壊するはずがないってことにはならないでしょうね。たとえばSUVに傷をつけるとか」

「賛成だ」

「これ、いただいていいですか?」ノラが手紙を高く上げた。

「ああ、もちろん。コピーだからね」

ノラがもう一度文面をじっくり眺めて顔をしかめた。「これ、なんだか見覚えがあるんですよね。うちの班に届いた手紙にも似たようなのがあったような。この〝体制派〟の使いかたが際立っています。明らかにアナーキストの声明。なのに〝産業複合体〟にはどこか場違いな響きがあります。自分はこのへんのことはなんでもわかってるって印象を与えるために、この言葉を使わなくちゃならないと感じているんじゃないでしょうか」

「つまり彼女は本物のアナーキストではないと思ってるのか?」

「いいえ、アナーキストではあるんです。自分の大義を信じてはいますが、彼女の大義は過激な環境保護活動だけではないようで」

「それがこの手紙からわかるのか?」デュークが訊いた。

「ある程度はね」ノラが答えた。「それと三十七年の経験。法律の内と外に身を置いてきた身としての」

「ジェーソンにその事件を捜してもらうことにしよう。本当に仕返しをしたのかどうか」フーパーが言った。「デューク」

二人が目配せしあい、フーパーはそのまま部屋を出ていった。

「いまのなあに？」ノラが訊いた。

「きみも何かが起きてる事実に気づいていないわけじゃない。昨日のプロファイリングによれば、最後の手紙はきみに焦点が当てられているって聞いただろう。それから今日の自殺の書き置きに関する彼の意見だ。おれもそのときの電話でのやりとりに参加していたんだ。筆跡鑑定の専門家三人が、これを書いたのが誰であれ」――デュークはノラが持っていた〝M〟からの手紙を指で叩いた――「こいつがあの四通目を書いた。きみが捜査した事件について触れた手紙だ」

「あなたとフーパーはドクター・ヴィーゴにわたしの事件について話したの？　わたし抜きで？」

「きみはモルグに行っていた。きみはどうしてそう協力をすんなり受け入れられない？」

デュークが食ってかかった。反社会性人格障害や復讐は完全にノラの専門外である。「協力を受け入れることに抵抗なんかないわ。うちのチーム全員にパズルのピースを捜させてるし、あなたにもコンサルタントとして捜査会議に加わってもらってるんだから、わたしが協力を受け入れない人間だなんて言わないで」

「それじゃ言いなおす。きみは自分ひとりにだけ特別な配慮をしてほしくない、個人的なボディーガードなんかいらないと思ってる。しかしやっぱり必要だよ。この女はどういうわけかきみに反感を持っているって点でフーパーとおれの意見が一致した。こいつを捜し出すまで油断は禁物だ」

このやりとりが向かう方向がノラには気に入らなかった。「論理的に考えましょうよ。もし誰かがわたしに私怨を抱いていたら、わたしを狙ったはずだわ。そうでしょ？　わたし個人はマギー・オデルを知らないし、会ったこともない。なぜ彼女、わたしを狙おうとしないのかしら？」

「彼女たちがなぜSUVを運転していた男を狙ったかといえば、たまたまクマを轢いてしまったからだよな？　故意にやったわけじゃない。車はおそらく大破しただろうが、どんなスピードで走っていたとしても、クマにぶつけたら生きてるだけでラッキーってもんだ。それじゃあ、この女はなぜジョーナ・ペインを殺したか？　論理的な理由はない。友だちもだ——たぶんこいつがあの三人の学生を殺したんだろうな。よく知っている仲間たち。姉のように愛していると言っていた女友だち。そういうわけだから、きみも危険が自分にはおよばないとは片時も考えるな！」

問題をわからせようとするデュークの激しい怒りにノラはぎょっとした。思わず髪に手をやり、引っ張った。なんとももどかしい。「理屈が通らないわ。理屈を通してくれなきゃ！」

デュークがノラの腕をさすった。「おれは精神科医じゃないが、人間ってものをかなりよくわかってる。すごくいい人だとは言えないやつもいる。この女が仕掛けてきてるこのゲームだが、物理的であると同時に心理的なものなんだと思うね」

「でも、彼女に容疑がかかっている殺人事件の被害者たちとわたしのあいだに個人的なつながりはないのよ」

「被害者同士につながりはなくても、犯人とはつながりがあるんだよ、きっと」デュークが考えこんだ。

ノラは彼を見た。「それならわたしもとっくに考えたけど、ジョーナ・ペインは人と群れたりしない変わり者でしょう。考えられるとしたら唯一、リーフ・コールとのバイオテクノロジーをめぐる学術的論争だけど、それだってそこまでのものじゃないと思うのよ。そう思わない？」

「アーニャ・バラードとその友だちはしばらく脇に置いとこう。ラスなんだが――」デュークが落ち着かなげに唾をのんだ。

ノラが言った。「彼は殺人犯が必要な情報を持っていた。それにしてもなぜ、ペイン博士の死体をタホー湖に放置しなかったのかしら？　なぜ研究所まで運んだのか？」

「さあ。演出かな？」

ノラは考えをめぐらした。「でもそうすることで、ＢＬＦに目が向けられるわ」

「そして彼らは死んだ」

「殺人犯はたぶん、彼らが何か言うんじゃないかと心配だったのよ」

「このマギー・オデルだが、どこにいるのかわからない。活動分子は四人だけしかいないという点で、ドクター・ヴィーゴは間違っているんじゃないかな」デュークが言った。「おれたちが捜さなきゃならないのは、たぶんマギーとその相棒の二人だよ。マギーとその姉とか」

「姉とは口もきかないって言ってるわ」ノラが指摘した。

「じゃあ彼氏かな？　それとも指導者？」

ノラが考えこんだ。「スコット・エドワーズは彼女の恋人だった。コール教授がそう言ってたわ。そうだわ、彼なら彼女のことを誰よりもいろいろ知っているはずよ。もしスコット・エドワーズのトラックが本当にタホー湖に停めてあったとしたら、どうしたって二人いなくちゃならないわ——ひとりはペインの遺体を積んだトラックを運転して、もうひとりはペイン博士の車を運転して、ブッチャー＝ペイン社まで戻る」

「なぜジョーナの車を研究所に戻したんだろう？」

「さあ。演出かしらね、さっきあなたが言ったように。わからないのは、彼の死亡が事故じゃないと突き止めることがわたしたちにはできないだろうとどうして考えたか」

「超満員の刑務所を見れば、犯罪者が必ずしも賢くはないって事実が証明されてる」

「この犯人はわたしたちが知っているだけでも五人殺してる」ノラは指摘しながらも、それをどう考えたらいいのかわからなかった。頭を素早く回転させて、短期間に受け取った情報の数々を分析していく。犯罪心理学の授業を思い起こしてみる。「女性が殺人にナイフを使うってめったにないことだわ」

「しかし、殺人者が犠牲者を失血死させるなんて事件も聞いたことがないよ。きみはあるかもしれないが。おれが思い出したのはショーンの高校時代のガールフレンドだ。この子には自傷癖があって、両腕の上から下まですごい数の傷跡があった。家を出るときはつねに長袖しか着ない」

なるほど……デュークはいいところに目をつけた。ノラは〝自分の体を切る〟自傷行為の心理学には詳しかった。「オデルがクリスマス前後にこの町を出たあと、ＢＬＦの攻撃はやんでいた。また舞い戻ってきたらしいが、それまでの九か月間、彼女は何をしていたんだろう？」

「いい疑問ね。彼女がいまどこにいるかを突き止めれば、それもわかるはずだわ」

「つまり、オデルが去ったあと、すべてが元どおりになる。そこへ彼女が戻ってくる……なぜなんだ？」

「復讐を完結させるため」

「だったらなぜここを離れたか？　ルームメイトが担当教授と恋愛関係に陥ったからってだけかな？」

「彼女はアーニャに腹を立てていた。猛烈に。でも昔ながらのアナーキスト分子を操って放火に加担させるのは簡単だと考えた。とりわけ動物が危険にさらされているとなれば。そこで彼女は、癇癪（かんしゃく）を起こしてここを離れていたのに舞い戻ってくる。カモの〝救出〟計画を練るうちに仲間はまた元どおりに打ち解けてくる。でもマギーの頭には殺人計画があり、ボーイフレンドのスコットに協力させた」

「遺伝子実験はコール教授のヴードゥー人形だからな」デュークが言った。「そのせいで事件全体が世間の注目を浴びることになる」

「でもそれだけじゃ、なぜ彼女がBLFの意見表明以外にも目立つことをする必要性を感じたのかが説明できないわ」

「それは彼女を見つけるまではわからないだろう。ひょっとするときみを捜査に引き出すためだったのかもしれない」

デュークがいかにも心配そうなしわを額に寄せてノラをじっと見た。彼もドクター・ヴィーゴも、マギー・オデルがノラとのあいだに私怨のようなものを抱いていると考えている。なぜなのかはノラにも理解できるものの、すんなりと受け入れるわけにはいかなかった。国内のテロリストを多数監獄に送りこんできたからというだけでノラに狙いを定めた可能性もある。

「わたし、リーフ・コールにまた話を聞いてみたいわ。この手紙を見せて、マギー・オデルが何者なのか、いまどこに住んでいるのか、彼に思い当たることがないかどうか聞いてみたいの」向きを変えたが、デュークがついてくる気配はない。「あら、あなたはわたしのボディーガードだと思ってたのに」そこまで傲慢な言いかたをするつもりはなかった。笑顔をつくろうとするのだが、どこか不自然だ。

デュークの表情がこわばった。これでいいんだわ、とノラは思った。昨日の夜のことがあるから……どう考えたらいいのかわからない。こうした状況に慣れていない。男性とこういうふうになったとき、これまではつねに自分の思いどおり、自分のペースでやってきたし、相手はみな警察とは無関係だった。彼女と仕事がらみのつながりもなかった。公私混同はしたくなかったのだ。

だから誰ともうまくいったことがないのかもしれない。いまのノラには職業人としての生活しかなかった。

「きみがこれから何をしようとしているかはわかってるよ、ノラ」

デュークが一歩近づいた。こちらに向けられたまなざしがあまりにも強烈で、ノラは神経がぴりぴりした。胸がどきどきしだし、デュークとのセックスがどれほど素晴らしかったかがよみがえってきた。こんな気持ちになりたくなかった。こんなに人を好きになりたくなかった。

ノラがかすれた声で言った。「何もするつもりはないわ、デューク。わたし、疲れてるの。しなきゃならない仕事がやまほどあるし、監視されるなんて好きじゃないし」

「早く慣れなきゃ」

かちんときた。自信に満ちた彼の物言いは、まるで彼女に対してそうする権利があるとでも言わんばかりだ。もしかしたら昨夜の自分が彼にそういう印象を与えてしまったのかもしれない。もしかしたら昨夜の自分は彼にそういう印象を与えたかったのかもしれない。だが今日、ノラはもうわからなくなっていた。ドクター・ヴィーゴの分析に動揺するあまり支離滅裂な状態に陥っており、自分の仕事、チーム、そしていまはまだ宙ぶらりんの恋愛、どれも不安の対象だった。何か手を打たなければ。

「デューク、昨夜のことだけど――」

「言わなくていい。どうせきみの言うことなんか信じないから」

「何を言おうとしているのか知らないくせに」

「わかってるよ。なかったことにしたいんだろう。きみは自分の気持ちを無視しようとしてる。そうすれば仕事に専念できるし、自分自身のことは考えなくてすむ。おれはそばにいる。どこへも行かない。だからきみは自分の気持ちと向きあって、たまには自分自身のことを考えなくちゃ」

デュークが彼女のことをあまりにもよくわかっているのでびっくりしたが、心を鬼にして冷ややかに言った。「なんて傲慢なの。信じられない!」

デュークはノラの怒りをおもしろがっているかのようににこりとした。「それがローガン家なんだよ」

デュークが片えくぼをのぞかせると、怒ったままでいるのはむずかしかった。

「ひとりになる時間が欲しいの」ノラが懇願した。

「それはだめだよ」

「でも、わたしにはどうしても必要なの」ノラはパニックを起こしかけていた。生まれてこのかた、誰かの視線が自分だけに向けられたことなどなかったけれど、こうしてデューク・

ローガンの青い目に釘付けにされてみると、彼の視野には自分しかいないような気がしてきた。

「悪いな」彼はちっとも悪いなどとは思っていないような口調で言い、手の甲でノラの頬をそっと撫ではじめた。そっぽを向きたかった。こんなことじゃだめ。とくにここでは。でもできなかった。デュークは強力な磁石のようで、ノラはなす術もなく彼に引きつけられていった。

彼は軽くキスをし、すぐにあとずさった。「必要なだけ考え抜いたらいいさ。でも結局のところ、きみがどんなに押しのけようとしても、おれはどこへも行かないよ。ローガン一族は傲慢なだけじゃなく、頑固でもあるんだ」

20

ノラは、犠牲者がたったひとりの殺人現場でこれほど大量の血を見たのははじめてだった。

リーフ・コールの全身をおおった血液を見るに、まるで血で満たした浴槽にでもつかったかのようだ。彼が拘束された椅子が置かれたベージュのカーペットにも血がぐっしょりとしみこんでいる。手首から肩にかけて無数につけられた浅い傷から出た血が腕を伝って床へとぽたぽたと滴ったのだ。血まみれのコールがすわった椅子は血でぬめぬめとし、茶色のデニム地がほとんど黒に変色していた。検視官によると、八時間あまりかけて血がしみこんだ結果だそうだ。

コールは裸だった。証拠が示すところでは、シャワーから出たところを襲われたのかもしれない。皮膚のごく一部に血でおおわれていない箇所があるが、その部分は極端に青ざめている。両手首はダクトテープでぞんざいではあるが効率よく椅子に固定されていた。足は左右ともに拘束されていない。どうやって抵抗すらさせずに無能な状態に陥れることができたのか、ノラにはわからなかった——が、彼を薬で眠らせたとすれば可能だ。

「薬を飲まされた痕跡は？」ノラが質問した。

「彼は昨夜、ウイスキーを飲んだようだ――バスルームに空のグラスがあって、ウイスキーのにおいがしてる」サンガーが言った。「もう証拠として袋におさめた。おれには酒は飲まないと言っていたのにな」

「えっ？」

サンガーが真っ赤に泣き腫らした目をコールからノラに移した。「やっぱりいっしょにいてやるべきだった」

「しかたがないわ。彼が標的だってことはわからなかったんですもの。リーフ・コールは――」そのときノラは、この殺人犯が標的を選んでいる理由ないしは経緯がまったくわかっていないことに気づいた。

あらゆる証拠が謎だらけのマギー・オデルを指し示している。運転免許もなく、記録もなく、写真もない。

コールの遺体を発見したのはノラとデュークだった。コールにいくら電話をしても――自宅の電話、携帯電話、大学――通じないとわかったあとのことで、ノラがサンガー保安官に電話して、コールが前夜は車を大学に置いたまま帰宅したことを確認した。最初は心配していなかった――寝坊しているのかもしれないと考えた。悲しみの徴候としては珍しくない。しかしドアをノックしても呼び鈴を鳴らしても応答がなかったため、家の周囲を調べたところ、ガレージのドアがロックされていないとわかった。

マギーの名を教えてくれたのはコールだったが、マギーがそのことをどうして知りえたのかは不明だ。コールのせいで捜査の手が自分におよぶことを恐れたのだろうか？　コールはマギー・オデルについて前夜語った以上のことを知っていたのだろうか？

また振り返ってコールを見やるうちに、警官としての意識と私的な感情を隔てる壁が徐々に消えていった。ノラはコールを以前から知っていた。前夜も話したばかりだった。なのにこんな姿の彼を見るとは……悲劇というだけではすまされない。これからも忘れることはないだろう。

デュークがノラの背中のくぼみに手を当てた。ごく軽く控えめではあったが、そのさりげない仕種がノラを支え、現場への意識をなんとか持続させてくれた。

コールの遺体、椅子、壁に飛散した血液は、ノラが見るかぎり、ごくわずかにすぎない。どの傷もゆっくりと注意深くナイフが入れられた結果のようだ――切創の数は少なくとも五十か所近い。ナイフから滴ったと思われる血がカーペットとサイドテーブルに少量見受けられ、犯人が右利きであることを示している。

キース・コフィーの表情が険しい。「失血死だと思うね。血液がほとんどというかぜんぜん固まっていない。誰かバスルームの薬戸棚にワルファリンあるいはその他の抗凝血薬があるかどうか調べてくれ。いや、それより薬を全部持ってきてもらおうか」

「この切創はペインのものと同じように見えますよね。ヘパリンが検出されるんでしょうか？」

キースがノラを見た。「ぼくも同じことを考えていたんだが、ペインの遺体はきれいだったったのではないか」

「こんなに血まみれじゃなかった」

「火事でその痕跡が消されたとかでは？」

「そうとばかりは言えないな。だとすれば背中が変色していたはずだし、火に触れなかった皮膚――腋の下や背中――に干からびた血痕が付着していたはずだ。彼の場合、火災の五、六時間前には死亡していたんだから、消防ホースの水をしばらく浴びたところでそうきれいになりはしないだろう」

「見たところ、ジョーナ・ペイン殺しとの関連を排除するには似すぎているような気がしますが」とノラが言った。「そうでないことが立証されるまでは関連ありと仮定して捜査を進めますね。理由は不明ではあるんですけど」

「この殺人者の標的として大学教授は意外だな」

「マギー・オデルが犯人ならば意外じゃありません」

デュークが眉を片方きゅっと上げ、サンガーは何か言おうとしたが、ノラが片手を上げて制した。「もうちょっと我慢して聞いて。拡大解釈かもしれないけど、昨日コールが言っていたことを信じれば、アーニャはBLFの活動を降りるつもりだった。ペイン博士死亡を伝えられて激しく取り乱しはしても、そのときはまだ事故だと思っていた。マギーは彼らに降りてほしくはなかったけれど、彼らが秘密を守るとは思えなかった」

「だから彼らを毒殺した？」

「都合がいいわ。証人三人をまとめて消す。おそらくコールも自分の存在をばらすと思ったんでしょう」

「たしかにばらしたな」サンガーが言った。「昨日の夜」

「彼は死んだ三人以外にマギーの放火への関与を知る唯一の証人だったのに」とノラ。「これで弁護士は反対尋問をする手間が省けたってわけね」

「彼女、腹を立てていたのかな？」デュークがベッドルームの隅を手ぶりで示すと、コールのパソコンのモニターが壊され、壁に深い穴があいていた。

「コールに腹を立てていたってこと？」ノラが言った。

「昨日の夜、おれたちにしゃべったからか？」サンガーが疑問を口にした。「どうしてそれがわかったんだろう？」

「彼のあとをつけることはできたかしら？」

「あとをつけられれば、おれが気づいたはずだろう」サンガーがむきになった。

保安官代理のひとりが証拠物件をおさめた透明な袋を手に近づいてきた。濡れた髪の塊。何色かの髪がまじっている。「これはシャワーの排水口から取り出したもので、血液反応は陽性です。血だらけの女性の服もバスルームで発見しました」

「準備してここへ来たわけね」ノラが言った。

「なぜその服を持ち帰らなかったんだろう？」サンガーが訊いた。

「錯乱状態にあるんだと思うね」コフィーがつぶやいた。

　そういうことなのかもしれない。友人たち、そして知り合いだったのかどうかすらおぼつかないジョーナ・ペインを手にかけたマギー・オデルの殺害方法は、秩序立っていながら悪意に満ちており、ノラにはどうにも納得がいかなかった。「彼女、まだ若いわね」ノラが言った。「二十代前半。衝動的」

「そのうち尻尾を出すな」

「わたしたちに見つかってもかまわないと思っているか、見つからないと思っているか、どちらかだわ。彼女はアナーキスト――それはＢＬＦの活動でわかっている。悪賢く、陰険で、法の網にかからずに生きる術を身につけてきた。おそらくそんなふうに育てられたのね」自分と同じような育ちかたにノラの心は乱れた。

「なんで彼らが殺されなきゃならない？　なんでいま？」サンガーが訊いた。

　ノラも同じことを考えていた。「マギーは一年近く前にこの町を出ていった。大学をドロップアウトして姿を消して、また舞い戻ってきた。その間、いったい何をしていたのかしら？」

　ピートのほうをちらっと見ると、彼が言った。「きみが知りたいことはわかってる。いま調べてるとこだ」

「大学の成績証明書が必要ね。彼女が何者なのか知りたいのよ。マギー・オデルって人間はどこを調べても出てこない。住所とか奨学金関連の情報とかなんでもいいの、せめて両親にたどりつける情報が欲しいわ」

ピートは早くもレイチェルに電話をかけながら現場から出ていった。

またべつの保安官代理が入ってきた。「家に出入りした足跡がありました。草地を横切っています。草地の途中で見失いましたが、ここからほんの四百メートル先に通りがあります。いまほかの二名にそっちのほうを調べさせて、近隣で聞き込みもさせています」

まだ何か自分たちの目には見えていないものがあるはずだ。ノラは壊れたモニターを一瞥し、つぎに椅子に目をやった。「彼女、何かに猛烈に腹を立てていたんだわね。ほら見て——椅子をナイフで刺してる。コールの傷はああだけど——つまり自制がきいていたけど——椅子には穴が三個……五個、六個」

スティーヴ・ドノヴァンの証拠対応チームの一員であるチャウ捜査官がやってきた。「犯人はガレージのドアから入ってますね。キッチンのドアは鍵がかかっていませんでしたが、裏へ通じるガレージのドアの鍵はちゃちなものです。何者かがバールでこじ開けてますね。素人でも五分、熟練者なら五秒ってとこでしょう」

「ペインのときは遺体を運んだから協力者が必要だったけど、コールの場合は必要なかった」ノラが言った。「彼、薬を飲まされて意識を失っていたのかもしれないし、あるいは薬を飲まされなくても酔っ払っていたってこともあるわね」

コフィーが言った。「毒物検査とアルコール検査を急がせよう」

「きみの方針で問題ないとは思うが」デュークが言った。「ただ、ペインとコールには何かほかに共通点があるはずだ。べつの理由があって、この二人が標的になった」

「二人がマギーに何かしたってことね」

「どういうことだ？」サンガーの声には苛立ちがにじんでいた。「二人がその女に何かしたと思ってるのか？　たとえばどんな？」

「個人的なこと。おそらく二人はそれがなんなのか知りもしなかった。でも見くだされたと感じた彼女は、自分が知っている唯一の手段で彼らに償わせた」

「しかし彼女、まだすごく若いんだよな」デュークは受け入れられないようだ。

「こういうことをする年齢はどんどん下がっているわ。デューク、三人の学生の経歴チェックはどうなってる？」

「そろそろ終わっているんじゃないかな」

「支局に戻って見てみましょう。被害者全員に共通する要素がきっとあるから、それを突き止めればいいのよ」

　現場をあとにしながらデュークが小声で言った。「おれならマギー・オデルに関する情報をもっと早く入手できるのに」

　ノラはすぐにもたのみたかった。「レイチェルが令状を手に入れるまで、あと一時間待ちましょう。この事件、細かな規則のせいでふいにしたくないのよね」

　デュークがノラの車のドアの前に心配そうな顔で立った。「運転してくれるの？」ノラが訊いた。

「きみ、さっきなかで言ったよな――マギー・オデルは法の網にかからないところで育ってきたって」

「彼女に関する情報を入手するのに苦労している理由はそれだわ。運転免許もなければ――」

デュークがさえぎった。「きみも似たような育ちかたをした」

ノラが居心地悪そうに左右の足に交互に体重を移し替えた。「何が言いたいわけ？」

「マギーはきみを裏切り者と見ていて、だからきみを狙っていると考えたらどうだろう？」

「分析担当者がわたしが手がけた事件をひとつ残らず洗って、彼女とつながる可能性があるものを探してくれてるわ。彼女の血縁者とか友人とか――」

「マギーが殺人を犯すのにきちんとした理由は必要なさそうだ」デュークの口調が熱をおびてきた。「きみは彼女が考える〝正しい育ちかたをした〟のに――つまり〝体制派と闘ってきた〟のに――百八十度転換して警察官になった」

「あれは母親の闘いであって、わたしの闘いじゃなかったわ」ノラがそっけなく言った。ここで自分の育ちかたをもちだしてほしくなかった。

「マギーはそれを知らない。きみは活動内部の人間を個人的に知っていて、その同志としての特権でアナーキスト組織に潜入して彼らを一網打尽にした、と彼女は思っているんじゃないかな。もちろん、きみのことはぜんぜん知らないけれど、きみの職業憎しで狙っているのかもしれない」

「わたしは裏切り者ってことね」ノラが言った。

「そうじゃない！」デュークが語気を強めた。思わずノラに手を伸ばしてから、あたりをうろうろしているたくさんの警官にちらっと目をやり、彼女の腕を軽くかすめただけでそのまま自分の髪をかきあげた。「そういう意味じゃないんだ。そんなことは思ってもいない――」

「あなたは思っていなくても、マギーは思ってる。裏切り者か偽善者か。マギーみたいな人間にとってはどっちも同じ。でも、たしかにうなずける点もあるの。彼女は錯乱状態にある。だからもし個人的に見くだされたと感じたり、あるいは政治的主張のためにペイン博士、コール教授、親友、ＦＢＩ捜査官に狙いを定めることができたのであれば、誰を殺そうが正当化できるってことよね。とにかく急いでマギーを捜し出さなくちゃ。さもないと彼女の逆鱗に触れた人間がみな危険にさらされるわ」

一時間も待つ必要はなかった。三十分後、デュークとノラがＦＢＩ支局に戻った五分後には、レイチェルが息を切らして戻ってきた。

「マギー・オデルのファイルを入手！」

三人は驚くほど薄い大学の成績証明書を含むファイルを会議室に持っていった。ノラが開く。

写真はない。入学時の書類、成績、放校処分に関する報告書のみ。緊急時連絡カードもあった。

マーガレット・ラヴ・オデル。ミドルネームには一瞬目を疑ったが、間違いなく〝LOVE(ラヴ)〟だった。出生地はパソロブレス。海岸沿いにあるサンルイスオビスポからすぐの小さな町だ。母親に背いてFBIの情報提供者になる前の一年間、ノラはサンルイスオビスポに住んでいた。ロレインがキャメロン・ロヴィッツに出会い、まもなくしていっしょに住むようになったのもそこだ。背筋を寒いものが走った。まるで自分の一生が一巡して元の場所に戻ったような感覚。母親とは裁判以来、もう二十年近く口もきいていない。現在は刑務所で服役中だ。ロレインのテロ活動の際、FBI捜査官一名が死亡したため、死ぬまで塀のなかから出てこない。

ノラはめったに母親のことを考えないが、この数日間はいやでも頭に浮かんできていた。母親がことあるごとに口にしていた言葉だ。マギーの手紙のなかでひどく浮いていた言葉、体制派。

産業複合体とともに。そしてあの問いかけ。もうどうでもいいわけ？

「パソロブレスか」デュークがつぶやいた。

ノラは不安とともに唾をのみこんだ。「何か思い当たることでも？」

「ラスは子どものころ、ずっとそこに住んでいた」

またひとつ、パソロブレスとのつながりが。「ということは、彼はマギーに会うことを不自然だとは思わなかったかもしれないわね」ノラが言った。

書類に目を戻した。「父、デヴィッド・オデル、六十四歳。母、エイプリル・プラマー、五十九歳」

エイプリル・プラマー。まさか。偶然の一致よね、これって。

マギー・オデルの母親が、まさかノラが子どものころに知っていたあのエイプリル・プラマーであるはずがないと思うものの、おそらく間違いない。

パソロブレス。エイプリルが長年暮らしていたサンルイスオビスポのすぐ近くだ。年齢もエイプリルと同じ。

ロレインの裁判のときに会ったエイプリルを憶えている。妊娠などしていなかった。いつだってがりがりに痩せていた。もし妊娠していたらノラも気づいたはずだ。聴聞会と裁判は何か月にもわたって延々おこなわれたのだから……ひょっとするとエイプリルはそのあと妊娠したのかもしれない。だとするとマギーはまだ大学に進学する年齢には達していないはず。しかし法廷に妊婦がいたことはいた。

「彼女、いつ生まれたの？」ノラが叫んだ。声がいささか大きすぎた。「くそっ、この間抜けな書式、誕生日はいったいどこに書いてあるのよ？」ノラは明らかにパニック状態にあった。

デュークが書式のほぼ最上段にある欄を指さした。

十二月十二日。マギーは今度の十二月で二十歳になる。

時期的にはぴったりだ。

ノラはファイルを落とし、その手で胃を押さえた。まさかの事実に気づき、こみあげてきた胆汁をぐっとのみこむ。ありえないことだが、ほかに説明がつかない。

ファイルをレイチェルの前へと押しやった。「サンルイスオビスポのフィールド・オフィスに電話を入れて、捜査官二名をデヴィッド・オデルとエイプリル・プラマーのところへ行かせるように言って。マギーについて訊いてくるようにって。彼女の姉の所在も突き止めてきて――アーニャ・バラードに宛てた手紙のなかに書かれていた姉」

レイチェルはファイルを受け取り、何がなんだかわからないといった表情でノラを見た。

「ほかに何か？」

「それだけでいいわ。大至急お願い」

レイチェルが会議室を出ていくと、呼吸がわずかながら楽になった。

もし間違っていたら？　捜査が誤った方向に進みかねない。時間の浪費になるかもしれない。だが間違っているとは思えなかった。間違っていないことはわかっていた。

ロレインは嘘をついていた。嘘は彼女にとって日常茶飯事だ。

ノラはロレインが憎かった。目をぎゅっとつぶり、嵐のときに岩に叩きつける波さながらに押し寄せてくる苦悩と怒りを意志の力ではねのけようとした。

あの十七年間、ノラは家も帰属する場もない状況で生きていた。十七年間、ノラは母親を理解しようと努力し、母親を喜ばせたいと思い、悪いとわかっていながらいろいろなことをやっていた。自分を育ててくれた母親にノーと言う術を知らなかったからだ。

やがてクインの身が危うくなり、ノラはついに開き直った。危険にさらされるクインを見て意を決したのだ。その結果、ロレインは刑務所に送られた。しかし、それで苦悩の日々が去ったわけではなかった。ノラが自分の道を本当に切り拓くことができるまでには長い年月を要した。クインはなぜノラが刑務所にいるロレインに面会に行かせてくれないのか、なぜノラは面会に行かないのかが理解できず、そのことでしょっちゅう口論になったけれど、毎回ノラが勝った。

ノラは病的な嘘つきである母親にクインを害させてはならないと考えていた。

デュークがノラの左右の肩に手をおき、自分のほうを向かせた。「ノラ、いったいどうした？」

ノラは大きく息を吸いこむと、ためらうことなく真実を語った。「裁判のとき、母が妊娠を理由に寛大な措置を願いでたの。わたしは公判前の手続きのときまでまったく知らなかったんだけれど、それが正式に認められた――当時、妊娠五か月だったのよ。裁判直前の十二月に出産して、わたしが判事から聞いたところでは赤ん坊は養子に出したってことだった。

わたしはいっさいかかわりたくなかったの。赤ん坊を見たくもなかったし、その子とのつながりを感じたくなかったから詳しいことは訊かなかったわ。母が育てなければ、それだけで彼はまともな生活ができるものと信じてたから」

「彼？」

ノラが肩をすくめた。「赤ん坊が男の子なのか女の子なのかは知らなかったのよ。訊きもしなかった。クインには話さなかったわ。話す理由がなかったから。あの子は裁判で証言する必要もなかったし、あの子を雑多なことに引きずりこみたくなかった。まだ小さな子どもだったのよ。そんなことさせたくなかった。あの子にはわたしが長年抱えてきた苦悩や罪悪感とは無縁に生きてほしかったの」

自分では気づかなかったが、ノラの頬を涙が伝い落ちていた。無性に腹が立ち――激怒していた！――胸が締めつけられた。裁判を思い出す。証人席で自分が語ったこと。こっちを見ていた母の目。まるでノラが彼女の心臓を切り裂いたかのような、母を売ったとでも言いたげなあの目。

「エイプリル・プラマーは母の友だちだったの。わたしが知るかぎり、当時は独身だった。エイプリルこそまさしくフラワーチャイルド（愛と平和の象徴として花を身につけたヒッピー）でね、若いころにドラッグをやりすぎたせいで、ちょっとぼんやりしてたけど、すごくやさしい人だったわ。わたしたち、しばらく彼女といっしょに暮らしたことがあったの――こっちで数週間、あっちで一、二か月ってぐあいに。母はいつも彼女を利用してたみたい。操ってたわ、彼女を。エイプリルは人に言われたことをなんでも喜んでする人なの。とくにうちの母のためには」

「そのエイプリルがお母さんの子を養子にしたと思うんだね？」

ノラがこっくりとうなずきながら涙を拭った。大きく息を吸いこむ。そうせずにはいられなかった。真実と向きあうほかない。「五十九歳――エイプリルが何歳だったのかは知らないけど、母はいま五十七。ドクター・ヴィーゴは、殺人犯はわたしが担当した昔の事件だけを引き合いに出していると言っていたけど、あれは母が知っている可能性がある事件だったわ。少なくとも最初の二件はそう。ディアブロ峡谷原発の事件ではわたしは情報提供者だった。母の恋人はそこで殺されて、母はそこで逮捕されたの」母の恋人だったキャメロン・ロヴィッツ。ロレインの子どもの父親であり、ノラの異父姉妹の父親。

マギー・オデルの父親。彼はマギー同様、反社会性人格障害だった。

「四通目の手紙のなかにあった二番目の事件では、わたしは情報提供者としてロレインの友だちを探ったの。彼らはカーン郡の油田に火を放つ計画を練っていたわ」

ノラがデュークを見た。「それが二十年前のことだった。マギー・オデルはもうすぐ二十歳。エイプリルは母の聴聞会にも来ていたから、わたしも五、六回姿を見かけているけれど、妊娠はしていなかった」

「そのへんはわりと簡単に調べがつくだろう」

「間違いないわ」

「それでも確認の必要はあるな」

デュークの言うとおり、事実確認は必要だが、ノラにはこれっぽっちの疑念もなかった。マギーはロレインとキャメロンの娘に間違いない。だからノラの生活をかき乱し、踏みにじりにかかっているのだ。クインに話さなければならないが、それもまたつらい。マギー・オデルを逮捕しさえすれば真実が表に出てくる。ノラとしてはクインにはその真実をなんとしてでも自分から伝えたかった。ほかの誰かからではなく。

一刻も早くマギー・オデルを捜し出し、止めなければ。

「わたしの過去——それが戻ってきてるのね。もう終わったものとばかり思っていたけど、いま——」その先は言葉にならなかった。どう言えばいいのだろう？　「ごめんなさい」

デュークがノラの両腕をぎゅっとつかみ、力強く揺さぶった。「きみはこの事件とは関係ない。いっさい関係ない！　殺人犯と血がつながっているからってだけで、きみにも罪があるなんてことはけっして考えるな」

デュークはノラを引き寄せ、ぎゅっと抱きしめた。ノラは彼の抱擁を受け入れた。それが必要だった。ノラには彼が必要だった。

「連絡すべきところに連絡するんだ。おれのほうもそうする」デュークがきびきびと言った。「さ、真相を突き止めよう、ノラ。きっとうまくいくさ」

21

今回もまっさきに支局担当特別捜査官補佐ディーン・フーパーに連絡を入れたことにより、ノラの要請に対する全員の反応がいちだんと速かった。刑務所長ジェフ・グリーンからの電話に至っては、ノラがボスに状況を説明してから十分足らずで入ったほどだ。

「どういうご用件でしょうか、イングリッシュ捜査官？」所長が訊いた。

「そちらにロレイン・ライトという受刑者がいますね。ＦＢＩ捜査官一名が命を落とした国内テロ事件で罪に問われた女性です」

「大まかなことはフーパー支局長からうかがいました」

支局長？　勘違いしているようだが、ノラはあえて訂正はしなかった。「ご連絡したのは、この二年間あるいはそれ以前にマギーないしはマーガレット・オデルがライトに面会しているかどうかを知りたかったもので。面会に関する記録はありますか？」

「受刑者への面会はすべてコンピューターに記録されています。電子化のおかげで十五年分さかのぼれますし、それ以前の記録は紙で保管してあります」

「十五年分で間に合うはずです」

「よろしければライトの面会記録をファクスでお送りしますが」

「ありがとうございます」ノラはファクス番号を所長に伝えた。「面会者のなかにオデルの名前があるかどうか、すぐに教えていただくことはできますか？」

「はい。オデルはコンピューターの記録のかぎりでは毎月面会していますね。近親者となっています。オデルがミズ・ライトの娘ということはご存じでしょうか？」

やはり思ったとおりだが、いざ確認がとれてみると、やられた、という気がしてならない。

「はい」低い声で答える。「オデルが最後に面会に行ったのはいつでしょうか？」

「九月九日ですね」

ちょうど三週間前だ。

「ありがとうございました。ファクスをよろしく」

「フーパー捜査官からうかがったところでは、連邦犯罪が絡んでいるかもしれないとか？」

「オデルは死者を出した国内テロ活動の容疑者として手配されています」詳細まですべてを伝える必要はないと感じた。

「この名前に用心しましょう。もし母親の面会に現れたら、そのときは身柄を拘束しておきます」

「よろしくお願いします。ありがとう、所長」

電話を切ると、デュークが訊いた。「なんだって？」

「定期的に面会に行っているわ。娘ですって」それだけ伝えたところでフーパーがファクスクタービル連邦刑務所からではなかった。

を手にやってきた。最初はグリーン所長のあまりの手際よさに驚いたが、そのファクスはビクタービル連邦刑務所からではなかった。

「なんですか、これ？」

「マーガレット・オデルの養子縁組に関する記録だ。オープン・アダプション（透明性を重視し、実母の側が養母を選ぶ養子縁組）だったんで、ファイルは封印されていなかった。養父母デヴィッド・オデルとエイプリル・プラマーは子どもが十八歳になるまで少なくとも月に一度はロレイン・ライトとの面会に連れていくという条件で両者が同意しているな」

ノラは書面にざっと目を通した。内容はフーパーの要約のとおりだ。つぎに書類の署名に目をやる。「ロレインの裁判の判事じゃないわ。あの判事はわたしに言ったのよ、ロレインは赤ん坊は養子に出してくれと言って手放したって」

デュークがかがみこんで署名をのぞいた。ノートパソコンにその名前を打ちこんでまもなく、「このニューマンって判事は家庭裁判所の判事だ」

「判事同士、連絡はしなかったのかしら？」

フーパーが言った。「家裁は郡の裁判所で、ライトは連邦裁判所で裁かれた。同じ建物じゃないから情報交換することはめったにないだろう」

「なぜこのことをわたしに教えてくれなかったのかしら？　あの女に子どもを近づけるなんてとんでもないことだと思うけど――」ノラはそこで言葉を切った。社会制度は子どもがつねに親といっしょにいるような流れをつくろうとする。親が犯罪者であっても。二十年前、ノラはそのことを知らなかった。

デュークが穏やかに尋ねた。「ノラ、もし知っていたとしても、きみに何ができた？　養育権をとろうとでも？十七歳で、高校も出ていなければ職もないっていうのに？」

ノラはデュークの顔を見た。そんな言葉をぶつけられ、何も言い返せなかった。それが本当のことだから――そんな条件で養育権がとれるはずはないから――ではなく、二人だけの話のつもりでデュークに言ったことを人前でもちだされたことが痛かった。

「オープン・アダプションはさせないよう裁判所に嘆願したでしょうね。ロレインが子どもにいい影響をおよぼす人間でないことは一目瞭然でしょう。マギーがどういう子に育ったか、見てごらんなさいよ」

「きみにはわからないだろうが、ロレインだって――」

「あなたはあの人を知らないのよ。あの人のそばで育ったわけじゃないから」ノラが椅子から立ちあがり、行ったり来たりしはじめた。ボスの前で屈辱的なことを言われ、かっとなった姿で恥をさらし、いま知ったばかりの事実に気が動転していた。

フーパーが話題を変えた。「まだあるんだ。ドノヴァンのチームはスコット・エドワーズのトラックを捜し出せなかった。おそらくオデルがそれに乗っているものと思われるんで、その車とオデルの両方を全国手配してある」

立ちあがったフーパーはドアへと歩いていった。「今日はもうここまでにして休め、と言いたいところだが、きみが聞き入れるはずはないから、油断はするな、とだけ警告しておくよ。また協力が必要なときはいつでも言ってくれ」

「感謝します」心からそう思っていた。

フーパーが出ていくと、デュークが言った。「きみの気持ちを傷つけるつもりはなかったんだ、ノラ」

「わたしがいやがるのをわかっていて過去をもちだしたわ」

「そうじゃない」

「でもそういうふうに聞こえた」

デュークが椅子から立ち、部屋を横切ってノラのところまで来た。「そんなふうに気が動転していなければ、本当のところが見えたはずだ。きみは嘘をつかれていた。そのことがつらいんだよ。だが当時のきみにその状況が変えられるはずはなかったし、いまも過去は変えられない。いまのきみにできることは、マギーの捜索に集中することだけだ」

「彼女、わたしの妹なのよ」やっとのことで言葉が声になった。

「フーパーにたのんで誰かべつの捜査官に代わってもらおうか？」

ノラが首を振った。「彼はそのほうがいいと思っているんでしょうね。わたしは事件に近すぎるもの」

「たしかに最大の弱点だが、最大の強みでもあるよ。きみはロレインの思考回路がわかっている。それはとりもなおさずマギー・オデルの思考回路がわかっているということだ。そういう直感はほかの人にはない。マギー・オデルを妹だと思っちゃいけない。きみとは似ても似つかない人間なんだから」

「彼女の思考回路はロレインのとは違うわ。父親に似ているの。キャメロン・ロヴィッツ。彼は反社会性人格障害で――几帳面で手際がよかった」

マギー・オデルという殺人者の本性がつかめてきたことに勇気を得、ノラはつづけた。

「でも彼女はそこは似てはいないの。周囲の人間を納得させて協力させるカリスマ性はそなえていたようだけど、ロヴィッツに比べると自制心がないわ。手際がいいこともあれば悪いこともある。そして冷酷。何もかもが主観的」

ノラは室内を行ったり来たりしながら、マギーの立場になって考えをめぐらした。母親が原子炉を爆発させようとして逮捕され、刑務所にいることを知っている環境で育つのはどんな感じだろう？　その母親との月に一度の面会。母親から聞かされるのは、この動物を救い、あの木々を救った話、原始のままの牧草地にビルを建設しようとした開発業者をほとんどひとりで阻止した話。どれも尾ひれがついて……

つくり話。

「ロレインはすべてをロマンチックに美化して、善悪を誇張する人だったわ。あるデモに参加したとき、彼女、警官に押されたの。そしたらその夜、彼女の話を聞いていると、警棒で打ちのめされて生きているだけでもラッキーって話になっていた。実験動物を解放したときもそう。五十匹を解放して、その全部をしかるべき飼い主に引き渡したって言っていたけど、本当は二十匹を自然のなかに逃がしただけ。おそらく全部がもっと大きな動物の餌食になったはずだわ」

　キャメロンのこともある。ロレインが証人席で言ったことをノラははっきり憶えている。

「キャメロンは銃は持っていませんでした。彼は銃を憎んでいました。わたしと同じです。ノラが銃を持ってきていたので、キャメロンはそれを取っただけです」

　真っ赤な嘘だが、ロレインには自分が信じたいことを信じる傾向があった。病的な嘘つきであることは裁判のときに証明されていた。そのロレインはマギーに父親のことをどう話していたのだろう？　彼らがしでかしたことやどんな生活をしていたのかについては？　ノラのことを母親はどう話して聞かせたのだろう？

「ロレインはマギーに、逮捕されるまでのきみたち家族は牧歌的な生活を送っていたと思いこませた？」

　ノラがうなずいた。「そう。なのにわたしがそんな生活を彼女から奪った。だからマギーのあの手紙はわたしが潜入捜査した事件を強調しているんだわ。わたしが彼らの主義主張とわたしを信頼していた善良な人びとを〝裏切った〟から。マギーが仲間を殺した理由もそこにあるのよ。彼らは彼女を裏切ったから。彼らは抜けたいと考え、マギーは抜けさせたくなかった。そんなことはさせられなかった。自分の思いどおりに動いてくれないなら、死んでもらうほかないと考えた」

「コール教授についてはどういうことなんだろう？」

「彼はアーニャの考えかたを変えたわ。そしてアーニャがほかの仲間の考えかたを変えた。

少なくともクリスはそうね。スコット・エドワーズについてはあんまり確信がないけど。たぶんマギーは、もし二人を殺すならスコットも殺さなきゃならないと思ったんでしょうね。あるいは彼が何かマギーの神経に障るようなことをしたとか」ノラがこめかみを両側からぎゅっと押した。

「頭が痛いのか？」デュークが部屋を横切って近づき、ノラの頭を両側からマッサージした。彼のハンドパワーの威力は素晴らしく、おかげでノラは緊張が解けてきた。「ここからはもうわたしの専門外だわ。反社会性人格障害による殺人者ってものを自分が思っているほど理解できてなくって――」そう言いながらも考えをめぐらす。「――これじゃマネーロンダリングと同じ。フーパーはここに着任してすぐ、短期集中コースでマネーロンダリングについて叩きこんでくれたんだけど、わたし、ぜんぜんわからなかったのよね」

「いや、自分で思っている以上に理解してるよ」

デュークはノラのこめかみにキスをした。まるで唇に痛みを癒やす力があるかのように。もう少し時間とプライバシーがあれば、そうできたかもしれない。ノラは彼にもたれ、ほんのつかの間、彼のやさしさに身を委ねた。

会議室のドアをノックする音が聞こえた瞬間、ノラはあわててデュークから離れたが、恥ずかしさに髪の根元まで真っ赤になった。受付嬢がなかからの返事も待たずにつかつかと入ってきて、ノラに分厚い紙の束を手わたした。ノラは口ごもりながら礼を言い、戸惑いを隠すためにすぐさま書類に目をやった。受付嬢はそのまま出ていき、ノラは私的な感情を脇へ押しやった。書類はビクタービル連邦刑務所からのファクスだった。

各ページとも一回の面会に関する情報が一行で記されている。氏名、日付、受刑者との関係、開始時刻と終了時刻。活字は小さく、ページごとに五十件ほどの記載が並ぶ。

エイプリル・プラマーとマギー・オデル。その二人が繰り返し訪れている。ときおりノラが知っているべつの名前、知らないべつの名前が交じっている。はじめの二年間に五、六回、テリーザ・ロヴィッツの名前がある。それが誰なのか、ノラは知らないが、おそらくキャメロンの親族だろう。はじめの何年間かにはほかにも数人が面会に訪れている。グレンダ・チャスタイン。マイナ・ロー。ロジャー・ネルソン。時がたつにつれ、革命家たちの面会は減っていく。エイプリルは引きつづき訪れている。デヴィッド・オデルもときどきはいっしょだが、マギーはつねにいっしょに連れてきている。十歳になるころにはマギーはひとりで面会にやってくるようになる。ひと月に二度以上のこともある。マギー、マギー、マギー……

クイン・ティーガン。娘。

いったん通り過ぎた記載にまた視線を戻してじっくりと見た。読み違いではない。

クイン・ティーガン。娘。

まさかの思いで素早くページをめくった。また元に戻って回数を数えてみる。もう一度数えなおす。この十一年間に二十三回。一年に二度、クインはロレインに会いにいっていた。

一回目は十八歳になったその月だ。

間違いだと思いたかったが、むろんそうではない。ここにははっきり印字されている。クインはノラに嘘をついていた。何年も前からずっと母親に会いにいきながら、ノラにはひとことも言わずにいたのだ。

「どうかしたのか?」デュークがノラの肩ごしにのぞきこんだ。

「クインが」ノラは小声で言い、ファクス用紙をげんこつで叩いてからデュークに押しつけるように差し出した。ノラは震えていた。げんこつの指の付け根が白くなっている。「妹が。もうずっと前から。あの女に会いにいってたの」

「ひょっとしてロレインのこと?」デュークが紙の束を置いた。「なのにきみはそれを知らなかった?」

「ぜんぜん! あの人と口をきいちゃだめって言い聞かせてきたわ」

デュークは何も言わなかった。ノラは身震いを抑えこもうと速足で歩きまわっていた。震えが怒りのせいなのか恐れのせいなのか、自分でもわからなかった。すぐそばから彼女をじっと見つめるデュークの目には半信半疑の色が浮かんでいる。あいかわらず無言のままだ。

「なあに?」ノラの口調がそっけない。「どうしてそんな目でわたしを見るわけ?」

「きみはクインに母親との接触を禁じたんだな」

「母親? 笑わせないで。九歳の娘に爆弾をつくらせるってどういう母親よ? サンフランシスコの桟橋で娘たちをおとりに使って、そのあいだに自分は仲間といっしょに毛皮屋の店先にスプレーペンキで落書きをするってどういう母親よ? 毛皮のコートを着ている女性に赤いペンキを浴びせてくるように命じるってどういう母親よ?」

「ノラ――ロレインが刑務所に入ったとき、クインは九歳だったんだよ」

「それがどうしたっていうの？」

「まだ理解できる年齢じゃなかった」

「キャメロンが深夜に人里離れた場所であの子をひとり置き去りにしたとき、母親もいっしょにいたのよ。クインはいつだって暗闇を怖がっていたのに」デュークはわかっていない。おそらく彼には理解できないことなのだろう。ノラは突然、またひとりぼっちに戻った気がした。取り返しのつかない深い孤独。生まれてから今日までほとんどの時間をひとりぼっちで生きてきて、それが変わるかもしれないと思ったなんてばかみたい。

　ノラはデュークに背を向けた。妹を守らなければ。自分にはクインしかいないのだから。

「クインと話さなくちゃ」

「ノラ、きみはひとりじゃない。前にも言ったが――おれはずっとそばにいるから」

　デュークがノラを引き寄せようとした。ほんのつかの間でも抱きしめて、自分の言葉が本心からのものであることを証明したかった。だがノラは身をかわし、数歩あとずさった。表情から察するに、彼を信じてはいなかった。デュークはこみあげてきた釈然としない怒りを、ノラが怯えていると気づいて追い払った。長い時間をかけてようやくほんの少しだけ彼に心を開いた彼女だが、それは恐れていたからなのだ。生まれてからの三十七年間、ほぼずっとひとりぼっちで自分自身を育て、つづいてクインを育ててきた。頼れる人などひとりもいないなかで。

彼女の連絡担当者だったFBI捜査官が嘘をついたとも言っていた。それが母親の自己中心的な行動と同じように彼女を傷つけたにちがいない。たぶん母親以上にだろう。そもそも情報提供者になったということは、その捜査官を深く信頼していたにちがいないからだ。

デュークの目の前でノラは勢いよく会議室を飛び出していった。彼女のつらい気持ちを思うとデュークの胸は痛んだが、彼女をひとりで行かせるわけにはいかない。彼もすぐさまあとを追った。

彼女が認めようが認めまいが、彼女には彼が必要なのだ。


マギーはバス停に腰かけてリンゴをかじりながら、サクラメントのダウンタウンにあるオフィスから出てきたクインが、州の火災調査局の同僚三人と通りを歩く姿を眺めていた。たとえクインがこっちをちらっと見たとしても、マギーだと気づくはずはなかった。長い髪は野球帽のなかに入れ、サングラスをかけているのだ。正体を隠してはいるが、変装というほど大げさなものでもない。太陽がまぶしい日だから、サングラスをかけてキャップをかぶった人はたくさんいる。

リンゴの芯をベンチにチェーンでくくりつけてあるごみ箱に放りこみ、姉を目で追った。やがてクインが角を曲がって視界から姿を消す。

もしノラ・イングリッシュがいなかったら、クインはわたしの姉になっていた。両親とも同じ姉妹。二人はいっしょに育ち、親友みたいに仲良くなって、なんでもいっしょにしたはずだ。離れられない存在。

十一年前、エイプリルに連れられて母親との面会に行った。刑務所に着くと、マギーはエイプリルに母と二人だけにしてと言った。実の母との秘密の話を育ての母に聞かれたくなかった。エイプリルは頭が悪くて、いつもばかなことばっかり言っている。

エイプリルは喜んで刑務所をあとにした。時間になったら迎えにくると言って。

母と娘はレクリエーションルームで会った。そこは生活態度が良好な女子受刑者が子どもと面会することができる部屋だ。ロレインに問題があるときもあり、そんなときは小さな部屋に案内される。テーブルと硬い椅子が置かれ、意地悪そうな看守が窓ごしににらんでいる部屋だ。マギーはそこが大嫌いだった。窓も太陽もない箱のなかにいるみたいなのだ。少なくともレクルームには外につながる窓があり——鉄格子がはまってはいるとはいえ——光がたっぷり射しこんでくる。

二人はざらついた布が張られた硬いソファーに腰かけた。今日のママは幸せそうだ。「先週、誰が面会に来たかわかる？」

マギーは顔をしかめた。なんであたしのママにほかの人が会いにくるわけ？　マギーがふくれっつらをした。

「そんな悲しそうな顔をしないで、マギー」ロレインがにっこり笑いかけた。「あなたもあたしとおんなじように幸せになれるわ！　クインが会いにきたのよ！　また来るって約束してくれたの。あなたにも会わせたくてうずうずしちゃう」

マギーは嫉妬で胸が張り裂けそうだった。母はクインのことばかり話していた。クインがどうやって母のもとから盗まれたか。ママはクインをあたしより愛してるのかしら？　それにしてもクインはなぜこんなに長いこと面会に来なかったんだろう？　なんて悪い娘なんだ。その前年、ロレインに腹を立てていたマギーが面会に行くのをいやがったとき、ロレインはつぎの面会に行ったマギーに、予定の日に来ないなんて悪い娘ね、と言った。

「ねえ、どうして？　その子、いままで一回も会いにこなかったんでしょ？」

ロレインが怖い顔をした。「ノラがあの子をあたしに近づけないようにしてたのよ。何年間もずっと、あたしはクインがママに会いたくないんだと思ってたわ。でも全部ノラのせいなの。ノラがあの子を来させなかったの。クインは十八歳になってすぐに会いにきてくれたのよ。そしてまた来るって」

ノラが誰だかマギーは知っていた。ノラはマギーの父親を殺した女。マギーは心底憎んでいた。もしノラが実の母を裏切ったりしなければ、マギーはいま本当の家族と暮らしていたはずだ。頭の悪いエイプリルややたらとべたべたやさしくしてくるデヴィッドとじゃなく。マギーは二人を育ての親と呼んでいた。二人のことを好きではなかったが、自分のしたいことをするためにはどうしたらいいのかはわかっていた。

「どうしてそんなに悲しそうな顔をするの？」ロレインが訊いた。

「クインが戻ってきても、まだあたしのことを愛してくれる？」

「いつだってあなたをいちばん愛してるわ。あなたはずっとそばにいてくれた。ほんとにいい子だもの」

　マギーがにこりと笑った。「あたし、お姉さんが欲しいわ」

「クインはやさしい子よ。きっとあなたを好きになるわ。いつかあなたもクインに会える日が来るわ」

「いつ？」

「クインは用心しなければならないのよ。もしノラに見つかったりしたら、ノラはかんかんに怒るわ。そうしたら面会に来られなくなる。それじゃ困るわ。ノラはいまＦＢＩ捜査官なの。だからたぶん、あたしが誰とも面会できないようにすることもできるのよ」

　マギーは吐き気がした。彼女にとってはロレインだけが本当の意味で話ができる人だった。父親の話をすることができる唯一の人がママ。父親は地球を救うため、動物を救うため、世界を変えるためにたくさんのすごいことをしてきた人なのだ。

　その父親を殺したのがノラ。それだけじゃなく、母親を刑務所に送りこみ、クインを盗んで遠ざけた。

「あたし、ノラが大っ嫌い」マギーの胸に怒りがどっとわきあがった。

「そんなこと言わないの。大嫌いっていうのはマイナスの感情。あたしたちをひっくり返して間違いを犯させるわ。ノラは分別がないの。どこでどう間違えたのかわからないわ。あの子がなぜあなたの父親をはめて、警察に殺させたのかがわからない。警察があの子に嘘をついたにちがいないわ。あの子を洗脳したのよ。あの子はだまされて、体制派にとりこまれたのね。でもクインは違うわ。クインの心にはまだあたしがいて、この先とってもいい友だちになれると思うの、あたしたち三人」

マギーに確信はなかったが、母親は幸せそうだった。マギーは幸せそうな母親が好きだった。

マギーはクインの勤務先が入っているビルをじっと見ながら顔をしかめた。クインは友だちとランチに出ていった。笑っていた。ふつうの仕事をしてふつうの生活を送っている。もうマギーに電話をかけてくることもない。マギーが最後にクインに会ったのは二年前、マギーがローズ大への進学を決めたときだった。マギーはクインを驚かそうと、彼女が住むタウンハウスをひょっこり訪ねた。クインは迷惑そうな顔をした。マギーとロレインは彼女の生活のべつの部分で、ここサクラメントでの仕事や友だちとは切り離しておきたいと言った。

そのときマギーはクインが大嫌いになり、なんとしてでも傷つけたくなった。だがクインはすぐに謝り、悪いけどノラに知られるわけにはいかないの、と言った。

マギーの邪魔をしているのはノラ。

昔からずっとマギーの邪魔をしてきた女だ。ノラはマギーの人生を最初からめちゃくちゃにした。父親を殺し、母親を刑務所に入れ、姉を盗んだあと、ノラは体制派のやつらの仲間入りをした。ノラ・イングリッシュについては多くのことを聞かされてきて、最高の報復手段を探そうと決意を固めた。ノラを苦しめるために。自分が傷ついた以上にあの女を傷つけるために。スコットたちを殺したように殺すこともできる。ノラも同じ方法で殺せる。ノラが吐き気を催し、手足を痺れさせ、もがき苦しみながら倒れこみ、その場で何時間も苦しんだあげくに息絶えるのを眺めるのも一興だ。

だが死ねば苦痛から解放される。死ぬよりもっと苦しい方法を見つけなければ。それは何か、マギーは何か月もかけて考えた。

そしてついに結論に達した。

ベンチから立ちあがったマギーは十一番ストリートを０ストリートにぶつかるまで進み、西へ折れた。クインが住むタウンハウスには前にも来たことがあった。クインはいま昼休みだ。留守のあいだに侵入し、姉の帰りを待つあいだ、ゆっくりくつろぐとしよう。

ノラがクインを殺す。悪いのはノラ。そうなったらどんなに苦しむことだろう！　罪悪感に苛（さいな）まれる。怒りに燃える。復讐の鬼と化す。そうしたらマギーはノラをさらに苦しめてやる。突き刺したナイフをひねってひねって、またひねるのだ。

あたしの父親を殺した罪は己の命で償ってもらうが、その前にまず、あの女を心身ともに打ちのめしてやる。

22

「ランチに出てるんですって！」ノラは助手席に乗りこみ、ドアをバタンと閉めた。

「そういや十二時半だ」デュークが言った。

「友だちや同僚の前では話せないけど、とにかく注意しておかなくちゃ。なぜわたしに嘘をついていたのかも知りたいし」

「ランチがすんだらその足でローガン＝カルーソに来るようにメールで伝えたらいい。あっちで待つことにしよう」

「わたし、支局に戻らないと。まずあの子に電話すればよかったんだけど、あんまり頭にきてたんで、そんなわたしの声を聞いたらあの子はすぐに気づくと思ったのよ」

「おれのオフィスで一時間仕事したらどう。電話をかけることはできるし、経歴情報をおれがべつの視点からチェックして、何か見落としちゃいないかたしかめる。マギーとジョーナ、マギーとラスのつながり、そのほかいろいろ。うちのコンピューターの専門家、ジェーンから見てほしいビデオファイルがあるって言われてもいるし」

「コンピューターの専門家はあなただと思っていたけど」

「おれは警備の専門家」デュークがかすかな笑みを浮かべながら車を発進させた。「おれはコンピューターや警備システムに潜入する。ジェーンはおれやおれみたいな連中にそうはさせるもんかとがんばる」

　こぎれいなオフィスビルの、ローガン＝カルーソがワンフロアを借り切っている八階に到着したときにはもう、クインからメールの返事が返ってきた。「あの子、四十五分でここに来るそうよ。呼ばれた理由を知りたがってるけど」

　デュークが遠回しな返事を提案した。「今回の事件のことで、だよな？」

「そうね」ノラはブラックベリーに曖昧なメッセージを入力する。

　デュークが心配なのは、ノラのことと彼女のクインに対する接しかただった。ショーンのことが頭から離れない。ショーンをケインやこのローガン＝カルーソでの仕事以上に危険な状況に近づけまいとする自分も似たり寄ったりだからだ。

　デュークのオフィスに近づきながら、ノラはレイアウトに感心していた。「いいわね、ここ。すごく素敵」

「どうも」デュークはEメールにちらっと目をやった。「ジェーンはいまクライアントと話しているが、終わったら連絡をくれるそうだ」

　ノラは立ちあがって窓から外を見たが、彼女がダウンタウンの眺めを目に入れているとは思えなかった。こんなふうによく晴れた日の眺望は格別なのだが。

「あの子に注意はしたのよ。ロレインは病的な嘘つきだから信用できないし、きっとあなたを常軌を逸した方向に誘導して混乱させるって言ってはあったの。わかってくれたと思っていたのに。だって、わたしたち二人、ずっと気詰まりな雰囲気だったのに、いまはだいぶよくなったから。クインはすごくいい仕事をしてるし、あまり喧嘩もしなくなったし、仲良くやれてるし。たぶん——たぶんわたしもあの子があの人にまた会いたかった理由はわかってやれそうなんだけど、何度も会うとなるとどうかしら？　一年に二回？　やっぱりわからない」

「状況が一転したとき、彼女はまだ小さかった。きみのような経験はなかった。ノラ、きみは実質、自分自身を育てた。幼い妹に対する責任も背負っていた。ロレインが刑務所に入ったあとだけじゃない。その前からだ。クインを育てたのは母親よりもきみだろう」

ノラはくるりと回ってデュークと顔を合わせた。「だったらなぜわたしの言うことを聞いてくれなかったの？　なぜわたしが言ったようにしてくれなかったの？　なぜわたしに嘘をつかなきゃならなかったの？」

ノラは一般的な育ちかたはしなかった。ティーンエイジャーがどんなふうに反抗し、どんなふうに我を張るものかが理解できていない。デュークは言った。「おれは両親とはすごくうまくいってたけど、それでも何もかも言われたとおりにしたわけじゃない。我を通すこともあったよ」

「でもこれは真剣なことだったのよ——家をこっそり抜け出して友だちといけないことをするなんていうのとは違うの」

デュークはノラの皮肉は無視した。「おやじはおれに、ケインの下で働くな、と言った。兄の下で働く準備はまだできていない、この先もできるかどうかわからない、と。おれはそれを能力不足、あるいは少なくともケインほど有能じゃないって意味にとった。そんなことを言ったおやじを恨んだよ。だからケインの傭兵部隊に入った。いちおう合衆国海兵隊に所属していたおれはなんでもできるはずだ。おやじにもそう言ったよ。

ところが三日目にして、自分の能力以上のことをしていると悟った。体を動かすほうは問題なかった。精神的にも、部隊を離れるまでの期間だが、どんな状況にも対処できた。おれは部隊の主力兵士として無理難題もこなした。だが問題は連日の仕事がはらむ深刻さだ。息を抜く時間がいっさいない。休憩といってもジャングルのなかでひと息つくだけで、いつ誰かが忍び寄ってこないともかぎらないから本当の息抜きなんかできなかった。つねに神経を張りつめていなければならない。つらかった。仕事そのものはこなせても、それをすることがつらくてたまらなかった。おやじにはそれがわかっていたんだ。でもやっぱり自分が体を張って気づくしかないことだった」

ノラがこめかみをもみながら、部屋の隅の大きな丸テーブルの前に置かれた椅子に腰を下ろした。「ためになる話だわ。ついでにあなたがどういう経験を経てきたのかも理解したけど、あなたはその悪い状況から抜け出したのよね。そこから学習して前へ進んだ。クインはなぜいつまでもあの女に会いにいってるのかしら？　ロレインはあの子にどんな嘘を吹きこんでいるのかしら？」

「たぶんクインはただ母親に会いたいだけなんだよ。母親をかわいそうだと思っている。母親があまり孤独にならないようにしてやりたいとも思っている。ロレインは一生塀のなかで暮らすんだ。クインはすごく思いやりがある子なんだよ。きみと同じで」

「わたし、ロレインに関しては思いやりなんてこれっぽっちもないわ」

「それはそれでいい。でもクインの立ち位置はまたべつだし、きみほどにはいやなことを憶えていないんだ。おれだって弟のショーンに背を向けられるところだった。きみは自分も小さいころからずっとクインを育ててきた——おれは二十五でショーンの面倒を見ることになった。あいつがもうすぐ十一歳ってときだ。それでもおれは自分が犯した間違いからあいつを守ろうとした。ケインの下で働いてやるってあいつに脅迫されてはじめて——おれは当然、『冗談じゃない』って言いはしたが——おれが何を言おうと関係ないってことに気がついた。ショーンはもう十八歳を過ぎていて、自分の思いどおりになんでもできる年齢なんだ。ケインの下で働いておれが学習したことを学習することもできれば、あの生活に耐えられるってこともある。おれはあいつが殺されることしか考えられなかったが、それでも何も言わずに行かせりゃよかったんだよ。ケインがあいつを雇うはずがない。ショーンには軍隊経験がない。いくら頭がよくても——あいつはおれよりはるかにＩＱが高いが——経験がないんだから」

デュークはノラを少しでも明るくさせたくてにこりとした。ノラはやや肩の力が抜けたようだったが、笑顔を見せるところまではいかなかった。

「少しは手綱をゆるめてやれよ。いいね？」

「そうするわ」

デュークはその返事を額面どおりに受け取ることはできなかったが、とりあえず信用することにした。「あともうちょっとでクインがここに来る。それを食べて――」ロビーでノラのために買ってきたサンドイッチを手ぶりで示した。「おれはちょっとジェーンのようすを見てから、受付にクインをここに通すように言ってくる。しばらくひとりにしてやるから、おれが言ったことをちょっと考えてみてくれ。いいね？」

「ありがとう、デューク。これから電話を何本かかけたり、デヴィッド・オデルに話を聞きにいった捜査官たちにどんなようすかチェックを入れたり、しなくちゃならないことがいっぱいあるの」

「わかった」デュークがぐっと身を乗り出し、ノラの後ろにあるテーブルに両手をつくと、ノラは彼の腕のなかにとらわれたかっこうになった。デュークは唇に軽くキスをした。「もう気づいているかもしれないけど、おれはきみをひとりにしてあげようとしているんだよね」

ようやくノラが笑顔になった。「ローガン一族はひとりにしてくれないと思っていたけど」

「ま、ときにはちょっとだけなら」

マギーはクインのタウンハウス内を隅々まで見て歩いた。なかなか素敵。ちょっと退屈。

ありとあらゆるものがアースカラーなのが微妙。クインはあんなに愉快でおしゃべりなのに、このタウンハウスはあの感情豊かなパーソナリティーに比べて地味すぎる。あれこれものを置くのが好きではないようだが、壁には写真が貼られていた。クインとノラの写真。クインとそのときどきのボーイフレンドとの写真。博覧会で、サーカスで、ハワイでの休暇で。クイン、クイン、クイン。マギーはどこ？　クインとマギーのスナップはどこ？

クインのドレッサーにのっていた古い写真を手に取った。クインは七歳くらいだろうか、ロレインがいっしょに写っている。ノラも。全員がプラカードを掲げている。ロレインのにはこう書かれている。〝肉食は虐殺〟。クインのは〝顔のついてるものは食べません〟。ノラのメッセージはちょっとかしいで画面からはみ出しており、〝止めよう〟の部分しか読みとれなかった。

クインとロレインは笑顔を見せ、ロレインはクインに腕を回している。ノラは二人とのあいだに距離をおき、笑ってもいなければ顔をしかめてもいない。ただ無表情にカメラを見つめているだけ。

これがノラの問題なのだと気づいた——当時からすでに不機嫌で人を憂鬱にさせていた。明らかにロレインとクインに嫉妬している。それでみんなを裏切ったのだろうか？　自分は溶けこめないから？　自分が家族に溶けこめないのに、溶けこめる子どもがさらにひとり？　望んでいたはずはない！

「あのクソ女！」

写真を部屋の向こうに投げつけた。写真は壁にぶつかり、こなごなに割れたガラスが雨となってカーペットに降った。

「あんたなんか大っ嫌い！」タウンハウス内を歩き、目にとまったノラの写真をひとつ残らず傷めつけた。細かくちぎったり、ナイフで刺したり、一枚はシンクに置いて漂白剤をかけ、画像が退色していくのを眺めたり。

ノラを消してやる。

「あんた・なんか・大っ嫌い！」

内なる怒りの激しさは、自分の体が爆発してしまうのではないかと感じたほどだ。こんなふうに自制を失ったことは久しくなかった。ペインとコール教授を殺したときも、怒りを抑えきれなくなったことは二、三度あったものの、それだけのことだった。それに比べて今度は怒りがどんどん膨らんでいく。

だめだめ。そんなことじゃミスをするわ。何があってもミスをしちゃだめ。

バックパックをつかみ、二階にあるクインのベッドルームに駆けあがった。ベッドに腰かける。震える手でナイフを取り出し、腕に押し当てる。

抑えて。抑えて。抑えて。

怒りを抑えこめなければ命を落とすことになるが、それならそれでかまわない。死にたくてたまらなくなることがときどきあるくらいだ。

でも、それじゃノラが勝つことになる。

マギーは深呼吸をした。あの女に自分が負けると思うと心がかき乱され、かえって冷静になれた。

深呼吸を繰り返す。腕に感じた鋭い痛み。すべてがはっきりと見えてきた。これで大丈夫。落ち着くのよ。静かに息を吸って吐いて。

目を開けると、そこいらじゅうが血だらけだった。傷が一……四……七本。クインはかんかんに怒るだろうな。カーペットに血がぐっしょりとしみこんでいる。ベッドをおおった真っ白な上掛けにも。

腰を上げてバスルームに行った。頭がちょっとくらくらする。ナイフを置いて、腕を洗った。どの傷もみごとなまでに二・五センチずつの間隔で、血がにじみ出すぎりぎりの深さだ。あらゆる点で申し分なし。きれいに並ぶ切り傷を見つめながら、マギーは自制心が取り戻せたことがなんともうれしかった。

これで準備はととのった。こうなれば邪悪な姉と戦って勝つのはあたし。

ノラはパソロブレスにいる捜査官との電話を終えた。デヴィッド・オデルは断固として彼らを家のなかには入れず、マギーの居場所は知らないし、たとえ知っていても教えるつもりはない、と言い放ったという。脅しはきかず、ＦＢＩ捜査官は結局なんの成果も得ることなくその家をあとにし、つぎに高校へと向かっていた。マギーの元担任教師と校長に会って話を聞き、できることなら写真を入手してくるという。

ピートから電話が入った。まだ仕事があり、クインのことを考える余裕がないことがうれしかった。もう約束の時刻は過ぎたが、クインはまだ来ない。

「もしもし、ピート、どうしたの？」

「いいニュースだと思うね。いまジム・ブッチャーといっしょにブッチャー＝ペイン社にいるんだが、ジョーナ・ペインとの関係がつかめたかもしれない」

「ペイン博士とマギーの？」

「ペインとキャメロン・ロヴィッツだ」

ノラは凍りついた。またしてもあの男に悩まされるとは。ノラの頭をコンクリートに叩きつけたときの彼の目はけっして忘れない。ノラを殺したがっていた。ノラも死ぬかと思った。

「早く教えて」なんとか言葉が声になった。

「ペインは大学院時代、サンルイスオビスポにあるカルポリで半年間を過ごしている。神経生物学で彼を担当した教授がティモシー・グッテンバーグで、グッテンバーグの研究助手がキャメロン・ロヴィッツだった」

たしかにひとつの関係ではあるが、必ずしも何かを意味しているわけではない。「それで？」

「それだけだ」

「グッテンバーグはいまもまだそこに？」

「まだ連絡は入れていないが、まずきみに伝えたくて――」

「電話してよ、ぐずぐずしないで」ノラはぎゅっと目をつぶった。「ごめんなさい。今日はいらいらしてて。電話してみて。できれば彼から話を聞きたいし、あるいは彼やロヴィッツのことを知っている人からでもいいわ。とにかく、なぜロヴィッツの娘がペイン博士を殺害しようと考えたのかを突き止めてほしいの」

「やってみるよ」

そのとき、ロヴィッツとの関係をまだピートには話していなかったことに気づいた。「ピート、ロヴィッツのことだけど、どうしてわかったの？　あなたが出かけたとき、わたし、まだマギー・オデルとの関係については知らなかったけど」

「フーパーから電話をもらった。すごく微妙だってことはわかってる。慎重にやるよ。ノラ、つらいだろう。きみにとってどんなにきついかはよくわかってる」

「ありがとう」ノラは口ごもるように言い、電話を切った。ピートには自分から電話をかけて伝えるべきだったが、あのときは思いつきもしなかったのだ。

ドアが開いた。デュークであってほしかった。こういうときにいてほしい――いったい何を期待して？　自分でもわからなかった。ただ彼の顔を見たかった。今日これから起きることにそなえて心の準備をする際、力を貸してほしかった。

「呼んだ？」クインが足取りも軽く部屋に入ってきてドアを閉めた。「素敵なオフィスじゃない。いい感じにセクシーよね。ここで働くあの逞しい彼とおんなじ」

ノラは、自分が愛してやまないクインと長年にわたって自分を欺いてきたクインとを一致させるのがむずかしかった。「あなたに話すことがあるの」

「だからわたし、ここへ来たんじゃない！」

ロレインが産んだ赤ん坊のことをクインにどう話したものかわからなかったとはいえ、妹の裏切りに怒り心頭だったため、勢いで何もかもぶちまけた。

「お母さんは逮捕されたとき、妊娠していたのよ。そもそもあなたにそのことを話さなかったのは、もし彼女が有罪判決を受けて、赤ん坊を引き取る親族がいなければ、赤ん坊はあきらめて養子に出すほかないって判事が言っていたからなの。わたしは引き取らなかった。これから先あなたの面倒を見ていけるのかどうかすらわからない状況だったから」そこでノラは大きく息を吸いこんだ。クインが何か言ってくれればと願ったが、クインはただ無表情にじっとこっちを見ているだけだった。クインは裁判には行かなかった。ロレインには逮捕後に一度、十か月後の有罪判決のあとで会っただけだ。妊婦姿のロレインは一度も見ていなかった。

「ショックだってことはわかるけど、あなたがこのことを知らなければならない深刻な状況が発生しないかぎり、話すつもりはなかったわ。生まれた赤ん坊は女の子で、ロレインのいちばん親しい友だち、エイプリル・プラマーの養子になった。オープン・アダプションで、子どもと会う権利が認められていたのよ。その女の子がマギー・オデル」

クインはノラをじっと見たまま肩をすくめた。「知ってるわ」

23

ゆっくりと状況がつかめてくると、ノラは椅子から立ちあがった。「知ってる？　知ってるって何を？」

クインはデュークのオフィスの中央に腕組みをして立っていた。挑戦的なその表情。幼いころの彼女そのままだ。強情な子だった。ノラが断固たる態度に出ると、クインはいつもちょうどそんなふうに立って挑んできた。

「妹のことなら知ってるわ」顎をつんと突き出した。

「ロレインから聞いたの？」ノラの声が震えた。この二時間に感じていた怒りと苛立ちと挫折感が一気に噴き出した。「面会に行ったときに？」

クインは目を伏せたが、驚きは隠せなかった。「そうよ」

「わたしに何も言わずにロレインに会いにいくなんて信じられない！」

「お姉ちゃんが会わせてくれなかったからよ！　あたしの母親なのよ。お姉ちゃんにいくらたのんだって、返事はいつもノーだった」

「あなたが子どもだったからでしょう。ロレインは病的な嘘つきで、テロ行為と殺人の罪で服役中なのよ。あなたがおかしな影響を受けたら困るわ」

「やさしい保護者だこと。あたしが最後にたのんだのは十六歳のときだったわ。それでも答えはまだノーだったから、それっきりにしたの。そこまでにしなさいって神さまの声が聞こえたわ。そうよ、だからあたし、お姉ちゃんの許可なんかなくても面会ができる十八歳になるのを待ったわけ」

　ノラはデュークがクインについて言っていたことを思い出した。ロレインとの共通体験がノラのそれとは違うんだということを。それを懸命に理解しようとするが、長年にわたるホームレス生活、居候生活、家がなく、学校にも行かず、友だちもいない……そんな生活をクインにはさせたくなかった。クインはあのころどんなにつらかったか憶えていないのだろうか？　二人っきりで置き去りにされたときのことを憶えていないのだろうか？　クインが三歳、ノラが十二歳のとき、ロレインが二週間姿を消したことを忘れた？　一家は当時テント暮らし。ノラは警官の目を必死で逃れた。クインと引き離されると思ったからだ。二人ともどこか政府の施設に入れられ、そこでは太陽を見ることのないまま、奴隷のように働かされるものと思ったからだ。

　ロレインにいつもそういうふうに聞かされていた。たしかに嘘ではない部分もあった。もし見つかったら、そのとき政府はおそらく二人を引き離しただろう。そして二人は実質上の牢獄で暮らすことになったかもしれない。里親の保護下で。ひょっとするとそのほうがましだった？

何度となく味わったつらい時期。だからクインには同じような苦労をさせたくなかった。

「理解しようとはしてるの」ノラは苛立ちをぐっと抑えこんだ。「ロレインに一度だけ面会に行ったんなら、たぶん理解できるわ。なのにあなたは何度も行った。全部で二十三回。直近はこの六月。わたしには月替わりのボーイフレンドといっしょにロサンゼルスに行くって言った週よね」

「そうよ。まずあそこに寄っただけ」

「なぜ？　わたしは昔からずっと、あなたをあの人から守ろうとがんばってきたのに！」

「たぶんそんな必要なかったのよ」

ノラはまさかの表情で妹を見た。クインの顔をはじめて見たような気がした。これまでの苦心が水の泡ってこと？　クインが出すサインをことごとく見逃していた？　クインがあの女に洗脳された？

クインが言った。「ロレインが間違いを犯したってことはわかってるわ。刑務所に入れられたことをひどいとは思わないけど、あたしたちを傷つけたことはなかった」

「わたしたちに爆弾をつくらせたのよ」

「あれはほんの部品みたいなもので――」

「どうしてそんなふうに言えるわけ？　あなたは七つのときから黒色火薬を混ぜたり量ったりしてたのよ！　あれがあなたの算数の勉強！　キャメロンの命令であなたが高速道路の陸橋の上からばかみたいなスローガンを描いた横断幕を垂らしたときは、わたし、彼を殺したいと思ったわ」

「ふうん。でもまあ、ある意味そうしたわけよね」

ノラの口があんぐりと開き、すぐに閉じた。クインは何が起きたのか知っていた。あの夜の真相を知っているのだ。「あの人たち、原発に爆弾を仕掛けようとしたのよ」

「ばか言わないで。ああいう施設の警備はすごく厳重で誰も侵入できないことくらい、お姉ちゃんだって知ってるでしょう」

「あの人たちは侵入したわ！　ゲートからなかに入ったの。計画は成功しなかったけど、なかに入ることは入ったのよ。誰かが殺される可能性もあった。警備員、技術要員、そのほか罪もない人たちが。だからキャメロンとロレインはろくでもない政治声明が出せたのよ！」

クインは足をそわそわと動かし、下を向いた。ノラの言うとおりだと**わかっているのに、**なぜ素直に認められないのだろう？　この激しい反感はどこから来るのだろう？　この数年間、二人はすごく仲良くやってきた。二人の関係はノラが昔から望んでいたようなものになっていた。クインがそのとき何が起きたのかを訊くことは一度もなく、もちろんノラはけっして話題にしなかった。なのにクインがこうしてロレインをかばうのはなぜ？　ノラの顔が青ざめた。

「あの人たちが正しかったと言うつもりはないけど」クインが言った。「あの人たちに誰かを傷つけるつもりなんかなかったわ。お姉ちゃんはあの人たちをはめた。彼を殺させたのよ」

「それは彼がわたしを殺そうとしたからなの。ロレインとケニーが投げた爆弾でFBI捜査官が死んだ。ロヴィッツは反社会性人格障害だったわ。彼の娘もそう！」

クインがノラをじっと見た。「いったいなんのこと？」

「マギー・オデル」ノラがいったん口をつぐみ、深く息を吸いこんでから先をつづけた。「だからあなたに話したかったの。あなたに――」

クインが両手をぱっと高く上げ、そのまま髪に指を通した。顔が引きつっている。「ひどい人。あたしに嘘をつきつづけておきながら、マギーのことをこきおろすってどういうこと？　彼女を知りもしないくせに！」

ノラは凍りついた。「あなたに嘘をついたことなんてないわ」

「じゃあ数えてみるわ。ママに赤ちゃんが生まれることでついた嘘。裁判に連れていってくれなかったのは、赤ちゃんのことがわかるからだったのね」

「あれはあなたを守るためだった。ひどい状況だったわ。わたしは行かなくちゃならなかったけど、本当は行きたくなかった。たまらなかったわ」

「まあ、かわいそうなノラ・イングリッシュ。艱難汝を玉にす。だからあたしたち、なかなかうまくいかなかったのよ。あたしに嘘をついて、それでよかったんだと思う？」

「わたしはあの人が赤ん坊を手放して、養子に出すものとばかり思っていたの。あなたが知らなくてもいいことだわ」

「なぜ？」

「あなたはまだ小さかったたし、ロレインは病的な嘘つきだから」

「お姉ちゃんはそればっかり言うけど、あたしの父親のことで嘘をついていたのはあなたでしょうが！」

ノラがせわしく目をしばたたいた。「えっ、なんのこと？」

「ほらね！　彼の名前はランドール・ティーガン。そりゃあすごい大恋愛ってわけじゃなかったけど、ママが彼のことをいろいろ話してくれたわ。どんなに頭がよかったかとか、どんなにやさしかったかとか、どんなに地球のことを心配していたかとか。ママは妊娠してるとは思わなくて、気づいたときには彼はもう仕事でよその州に行ったあとだったってことも。二人の子どもの責任を彼に負わせたくなかったから、自分ひとりであたしたちを育てたのよ。シングルマザーって簡単じゃないわ。ママは最善を尽くした」

「嘘よ」

クインが人差し指をぐいとノラに向けた。「ううん、嘘をついてたのはあなた！　あたし、彼のことを調べたの。デンバーに住んでいることがわかったんで、会いにいったわ」クインの目は潤んでいた。クインが父親のことでつらい思いをしていたことはノラも昔から知っていた。父親が誰なのか、なぜそばにいないのかを知らないことで悩んでいたが、時間がたち大人になるにつれて悩みも薄らいだものと思っていた。「どんな暮らしをしているのか観察してきたの。美人の奥さんがいて、可愛い子どもが二人いて、しゃれた家に住んで……あたし、彼に本当のことは言えなかった。傷つけたくなかったから」

なんとも寂しそうな声だった。「クイン、ハニー――」ノラがハグしようとすると、クインはあとずさった。

「早く話してくれればよかったのよ。もし九歳のときに会いにいけば、あたしにも父親ができたかもしれないじゃない。お姉ちゃんがあたしから父親を遠ざけたのよ。母親だけじゃなく父親も」

ノラはみぞおちにパンチを食らったような気がした。「違うのよ。ロレインは誰があなたの父親なのかわからなかったの」

「彼の名前が出生証明書に書かれてるわ！」

「ロレインの嘘なのよ！　彼女はある集会でランドール・ティーガンと出会ったけど、それは彼女が身ごもる二年前！　彼と寝てはいないの。あなたが生まれたとき、彼の名前をもらったのは〝クイン〟って名にぴったりだと思ったから」

「嘘ばっかり。そんなことありえない！」

クインがわたしを嘘つきと呼んでいる？　たしかに嘘のなかを生き抜いてきた。母親の嘘の罪を背負って生きてきた。「いいこと、妊娠がわかったとき、あの人は何人もの男のところへ行って中絶費用を受け取ってきた。中絶はしなかったから、あの人が政治活動にどれだけ使ったにせよ、そのお金でわたしたちは長いこと生活できた。そしてあなたが生まれてからの二年間というもの、あの人はセックスした記憶がある男をひとり残らず訪ねては、あなたの年齢をその時期から大まかに計算してでっちあげ、お金を払えと脅迫したのよ。おとなしく払えば奥さんや恋人には秘密にするし、養育費を請求したりしないというわけ。わたしの記憶にあるかぎり、その時期がいちばんお金に不自由しなかったわね。だけどあるとき、ひとりの男が親権を共有したいって言いだしたの。その人、再生派キリスト教徒で、あなたの養育に責任を持って大学まで行かせたいと考えたみたい。ロレインに結婚を申しこんで、わたしも養女にしたいって言ったのよ。そのときどう思ったと思う？　わたしったら彼女が嘘をついてるって知っているのに、彼の世話になりたいと思ったわ。彼には家も仕事もあったから――」

クインの頰を涙が伝い落ちた。「なぜあたしにそんなこと話すの？」

ノラはわれながら救いようのない気分になった。クインにそんなことを話すつもりなどいっさいなかったのだ。自分が背負うべき十字架であり、そうしたことからクインを守る決意でいたのに、怒りに駆られてついクインにそれをぶつけてしまった。ナイフのように鋭い言葉を。

「こんなこと、あなたに知ってほしくなかったわ。ごめん。ほんとに、ほんとに、ごめん。でもどうか信じて」ノラは両手をクインの肩においたが、クインは肩をすくめてそれを払い、あとずさった。

「お姉ちゃんはあたしのために大きな犠牲を払ったけど、そんな必要なかったのよ。ママは間違いを犯した。自分でも認めている。だけどお姉ちゃんはあたしをママから引き離した。**母親**から引き離したのよ。あたしには父親がいなかった。おじいちゃんおばあちゃんもおじさんやおばさんもいとこもいなかった。あたしにはお姉ちゃんとあの人だけ。なのにあの人に会わせてくれなかった。刑務所にいるママと会ったあと、あたし、お姉ちゃんから離れなくちゃって気づいたの。自分が誰で、何を考えているのかを自分ひとりで見つけなくちゃって思ったの。もう何がなんだかわからなくなってしまったから。だからサクラメントの大学を選んだんだけど、お姉ちゃんは追ってきた」

ノラがかぶりを振った。「一年後のことでしょう――」

「卒業後にあたしがロスに戻るつもりだって言ったら、お姉ちゃんは配置転換してもらえるかもしれないって言った。なぜなの？」

「あなたはわたしの家族だから」

「最終的には火災調査って願ってもない仕事に就けたからここにとどまった。あとになって知ったけど、この仕事もお姉ちゃんが裏で手を回してくれたのよね」

「そんなことしてないわ。あなたに推薦状を出しただけ。あなたも知ってるとおり」

「ええ、知ってるわ。ＦＢＩ特別捜査官、ノラ・イングリッシュ」クインが皮肉たっぷりに言った。

「たんなる推薦状にすぎないわ！」

「あたしの姉だとは書かなかった」

「あんなもので何かがどうにかなるはずないでしょう」頭がくらくらする。二人のやりとりはどうにも収拾がつかなくなってきた。

「あんなものであたしの人生をコントロールしようとしてるのよ。ママを監獄にぶちこんだ瞬間からずっと」

ママを監獄にぶちこんだ瞬間からずっと？　「法を犯したのはロレインで、わたしじゃないわ。ロレインは逮捕されるまでに何百もの罪を犯してきた」

「どうしてママをロレインって呼ぶの？」

「あの人がわたしに〝ママ〟と呼ぶなって言ったから」

「ママはお姉ちゃんが断固としてママとは呼ばなかったって言ってたけど」

それが最後の藁一本となった。「わたしはあなたに本当のことを話しているの。信じる信じないはあなたの勝手だけど、ロレインはあなたに嘘八百を吹きこんできた。どうもあなたはそれを真に受けてるみたいね！　あなたが妹と呼んでるマギー・オデルは殺人犯よ。もう六人の人間を殺してるわ。六人。まずはブッチャー＝ペインのIT管理者だったラス・ラーキン。つづいてジョーナ・ペイン。おそらくロレインから、彼が自分の父親を侮辱したとか、出まかせでも聞かされていたんでしょうね、拷問にかけたあとで殺した。つぎに彼女は大学生三人を毒草ジムスンウィードで殺した。さらにコール教授にヘパリンを注射してから腕や胸部をナイフで傷つけ、ゆるやかに失血死させた。あの子、常軌を逸したとんでもない子よ。捕まえなくちゃ。つぎの犠牲者が出る前に捕まえなくちゃ。わたしやあなたが狙われる前に」

クインは大きく見開いた目に不信をたたえてノラをじっと見た。口をぽかんと開け、すぐに閉じた。「ど、どうしてマギーが事件に関与しているなんて思うわけ？　あの子じゃないわ。お姉ちゃんの言うことなんか信じられない」

「証拠を全部見せることもできるわよ。正式起訴の前に連邦検事に対してするようにね。それでわたしの言うことが信じられるっていうんなら」

クインがそっぽを向いた。

ノラは胸が張り裂けそうになった。クインの不信感が胸にぐさりとこたえた。静かに話しかける。「マギーはローズ大に三期在籍していたの。ルームメイトはアーニャ・バラード。アーニャはあなたが調査した火災にかかわった四人の放火犯のうちのひとりだった。彼女の部屋から証拠が出ているし、彼女の筆跡だと確認された日記も入手したわ。これまでの捜査に基づけば、マギーは最近ローズ大に舞い戻ってきていて、アーニャや二人の男子学生といっしょにブッチャー＝ペイン社への放火事件を起こした。マギーのボーイフレンドだったスコット・エドワーズのトラックがジョーナ・ペインのタホー湖にある別荘に停まっているのを見たという証人もいる。ドクター・コフィーがいま、トラックの荷台の床とペインの遺体に残された痕跡を照合中よ。エドワーズのトラックは彼が殺害されたあと行方不明になっているんで、同じ型のトラックを使ってね。

でもマギーのつまずきの原因は、自分は警察より一枚上手だと思っているところね。アーニャの筆跡をお粗末にまねた自殺の遺書を置いていったけど、皮肉なことに毒入りのアイスティーが入っていた水差しには指紋がひとつもついてなかったわ。アイスティーをついだ人間が手袋をしていたか、ついだあとできれいに拭き取ったか。ブッチャー＝ペインのIT担当者だったラッセル・ラーキンは彼女の高校時代の友だちで、彼の頸部を掻っ切ったのはマギーかスコット・エドワーズ。どうやったのかはまだはっきりとはつかめていないけど、とにかく彼らはラーキンのパソコンから暗証番号を引き出して、それを使ってブッチャー＝ペインに感知されることなく侵入できたってわけ。いまマギーが育った町、パソロブレスに捜査官を送りこんで、彼女の行きそうな場所を調べさせているわ。もうひとりの捜査官には不動産の登記簿を調べさせているところ。デューク・ローガンも関係者の経歴をもう一度洗いなおして、彼女が隠れている場所を突き止めようとしているし」

ノラはそこで口をつぐんだ。心臓がばくばくしていた。クインはまだこっちを見ない。ノラはクインとの関係を取り返しのつかないほど台なしにしてしまったことを痛感した。妹の心中を慮って胸が痛み、きつい言葉を撤回できたなら、理解してやれたならと悔やんだ。おそらくクインをロレインに近づけなかったのは間違いだったのだろう。自分が築いたささやかな家庭の安定ばかりを望んだ結果、こういうことになった。

「クイン――わたしたちこれまでずっと、姉妹ってだけでなく仲のいい友だち同士だったわ。ねえ、お願い。こっちを向いて」

クインがゆっくりと向きなおった。顔は斑に汚れ、目が真っ赤だ。「もうかまわないで」小声でつぶやいた。

「そういうわけにはいかないわ。あなたにも危険が迫っているのよ」

クインが高笑いした。甲高く、わざとらしい笑い声。「マギーのこと？　たとえお姉ちゃんの言うとおりだとしても、あの子があたしを傷つけるはずないわよ」

ノラは一瞬耳をうたがったが、いまここでクインを説得しようとしてもむなしいだけだ。

「あなた、彼女がどこにいるか知ってるの？」

クインが首を振った。「六月に会ったきりだもの。サクラメントにいることも知らなかったわ。もしもまだサクラメントにいるとしてもね」

ノラは心してとげとげしい口調にならないように言った。「もし彼女から連絡があったら、そのときはすぐに知らせて。彼女、危険人物よ」

「ご忠告、しかと承っておくわ」

クインはドアを開けて出ていった。ノラは力なく椅子にすわりこみ、デュークのデスクを前に頭を抱えた。クインも冷静になれば理由がわかるだろうと信じるほかない。クインはばかではない。いまはただ、傷つき動転し混乱状態にあるだけ。

ちょっとやそっとのことで涙を流すノラではなかったが、まぶたの裏が焼けるように熱くなり、思わずぎゅっと目をつぶった。罪の意識を認めるほど愚かではない。もし悔やんだりすれば、クインに関するものを含むありとあらゆる決断をことごとく後悔することになりそうだ。クインのこと、子ども時代の自分がやったこと、母親に対する憤懣——共犯証言をしたことさえもが、正しい決断であったにもかかわらず、胸に重苦しくのしかかってきた。今日までクインを守ってきたのは、そこにすがりつくほかなかったからだ。何度となく姿を消してしまいたくなるなかで、クインだけが自分を強くしてくれる存在だったからだ。

クインを失うわけにはいかないが、ロレインと妹の関係を受け入れられるだろうか？　ロレインが口にする嘘と絶えず闘っていけるだろうか？　これから先ずっと、自分の発言や決断を、正しいにしろ間違っているにしろ、弁護したくはなかった。打ちのめされ、ひとりぼっちになった気がした。

デュークがオフィスに戻ってきた。明らかに動揺したようすで飛び出したクインを見たばかりだ。ノラはと見れば、彼のデスクに突っ伏している。力なく前かがみになり、緊張と抑えこんだ感情とで肩が小刻みに震えていた。彼女の立場を思って胸が痛み、苦悩を洗い流してやりたかった。

彼女に近づき、両手を肩においてぎゅっとつかんだ。「気の毒に。さぞきつかったんだろうな」

ノラは上体を起こし、後ろから凝った肩をやさしくこすってくれる彼の両手にもたれかかった。「あの子、いろんなことについてロレインがついた嘘を信じていたのね――その誤解をいったいどこから正していけばいいのかわからない。わたし、ずっと前からあの子を失っていたのに、気づきもしなかったのよ。ひどい状況になっていたのに、わたしは知らなかったの。あの子にぶつけた言葉の一部でいいから、できることなら撤回したいわ」かすれた声で言い、唇を嚙んだ。

「クインは頭のいい子だ。考える時間さえあれば、わかってくれるさ」

「あの子、重要なことに関してわたしが嘘をついていたと思いこんでるの。たとえば、あの子の父親のこととか」ノラが目をこすった。「わたしの目って節穴だったみたい。わたしの決断をあの子が全部恨んでたなんて」

デュークは自分にできることがあればいいとは思うものの、これはあくまでノラとクインの問題である。彼にできることといったら、彼女のそばにいてやることくらいだ。

「ブッチャー＝ペインの防犯ビデオ、ジェーンは何か見つけてくれた？」ノラが訊いた。

「ビデオはめちゃくちゃだった。これがじつに巧妙でね。連中はパソコンを持ちこんで、デジタル録画のファイルにまったくべつの画像を送りこむよう命じたんだ。とくに実際の映像の上に何も映っていない映像をかぶせるって手を使って。ラス・ラーキンのパソコンも同じやりかたで壊されたんだと思う。元の映像の復元は不可能だが、連中の方法をジェーンが突き止めてくれただけでもよかったよ。おれの警備システムに致命的な欠陥があったってことさ。これから修正しなくちゃ」

「あなたが悪いんじゃないわ」

デュークが椅子をぐるりと回転させると、二人の顔の距離はわずか十センチほどになった。ノラの大きな丸い目は心痛を映していた。「クインが真実をうまく受け入れられないのもきみが悪いんじゃないよ」

隅のテーブルで何やら音がした。「きみの携帯のバイブレーターじゃないかな」デュークがテーブルに行き、電話を取ってノラに差し出した。

「ありがとう」電話はリンゼイ・プリンスからだった。サンルイスオビスポの捜査官のひとりだ。

「ニュースがある」リンゼイがせわしく言った。「まずひとつ。高校でマギー・オデルの写真を入手した。いま〈キンコーズ〉に来たんで、スキャンして至急メールで送る」

「すごいわ。その写真、わたしとフーパー捜査官に送って。彼は全国手配用に必要だし、わたしはうちのチームのメンバーに送るから」

「まだあるんだ。地元の保安官と話したところ、彼はマギー・オデルをよく知ってた。不良少女として相当なもんだったらしい。主として公共物への破壊行為や軽犯罪で、彼女が捕まるたび、両親が弁償金を払っていたそうだ。小さな町だからそれ以上の手は打たなかったが、保安官は彼女がボーイフレンドを殺したんじゃないかとずっと疑っているそうだ。ただし証明はできない、と言っていた」

「殺害方法は?」

「ドクゼリ」

「ドクゼリ?」

「ああ、毒草を使って。しかし彼女は彼とその日に会ったことすら否定していて、二人がいっしょにいるところを見た者もいない。しかも彼女の父親が、その日の午後、彼女は風邪気味でずっと寝ていたと証言している」

「彼は嘘をついているのね?」

「保安官はそう考えたが、ボーイフレンドの死亡と彼女とを結ぶ物的証拠は何ひとつなかった。その子がドクゼリを食べたのは事故だと考える者もいれば、殺されたと考える者もいた。両親は生命保険会社から多額の保険金を受け取った。しかし保安官はそれでもずっとマギーが怪しいと思いつづけてきた。最初から彼女の反応がどこかしっくりこなかったと言うんだ。だが彼女は口を割らなかった」

「そのボーイフレンドはドクゼリをどういう形で摂取したの？」

「解剖では明らかにされなかった――胃のなかから未消化のドクゼリの葉や根っこはいっさい検出されなかったんだよ。しかし近所の池の岸辺にはドクゼリが生い茂っていた。毒がしみ出した水を飲んだ牛が死んだって事件も何件か記録にある。家族からの圧力もあり、誤って毒草を食べた事故ということで保安官は捜査を打ち切った。殺人の証拠はなかったから自殺の可能性もあった。自殺の場合、保険金は支払われない」

マギー・オデルの手口と一致する――ローズ大の学生のときもジムスンウィードの葉の痕跡はいっさいなかった。死を招く手製のティーバッグの毒が水に溶け出したのだ。

「それから」リンゼイが報告をつづける。「被害者はその日、べつの女の子とピクニックに行くはずだったが、その女の子は前夜に祖父が亡くなり、州外へ出かけた。被害者の母親によれば、彼はマギーとはすでに数週間前に別れており、彼女に会いにいくはずはない、ということだ」

「おそらくマギーはそれが受け入れられなかったのね」ノラが言った。「ラッセル・ラーキンについては何か？」

「彼はマギーの近所に住んでいたが、彼女が高校に入学する五、六年前に卒業している。彼の妹がオデルの同級生だった。つぎはその妹から話を聞くつもりだが、いま飛行機のなかでね。ノースウェスタン大からラーキンの葬儀に向かっている」

「葬儀はそこで？」

「ああ」

「もし今夜か明日の朝、彼女に接触できれば、マギー・オデルについて知っていることをいろいろ聞いてちょうだい」

「ああ、そうする。それじゃ写真を送るんで」

ノラが電話を切った。「オデルの写真が送られてくるわ」

デュークもノラの電話に目を凝らした。数秒後、メッセージが届いた。ノラがクリックする。

写真はかなり速く受信できた。十秒とはかからず画面に、ウェーヴのかかった茶色のロングヘア、茶色の丸い大きな目をした、はっとするほどの美少女が現れた。顔の輪郭はノラにそっくりだが、ほかに似たところはない。なぜほっとしたのか、ノラは自分でもわからなかった。

マギーの顔にはどこか見覚えがあった。目だけではなく……

デュークが指をぱちんと鳴らした。「これ、月曜にきみに炭酸飲料の缶を投げつけた子だよ」

「ほんとに？」

「ああ、間違いない」

デュークのオフィスのドアがノックされ、J・Tのおしゃれな秘書ヘザーが入ってきた。いかにも高級なビジネススーツに身を固めている。「アパートメントを突き止めました」そう言いながらデュークにファイルを手わたす。

デュークが薄っぺらな赤いファイルを開いた。

ローズヴィル　カレッジ大通り五一〇〇　#A一二四
賃借人：　マーガレット・ロヴィッツ
賃貸人：　テッド・オールバニー

「ヘザー、こいつはすごい」

「どうも。ほかにも何か？」

「いまのところはいい。とにかくありがとう」

ノラはデュークを見た。クインとの口論で消耗し、くたくただった。

デュークのまなざしは懸命にノラを元気づけようとしていた。「ローズ大学付近からはじめてプレイサー郡のアパートというアパートに電話するようスタッフに指示しておいたんだ。

そしたらビンゴ——発見した。賃借人がマーガレット・ロヴィッツ」

「その偽名、どうしてわかったの？」

「可能性のある偽名——オデル、ライト、プラマー、ロヴィッツ——のリストをヘザーにわたして、賃借の時期——今年の六月以降——を伝えておいた」

「フーパーに電話して捜索令状をとってもらうわ」ノラが立ちあがってにこりとした。「どうもありがとう。これもだし——そのほかにもいろいろ」

デュークがノラの頰をやさしく撫でた。「お安いご用さ」ゆっくりと言う。「きみのためなら、なんだってするって」


マギーはベッドでがばっと上体を起こし、パニックをきたした。ここはどこ？

クインの家。クインのベッド。

ゆっくりと静かに息を吐き、耳をすました。何かの音で目が覚めたような気がする。クインが帰ってきたにちがいない。

クインのシンプルなオールドファッション風の目覚まし時計にちらっと目をやった。上部にベル、昔ながらの文字盤といったタイプだ。まだ午後四時だった。早退でもしたのかしら？　なぜ？

階下で誰かが動きまわる気配がした。キッチンに入ったようだ。リノリウムの床を踏む音はふかふかのカーペットを歩く足音とはちょっと違う。音がやや大きい。水が流れる音がした。止まる。また足音。

マギーは体を回転させてベッドから出ると、ナイフを手に取った。こんなに自分を傷つけるんじゃなかったと悔やんだ。クインにこの血を見られてしまう。ま、だからどうということもないのだが。

いよいよクインを説得するときが来た。あたしたちはチームを組むべきなんだってことを納得させなければ。あたしたち二人だけのチーム。

マギーは階段の上で足を止め、二度咳をしたあと咳払いをした。

階下にちらっと目を落とすと、そこにいるのはクインではなかった。男だ。

マギーはあわててクロゼットのほうへと急ぎながら、途中で上掛けをつかんだ。クロゼットのなかに文字どおり飛びこみ、ドアを閉めた。

そして息をひそめた。

24

マギー・オデルのアパートはそれだけで有罪判決を決定させるものだった。

一階の庭付きの小さなアパートで、最初のうちはこれといった異状は見受けられなかった。実際のところ、ほとんど空っぽだったのだ。リビングルームには中古の長椅子、ダイニングキッチンには小さなテーブルと椅子が二脚、そしてベッドルームは床に置かれたマットレスにシーツと毛布。マットレスは隅にきっちり押しつけられていた。だが陰の部分を探るうち、マギーの犯罪が明らかになっていく。

清潔なキッチンは殺人をしっかり隠していた。冷蔵庫内には、アーニャ・バラードの寮の部屋にあった毒入りアイスティーが入っていた容器と同じものがあった。こちらもアイスティーらしきものがたっぷり入っている。ノラにはそれが毒入りかどうかわからなかったが、調べればわかることだ。

引き出しを開けると、ペーパータオルの上にジムスンウィードが乾燥のために広げてあった。隣の引き出しには手づくりのナイフが何本も。このナイフセット用にあつらえたと思われる独特なトレーに整然と並んでいる。

ナイフが一本、見当たらない。

このうちの一本ないし複数本から血液反応が出るのだろうか？

ノラがいちばんぞっとさせられたのはベッドルームのクロゼットだった。そのウォークイン・クロゼットはほぼバスルームほどの広さがあった。衣類は左手の奥まったところに掛かっている。そして壁という壁が写真や記事におおわれていた。そのなかにタホー湖の別荘にいるジョーナ・ペインを遠くから写した写真を見つけた瞬間、ノラはお粗末な映画のセットに足を踏み入れた気がした。写真の上端には黒の油性マーカーで文字が書かれていた。

死ね。

マギーとスコット、マギーとアーニャ、マギーとクインの写真もあった。クイン。どういうこと？　引きはがしたい衝動に駆られながらもぐっとこらえて唾をのみこみ、マギーが残した無言のうちのメッセージに神経を集中させた。

そこここにキャプションが記されている。**死ね。あんたなんか大っ嫌い。命乞いさせてやる。こいつが憎い。あばずれ。変態。**

一糸まとわぬアーニャ・バラードがリーフ・コールと抱きあっている写真もあった。窓の外から撮ったものだ。クインの写真。いっしょにいるのは……ダニー？　そう、ダニー。どんな男なのかは知らないが、新しい彼氏デヴォン以前の彼氏。ノラが知らない家だから、たぶんダニーの家なのだろう。マギーにはのぞき趣味があるようだ。

ノラがいちばん気になったのが、マギーとクインの写真だ。壁面の中央に貼られ、周囲を大きなハートで囲んである。写真のなかのクインを見ながら考える。ショートヘアからおしゃれなボブにしたころだから、いまから三、四年前か。二人とも笑顔で、クインはマギーの肩に腕を回している。ノラは気が気でなくなった。クインはマギーを信頼しているようだが、その信頼が仇になることもある。最悪の事態も考えられる。

「ノラ」デュークが静かに声をかけた。

ノラが振り返ると、デュークがドアを閉めた。その裏側にはノラを祀ったおぞましい神殿がしつらえてあった。

裏切り者。ビッチ。裏切り者。人殺し。あんたなんか大っ嫌い。

仕事中のノラ、買い物をするノラ、この夏のはじめごろに自宅の裏庭で日光浴をするノラなど、たくさんの写真が並んでいた。

ある一枚は首が切り取られている。べつの一枚は喉が掻き切られ、写真のへりには乾いた血とおぼしきものがこびりついていた。またべつの一枚は心臓が切り取られている。

「なんてことなの」呼吸が乱れた。

スティーヴ・ドノヴァンがベッドルームでノラの名を呼んだ。

ノラは手袋をした手を震わせながらドアを開けた。

「ドノヴァン」彼を手招きでウォークイン・クロゼットのなかに入れ、自分は外に出た。

「いやあ、ひどいな、これは」ドノヴァンがつぶやいた。

「彼女、ここで寝泊まりはしていないわね」ノラは室内を見まわした。「暗すぎるし、がらんとしすぎてるわ。プライバシーもないし。ここはたんなるアジトでしょう。身をひそめたり、計画を立てなおしたり、道具を身近に置いたりするための部屋。ドノヴァン、ここにある写真を全部分析して、ここ以外の場所を洗い出す必要があるわ。辺鄙な場所にあって人目を気にせず隠れていられるところ。もうひとつ、べつの家があるはずよ。プライバシーが確保できる家。近所の目がない家。彼女が住んでいるのはそういうところよ」

がらんとしたアパート内で閉所恐怖に近い感覚を覚え、表に出た。クインの携帯電話にかけてみる。呼び出し音一回ごとに恐怖が膨らんでいく。武装したボディーガードをつけずにローガン＝カルーソを立ち去らせたのはまずかった。あのとき自分は何を考えていたのだろう？　自分自分の苦悩と罪悪感でいっぱいいっぱいの状態にあり、相手が自分の家族とかかわりのある殺人者だということを忘れていた。自分のたったひとりの家族であるクイン。もし妹の身に何か起きたりしたら、責任は自分にある。

留守電の声が聞こえてきた。クインの陽気な声が「もしもし、クイン・ティーガンです。いまちょっと電話に出られないんですけど――ふふふ――手があいたらすぐにご連絡しますからメッセージ、よろしくお願いします」

ノラはメッセージを告げた。「クイン、いますぐ電話ちょうだい。いまいる場所から動かないで、どこにいるのか知らせて。あなたには警察の身辺警護が必要だわ」電話を切り、唇を噛んだ。

「これを見て、狙われてるのはクインだと思うのか？」デュークの声に怒りと恐怖がにじんでいた。「きみの写真がどんな目にあってるか見ただろう？」

「でも――」

「身辺警護が必要なのはきみだよ」

「彼女、わたしにはそう簡単に近づけないことはわかってるわ。とくにいまは――あなたがそばを離れることがないし、わたしも仕事をしている。ひとりになることがなかったもの。クインはわたしのアキレス腱。あの子の命を救うためならわたしがなんでもすることをマギーは知っている」まさにそのとおりだ。二十九年近く前、クインを取りあげたのも自分だった。母親の死にそうな悲鳴を耳にしながら、赤ちゃんが傷ついたらどうしようと怯えた。やがて生まれた赤ん坊を抱いてタオルにくるんだとき、ノラはかけがえのない愛を知った。

「彼女はどうやってこのことを知った？」

　ノラは思い出を頭から追い払った。「クインが彼女に、わたしは過保護で支配的だって話したみたい。もっとひどい言いかただったわ、たしか。マギーは人を判断することに長けているのね。だからボーイフレンドやアーニャを長いあいだ操ってこられた。人を手玉にとって、良心的な人間だと思わせることができるんだわ。人にどう接したらいいかがわかっている。でもそれはあくまで演技。彼女は怒りに満ち満ちていて、いつころっと変わるかわからない。早くクインを捜さなくちゃ」

「よし、行こう」

腕時計に目をやった。七時半。「まだ仕事をしてるかもしれないから、警察に自宅を調べてもらって、もし帰っていなければオフィスね」

サクラメント警察に連絡を入れたあと、デュークが駐車場から急いで車を出してくるあいだに、ノラはクインが携帯電話を車のなかに置き忘れた可能性を考えて家の電話にかけた。呼び出し音が四回鳴ったあと、留守番電話に切り替わる。

「お電話ありがとう。クインよ。メッセージをお願い。ぜったい連絡するから」

「クイン、ノラよ。もしそこにいるなら電話に出て。お願いよ。どうしても話さなくちゃならないことがあるの」

出てこない。出てこない。出てこない。

「ねえ、クイン、強情張ってる場合じゃないのよ。心配でたまらないわ。早く電話して」

天候が許すかぎり、クインは徒歩通勤していた。自宅はオフィスから十四ブロックしか離れていない。今日は車で来なかったことが悔やまれた。家に帰りたくなかった。車で遠くへ行きたい気分。どこでもいい。サクラメントから離れたかった。ノラからも。母親からも。タホー湖あたりに連れていってもらいたくて、デヴォンに連絡しようとしていた。もし断られたら、あんな男、もう捨ててやる。ひとりで出かけて、またつぎのホットな男を見つけて、このやりきれなさをいいセックスで穴埋めしてやる。クインのこういうライフスタイルをノラは認めていない。だからよけい駆り立てられる。ノラにわたしを非難する権利なんかあるわけ？

だがじつのところ、またつぎの男を見つけたくなどなかった。やっぱりデヴォンがいい。彼が本当に好きなのだ。これまでデートした男のなかでいちばん頭がいい部類だし、愉快だし、キュートだ。しかも医者。仕事が大好きなところは、クインと同じ。クインも仕事が好きだからこそ、今日の午後、ノラと喧嘩別れしたあとも仕事に没頭できたのだ。

角を曲がり、タウンハウスに向かって短い歩道をのぼっていく。川やオールド・サクラメントや映画館やKストリート・モールに近く、二ブロックを占める敷地に建つ三百戸からなるこの集合住宅が気に入っていた。便利で、清潔で、見た目もおしゃれ。クインが暮らす二寝室のタウンハウスにも、ささやかながら専用の庭がついている。

その庭でちょっとだけ足を止め、草木に水をやったあと、玄関の鍵を開けた。シャワーの音が聞こえた。一瞬どきりとしたが、玄関のテーブルに置かれたデヴォンの鍵と黒いバッグが目に入った。

こっちが会いたいときにそれを感じとることもできるなんて。本気で彼に恋をしてしまいそう。熱いシャワーの下でのセックスは、ノラやマギーを頭のなかから追い出すにはもってこいだ。ノラにぶつけた言葉を思うと、われながら最悪な気分だった。間違ってはいないかもしれない。そう、大部分は本当のこと――クインが九歳のときにノラが母親代わりになってからというもの、ノラはクインの人生をこまごまと管理してきた。けれどもノラは嘘つきではない。これまで自分が母親の言うことを信じてきたのは、言葉では言い表せない漠然とした何かを必死で求めていたからなのではないかと思える。

階段を一段おきにのぼると、二階がやたらと湿っぽかった。いったいいつからシャワーを浴びてるのかしら？　ポケットにカリフォルニア州放火捜査官のロゴが入ったTシャツを脱いだ。

「デヴォン、ただいま！」

シャワーのドアを開ける直前、何か変だと感じた。シャワーの下には誰も立っていない。湯気もない。空中の湿気は霧状の冷水。小石模様の入ったガラス扉ごしに見えるものは歪んでいたが、てっきりデヴォンがシャワーの床にすわっているものと思いこんだ。すでに取っ手に手を掛けていたため、いまさらやめることもできず、ドアを引き開けた。

デヴォンはシャワーの床にだらんとすわりこんでいた。皮膚が青ざめ、透明に近い。胸、背中、両腕には長く深い傷。血は出ていない。目を開けてはいるが、もはやあの明るくきらきらした青い目ではない。どんよりと色褪せ、生気を失っている。

クインは悲鳴をあげ、すぐに両手で口を押さえた。彼は死んでいた。いや、いや、いや！

「あなたが見つける予定じゃなかったのにね」

くるりと振り向くと、ベッドルームとバスルームのあいだにマギーが立っていた。その瞬間、クインはノラが言っていたことは全部本当だったと知った。戦慄が背筋を這いあがり、頭のなかが真っ白になった。

「何か音がしたんでガレージに行っただけなの。あなたが帰ってきたとき、ガレージにいたかったから。そしたらあなたの車があるじゃない」

「わたし――わたし、歩いて通勤してるの」クインはあたりをきょろきょろ見まわし、何か武器になりそうなものはないかと探したが、それらしきものはマギーの手に握られているナイフだけだった。

「あなたに話したいことがあったの」マギーが子どもみたいな口調で言った。「ひょっとしてあたしよりあの女のほうが好きでしょう？」

「だ――だれのこと？」

マギーはポケットからノラの写真を引っ張り出した。ずたずただったが、それがどういうことなのか、クインにははっきりとわかっていた。クインの大学の卒業式でのノラ。

ノラはクインのサッカーの試合は必ず観戦に来た。クインが州のスペリング競技会で一位になったときも。クインが劇に出たときも、ちょい役であろうと主役であろうと、ノラはやってきた。高校の卒業式、大学の卒業式、昇進パーティー。

クインはノラをうっとうしく思っていた。母親でもないのに、とうるさがっていた。ノラは姉。だからクインはノラを愛してもいたが軽蔑もしていた。

あるときはそれが原因でボーイフレンドと別れたこともあった。愛してると思っていた男の子だったのに、彼はノラとの問題を誰かに相談したらどうかと提案したのだ。「お姉さん、なかなか立派だと思うけどね。なんできみがあの人にそんなふうにつっかかったり邪険にしたりするのかわからないよ」

クインは、精神科医に診てもらうなんてまっぴらよ、と言い、彼を家から、そして人生から追い出した。わたしは精神的にどこもおかしくないし、自分の気持ちくらい自分でどうにかできるからほっといて、大きなお世話。それからというもの、クインはめったにボーイフレンドを姉に紹介しなくなった。たとえ引きあわせたとしても、ごく短い時間で切りあげた。

しかしそのことが出そうで出ないくしゃみよろしく彼女をいらいらさせ、ようやくいまになって——自分はなんてひどい子だったんだろうとはじめて気づいた。

われながら愕然とした。自分は警官ではない。放火捜査官。ある種の専門ばか。頭は悪くないけれど、世間知らずだ。

テレビドラマでは判で押したように、正義の味方は悪人にしゃべりつづけさせて援軍の到着を待つ。「あなたいったい何が欲しいの、マギー?」

「そう、父親が欲しかったな。あなたもそうだと思ったけど?」

クインがはじめて妹のマギーに会ったとき、マギーは九歳。母親が刑務所に入れられたときのクインとちょうど同じ年齢だった。だが中身のある会話が成立するようになったのはそれから数年後で、そのなかのひとつが父親についてのやりとりだった。

クインの父親のことでノラが嘘をついていた話をマギーにしたのはそのときだ。クインは母親の話——わかりやすかったし、細部まできちんとしていた——のほうを本当だと信じていた。だからクインはランドール・ティーガンを捜し出した。実在の人物だった。

ノラはそれを否定はせず、ただあなたの父親ではないとだけ言った。

クインが母親の言うことを信じたのは、それを信じたかったからだ。すがりつくように信じてしまった。クインがマギーと緊密に結びついたのはまさにあの瞬間。というのも、ノラはクインを父親からも遠ざけようとしていたからだ。

なんて未熟な子どもだったんだろう。

いまはただ、ノラが許してくれることを祈るほかない。

「なぜ彼を殺したの？」クインはデヴォンに目を戻すことはできなかった。罪悪感が恐怖感と闘っていた。

「侵入者だと思ったのよ」

「侵入者がシャワーを浴びる？」クインの声が割れ、すすり泣きに変わった。

マギーが肩をすくめてから、クインをにらみつけた。「あたし、あなたが必要だったの。だけどもう、あなたもそこいらのみんなと同じだってことがわかったわ。自分勝手なあばずれ。だからあたしも罪の意識を感じないですむわ」

水浸しの床に落ちたノラの写真をついじっと見てしまった。マギーから目を離してはいけない、と思ったつぎの瞬間、金属製のダーツが二本、腹部に命中した。床にへたりこみながら、鋭い痛みとともに四肢の痙攣に気づいた。

許して、ノラ。

マギーはテーザー銃とナイフをペザントスカートの深いポケットに無造作に入れた。電気ショックが全身に流れるにつれ、クインの体がぎくしゃくと舞う。マギーはクインの両腋に手を入れ、バスルームから引っ張り出した。

25

「警察はどこかしら？」ノラはデュークが車を停めるのを待って、あわただしく車を降りた。「電話してから十分以上もたつのに」

　デュークが言った。「たんなる安全確認の依頼だったからな」

「こっちはＦＢＩ捜査官よ。ただちに急行しなくちゃと思わない？」ノラはきびきびした足取りでクインのタウンハウスへとつづく小道を進んだ。

「ちょっと待て、ノラ」

「とにかく時間がないの――」そう言いながらも歩調をゆるめた。「わかってるわ。ただ、あの子が無事だってことを確認したいだけ」

「それはわかるが、鍵は持ってるのか？」

　ノラはキーホルダーについているクインの鍵を高く上げて見せた。

「入り口は何か所？」

「二か所。ガレージはタウンハウスの地下にあって、そこから一階に上がる階段があるの。あとは正面の玄関。ガラスの引き戸もあるけど、鍵はないわ」

「おれはガレージに回って、そっちから入る」

「あのドアを開けるにはリモコンがないと」

デュークがかすかな笑みを浮かべた。「ガレージのリモコンなら問題なし。六十数えてから突入してくれ。おれは裏の階段から入る。万が一ってこともある。油断するなよ」

ノラがうなずいた。「端から数えて三つめのガレージよ」

デュークは手を振りながら、小道を駆け足で下ってガレージのほうへと回りこんだ。ノラはカウントを開始した。

一。二。三。

頭のなかで数をかぞえながら、クインのささやかな庭の周囲にめぐらした目隠しフェンスの外に立ち、足馴らしをはじめた。なかから物音はいっさい聞こえてこないし、フェンスの隙間からのぞいてもみた。キッチンの明かりが奥のほうに見え、二階のマスターベッドルームの明かりもついていた。エコ意識が強いクインは、けっして電気をつけっぱなしにはしない。間違いなく家にいる。

五十八。五十九。六十。

鍵はすでにフェンスの鍵穴に差しこんであった。それを回転させてドアを押し開け、玄関ドアまで大股で四歩進んだ。また鍵を差しこんで回転させる。銃の床尾に手をやり、何か聞こえないかと耳をすました。二階でシャワーの音がする。安堵感が全身に広がった。

ガレージへと通じる階段のドアがゆっくりと開いた。ノラは射線をよけた位置に移動し、デュークだとわかると手ぶりで入ってくるよう合図を送った。

「二階にいるわ」ノラがささやいた。「シャワーの音がする」

「ガレージに車がなかった」デュークはガレージのドアをロックしたあと、一階のセキュリティーをチェックした。玄関のクロゼット、バスルーム、キッチンの食料庫、キャビネット。一階に隠れ場所はそういくつもない。

ノラが怪訝な顔をした。空気が異様にひんやりと湿っている。銃を抜き、用心しながら階段をのぼりはじめる。デュークもノラの二段あとから全神経を集中させて進んだ。二階に到達すると湿度はすでに飽和状態に近く、ノラの肌も冷たく不気味な膜におおわれた。ドアが開いたままのマスターベッドルームに足を踏み入れた瞬間、壁から水滴が滴るほどの湿気を目のあたりにし、ノラはクインが死んでいるのではと恐れた。デュークが開け放したままのバスルームのドアのほうを手ぶりで示した。床には水たまりができている。

デュークが声は出さずに口だけ動かした。おれが行く。バスルームのなかを指さす。

明らかに彼もクインが死んだと思ったようだ。その現実からノラを守りたいのだろう。この場は素直に彼に譲る。

デュークはあいかわらず攻撃を予測しているらしく、隅からなかをのぞいた。

「くそっ」

ノラの喉から引きつったうめきがもれた。「クイン」

「そうじゃなかった」

ノラはなかを見た。シャワーの扉は大きく開いており、タイルの床には全裸の男性が倒れて死んでいた。

デュークが言った。「二階のほかの部分を調べてくるから待ってろ」

ノラはバスルーム内を見回した。死亡した男性の服はバスルームのカウンターにだらしなく置かれている。近づいて見ると、シャツのポケットに名札がついていた。ドクター・デヴォン・ブレア。クインの彼。シャワーからのしぶきで濡れた床にはさっきまでクインが着ていた赤いTシャツがあった。

ノラはそれに目を凝らした。ここでいったい何が起きたのか？　床の上には一枚の写真もあった。あえて手は触れたりはしなかった。証拠の保存が何よりも重要だというのに、二人はすでに家のなかのあちこちを歩き回り、おそらく現場を損なってしまったものと思われる。だが、かがみこんでなんの写真か見た。

ノラの写真だった。喉を掻き切ったかのような掻き傷がつき、目はえぐり取られていた。ノラが知らないときにクインが撮ったスナップ写真らしい。クインの大学の卒業式のあと、ステージを見あげるノラが写っている。あのときクインは、感慨にふけるノラに何を考えているのかと尋ねてきた。ノラは、あなたのことが誇らしくて感極まってるの、と答えた。百パーセント真実ではなかった。たしかに誇らしくはあったけれど、それにもましてクインと自分自身への約束を果たせたと感じていたからだ――クインがその上に未来を築けるようなしっかりした基礎を与えてやること。自分だけの目標を達成したというのに、あのときのノラは鼻高々でもあり寂しくもあった。

　デュークが引き返してきた。「誰もいないが、きみに見てもらわなきゃならないものがある」

「クインは連れ去られたんだわ」Tシャツを指さした。

「わかってる」デュークは写真にちらっと目を落としたが、すぐにはノラだとわからず、つぎの瞬間そうだとわかって顔をしかめた。

　彼が先に立ち、二人はバスルームをあとにした。デュークがドレッサーを指さした。破壊行為の跡が目に入った。写真を入れた額がひとつ残らず壊されている。母親は彼女たちが子どものころの写真をほとんど撮ってくれなかったから、クインのためにとノラが苦心してつくりあげた子ども時代の思い出だ。

「上掛けに血が付着している。大量じゃないが」デュークが早口で付け加えた。「クロゼットに押しこまれていた。下に誰か隠れていないかたしかめようとして動かした」

　あるいは下で誰か死んでいないか。

「彼女、クインをどこへ連れていったのかしら？」ノラの声がかすれた。「あのアパートではないとすると、いったいどこかしら？」

「捜そう」

　階下で呼び鈴が鳴り、ノックの音が大きく響いた。

　警察。

ノラはFBIの会議室をうろうろ歩きまわりながら、ビクタービル刑務所のジェフ・グリーン所長が電話口に戻ってくるのを待っていた。今夜は一ダースほどの捜査官と分析官がかかりっきりで、さまざまな名義で――マギーが知っていそうな人間の――登記された不動産、写真、Eメールを克明に調べ、マギーがクインを連れ去った可能性のある場所を探していた。合衆国西部の警察官は全員、クインとマギーの写真を添付したクインの車に関するメモを手にしているはずだ。

一時間前になるが、深夜十二時少し前にクインのオフィスから三ブロック離れた路上に駐車してあったスコット・エドワーズのトラックが発見された。トラックは保安官事務所の証拠保管所に牽引され、スティーヴ・ドノヴァンのチームが検証を開始している。

クインの携帯電話の追跡も試みたが、タウンハウスに置いたままのバッグのなかにあった。クインの車はめったに乗らないこともあり、GPSその他の追跡可能なセキュリティー装置はついていない。

タウンハウスに到着した検視官は、被害者ドクター・デヴォン・ブレアは死後五、六時間が経過していると判断したが、冷水が体温を下げつづけていたため、正確な死亡時刻の推定はむずかしいだろうと言った。病院のスタッフから聞いたところによれば、彼がサッター総合病院を出たのは午後四時だそうだ。

デュークとノラはマギーのアパートに行き、三人の専門家とともにマギーがクインを連れていった場所につながりそうな手がかり――レシート、メモ、日記――はないかと丹念に探した。およそ何もなかった。実際、アパートの賃貸契約書に記された見覚えのある偽名以外、マギー・オデルがそこに住んでいることを示すものすら何ひとつ出てこなかった。証拠対応チームは部屋じゅうの指紋や微細証拠を採取し、マギーがここにいたことを証明できると確信してはいるものの、彼女を示す所有物がいっさいない状況を見るかぎり、マギーは多くの若い殺人者に比べてはるかに抜け目がないことがわかる。

クレジットカードも銀行口座もないから、カードや預金の動きを追跡することはできない。彼女の父親のクレジットカードを調べたが、成果はなかった。本人が地元で使用しただけ。前日彼に話を聞きにいった捜査官二名が再度彼を訪ねて協力を依頼したが、断られた。マギーに殺人と誘拐の容疑がかかっていると聞かされても信じなかった。彼は州内に自宅以外の不動産を所有していないが、不動産の所有者たることが必ずしもマギーの目的のための必要条件とはかぎらない。プライバシーが確保でき、ハイウェーからのアクセスがいい家を適当に選ぶということも考えられる。廃屋となった山小屋とか空き家同然の別荘とかなら目的にかなう。そう思いついたとき、ノラはその捜査官たちにタホー湖のジョーナ・ペインの別荘を調べてくるよう指示した。しかしそこに人けはなく、警察が貼った立入禁止のマークもいっさい損なわれていなかった。

クアンティコのハンス・ヴィーゴは、マギーはクインに危害を加える前にノラに直接連絡してくると確信していたが、すでに六時間以上経過している。

ノラは夜のうちにあらゆる手を打った。クインの最近の写真複数枚とマギーの高校時代の写真、そしてアパートのクロゼットに貼られていた、よりいまに近いマギーの写真があらゆる捜査機関に送られたことを確認。クインの車、スコット・エドワーズのトラックの車種と年式についても同様。ローズ大に捜査官を送りこみ、学生たちから再度事情聴取。ドノヴァンには証拠の検出を急ぐよう指示。もはやクインが直面している危険に思いを馳せる以外に行くべきところもすべきこともなくなったのは午前一時だった。

手段がもうひとつあった。最後の手段。ロレインと話す気などまったくなかったが、選択の余地はなかった。マギーがどこで暮らしているのか、ロレインなら何か知っているかもしれない。ひょっとしたら協力してくれる。クインの命が危ういのだ。きっと協力してくれる！

ビクタービル連邦刑務所のグリーン所長に電話をかけ、胸にこみあげてくる絶望感をなんとか抑えこもうとした。ここまで怯えていることをロレインが知ったら、ノラを苦しめたいがために口を閉ざすかもしれない。ロレインにはただ、クインのためだということだけを強調しなければ。協力を得るにはそれしかない。

「お待たせして申し訳ありません、イングリッシュ捜査官」

「こちらこそお休みのところを申し訳ありません、所長。ですが緊急事態が発生しました。いますぐ受刑者と話をさせていただきたいんです」

「聞いております。こんなにお待たせした理由のひとつはそこなんです。いまロレイン・ライトを起こして、あなたからの電話を受けるように言ったところ、拒絶されました」

「そこをなんとか！」

「わたしとしては電話に出ることを強制はできません」

ノラは目をこすった。ロレインが心変わりするはずはない。自己中心的で、つねに怒りを抱え、疑り深い。「お願いです。マギーの居場所を知っているかどうか訊いてください。住んでいるかもしれない場所としてどこか思い当たるところはないかどうか。娘のクインの身が危険だと伝えてください」

「訊いてきましょう。このままお待ちください。数分かかるかもしれませんが」

「待ちます。よろしくお願いします」

デュークはかたわらに立ち、彼女の手を握っていた。「ロレインはわたしと口をききたくないんだわ」

「ドクター・ヴィーゴは、マギーからきみに連絡が来ると言っていたな」すでにフーパーがノラの電話すべてに探知機を取り付けさせた。もしマギーから電話が入れば、その時点ですぐに彼女の居場所をピンポイントで割り出せる。

「でも電話が必ず来るとわかっているわけではないわ。彼女はいま、電話をしないことで支配的立場に立っているのよ。われわれが第一にすべきことは彼女の所在をつかむこと。さもないと、いいように振りまわされるだけ」

「だからみんな、必死で捜してるだろう」

「それはわかってるの」ノラはテーブルのへりに腰かけ、目をつぶった。パニックを起こしたくなかった。理路整然と考えなければ。「クインは大丈夫よ」

「ああ、大丈夫だよ。彼女は元気がいいから」

マギーの常軌を逸した行動を予測できる者は誰もいなかった。ハンス・ヴィーゴでさえ。ノラはマギーのクロゼットの写真を見た瞬間にクインが危険だと察知はしたものの、マギーから本当に連絡が来るとしても、それがいつなのか推測できなかった。ドクター・ヴィーゴは二十四時間以内と言ったが、ノラはあまり信じていなかった。マギーがゲームの最終段階をどう組み立てるかによる。

「彼女、きみをまいらせようとしているな」デュークがノラに言った。「こっちが追っていることには気づいてない」

ノラに確信はなかったが、マギーのアパートの張り込みには賛成した。「アパートには戻らなかったのね」

「クインを誘拐したからな。建物に連れこむだけでもむずかしいだろう。きみがさっき言っていたように、どっか人目につかないところを選ぶはずだ」

「クインを連れ去る前はこっちが追っていることを知らなかったとしても、いまはもう知っているわ」

「どうして？」

「クインのタウンハウスの水を流しっぱなしにして出ていったのがひとつ。あれは誰かに気づいてもらうためよ。たぶん隣人を意識してのことね。こっちはスコットのトラックを押収したし、彼女のアパートを家宅捜索した。それに――クインが黙っているとは思えないわ。わたし、クインを納得させようとして、マギーの犯罪の証拠をあれこれ並べたてたのよ。わたしたちにとって有利な点はたったひとつ、マギーとクインには長いあいだの付き合いがあるってことかしら。だからたぶん――」ノラが間をおいた。わたしったら、いったい何を期待しているんだろう？「たぶん、クインは彼女を理解してるわ。だからわたしたちが見つけるまで生き延びられると思うの」

フーパーがすぐ後ろにレイチェルを従えて会議室に入ってきた。「デヴィッド・オデルの電話に盗聴器を仕掛けたいと判事にたのんだが、令状はとれなかった。彼が娘の行動に関与しているという証拠が十分ではないうえ、マギー・オデルの罪状も表面的だと言われた」

「嘘だろ？」デュークが叫んだ。「これだからつくづく警官にならなくてよかったと思うよ。これだけはっきりした証拠があるってのにか。おまえは彼女のアパートを見てないんだよな、ディーン」

フーパーがきっとなった。「写真は見た。ぼくも彼女が犯人だという説に賛成だが、〝そう認識している〟と〝それを立証する〟は話がまったくべつだ。まだ処理が終わっていない証拠もある。指紋はあっても、それがマギー・オデルのものだと証明はできないからな」

「その必要はありませんよ」レイチェルがブラックベリーを高く上げた。「ドノヴァンからのEメールによると、あのアパートから採取した指紋がエドワーズのトラックやティーガンのタウンハウスの指紋と一致したとのことです」

「しかし、それがマギー・オデルの指紋と一致したわけじゃないわ」ノラが言った。「彼女の身柄さえ確保できれば、事件全体をきれいに無理なく関連づけることができるんだけど、それまではちょっと。とにかく彼女、その存在すらつかめていないのよ」

「もしもし、イングリッシュ捜査官？」グリーン所長が電話の向こうから呼びかけてきた。

「はい、所長、わたしです」

「残念ですが、ご協力できそうにありませんな」

ノラは胸が締めつけられた。もはや万策尽きた。ロレインが口を開いてくれなければ、マギーがつぎの行動に出るのを待つほかなくなる。ノラは反社会性人格障害と思われる殺人者に主導権を譲りたくなかった。

「なぜ？」

「ミズ・ライトが言うには、もしどうしてもその情報が欲しいなら、面と向かってたのみなさい、と」

カモがテーブルの上に立ち、こっちをじっと見ていた。ブッチャー＝ペインから姿を消したカモの最後の一羽だわ。クインは椅子にがっちりと縛りつけられていた。両手は後ろに回され、両足首は椅子の脚部に縛りつけられ、身に着けているものといえばジーンズとブラだけだ。マギーはシャツを着せてはくれなかった。ここが——〝ここ〟がどこであれ——凍えそうに寒いことには気づいてもいないようだ。クインにわかっているのは、ここは山のなかだということ――若い松やセコイアなどの湿っぽい森林のにおいがする。とはいえシエラネバダ山脈は広大だから、ここがどこであってもおかしくないが、たどり着くまでに二時間とはかからなかった。

カモにつづいて猫がテーブルに跳びのると、カモはよたよたと歩いて床へ跳びおりた。今度は猫がクインをじっと見てからすわり、前脚を舐めはじめた。

外は真っ暗で、キャビン内は部屋の真ん中に裸電球が一個だけ。室内は散らかっているものの、こぎれいにはしてある。本や紙類はぽつんと置かれた本棚にきっちりと積み重ねられ、洗った皿は食器棚のなか、ナイフはラックに掛かっている。

もしもクインの体内時計が正しく機能しているなら、マギーは三時間前に出ていった。これからあたしをどうするつもりなのか、クインには見当もつかなかった。バスルームでテーザー銃を撃ってからというもの、ほとんど口をきかなくなった。

デヴォンのこと、マギーが彼に何をしたのかを思うと、下唇がわなわな震えた。ノラに対して企んでいること。マギーの目的がノラを殺すことであるのは間違いない。けれどクインはどうしたら自分が殺されずにすむのかわからない。ましてや姉は。

自分が行方不明になったことにノラは気づいただろうか？　姉に向かって自分が吐いた言葉のうちには自分でも信じられないものがあった。取り消せるものなら取り消したかった。あれがノラとの最後の会話になるのだろうか？　ノラに憎んでいると思われたまま死にたくなかった。

キャビンの外から聞こえてくるのはかすかな音ばかりだ。微風に揺れる木々の枝が裏の外壁にこすれる音。その風がときおり強まり、窓をカタカタと揺さぶる。フクロウの鳴き声。コヨーテの遠吠え。ドアが開く音にぎくりとした。「ただいま、クイン！　あたしよ！」マギーの声だ。

マギーは袋をカウンターに置き、なかのものを取り出した。

「どこへ行ってたの？」クインは訊いた。

「外よ」マギーが答え、大きな声で笑った。「スーパー特別捜査官にメッセージを送ってきたの。あの女、いつになったら気づくかしらね」携帯電話をカウンターに置いた。

「メッセージってどんな？」

「愉快なやつよ」マギーが顔をしかめた。「なんで質問ばっかりするわけ？」

「興味があるの。だってあたし、囚われの聴衆だもの」

マギーが肩をすくめた。「あんたはもうどうでもいい存在」

「だったら解放して」

マギーはまた高らかに笑った。「ばかねえ。冗談だってば。あんたが主役」

マギーは袋の中身を並べていく。ピーナッツバター。パン。水のペットボトル。そのままサンドイッチをつくり、クインの口もとに差し出した。「さ、どうぞ」

クインはそっぽを向いた。いくら空腹だろうと、マギーから食べさせてもらおうとは思わない。

「あら、上等じゃない」マギーがぶっきらぼうに言った。サンドイッチは自分が食べ、そのあと水を飲んだ。

「マギー、あなた、なぜあの人たちを殺したの？」

マギーは眉をひそめた。「あの女がそう言ったの？　あの女、あんたにそんなこと言ったの？　あたしが人を殺したって？」憤慨しているようにも聞こえたが、彼女の声にはプライドらしきものがにじんでいた。

「何もかも聞いたわよ」

「どうだか」

「あなたは放火に関与して、ペイン博士を殺した。仲間を毒殺した」

マギーが口をとがらせた。「そんな話、したくないわ。あんたも生きていたいんなら、口を閉じてるのね」

「ノラがあなたを傷つけたことなんかないわ」

マギーがげんこつでテーブルを叩いた。猫があわてて跳びおり、小さな長椅子の裏側に駆けこんだ。「あんたのせいであの子を怖がらせちゃったじゃない」マギーの動揺は明らかだ。クインにぴしゃりと平手打ちを食わせた。「ノラはあたしの父親を殺したんだから、死んで当然よ。あたしがどれだけ前からこの計画を立ててきたか知らないでしょう。何年も前からなのよ。ここに来てローズ大学に通ったのも、目的はあんたに近づくことだったけど、あんたはあたしに周りをうろうろしてほしくなかったからでしょう！」

「それは、ノラがあなたに気づくかもしれないからでしょう！」

「ノラはあたしがどんな顔をしてるのかも知らないわ。今週だって二度もあの女のすぐそばを通ったけど、ぜんぜん気づかなかったもの。あたしをあんたの友だちのマギーとして紹介することだってできたのにね」

「あなたがどんな顔をしているか、ノラはもう知っているわ。あなたのことならなんでも知っているみたい」

「まだあたしをわかってないし、最後までわかるはずないの。なぜかっていうとね、あの女が罠にかかったとたんにあたしが殺すから。あたしは特別な人間になれるはずだった。重要人物になれるはずだった！　なのにあの女があたしを取るに足らない人間にしたのよ」

わけのわからないことを言っているが、クインには殺人者と話した経験がほとんどない。こういうときはこの子に何を言うべきなんだろう？　クインが知っているマギーではなかった。

「あなたは特別よ」クインが静かに言った。「ずっと前から特別だったじゃない。はじめて会ったときにぴんときたわ」あながち嘘ではない――あのときのクインは妹ができたことにうっとりしていたし、ノラに秘密をつくったことにわくわくしていた。

「あぁら、おじょうず言っちゃって」

「そうじゃないわ。あたしはずっとあなたのことが好きだったわ、マギー。あたしたち、すごくよく似てるもの」マギーが殺人者だと知るまではそう思っていた。

マギーはクインを見ながら、彼女の言うことを信じていいのかどうか迷っているようだ。

「信じられないわ、あんたの言うことなんて。だってあたし、あんたの彼氏を殺したのよ。ねえ、どうしてなの、クイン？　どうしてあたしよりあの男を選んだの？」

クインは一瞬、性的関係のことかと思ったが、すぐにそうではなく親密な関係について言っているのだと気づいた。マギーはクインを独り占めしたかったのだ。

「彼のことは好きだったけど、あなたかデヴォンかというようなことじゃないわ。あなたとは永遠に友だちでいられると思っていたのに」デヴォンが死んだいま、クインは責任を感じていた。マギーが殺人者だとは思わずに親しくしていたことに。

「嘘よ！」マギーが甲高い声で言い、キャビンのなかを行ったり来たりしはじめた。「あんたはわかってない！　そのへんのみんなとおんなじ。あたしをなだめようとなんかしないで。友だちのふりなんかしないで。だって友だちじゃないもの。あたしがあんたとおしゃべりした理由はたったひとつ。必要な情報を得られるからよ」

「えっ？　あたしはそんなこと一度も――」

「いろいろ細かいことね。たとえば、ノラはピーナッツ・アレルギーだとか」マギーがピーナッツバターの瓶を手に取った。「これが役に立つかもしれないな。はっきり言うと、クイン、あたしたち、あの女がいないほうがいいのよね」

マギーにピーナッツの話をした記憶はなかったが、おそらく話の流れでしゃべったのだろう。マギーとはさんざんおしゃべりをした。話題はほとんど子どものころのこと……ノラと過ごした年月。母親に会いたかったこと。ノラがなぜロレインに会わせてくれないのか理解できないこと。不満。いつだってノラを批判ばかりしていた。なんでもノラのせいだとマギーが考えたとしても不思議はない。クインはたしかになんでもノラのせいにしていたのだ。

「お願いよ、マギー。こんなこと、いますぐやめて。あなたが逃げて姿を消せば、それですべて終わるわ」

「いやよ！」マギーがいきなりクインの腹部にしたたかに蹴りを入れ、クインは椅子ごと後ろにひっくり返った。「やめられないし、やめたくないわ。最後までやらなくちゃ」

肺のなかの空気が全部一気に出てしまい、クインは動くこともできず、息もできなくなった。腹部の痛みはたちまち広がり、気絶するかと思ったほどだが、懸命に意識を集中して浅い呼吸を繰り返した。

マギーが床に倒れたクインの横を通り過ぎ、バスルームへと入っていった。独り言をぶつぶつとつぶやいている。クインにはところどころ聞きとれる言葉があった。刑務所。裏切り者。どうしようもないわ、これじゃ。

ノラがマギーは正気じゃないと言ったとき、クインは信じなかった。

身震いを覚えた。いまとなればまさにそうだと思う。

J・T・カルーソが小型機を格納している元マザー空軍基地。デュークはショーンを横から引っ張った。

「用心しろよ、ショーン。おまえは六月に免許を取ったばかりだ。単独飛行の時間はまだ大してないんだからな」

「またかよ、デューク」

家族を心配しているのだから謝る気はなかった。「心配なんだよ。おまえのことだけじゃなく、ノラのこともだ」

「彼女のこと、ほんとに好きなんだな」ショーンが眉を片方、きゅっと上げた。「墜落なんかしないって、デューク。約束する」

両親の乗った小型機が墜落事故を起こして以来、デュークが飛行に対する不安を言葉にできる相手はショーンしかいなかった。ロレイン・ライトとじかに話すため、ショーンとノラを空路でビクタービルに送り出すのは抵抗があるが、ほかに手はなかった。デュークがサクラメントにとどまることになったのは、ノラにそうしてほしいとたのまれたからだ。

「わかった」デュークが言った。

「給油完了です、ミスター・ローガン」係員がショーンに告げた。

ミスター・ローガン。デュークはこれまで、ショーンがそんなふうに呼ばれるのを耳にしたことがなかった。

「それじゃノラを連れてくる」

ノラはグリーン所長と電話中だった。刑務所の敷地内への着陸許可に関する手配を依頼している。「あまり時間がないんです、所長。これが最速の手段なので、どうかよろしく」

ノラの肩から力が抜けたとき、デュークは彼女の言い分が通ったことを知った。

「ありがとうございます」ノラは電話を切り、疲れた顔でデュークに笑いかけた。「午前四時から五時のあいだってことになったわ。母への質問は到着しだいただちに開始できるようにしてくれるそうよ。クインの居場所、きっと突き止めてくるわ」

「きみなら大丈夫」とはいうものの、デュークにも確信は持てなかった。ノラを刑務所に送りこむことにリスクがないわけではない。もしロレインがマギーの居どころは知らず、これがたんなるゲームだとしたら、ノラは貴重な時間を浪費するばかりか、つらい思いをすることになる。相手は二十年ぶりに顔を合わせる母親なのだ――デュークもついていきたかった、ノラを支えるために。

「ありがとう、デューク。ここに残ってくれること、感謝してるわ。あなたにはどうしてもここに残って、クインを捜してほしいのよ。FBIよりいろいろやれる人だから」

デュークは言外の意味を読んだ。連邦捜査官には許されないことでもデュークならばできることもあるとはいえ、そういう形で力を貸す場面があるとは思えなかった。しかしノラの妹と妹を拉致した殺人者を捜し出すため、人的その他あらゆる資源を提供するつもりでいた。

「電話をくれるね？　刑務所に着いたらすぐ」

ノラがうなずいた。目の下には隈ができている。デュークがかがみこんでキスをしたあと、引き寄せてハグした。ノラもハグを返し、すぐには離れなかった。デュークがささやく。

「ノラ、忘れるな。きみは過去を克服した。彼女にそこへ引き戻されないようにしろ。気を強く持つんだ。おれがここできみを待ってることを思い出して」

デュークはしぶしぶノラから離れ、ステップをのぼってセスナに乗りこむ彼女に手を貸した。ドアを閉めて機体から離れる。彼女を行かせることがどうしてこんなにつらいんだろう？　しかしそうは言っていられなかった。ノラには彼の支えが必要だが、それ以上に彼にクインを捜してほしいのだ。

ショーンの操縦で滑走路へと向かっていくセスナ機を見守った。機はいったん停止し、管制塔からの指示を待っている。自分が世界でいちばん愛している二人――弟とノラ・イングリッシュ――がこれから離陸しようとしている。その瞬間、カスケード山脈上空を飛行中に墜落した父親が操縦していたのも、不気味なことに同じ機種だったことに気づいた。

どんなに愛する者とはいえ、週に七日二十四時間態勢で守ることはできない。機体は見る見る速力を上げながら滑走路を進み、ついに離陸すると真っ黒な夜の空へと姿を消した。

午前四時。オフィスの鍵をあけたデュークは、J・T・カルーソがいることにそうは驚きはしなかったものの、挨拶以前にしなければならないことがやまほどあった。

音を立てずに自分の部屋に入り、ドアを閉めた。デスクの明かりがついていたため、その他の明かりは必要なかった。大股で部屋の奥へ進み、エグゼクティヴチェアに腰を下ろすと、いちばん下の引き出しを開けた。

コルトはまだそこにあった。箱入りの実弾も彼を待っていた。この十三年間、彼は銃を持たなかった。そのあいだにクライアントや仕事を失ったことはない。ノラは鋭い直感をそなえ訓練を積んだFBI捜査官だし、彼女が彼を雇ったわけではないが、それでも彼は今回の事件を自分の仕事と考えていた。彼はノラのコンサルタントで、彼女の身の安全を守ると約束していた。

頭脳と腕力だけでなく、武器も必要になるかもしれない。罪の意識に屈したままでいるには、あまりにリスクが大きすぎる問題だ。

引き出しに手を入れてコルトをつかみ、反射的に弾倉と銃身をチェックした。ともに空の状態だ。

七発入りのマガジンを装塡し、一発を薬室に送りこんだあと、マガジンをはずしてさらに一発を足して戻し、安全装置を念入りに確認した。無意識のうちの手順。数えきれないほど繰り返してきた動作。結果、眠っていても弾薬を込めたり抜いたり、銃を分解して掃除したり組み立てたりできるまでになっていた。

銃の掃除は毎月一日におこなっていたため、機能的に問題がないことは承知していたが、実弾を装塡するのは十三年ぶりのことだ。

べつの引き出しからホルスターを取り出してズボンのベルトに通し、銃をおさめた。七発入りのマガジンをもう二個用意し、ポケットに入れる。

弾は一発でじゅうぶんなのだが、そこは元海兵隊員だ。海兵隊員はつねに準備怠りない。

廊下の反対側の端にあるミッチ・ビアンキの部屋から話し声が聞こえたが、まずはデュークの部屋と隣りあうJ・Tの部屋に顔を出した。ドアのところに立って声をかける。「飛行機借りたよ。悪いな」

J・Tは感謝の言葉を払いのけるように手を振った。「ショーンはなかなかしっかりしてるよ。のみこみが早い。そのうちおれよりうまくなるな」

うぬぼれたコメントではない。J・Tはかつて海軍特殊部隊に所属していた。ジェット戦闘機を操縦し、海上を航行中の空母に着陸していたのだ。

「なんか見つかったか？」

「まあな。ジェーンが不動産記録を分類して、マギーの拠点があるかもしれないとメガンが考える地域の物件を抽出した。反社会性人格障害をもつ犯人を向こうに回すとなれば、メガンの右に出る者はいないからな」

ローガン＝カルーソ社の機器を使っているのは、それらがFBIの地方支局のものより性能も速度も上だからだ。メンローパークにあるFBIのネット犯罪班にはこれに匹敵する機器があるが、そこはそこで事件や優先事項をいろいろ抱えており、失踪中の成人ひとりを捜すためにほかの仕事を放り出すわけにはいかない。ローガン＝カルーソにはそれができる。

「いま、そうした地域の地図を精鋭メンバーにつくらせている」J・Tが言った。「それができたら、可能性の高い地域の衛星写真と付加情報を引き出すことにする」

危険なのはそこである。J・Tは政府の最高機密事項に近づくことができる許可証を持っており、いくつもの極秘プロジェクトで幅広い仕事をしてはいるが、承認されていない活動のためにそれを使おうというのだ。クイン拉致後、デュークがはじめてJ・Tに協力を依頼したとき、J・Tは、どうせ許してもらえないんだから許可を申請するつもりなどない、と言った。「それに」と付け加えた。「きみならおれたちが残した痕跡を全部消せるはずだしな」

「いや、どこまでそれが――」

J・Tが片手を上げて制した。「そこまで。やれるさ」

「できるだけのことはやってみる。みんなはジェーンの部屋に?」

J・Tは首を振った。「メガンが印刷された地図を見たいっていうんで、みんなでミッチの部屋を占領している。メガンはクアンティコのハンス・ヴィーゴと電話しながら範囲を狭めているところだ。きみは今回の事件に関していろいろ知っている貴重な人間だ。ノラといっしょにビクタービルに行くものと思っていたが」

「彼女が母親から得た情報に基づいてここで動く必要があるでしょう。時間があまりない。マギー・オデルは、殺すと決めたら即実行に移す。三人の学生――マギーの仲間――のことが頭から離れないんだ。そもそも計画があって仲間を殺したのか？　あるいはあれは捜査に対する反応だったのか？　仲間のうちのひとりが何か言ったからああいうことになったのか？　クイン・ティーガンは威勢のいい子だ。おとなしくすわってじっとしているようなタイプじゃない」

「反社会性人格障害は専門外だからな」J・Tが言った。「おれが相手にしている殺人者たちは正気だし、動機も特定の人間に向けた恨みじゃない」

特定の人間に向けた恨み。今回はまさにそれだ。オデルのノラに対する復讐。情報を得るためにラス・ラーキンを殺害したときはじつに素早かった。彼は苦しまなかった。それ以外の犠牲者については、死んでほしい理由があった。彼らは長時間もがき苦しんだ。ノラにとって世界でいちばん大切なものは家族だ。自分の命にもまして愛しいものはたったひとつしかない。妹。

「クインはまだ生きていると思う」デュークが言った。「彼女は餌だからだ。ノラがそれにつられて罠にかかる。ロレイン・ライトがその罠の一部なのか、罠を跳び越すためのカギとなるのか、これが百万ドルの疑問だな」

26

降下をはじめた機体から、ノラはビクタービル連邦刑務所の明かりを見つめた。少し前、東の地平線上に曙光（しょこう）が顔をのぞかせたばかりだ。着陸するとまた朝日は見えなくなったが、夜明けはまもなく間違いなく訪れるとわかっていた。そしてロレイン・ライトが間違いなく嘘をつくこともわかっていた。

しかしほかに道はなかった。

グリーン所長みずからが小型機を迎えてくれた。「ミズ・ライトは個室で待たせてあります。時間の無駄にならないことを願ってますよ」

わたしもよ。ノラはショーンを一瞥した。「ここに残る?」

「ぼくが必要ならお供します」

なんてやさしいことを言ってくれるんだろう。弟をこんなふうに育てたなんて、デュークはえらい。ショーンはもういっ実社会に出ても大丈夫そうだ。ノラはクインをこういうふうには育てられなかった。努力はした。そう、努力はいやというほどしたのに。

「わたしなら大丈夫」ノラは所長とともに屋根のない四輪駆動車へと向かった。飛行機の着陸地点は刑務所の塀から三百メートルほど離れたところにある、あまり使われていない道路だった。所長はその両端にある脱走防止用ブロックをどかし、安全に着陸できる場所をつくってくれたのだ。

この朝、標高の高い砂漠地帯はひんやりしていたが、乾燥した空気とどこまでもつづく星空が気持ちよかった。見あげる夜空の星が輝きを失いはじめると、夜明けの明るさがそれに近づいてくる。ノラは星空の下で寝たことは数えきれないほどあり、それが母親のホームレスさながらのライフスタイルに唯一感謝している点だった。

だんだん母親に近づくにつれ、胸が締めつけられてきた。ディアブロ峡谷原発でロレインが逮捕された日からほぼ十か月後に有罪判決が下されて以来、顔を合わせたことはなかった。あの日、ノラが法廷にすわって見守る前で、ロレインは仮釈放なしの終身刑の宣告を無表情で聞いていた。死刑判決を受ける可能性もあったが、連邦検事がノラに伝えたところによれば、陪審は出産後まもない被告を死刑に処したくはないと考えたそうだ。

ノラは安堵した。ロレインの死まで心にのしかかってほしくなかったのだ。すでに大きすぎるプレッシャーがかかっていた。クインのこと。自分自身のこと。キャメロン・ロヴィッツに殺されそうになったこと。ロレインがアンディー・キーンを殺したこと。そうしたことすべてがのしかかっている状況のなか、もはや母親の命を助けることしかできなかった。だが、母親の死刑に反対したのは母親にそう吹きこまれていたからなのか、あるいはノラ自身の考えなのかが長いあいだわからずにいた。なぜなら今日に至るまで、ノラは死刑が好きではない。逮捕された者が司法の手によって死ぬかもしれないと思うと心穏やかではいられない。それでも自分は自分の仕事をしている。マギー・オデルも逮捕されれば死刑の可能性がある。ノラも証言台に立つだろう。それが自分の仕事だからではなく、司法制度を信じているからだ。生まれてからの十七年間、ノラが母親の影響下で闘いを挑まされてきたその体制を。

「武器の所持検査をさせていただきます」正面入り口を通り抜けたところでグリーン所長が告げた。

ノラはうなずき、刑務官に身分証を提示し拳銃を差し出した。検査が終了すると所長の案内で迷路のような廊下を進み、ドアと窓が並ぶ区画に入った。一室を除き、全部真っ暗だ。

「わたしは部屋の前で見張りながら待たせてもらいます。監視カメラは作動していますが、音声のプライバシーは確保してありますので、誰にも聞こえません。外に出たいときはドアの横のベルを押して呼んでください」

「ありがとうございます」

窓ごしに室内をのぞくと、オレンジ色の服を着た女が金属製のテーブルに向かい、両手を前で組んですわっていた。水がたっぷり入ったプラスチックのコップが横に置かれている。

ロレインのライトブラウンだった髪はほとんどが白に変わり、かつて戸外での生活のなかでつねに日焼けしていた肌からは弾力がすっかり失せていた。手の甲には加齢によるしみが目立ち、短く切った爪にマニキュアは塗られていない。ロレインはかつては美人で、自分の容姿にはひそかにプライドを持っていた。ノラにもマニキュアの塗りかたを教え、よく最新流行の色のものを万引きしてはノラに、使いなさい、とくれたものだ。ロレインの手入れをしていない疲れた手には大いに違和感があった。ノラは自分の手をじっと見た。自分も爪を短く切り、マニキュアは塗っていない。マニキュアを塗ったことがないのは、ロレインを思い出すからだった。

母には金輪際会いたくないと思っていた。

しかし今回はクインのためにそうせざるをえない。窓のなかをのぞき、ロレインの目をよく見た。茶色の丸い大きな目は、娘が三人とも受け継いだ特徴のひとつだ。それがなければ、ノラ、クイン、マギーに似たところはまったくない。ロレインのほうからノラは見えていないが、誰かが窓の外にいることは感じたらしい。いつの間にか背筋をすっと伸ばし、組みあわせた両手から力が抜けていた。

「それでは。心の準備ができましたので」心の準備などできてはいなかったが、それを言うなら永久にできるはずはない。ロレインと話したくなどなかった。ロレインは嘘をつく。ノラにはそれがよくわかっていたが、病的な嘘つきでもしばしば本当のことを口にする。むずかしいのは、どれが本当でどれが嘘かを見抜くこと。とはいえノラには嘘つきの観察にかけて三十七年の経験がある。最初がロレイン、つぎにティーンエイジャーを育てて、そのつぎがクアンティコ、さらには被疑者に対する取り調べ。自身の感情的な部分に邪魔をさせなければ、経験と直感が有利に働くはずだ。

ブレザーについていたバッジをはずし、ポケットに入れた。端からロレインを敵に回す必要はない。それでも犯罪者にけっして弱みを見せてはならないことは承知しているから、堂々と胸を張った。

廊下の端にいる刑務官がボタンを押し、ロックがはずれる。ノラは室内に一歩入り、ドアを閉めた。

「どうも」

ロレインが笑みを浮かべた。「とうとう会いにきたわね」

ノラはロレインと向きあう位置に置かれた椅子に近づき、腰かけた。「会いにきたわけじゃないの。クインが事件に巻きこまれて、あなたならその理由を知っていると思ってのことよ」

ロレインが口をとがらせた。クインがしょっちゅうそんな顔をするが、それが母親譲りだということにいまはじめて気づいた。子どもっぽいふくれっつらも六十歳に近い女では相手に訴えかけるものがない。

「あの子が面会に来たからってひどく叱ったんでしょ？」

ロレインの口ぶりに屈託はなかったが、ノラは彼女の目をじっと見ていた。子どものころ、ノラはロレインと目を合わせないようにしていた。あまりに鋭くて、何もかもお見通しという感じの目だったからだが、いまは違う――目が真実を語るからだ。

ロレインは伏し目がちにノラをうかがっていた。なかなか巧妙だが、ノラはその道の達人たちから取り調べの方法を学んできた。もしあなたが隠れ場所を教えてくれなければ、今度はクインが殺されるわ」

「マギーが七人の人を殺したの。もしあなたが隠れ場所を教えてくれなければ、今度はクインが殺されるわ」

ロレインが口をあんぐりと開けた。目には戸惑いの色が浮かんだあと、視線が両手に落ち、ふたたび上がった。「まさかそんな」

「マギーがどうかしてること、わかってるでしょう。あの子とは二十年間、月に一度――あるいはそれ以上――会ってきたんですものね。あなたは鋭い人だわ、ロレイン。マギーが困った状態にあること、見抜いているはずよね」ノラが身を乗り出した。厳しい表情を崩さず、目は冷ややかだ。「マギーがクインのボーイフレンドを殺したんだけれど、それはクインを待っていたら彼がやってきたからなの。いま、マギーがクインを連れ去ったことまではわかっている。クインを無事に取り戻したいの。マギーが本当に殺したいのはわたしなんだけれど、もしわたしを苦しめる方法がそれしかないとなったらクインを殺すわ。だからクインを思う気持ちが少しでもあるなら、マギーがどこにいるのか教えてちょうだい」

ロレインも身を乗り出した。ノラ同様、目が冷ややかだ。「やなこった」

ノラはひるまなかったが、内心ではすくみあがっていた。ひょっとしてロレインはこのためにノラをわざわざここまで呼び寄せたのだろうか？　マギーとクインから遠ざけるために？　自分を警察に逮捕させた娘に捨て台詞を吐いて自己満足を得るために？　ひょっとしたらロレインは何も知らないのかもしれない。マギーが正気ではないことも知らないのかもしれない。

いや、それはない。マギーのような人間にあれだけの時間接していれば、真実に気づかないはずがない。

「自由が恋しいでしょう」ノラは言った。

「あなたに盗まれたわ」

「ああいう犯罪を犯したんですもの。罰は受けてもらわなくちゃ」

「あたしはあなたのためならなんでもしたわ」

「わたしに嘘をついて、わたしを利用して、何度も何度も置き去りにした。わたしだけじゃなく、クインにも嘘をついたでしょう。ランドール・ティーガンが父親だと言ったわね。わたしとクインのあいだを意図的に裂こうとした。わたしたちが幸せに暮らしてることが我慢ならなかったからかしら」

「幸せ？　あなたが母親を刑務所に送りこんでからというもの、あの子が幸せだったことはないわ」

本当にそうなのだろうか？　ノラは考えこまずにはいられなかった。クインは何年ものあいだ、いろいろ問題を起こしてきた。ドラッグに手を出したり、中学のときは自傷行為に走ったり、相手かまわず寝てみたり。絶えず何かを求めていたのだろうが、ノラはそれを理解してやれなかった。だがいまようやくわかった気がした。クインが求めていたのは母親ではなかった。ノラでもない。自分自身だったのだ。ロレインは多くの意味で不完全かつ恐ろしい人間で、しかも犯罪者だ。しかしクインにとっては自分が誰かを知るための唯一の頼みの綱でもあった。ノラが何を言ってもそれは変わるはずがなかった。

だからクインはなんとしてでもランドール・ティーガンに会いたかったのだ。彼が父親だと信じるために。そうすれば、たとえ内心では嘘だとわかっていても、自分が一夜かぎりのセックスの副産物ではないと信じることができるかもしれなかったから。

ノラはクインの相談相手になろうと努力はしたけれど、たぶんあれが間違いのもとだったのだろう。感情的に妹に接近しすぎていた。そしてクインが問題を克服するのに力を貸そうとして距離をおいたところに立ち、自分の感情を抑えこんだため、妹がノラに求めていたたったひとつのものを消し去ってしまったのだ。無条件の愛。クインにとってのすべてになることはできなくとも、姉にはなれたはずだ。

ノラを細かく観察していたロレインが唐突に言った。「あなたはマギーの父親を殺したのに、その罰を何ひとつ受けなかった」

「わたしは引き金を引かなかったわ」

「だけどそうしたも同然でしょう」

「あの夜のことをマギーに話したのね」

「本当のことを話しただけ」

「あなた流の本当のことだわ」ノラはいまにも爆発しそうな怒りの波をぐっと押し戻した。怒りを爆発させるわけにはいかなかった。ロレインの狙いはそこにある。彼女の目、彼女の構えにそれが見てとれた。

だからノラは反対のことをした。全身の神経や筋肉の本能に逆らって椅子の背にゆったりともたれ、母親の目をまっすぐに見た。「それじゃ説明させてもらうわね、ロレイン。クイン——あなたの娘——の救出に協力するか、死ぬまで塀の外に出られなくてもいいのか」

「あんたにそんなことができるはずないわ」

ノラは眉を片方、きゅっと吊りあげた。「あらそう?」ポケットからバッジを取り出した。「あなたの言うとおりだったわ、ロレイン。警察なんてファシストの豚の集団で、なかでもわたしは最高にぶくぶく太った豚。あなたがレクリエーションルームの鉄格子を通した太陽以外、死ぬまで見られないようにしてやるわ。もしクインが死んだら?とりあえず一年間の独房監禁ね。あなたがマギーと定期的に会っていた記録は入手しているし、その頻度はサクラメントで連続放火事件がはじまった二年前から上がっている。マギーが使った爆弾の製造法は、あなたやキャメロン・ロヴィッツが用いてたものと同じ。つまりあの子に何もかも教えていたってことになる」あの爆弾がごくごくありふれたものだということをロレインは知らないはずだ。どうか彼女が内心きりきり舞いしていますように。

「あの子は大学生三人を——あなたと同じ主義主張を信じていたから、あなたが気に入りそうな子たちだったのにね——殺したけど、それは彼らがもう自分に協力してくれなそうだったから。殺害に使ったのはジムスンウィード。わたし、思い出したのよね。あなたから聞いた毒草についての講義。もしわたしが証言なんかしないだろうと思ってるなら、それは間違い。わかってるわよね。わたしは前にもあなたに不利な証言をしたくらいだもの、もう一度やってやるわ」

「どこまで本当なんだか」

ノラは椅子を後ろに押して立ちあがった。「つまり協力はしたくないってことね」ノラが首を振った。「ついでに言っておくと、クインはあなたが本当は自分を愛していると思っていたの。でもわたしは、そんなことあるはずないってあの子に言ったわ」

「嘘ばっかり」

ノラは両手をテーブルについた。「今後はもう面会禁止にするから、あの子を納得させるチャンスもなさそうね。わたしがあの子を見つけたら、あの子だって二度とあなたに会いたくなんかないはずよ。手紙も書かないし、面会にも来ないし、あなたのことを考えることすらない。そしてマギーはここから遠い、遠いところにある刑務所に入れられるから、いくらおかしな子とはいえ、二度と口をきく機会はないわ」

「マギーがあの子を傷つけるはずないでしょう！」ロレインが言った。「二人は姉妹なのよ」

「マギーはわたしに近づくためにクインを利用してるの。それだけでもう傷つけてるじゃない」証拠はないが、マギーの過去からこれからの行動を予測するほかない。「クインを早く捜し出さなければ、マギーはあの子を殺すわ」

ロレインは何も言わない。

ノラは、造反を起こすぞ、と脅しをかけてきた胃を意志の力でぐっと鎮めた。この母親といえども、かつてわたしを好きだったことがあったのでは？　クインのことは？　ノラはどこか胸の奥で、ロレインがわたしを見て、可愛い、抱きしめたい、と思ったときがあったような気がしていた。だがいま、そうしたことの痕跡はどこにもうかがえない。たぶんすべて、ノラがひとりぼっちの長い長い昼間や夜をやり過ごすためにつくりあげた空想にすぎないのだろう。

おれはここできみを待ってる。

いまノラには待っていてくれる人がいた。ノラのそばにいたいと言ってくれる人が。しかし、もしクインが死ぬようなことになればデュークとの将来の幸せはありえない。

「六十秒待つわ」ノラの口調は冷たかった。

「あの子がどこにいるかなんて訊かれても、知らないものは知らないわ」ごく自然に嘘が口をつく。

「五十五秒」

「あんたも体制派の堅物に成り果てたわね」

ノラはロレインをにらみつけた。「五十秒」

「あたしの体操の時間を奪ったりしたら承知しないからね。あれはあたしの権利！　刑務所の規則を訴えてやる」

「そういうことは判事に言って。四十秒」

「マギーはクインを殺したりしない。断言するわ。あの子はクインを愛してるのよ」

「三十五」

「あたしだってクインを愛してる。あの子の身が危険にさらされていると思えば、きちんと言うわよ。当たり前でしょう！　あの子をひどい目になんかあわせたくない。あたしを信じてよ。足跡をたどっていけば見つかるわよ」

足跡？　どういう意味？　「二十五秒」

ロレインが凍りついた。「はったりだわ。そんなことする気はないくせに」

「二十」

怖いほどの沈黙。膠着状態。ノラは負けを覚悟した。ひょっとしてロレインへの仕掛けを間違えた？　ひょっとして何か見落とした？

「十五」

ロレインが抑えた声で言った。「憶えてるかしら、あなたが小さかったころのこと？　まだクインが生まれる前、トミーといっしょに過ごした素敵な夏……？」

トミー・テンプルトン。ロレインがトミーに出会ったのは、ノラが七歳の夏だった。しょっちゅう会う友だちのひとりではなかったけれど、だいぶ年上のやさしい男性で、ノラを時間をかけた散歩に連れていってくれて、花や木や鳥のことをいろいろ教えてくれた。この人はなんでも知っている、と当時のノラは思ったものだ。森のなかに建つ彼のこぢんまりしたキャビンに永久に住みたいとまで思った。彼はヴェトナム帰還兵。いくつかの傷跡を実際に見たし、見なかった傷跡もいくつもあったのだろう。誰にも見せない傷跡。

「彼はここによく面会に来てくれたのよ。あなたがあたしを逮捕させたってことを知ってがっかりしてたわ」

それは嘘。ノラにはすべて読めていた。最初から、あたしは嘘をつくからね、と言っているようなロレイン。

しかし、そのつぎに本当のことを言った。

「五年前、彼が来なくなったの。あたしは彼の妹に手紙を書いたわ。これが最悪な女――たぶんあなたは好きになるわね。そしたら彼女から残酷な手紙が届いた。彼は死んだって書いてあった。ただそれだけ。思いやりとか気づかいとかはいっさいなし」ロレインの口調に横柄さがにじむ。「ディア・ミズ・ライト、残念なことに兄トマスは昨年四月に肺がんで亡くなりました。今後こちらの家族への連絡はお断りいたします」目をぎょろっとさせる。「なんて女かしら」だが声が上ずったことに気づいたとき、ひょっとしたらロレインはトミーを好きだったのではないかと思った――クインを好きなのと同じように。

「あの山のなかのトミーの家の持ち主は戦闘中に行方不明になったトミーの戦友でね。そのデレック・ジャクソンの家族がなぜ所有権を主張しなかったのかは知らないけど、もしかしたら知らなかったのかもしれないわ。トミーはあそこで三十年間暮らしてたのよ、誰にも邪魔されずに」

これは本当のようだ。たぶん間違いない。

ノラはドアに向かって歩きだした。「ありがとう」

「クインに死んでほしくないのよ」

「わたしもよ」ノラは最後にもう一度母親を見た。

ロレインの表情はあからさまにこう言っていた。だけどあんたがどうなろうと知ったこっちゃないわ。

27

デュークがその朝六時にノラの自宅に到着すると、保安官事務所の車が五、六台停まっていた。そのそばで保安官代理のひとりと話すディーン・フーパーが目にとまった。近づいていくデュークにフーパーも気づき、彼のほうからも近づいてきて低い声で言った。「ノラは自宅に無音警報装置をつけている。午前一時十五分にそれが鳴ったんだが、パトカーがここに来たのは三十分近くたってからだった」

もしノラが家にいたとしたら……マギーのゲームがどんなものなのか、デュークには想像がつかなかった。クインを拉致したあと、ノラの家に取って返したのはなんのためか？　殺すため？　そもそもクインを連れ去ったのはなぜなのか？　デュークにははっきりわかっているのは、あの年端もいかぬ殺人者がノラの命を虎視眈々と狙っていること、彼女が危険にさらされているときに離れているわけにはいかないことだけだ。ノラ、そしてショーンに早く戻ってきてほしかった。二人を監視下に置きたかった。そうなってはじめて多少なりとも肩の力を抜くことができるのではないだろうか。

「なんでそんなにぐずぐず――」

フーパーがデュークをさえぎった。「彼らはここに来ることは来たが、家に誰もいないことを確認して立ち去った。通信指令センターは、ＦＢＩ捜査官の所有物件としてこの家にフラグが立っていることに気づき、うちの支局に連絡を入れてきた。そうした一連の不適切な対応のせいで——とにかくぼくに警報の件が伝わったのは三十分前なんだ。きみにはここへ向かう車のなかから電話を入れた」

「あの女、いったい何をしたんだろうな？」どちらも侵入者がマギーであることに疑いを抱いてはいなかった。

「損傷を受けたものもある」

「パトカーでここへ来た警官はまったく気づかなかったのかな？」

「明かりはついていなかったし、割れた窓もこじ開けられたドアもなかった。ま、そういうことだ」

デュークはフーパーのあとから家のなかに入っていった。「オデルのメッセージは明白だ」フーパーが言った。「彼女はここに長くはいなかった——すっと入ってさっと出ていった——が、メモを置いていった」

マギーがノラの家に侵入した事実がデュークを不安にさせた。いますぐノラのそばに行きたかった。いっしょにいないかぎり、彼女の無事を確認する術はない。

マギーはまっすぐにノラのベッドルームに行ったようだ。ぬいぐるみのクマのなかからいちばん大きなものを選び、腹を切り裂いて中身を引っ張り出した。中綿がそこここにちらばっている。そしてそのクマにメモがピンで留められていた。

彼女とあんたの交換はどう？　話しあいたければ八〇五－五五五－四五〇九に電話して。本気かって？　クマちゃんをようく見て。チックタックチックタック、いつまでも待つ気はないからそのつもりで。


「この番号、調べてみたか？」

「プリペイド電話だった。現金売りで、名前も住所も不明」

「くそっ」デュークはわれながら驚いている理由がわからなかった。自分も極秘任務ではよくプリペイド電話を使ってきたというのに。「女性の捜査官に電話させたらどうだろう？」

「そんな危険は冒せないよ。オデルには人質がいる。かっとさせたくないからな。彼女はクインを殺す口実を欲しがっている。どこにいるのかつかめていないこっちは不利な立場にあるってわけだ」

「なぜノラが不在のときに侵入したんだろう？　なぜ昨夜じゃなかったんだ？　昨夜だってよかっただろうに？」そう言いながらデュークは気づいた。あの夜は朝までノラがひとりではなかったことをマギーは知っていたのだろう。

「おそらくクインを連れ去るまでノラがどこに住んでいるか知らなかったんだろう」

「クインがあの女にノラの住所を教えるとは思えない」

「そうだな。しかしクインの家に行けば、住所録とかパソコンとか――住所が記されていそうなものがある」

たしかにそうだ。デュークはどっと疲れを覚え、同時に不安になった。「よし。それじゃノラから電話を入れて交換に同意しようか？　計画を立てないとな」

「賛成だ」

「問題は場所がどこかってことだが、それがわかるまでにチームを編成しておくよ。Ｊ・Ｔとおれが参加する。ジャックはあいにく遠征中なんで」

「ＳＷＡＴ（警察特殊部隊）の隊長にはもう声をかけてある。いま精鋭を集めているところだ。オデルはノラに危害を加えることはできないはずだ」

デュークにはさほどの確信はなかった。「あの女だが、自分の生き死にを気にかけてはいないと思うんだ。自殺を含めた計画に基づいて動いているとしたら、こっちがいくら強力なチームを組もうが関係ないんじゃないかな」

デュークの携帯電話が鳴った。「ノラからだ」そう言って電話を受けた。「おれだ」

「場所はわかったわ。でもまだ調べなくちゃならないことがあるの」

「おれが引き受ける」

「いま、あなたとフーパーにメールを送ったところよ。でも問題はその所有地がすごく広いってこと。山のなかにあって、たぶん冬のあいだは近づけないようなところ。薪を積むのを手伝った記憶が……」ノラの声が小さくなってとぎれた。

「きみはそこに行ったことがあるのか？」

「子どものころね。キャビンを目の前にすれば、これだったとわかるとは思うけど、どうやってそこへ行くのかはぜんぜん憶えてないの。そのキャビンの所有者の名前と母がひと夏いっしょに暮らした不法定住者の名前も送っておいたわ。彼女はそこにいるはず。間違いないわ。土地の地図を見れば、どのあたりにいるのかを突き止めることができるかもしれない」

「大丈夫か？」

「ええ。まもなく離陸するけど、なぜ？」

デュークがフーパーをちらっと見ると、フーパーがうなずいた。「いまきみの家に来てるんだ」

「どうかしたの？」

「マギーが家に侵入して、メモを置いていった。交換したいそうだ。きみとクインを」

「いつ？　どこで？　時間は稼げる？　マザー飛行場到着まで九十分くらいだってショーンが言っていたわ」

「きみからの電話を待つそうだ。相談したいらしい」

ノラが黙りこむと、デュークはこっちの声が聞こえなくなったのかと思った。「もしもし、ノラ？」

「電話するわ。彼女をいらいらさせたくないもの。わたしがロレインに会ったことは伝わらないはずなのよ。これから四十八時間、ロレインに電話を使わせないでほしいって所長にたのんで同意してもらったから」

「フーパーがSWATを編成して、J・Tとおれも加わる。きみはひとりじゃない。おれたちに相談せずに向こうの言うままになったりするなよ」

「ある程度は言うことをきかなきゃならなくなるかもしれないけど、バックアップなしで動いたりはしないわ。彼女、危険人物だもの。わたしだって自分の命やクインの命を危険にさらすつもりはないから。いずれにしても、われわれの最優先事項はクインなのよ」

おれにとっちゃきみが最優先事項だよ。デュークはそれを口にはせず、代わりにこう言った。「彼女は民間人だからな」

「そう、そこなのよ。離陸の前にマギーに電話を入れるわ。電話番号を言って」

デュークが番号を読みあげた。「ノラ――」

「すぐまた電話するわ」ノラが電話を切った。

これでよかったんだ。愛してる、は、じかに伝えることにしよう。なんとしてでもそのチャンスを失うことがないようにしなければ。

ノラは深呼吸をひとつした。「五分待って、ショーン。マギー・オデルからの接触があって、わたしと交渉したがってるんですって」

「ボスはあなただから」操縦席にすわったまま後ろを向いた彼がまたノラのほうを見た。

「はい、これ」フルーツスムージーの瓶を差し出す。必須ビタミン百パーセントと宣伝しているあれだ。

「ローガン家の人ってどうなってるの？　いつもわたしに何か食べさせようとしてるみたい」だがスムージーはよく冷えていて、ノラは喉がからからだった。一気に半分くらいを飲んだ。

「デュークから、これを積んでいけってクーラーボックスをわたされたんだ。あなたがエネルギー不足にならないよう気を配れってきつく言われてる」

ノラが思わず口もとを緩めて笑みをのぞかせた。

「ありがとう」もう一度息を大きく吸いこみ、メモ帳とペンを手にデュークから教えられた番号をダイヤルした。

呼び出し音が鳴り、四度目に留守番電話に切り替わった。ノラは一瞬顔をしかめたものの、そのメッセージが自分だけに向けたものだと気づいた。

「ノラ、マギーよ。一回しか言わないからメモをとってね。そのあとはこの電話、自己破壊装置が作動するようになってるから。ははは。これで時計が動きはじめた。いいこと、この瞬間から二時間、あんたにはつぎの指示に向かってラストチャンス道路を行き止まりまで突っ走ってもらうわ。さもないとクインが死ぬ。あたしは本気。この山のことならあんたやあんたのFBIの仲間なんかよりよっぽどよく知ってるわ。あたしを試したりしないこと。さもないとクインだけじゃなく、ファシストの豚野郎たちをなるべく数多く道連れにしてやるからそのつもりで。あんたが約束の時間に間に合わなければ、クインは死ぬ。電話は持ってて。特別なお知らせをすることがあるかもしれないから」

ピーッという音は聞こえなかった。こちらのメッセージは残せない。もう一度ダイヤルしてみた。応答はいっさいない。

「出発して」ショーンに言った。「できるだけ早く戻って、コールファクスの近くで着陸できる場所を捜さなくちゃ」

「コールファクス？」

「そう」ノラはデュークに電話をかけた。ラストチャンス道路がどこにあるのかはよく知っている。トミーが住んでいたところ。やっと思い出した。あのキャビンが子どものころのさまざまな記憶同様、鮮明によみがえったのだ。しかしキャビンは道の行き止まりにあったわけではなく、もっとはるかに山の奥だ。ノラの自宅からラストチャンス道路の行き止まりまでは少なくとも九十分はかかりそうだ。大部分が一車線の危険な道路だ。

ここからだとどうか？　時間内に到着できるかどうかはわからない。

「デューク」息を切らして言った。「電話をしたら録音メッセージが入っていたわ。わたし、ラストチャンス道路の行き止まりまで二時間以内にたどり着かないといけないの。コールファクスの東側にある傾斜の急な山のなかの道路よ。さっき話したキャビンはその近くなんだけど、もっとずっと山奥にあるの。たどり着けるかどうかわからないけど、そうしなければクインが殺される」

「ひとりで行くんじゃない」

「そうはしないつもり」とはいうものの、約束が守れるかどうか確信はなくなった。「もし彼女がこっちを見張っていれば、わたし以外にも誰かがいることに気づくわ。もしそれが罠だったとしたら？　わたしの代わりに誰かを死なせるわけにはいかない」

「きみが行けば死ぬことになる」デュークが言った。「だから近づいたりせずに――」

誰かがデュークに話しかける声が聞こえるが、会話の中身まではわからない。「デューク、ショーンがコールファクスの近くに着陸できる場所を探してくれてるの。見つかれば、だいぶ時間の短縮になりそう」

「ノラ、やめとけ――」

「わたしにやめろっていうのは無理な話よ、デューク。クインはわたしの妹。あの子を死なせるわけにはいかないわ。リーフ・コールやアーニャ・バラードみたいにね。お願い」

ショーンが言った。「準備完了」

「キャビンはおれたちが見つける」デュークが言った。「着陸地点を知らせてくれ。援軍をそこで待たせるとフーパーが言っていた」

「わかったわ。必ず知らせるから。ありがとう、デューク。わたし――」なんと言ったらいいのかわからなかった。感謝の言葉だけではなんとももどかしかった。「それじゃ着陸後に向こうで」

電話を切った。「出発して」ショーンに言った。「できるだけ急いで」

「なるべく近づくためにこうしたらどうだろう。高度が定まったら、ぼくが地図を見るあいだ、あなたが操縦したらどうかな？」

「飛行機の操縦はしたことがないけど」

「あなたはなんでもできる人だし、ぼくは教えるのがうまいから大丈夫。それに、いったん高度が定まれば、あとは安定を保つ以外にすることはないから」


「さあ、いよいよだわ！」マギーが部屋のなかでくるっと踵を返した。「午前六時！　そろそろ電話がかかってくる時間ね。こんなことはあの女も予想していなかったはずだわ」マギーがくすくす笑うのを見て、クインはノラの身に降りかかる危険を察知した。

「いったいどうするつもりなの？」心して冷静な声で訊いた。

「あの女を殺すのよ。当たり前じゃない。どうすると思ってたの？　やさしいお姉さんに感謝するとでも思った？　それまでの主義に背を向けて体制派と手を組んで、あたしたちの家族を刑務所にぶちこんだのよ、あの女。おかげでママは政治囚」

「彼女、人を殺したのよ」

「だって攻撃を受けたんだもの！　これは戦争！　革命なのよ。あたしの両親は画期的な政治活動のリーダーだったんだから、あたしも親の活動を引き継いでるの。つぎの標的を誰にするか、ちゃんとリストをつくってるわ。連中はそんなこと思ってもいないだろうし、自分たちは無敵だと思っている。産業複合体のリーダーたち。コンピューター産業の巨人たち。自動車メーカー。どいつもこいつも無防備。あたしが負けるはずないわ」マギーはまたくるっと回った。クインは吐き気がした。マギーは自分の言っていることを本当に信じているのだろうか？　これほど多くの殺人を犯してなお逃げきれると思っているのだろうか？

そのときクインはふと気づいた。死んだ人たちは全員、今週になって殺された。長年にわたる犯罪がいよいよ最高潮に達したのではなく、わずか一週間のお祭り騒ぎにも似た連続殺人。マギーはきっと阻止される。これほどまでのことをして逃げおおせるはずがない。

「さてと、つぎのステップに進まなきゃ」マギーがデジタル・ビデオカメラを取り出した。最新式。おそらく犠牲者の誰かから盗んだものだろう。

「そのカメラ、どこで手に入れたの？」

「さあ、どこだったかな？」クインをからかうような口調だ。「どうでもいいじゃない、そんなこと。すごくいいカメラだわ、これ。わおっ、すごいクローズアップが撮れるわ、これ。なんて鮮明な映像。あんたが怯えてるのがよくわかるわよ、クイン。しめしめ。これって最高」

クインは歯を食いしばったが、唇の震えを止めることはできなかった。

「これでよし、と」マギーはテーブルの上、クインのすぐ横にカメラをバランスをとりながら置いた。「完璧だわ。動いちゃだめ。できるだけ動かないで」そう言ってくっくと笑う。

クインは椅子を五センチほど横に動かした。

マギーが甲高い声をあげ、クインを平手で叩いた。椅子が倒れる。もう一度。しまった、あんまり利口なやりかたじゃなかったみたい。クインは口のなかに血の味を感じて悔やんだ。

「なんて女なのよ」マギーがぶつくさ言いながらあたりをうろついた。よいしょとばかりに椅子を起こし、クインにぐっと顔を近づけた。「もう一回こんなことしたら、今度はほんとに痛い目にあわせるからね。で、ノラにはあんたの悲鳴をひとつ残らず聞かせてやるから」

こけおどしではなさそうだ、とクインは思った。おとなしくすわる。

「よしよし、いい子ね」マギーが手を叩き、部屋を出ていった。戻ってきたマギーが手に持っているものがなんなのか、クインにはよく見えなかった。マギーがカメラのボタンを押すと、小さな赤いランプが点灯した。

マギーはカメラをナイフに向け、その刃をクインの首筋に当てた。クインはショックのあまり喘ぎ声をもらし、がたがた震えだした。

「人体ってけっこうすごいもんよね」マギーがカメラに向かって語りかけた。クインの片腕の縛りを解く。「クイン、ほら、いい子だから、手のひらを上に向けてみんなに見せてあげて」

クインは片腕を差し出した。左腕には古い傷跡がいくつもあり、そこに目を落とす。はじめての自傷行為は十二歳のときだった。もう長いことやっていない。

マギーがその腕にナイフを当て、すうっと切った。痛みと同時に快感も覚えた。痛みが禁断の快楽にいつしか変わっていく。しかし、これは違った。かつて自傷行為を繰り返していたころは、しばらくのあいだちょっとだけ気分がすっきりしたあとに生きていることの苦悩がまた戻ってくる、といったふうだった。だがいま感じている快感は記憶のなかだけでのものだ。

「血が滴り、少しするとゆっくりになるわ」マギーが言った。「ちょっとだけ圧を加えると」クインの腕に布をぎゅっと押し当てる。「治癒がはじまる。血液が凝固するってわけね」クインの手首を背中に回して縛りつけ、針が突き出た小さなガラス瓶をカメラに向かって見せた。「これはね、ヘパリンよ。ヘパリンがどういう薬か知ってるわよね。血液の凝固を阻止する薬。効果が現れるまでにそう時間はかからないわ。とくにこれくらいたっぷりの量だとね」

注射器を構える。透明の薬剤がいっぱいに入っている。クインの腕にぞんざいに針を突き刺す。ハチに刺されたような痛みにクインが声をあげた。

「だいたい一時間前後。そんなものね。一か所の切り傷から致死量の血が出るまでにどれくらいかかるのか知らないけど、最終的にうまくいかないとまずいんで、べつの手を試してみることにするわ」マギーは赤のサインペンを取ると、クインの体に線を描きはじめた。胸を横切る長さ七、八センチの線。左右の上腕にそれぞれ長さ十二、三センチの線。「これくらいでいいかな？」マギーがクインを見た。クインは震えが止まらない。なんとか抑えこもうとするものの、恐怖は否応なしにふくらんでくる。死にたくないし、ノラにも死んでほしくなかった。しかし逃れる手は見つからない。優位に立っているのはマギーなのだ。

「おまけにもうひとつね」マギーはクインの一方の前腕に、反対の腕にいまつけた傷と同じ長さの線を引いた。「これでよし、と。たぶん少なくとも一時間、気を失わずにすむと思うわ。それからまた一時間で血圧が下がって、回復の見込みがなくなる。これってあたしにとってては保険なのよ、ノラ。あんたがもし誰かを連れてきたり、ファシスト野郎たちにあたしを攻撃させたりしたら、そのときはクインが生きてるうちに捜し出すことはできないから、そのつもりで。一時間とはたたないうちにこの線に沿ってナイフを入れる。そしたら彼女はゆっくりと血を流しながら死に向かう。もしあんたがあたしの言うとおりにすれば、そのときはここへ戻ってきて包帯を巻いてあげる。そしたら彼女の命、助かるかもしれないわ」マギーがもう一個のガラス瓶を手に取った。「ああら、これも役に立ちそう。これはＮペイトっていって、血液を凝固させるときに使う薬。二つの薬が混じったときにどういうことになるのかは知らないけど、あんたがいい子なら、いっしょにその結果を見ることができるし、いけない子なら、クインはここでひとりで死んでいくってことね」

28

デュークはラストチャンス道路ならびにデレック・ジャクソンあるいはトミー／トマス・テンプルトンが所有する土地に関する情報をすべてJ・Tに送信した。SWATチームは小規模なコールファクス飛行場をめざしていた。マギー・オデル追跡作戦はそこから開始することになる。彼らはノラが着陸したら移送し掩護する役目を担っていた。デュークも自分のスポーツカーを駆ってフーパーとともにそこへ向かっていた。SWATより先を走っている。ノラの無事を確認しなければ。そのことでかりかりしていた。J・Tが必ずや所有地を見つけてくれるだろうから、夜陰に乗じて突入し、クインを救出することはできるはずだ。もしマギーがそこにいれば、ノラが乗った飛行機が着陸する前に身柄を確保する。もしいなければ、少なくとも人質は無事に救出できる。クインが無事だと知れば、ノラが優位に立つ。だがもしマギーがクインをラストチャンス道路に連れていったり……あるいは罠を仕掛けたりすれば、とにかく一刻も早くノラのところに行かなくては。マギーは支離滅裂だ——何が起きてもおかしくない。デュークはそれが怖くてたまらなかった。突然、閉所恐怖的な感覚に襲われ、窓を下ろした。車は州間高速道路八〇号へと入った。

ショーンより若い二十歳のマギー・オデルがすでに少なくとも七人の人間を殺している。その若さでどうしてそこまで非情になれるのか？

「向こうまですんなりと行きたいな」フーパーが言った。「制限速度二十五キロオーバーまで減速すれば大丈夫だろう」

「時間がない」デュークはそう言いながらも、アクセルを踏みこんでいた足をやや浮かせ、ほぼ百四十五キロから百三十キロ程度まで速度を落とした。

「ショーンはなんと言ってた？」フーパーが訊いた。

「コールファクス飛行場に着陸する予定だそうだ。民間の小さな滑走路で、フリーウェーまでは一・五キロほどだ。位置的にはいいところだが、それでもラストチャンス道路の指示された地点までは二十分から三十分はかかる。どう考えても無理だからといって、あいつにアクロバット飛行はしてほしくないんだ。あのセスナは時速四百五十キロ近く出るんだが、最高速度でさらにいい追い風が吹いたとしても、ここまで九十分をちょっと切るくらいはかかる」

「もっと近くに着陸できる場所はないのかな？」

「さあ、どうだろうな」デュークはそう答えながら、ショーンには山のなかに着陸する危険を冒してほしくなかった。両親はカスケード山脈で死んだが、それは機器に非常事態が生じたため、父親が谷への不時着を試みた結果だった。もっと近くに着陸できる場所があれば、間に合う可能性はある。だが山中となると予期せぬ地形や風もあり、はるかに危険度は増す。

ショーンには命の危険を冒させたくない。むろんノラにも。時間の余裕がないわけではない。ぎりぎりではあるが、なんとかなりそうだ。

J・Tから電話が入った。「デレック・ジャクソンがかつて所有していた土地で、それらしきものが見つかった。面積は百十エーカー（約十三万五千坪）で郵便番号はワイマー市のものだが、とんでもない山奥だ。ラストチャンス道路に接してはいないが、衛星写真によれば、昔の伐木搬出用の道がその土地の南を突っ切っている」

「デレック・ジャクソンがかつて所有していたと言ったな？　現在の所有者は誰になってる？」

「税金が未納だったんで、一年前に郡が差し押さえた」

「キャビンはどこにある？」

「まだ捜してるところだ。ラストチャンス道路は行くな。ワイマー道路からオールドベット道路を行け。それまでにはキャビンの正確な位置を突き止められるはずだ」

「なぜだ？」

「いまEメールで衛星写真と地図を送ったから見てみろ。ラストチャンス道路から問題の土地へは車では行けない。そっちからの情報が正確だとしたら、行き止まりでにっちもさっちも行かなくなり、同じ道を引き返すほかなくなる」

「彼女がノラに与えた指示じゃ、ラストチャンス道路の行き止まりでつぎの指示を受け取れってことだったが」

「だからといって事実が変わるわけじゃないさ、デューク。あくまで市民優先だ」念を押されなくてもわかってはいるが、うれしくない状況の変化だった。

「あのへんは携帯電話の受信がむずかしくなる」

「車のそばにいればなんとかなる」ダッシュボードにデジタルブースターが入っている。

「正確な位置を突き止めたときは緯度と経度を送るよ」

「たのむよ、J・T」

J・Tが付け加えた。「大切な人の身が危険にさらされているのがどんなにきついかはわかる。本能に従え、心じゃなく」


ノラはマギーから携帯電話にメール送信されてきた動画を見た。デュークが二人の居場所を突き止めることができなければ、クインは死ぬ。ノラは救いようのない無力感に襲われた。妹を痛めつけるマギー・オデルを止めることができないまま、飛行機のなかに閉じこめられている自分。自分もクインもとっくに地獄は通り抜けたものと思いこんでいた。人より速く成長するように仕向けられ、子どもがしてはならないことにあれこれ手を染めた。ホームレス生活。堪えがたい空腹もしばしば。理解できない会話にも耳をかたむけた。医者にも歯医者にもかからず、教育も受けず……ロレインの知ったことではなかったが、どこか第三世界の国で育ったも同然だった。

そしていま……これだ。いいかげんにして。ノラは平和な生活を望んでいた。クインの安全。家。愛する人と築く家庭。

妹。そしてデューク。

「あまり時間がないわ、ショーン」

「聞こえてました」ショーンが険しい表情を見せた。「いろいろ考えてます」

マギーが送ってきたリンクをフーパーとデューク、さらには偏らない分析を求めてクアンティコのハンス・ヴィーゴにも転送した。事態があまりにも身近すぎて、自分がこの局面でしかるべき働きができるとは思えなかった。身の危険にさらされているのは妹なのだ。客観的にならなくては。

とりあえずは操縦に集中した。ショーンは優秀なインストラクターで、ノラは難なく操縦ができていた。乱気流に突入したときも、「操縦桿を両手でしっかり握って、心もち上に引きあげて。力を入れすぎちゃだめだけど、この線がここにちょうど重なる状態を保つくらいに」——パネルに並ぶ計器のひとつをこんこんと指で打つ——「空じゃなく、この線をよく見て」

指示どおりにやっていると、機体が安定してきた。

ハンス・ヴィーゴから電話が入った。「きみから送られてきたリンクだが、間違っているようだ」

「マギーとクインが映っている動画につながるはずなんですが。マギーがクインにヘパリンを注射しました。あまり時間がありません」

「あのＵＲＬはどこにもつながらない」

一分後、フーパーからも同様の電話が入った。

「彼女、どうしてわたしが見たってわかったのかしら？」ノラが疑問を口にした。

答えたのはショーンだった。「簡単ですよ。パソコンでチェックしていれば、あなたがあのリンクをヒットした瞬間さえわかれば、あとはバッファリングに要する時間だけ待って、すぐにサーバーからはずす」

「なぜそんなことをするの？」

「追跡されたくないからでしょう」

「そんなことできるの？　ストリーミングでも？」

「ええ。でも瞬間的には無理ですよ。時間はかかる」

フーパーが質問してきた。「彼女、有罪をにおわすようなことを何か言ってたか？」

「ええ――それにクインを殴ったり脅したり」ノラの声が上ずった。

「きみの電話だが、よけいな操作はしないように。そのメモリからバッファが引き出せるかもしれない。電源をオフにしたりするな。何であれ削除したりしないように」

「はい、了解です。いまどこですか？」ノラが尋ねた。

「オーバンを通過中だ」

ノラがショーンを見た。「ここはどこ？」

「西側前方にストックトン」

「あとどれくらい？」

「あなたがどこへ着陸したいかによるけど、すごく近くに着陸できそうな場所がありそうですよ」ショーンが地図を指先で打った。「貯水池のすぐ横で、最終目的地まではコールファクスから行くより少なくとも十分近いだけじゃなく、フライト時間も五分短縮できますね」

「そこにするわ。フーパー、ショーンが着陸地点を見つけてくれたわ。正確な位置は彼から伝えてもらいます。誰かをそこで待機させてください」

「無理だ。SWATはコールファクス飛行場に向かって移動中だ」

「でも、それじゃ間に合わないわ。あなたはビデオを見なかったから！　マギーがクインにヘパリンを注射して、一時間以内にナイフで傷をつけると言ったのよ。時間に遅れるわけにはいかないわ」

「ちょっとくらいならなんとかなるよ、ノラ」

「ううん、ならない！」ノラはぎゅっと目をつぶった。「フーパー、あの女は早くナイフを使いたくてうずうずしてるのよ。言ってることも信用ならないし。だから時間はあればあるだけいいわ。お願い、わかってください。向こうが思っているより早くラストチャンス道路に行かなきゃならないんです。この時点で可能なかぎりのアドバンテージが必要なんです」

「ぼくからフーパーに話してみる」ショーンが言った。

ノラはショーンに電話を手わたした。

「フーパー、デュークに伝えてほしいんだけど、ぼくは問題なく離着陸できると百パーセント確信がある場所以外に着陸したりしないから」しばらく相手の話に耳をかたむけたのち、着陸地点の座標を読みあげた。「はい、もちろん離陸も楽に……どうも。それじゃ向こうで」

ショーンがノラに電話を返した。「フーパーの了解がとれた」

「お兄さんはあなたのことが心配なのよね。わたしがクインを心配してるのと同じ」

「それ以上なんですよ」ショーンがしばし間をおいた。「うちの両親が小型機の墜落事故で死んでるもんで」

ノラはショーンの顔をじっと見た。胸が痛んだ。「ごめんなさいね。ちっとも知らなかったの」

「ぼくがJ・Tから操縦を習いはじめたときもデュークは機嫌が悪かったし、ぼくはまだ単独飛行の時間をようやくクリアしたばかりだし。でも心配いりませんよ。自信はありますから」早口で付け加える。

「わたしはあなたに全幅の信頼を置いてるわ、ショーン」

「時間だわ、クイン」マギーがナイフを取り出し、クインの片方の上腕に切れ目を入れた。クインは声をあげまいと唇を噛んだ。頭がぼんやりしてきた。もしかしたらマギーがヘパリンに何か混ぜたのではないだろうか？　あるいはこれがヘパリンの副作用かもしれない。首を回し、浅く長い傷口からにじみ出る血をじっと見た。これでわたしは死ぬんだわ。

「あたしたち、本当の姉妹になれたらよかったのにね」マギーがもう片方の腕の、さっき描いた線に沿ってナイフを走らせた。

クインはノラの話に耳を貸さなかったことを悔やんだ。喧嘩したことを悔やんだ。ごめんなさい、と言えなかったことを悔やんだ。

マギーは右前腕に描いた線に沿って傷をつけた。左腕のまだ包帯が巻かれている傷と左右対称の位置だ。包帯のことは忘れたか、あるいはどうでもいいと思っているらしい。ただひたすら皮膚の上から刃を軽く走らせ、皮下の筋肉にかろうじて達するかどうかくらいの浅い傷にとどめることに心を砕いている。状況が違っていれば、この程度の傷が命にかかわるはずはないが、今日はこれが命取りになるのだ。

マギーがクインの頬にキスをした。「ごめんね」

心からの言葉だと感じた。が、つぎの瞬間、クインは胸に沿ってナイフを入れるマギーの目に病的な喜びを見た。

いままでいちばん痛みが鋭く、クインは大声を張りあげた。

マギーが耳もとでささやく。「ちょっとだけアドバイスしてあげるとね――動けば動くほど、パニクればパニクるほど、心臓のポンプの動きが速くなるから、早く死ぬことになるわ。それがベストかもしれない――早いとこ楽になれるんだもの。でもね、ノラに見せなきゃちっともおもしろくないわけ。だからできるだけ静かにしてて」そしてまたキスをした。「それじゃまたね」マギーはバックパックをつかみ、部屋を出ていった。

クインは意識して心臓の鼓動を抑えようとした。パニックを起こしてはならない。しかしマギーがああ言ったのはクインを脅すため、心臓をばくばくさせるためだった。それでも全身の力を振りしぼり、呼吸をととのえようとした。頭を働かせようとした。目を閉じて、腕の傷から血がしみ出ていくのを見ないようにした。

冷えきった皮膚を生あたたかい血が伝い落ちていく。尻の下に徐々にたまり、指先から滴り落ちていく。頭が重い。横になりたい。横になって永遠に眠りたい。

デュークがワイマー道路へと入ったとき、J・Tから電話でキャビンに関する情報が入った。「詳しい地図を送った。最新のやつだから問題ない」

「キャビンが見つかったのか？」

「ああ。きみたちがいまいる地点から十分かそこらしか離れていない。四、五百メートル手前で車を停めないと音を聞きつけられる可能性があるな」

「了解。キャビンからラストチャンス道路へ通じる小道を調べてもらえるか？」

「二、三分待ってくれ」

フーパーが横から言った。「なぜ小道があると思う？」

デュークが答える。「彼女はノラがラストチャンス道路の行き止まりまでやってきたら、そこですぐに殺すつもりだと思うんだ。考えてもみろ――もしノラをそこからつぎつぎと移動させるつもりなら、自分の隠れ家からこんなに近いところへ来いとは言わないはずだ。このへんに楽な道路は通っていない。となれば踏み分け道か何かがあるにちがいない」

「たしかにそうだ」フーパーが言った。「とはいってもリスクはあるな。彼女はキャビンに身をひそめて時間を稼ぐこともできるはずだ」

「だからこっちも頭を使わなきゃな。おれたちは元海兵隊員だ。状況判断して行動する。彼女は徒歩なら姿を隠すことができる。もしサバイバル術を身につけているとすれば——とりあえず、つけているものと仮定しなけりゃならないだろうな——おれたちを見たら、平行方向に逃げるか、たんに遠くへ逃げるかだろう。彼女の車は見つけられないだろうな。うまく隠してあるはずだ」

デュークは思いきりスピードを上げ、曲がりくねった山道を進んだ。何かがにおう。とっさに自分の車のトランスミッション液が焼けるにおいかと思ったが、すぐにそうではないことに気づいた。

「フーパー、何かにおわないか？」

「そうだな。暖炉かな？　キャビンはもうすぐそこだ」フーパーが顔をしかめた。「いや——そうじゃない」

「暖炉じゃないよ。山火事だろう」

「なんて不気味な偶然の一致なんだ。通報しておこう」

「偶然の一致なんかじゃない」デュークが言った。「ＳＷＡＴに滑走路へ急げと言ってくれ。ショーンとノラが五分後には着陸する。もしあの火事がその道路の近くだとしたら、二人が罠にはまる可能性が高い」

ショーンが言った。「ノラ、あそこを見て――西の方角。火事だ。あそこにも――あそこにも――三か所か」

「五か所よ」ノラが眉をひそめた。「五か所で火事？　かなり小規模だけど、二か所は道路のすぐ横だわ」

「あの女、正気じゃないな」ショーンが現在は使われていない古い滑走路への着陸態勢に入った。

「なぜ火を放ったりするの？　意味がわからないわ――わたしに――」

「しっかりつかまって」ショーンは口をぎゅっと引き結んでいかめしい表情になり、岩がごつごつした短い滑走路上で機体を懸命にコントロールする。急ブレーキをかけて尾部がぶれる。ノラはぐっと足を踏ん張った。ショーンは速度を落とし、さらに落として、機体を余裕たっぷりの位置で停止させた。

「機体へのダメージがあまりなければいいけど」ショーンが言った。

「すごいわ、ショーン」ノラが機体の外に出て、あたりを見まわした。「ブライアンとSWATはまだみたいね」

「火を放ったのはそれが目的かもしれないな」ショーンがヘッドギアをはずし、点検のため機体の周囲をひと回りした。「援軍を足止めするための」

「でもそんなことしたら、わたしまで目的地に行けなくなっちゃうわ」

ショーンが首を振った。「あなたの場合は時間に間に合えば行ける。だけど援軍も間に合うとまずいんでハイウェー付近に火を放った」

「だけどいまは九月——森はからからに乾燥してるわ。大規模な山火事になりかねないじゃない。何千エーカーって面積を焼くような。そんな無益なこと——」ノラは激しい動揺を覚えた。自分にも責任の一端があるように思えてならない。「あるいはわたしたち全員を罠にはめようとしての放火ね。自分の欲しいものさえ手に入れば、誰が死のうとかまわない人間だから」

マギー・オデルとその行動に関してわたしにはなんの責任もない。

デュークに電話した。「もしもし、ノラよ。ショーンとわたし、いま着陸したわ。降下中にラストチャンス道路付近に小規模な山火事が五か所見えたけど、ほうっておいたらあっという間に燃え広がってしまうわ」

「フーパーとおれもいまにおいで気づいたところだ。援軍は到着してる？」

「ううん、まだ」

「くそっ。ちょっと切らずに待ってくれ」

ノラは山腹を見わたした。煙が上がりはじめている。いまは空に向かってまっすぐにもくもくと上がっているが、風が吹きはじめている。山火事にとっては最悪な状況だ。彼らにとっても。

デュークが電話口に戻ってきた。「ＳＷＡＴは動けないそうだ。道路も炎に包まれている。

故意に焚き火を放置した状況のようだ。消防が現場に向かってはいるが、車が走れるようになるまでには少なくとも三十分はかかりそうだ」

「わたしは行かなくちゃ」

「ノラ、できるだけ時間を稼ぐんだ。フーパーとおれはキャビンまでもうちょっとだ」

「わかってるわ」

「ノラ、たのむ――きみやショーンを失うわけにはいかない」

「どちらも面倒に巻きこまれるようなことはしないわ。だけどあの女が火を放ちながらあたりをうろついていると思うと、この滑走路に彼をひとり残していくわけにはいかないし、あなたがクインの安全を確保したことがわかるまでは、なんとしてでも指示された場所に向かわなくちゃ」

「それはわかる。だが――とにかく気をつけろよ」

「ええ、約束するわ」もっと言いたいことはあったが、ほかに何が言えよう？　電話を切り、ショーンに手ぶりで合図を送った。「わたしたち二人だけで行くことになったわ、ショーン。でももしあの女があなたに気づいたら、彼女、何をしでかすかわからない」

「山にはかなり詳しいんですよ、ぼく。自分用に地図をつくってみた――」彼がそれを高く上げて見せた。ノラには読めないが、彼にはなんら問題ないらしい。

「シティーボーイなのに」

「人は見かけによらないこともあるんです」ショーンがそう言いながら片目をつぶると、その表情が兄のデュークを思い出させた。つぎに彼は無線機を手わたした。「先に行ってください。ぼくもあとからついていくけど、つねにあなたの姿が見えるところにいますから——たとえそっちからぼくが見えなくても。連絡はいつでもこの無線機でできます」

「じゃ行きましょう」

29

セコイアの木を大ざっぱに伐って造った小さなキャビンは、二面に沿って幅の広いポーチがついていた。四方を三十メートルほどのオープンスペースに囲まれ、広々と平坦な丘の上に建っている。二方向は峡谷へとつながり、とりわけ片方は垂直かと思えるほどに切り立った崖だ。こんな状況でなかったら、うっとりするほど牧歌的な風景だろうに。

北と西の方角の火事がどんどん勢いを増しているのはわかるが、マギー・オデルがどこにいるのかもクインの生死もまったく不明だ。ここに罠が仕掛けてあるのかどうかもわからない。

だがそれはすぐにわかった。デュークはベルトにつけたケースからサーマル・イメージャーを取り出してスイッチを入れた。一分後、キャビン内の熱画像が浮かびあがった。

「内部に二人いる」フーパーが言った。

デュークが首を振った。「いや、ひとりだけだ。ほら、これ」何色もの色の配列で表された人間らしき細長い形を指さす。

「ちょっと動かしてみろ——ほら！　ここに。動いた」

「小さすぎる。動物だな」

「ほんとか？」

「ああ。小型犬か猫だろう」

暗黙の了解のうちに、デュークとフーパーは体をかがめて敷地内を走り抜け、反対方向からキャビンに近づいた。そこで耳をすまし、十まで数えはじめた。デュークは神経を集中し、軍隊時代に受けた訓練をすべて思い出してさらに耳をすました。かすかに聞こえてきた。呼吸音。喘ぎ。

もう一度、サーマル・イメージャーをぐっと近づけてチェックした。なかに人間がひとりいる。

十まで数え終わると、デュークは玄関ドアへと回りこんだ。フーパーも反対側からやってきた。「大丈夫だな」

デュークがドアを蹴り開けると、体を低くかがめて突入し、フーパーはまっすぐに立った体勢で突入した。

クイン・ティーガンは椅子に縛りつけられていた。胴体部分は血でおおわれている。喘いではいなかったが、口で息をし、低く耳障りな音がもれていた。頭は前にだらりと垂れている。

デュークがクインに近づく一方で、フーパーはバスルームやクロゼット、キャビネットをチェックした。

「異状なし」フーパーが椅子の横に膝をつき、クインの縛りをほどいているデュークに手を貸した。「行方不明だったブッチャー＝ペインのカモがバスルームにいた」

フーパーが口にした〝カモ〟がなんのことか、デュークはすぐには思い出せなかった。

「シーツがいるな。ほかに何もなければタオルでもいい」

フーパーがキャビン内を駆けまわり、壁面収納式ベッドのシーツを持ってきた。「これでどうだ」

「なんとかしなきゃな」デュークがクインを床にそっと寝かせるあいだ、フーパーがポケットナイフでシーツを切り裂いた。

帯状の木綿ですべての傷をきつく結わえた。胸部の切創がいちばん深刻だった。フーパーが強く圧力をかけ、デュークは強力なテープを探してキャビン内を駆けまわった。ようやく見つけたのはダクトテープだが、これでじゅうぶんなんとかなるはずだ。搬送するあいだ、傷口をしっかりと押さえておく必要がある。

「ノラ」クインが小さな声で言った。「ノラ」

「彼女なら無事だ」デュークはそう願いながら言った。

「火事。罠」

デュークは身のすくむ思いだった。ノラとショーンのところへ行かなければ。だがただちに医師の手に委ねなければクインは死んでしまう。

った。

「ノラが言っていたが、効果を中和する薬剤が入ったガラス瓶があるらしい」フーパーが言

「オデルの言うことだ、信用していいものかどうか」デュークが不満げにつぶやく。

フーパーがあたりを見まわした。ガラス瓶が二個。一個はほぼ空っぽで、ラベルにヘパリンと記されている。もう一個には知らない薬品名が記されている。二個ともポケットに突っこんだ。「万が一のために持っていく」

デュークがクインを抱えあげようとすると、フーパーが言った。「彼女はぼくが。きみはラストチャンス道路に行く体力を温存しておけ。車に乗るまで掩護してくれ。町で救急車が待機しているから、ぼくがそこまで彼女を運ぶ。きみは向こうの道路へ行ってくれ。オデルが彼らを罠に掛けるために火を放っているとしたら、早く警告を発して罠から脱出させないと」

ラストチャンス道路の上端は、標高千二百メートル以上ある山頂の周囲をぐるりと囲んでいる。道路のその部分は森林パトロールと防火のためにしか使用されていない――道幅がきわめて狭く、車がUターンできないため、町へ引き返すには文字どおり頂(いただき)を一周するほかない。距離にして八百メートルほどになる。

道路を駆け足で登る十五分のあいだに、ノラはショーンの姿を二、三回しか見ることがなかった。そしていよいよ一周を回り終えた。ショーンはまるでシロイワヤギ（ロッキー山脈に生息する野

生のヤギ）のごとくたしかな足取りで、木々のあいだに姿をちらつかせながら道路を横切り、頂上へと達している。南からの煙がどんどん濃くなってきたが、北と西はともに深い峡谷が行く手を阻んでいる。

ノラは東からのぼった。

ショーンが用心のために持たせてくれた無線機を取り出した。「火は環状道路の南側の五、六か所からこっちに向かってくるわ。その他二方向は深い谷。引き返しましょう」

「了解。先に行ってください。ぼくはあなたのあとから」

ノラはマギーの気配を求めてきょろきょろした。どこにいるの？　道路の端に沿って戻りはじめたとき、全身を戦慄が駆け抜けた。どこかから見張られている。電話が振動した。ちらっと目を落とす。

デュークからのメール。ノラとショーンに宛てたものだ。

クインを救出。フーパーがこれから町へ連れていく。生きているが、病院での手当てが必要。おれはそっちに向かっている。火事は罠だ。いますぐ飛行機まで戻れ。

クインは生きていた。ロレインはキャビンに関して嘘はついていなかった。このとき、ノラははじめてほんの少しだけ母親を許してもいい気持ちになった。クインが無事だったと知り、母親に対する怒りと恨みが多少薄らいだ。ロレインの協力があったからこそクインを助けることができたのだ。ノラの肩に重くのしかかっていた恐怖、不安、罪悪感が軽くなった。これでもう被疑者マギー・オデルの追跡に集中できる。

ショーンが無線機に向かって言った。「急げ、ノラ」

ノラは歩きだし、まもなく駆け足になった。追われている感覚がいやます一方で、煙がノラの方向に向かってきた。風が勢いを増している。ただでさえセコイアの木も落ち葉でとげとげしている地表もからからに乾いているというのに、火事にとっては最悪の条件がそろったことになる。

そのとき、大きなげんこつほどの石が斜面を転がってノラの正面に落ちてきた。とっさに跳び越し、なんとか捻挫は免れた。またひとつ、石が転がり落ちてきた。つづいてまたひとつ。つぎの石はノラの肩をかすめた。それまでのに比べて大きくはないが、速度があったしまった。痛い。

敵の姿を視野にとらえられないまま、ノラは銃を抜いた。

ショーンが訊いてきた。「どうしました?」

「どこにいるの、ショーン？　ここに下りてきて。誰か上にいるわ！」マギーのほかには考えられない。

道路にいるかぎり、二人とも無防備な標的だ。ノラからマギーは見えないが、マギーはノラがよく見える位置から石を投げつけてきている。

「すぐ行く——いま、あなたの後方、道路にいる」

つぎの石がまともに肩に当たり、ノラの手から銃が落ちた。その銃を拾いながら山の斜面に伏せる。

ショーンが角を曲がったとき、彼めがけて石が何個も飛んできた。マギーはパチンコを使っているにちがいない。石がみごとなまでに正確に飛んでくる。かなり大きな石がショーンの顔面に横から命中し、ショーンががくっと両膝をついた。

どこか身を守れる場所を見つけないかぎり、二人とも飛礫(つぶて)打ちで殺されかねない。

ノラが叫んだ。「マギー！　出てらっしゃい」

「人を連れてきたわね」上方から声がした。見あげても人の姿はない。煙がもうもうと立ちこめてくる。「そいつが死んだら、あんたのせいよ」

立ちあがろうとしたショーンにまたひとつ石が当たった。今度は背中の下のほうに。ショーンが後ろに倒れた。

ノラは石が飛んでくる方向に銃を向け、発砲した。一発。二発。三発。そして路面から立ちあがろうと悪戦苦闘しているショーンに駆け寄った。

「ほら、立って、ショーン、お願いよ」命令口調で言う。

ショーンが立ちあがり、ぼうっとなった頭をはっきりさせるかのようにかぶりを振ると、ノラとともに断崖絶壁を背にしっかりした歩調で走りだした。「ここがいちばん安全なのよ」ノラが小声で言った。「木立に身を寄せて——」

頭のてっぺんに石が命中し、ノラががっくりと膝をついた。何も見えなくなった。なんとかして立とうとするが、動けない。ショーンがノラを引きあげ、セコイアの木の陰にすわらせた。「ノラ――くそっ」ショーンが頭に手を触れると、ノラは痛みに縮みあがった。「血が出てる」

「好きなだけそこにすわってていいわよ」マギーの声が上方から呼びかける。「隠れてれば火事で死ぬし、動けば死ぬまで石をぶつけてやるから」

ノラがささやいた。「火の見櫓だわ。たしかこの上のほうに火の見櫓があるのよ」

ショーンは携帯電話でデュークに連絡しようとした。「だめだ。つながらない。とにかくこの危険な状況から逃れるしかなさそうです。道路をもうちょっと下れば、向こうの射程からはずれると思いますけど」

「わたしは無理。ちょっと待って」

「はい」

ノラは両手で頭を抱えて懸命に立ちあがろうとしたが、無理だった。じっとすわっているだけでも頭がくらくらするのに、立ちあがったら気絶してしまいそうだ。どうにもなす術がない。

「あなたは行って」ノラがショーンに言った。「わたしが掩護するから」グロックを握る手が震えている。

「それじゃ自分の足を撃っちゃいそうだ。いずれにしても置き去りにするつもりなんかありませんよ。何か手を考えます」ショーンが咳きこんだ。「十分間待てば、煙が充満して彼女からこっちが見えなくなるとは思うけど」

「それじゃ手遅れになるわ。ほら、聞こえる？」

耳をすますと、山頂の反対側から炎がぱちぱちはじける音が聞こえてきた。「せめてもの慰めは、彼女も火の海のなかで死ぬってことね」ノラが言った。

「あなたを死なせたりはしませんよ。そんなことになったら、デュークがぼくを許さない」

「その言葉、そっくりそのままお返しするわ」ノラがショーンに言った。

「だったら考えましょう」

デュークは銃声を聞いたが、山の南側の小道を先へと進んだ。山火事は西から北へと広がっており、風のおかげで煙は彼のほうへは流れてこない。

ショーンとノラのほうへ流れているのだ。

歩調を速めた。傾斜の急な斜面をのぼるときにこんな速足はまずいのだが、そのまま進むと突然足下が平坦になった。ラストチャンス道路だ。そしてそこからJ・Tが言っていた火の見櫓へと通じる踏み分け道が見えた。デジタルマップに目を落とす。踏み分け道は急勾配が百メートルあまりつづく。となると、マギーが余裕で待ち受けるところへ激しく息切れしながらたどり着くことになる。

あるいは煙の方角へ進み、西側の斜面を登る手もある。勾配は多少ゆるやかだが、呼吸は苦しくなる。

デュークは煙が姿を隠してくれる道を選んだ。

遠くでヘリコプターの音がする。マギーを褒めるほかない──火を放つ際、まず州間高速道路に近いほうからはじめ、そこから南東方向へと移動するパターンをとった。そうすることで人口が集中する地域に近い火の手に消防を釘付けにし、結果としてこの人里離れた道路にいるマギー、彼、ショーン、ノラは見捨てられることになる。

ショーンからのメールが画面にぱっと現れた。

これが届くかどうかわからないけど、急いでくれ──ノラが怪我をして、二人とも動けずにいる。もし動けば、あの女は間違いなくノラを殺す。

デュークは煙めがけて突入した。

30

フーパーはクインを救急隊員に委ねた。ここまで来る車のなかですでに完全に意識を失ったあとで、皮膚が極端に青ざめている。

「犯人にヘパリンを注射されたんだが」フーパーが説明した。ポケットからガラス瓶を取り出して救急救命士に見せる。「このどちらかがそれを中和するってことは？」

その救急救命士が隊長に瓶を手わたした。「これがヘパリン、こっちはエチレンクロロヒドリン」

「それで彼女を助けることは？」

「こんなものを注射したら、あっという間に死んでしまいますよ」

デュークの言ったとおりだ、とフーパーは思った。もしもノラがクインを発見して、オデルがビデオで言っていたことを額面どおりに受け止めていたとしたら、妹を助けようとしてこれを注射しかねなかった。結果的には妹を殺すことになるとは知らずに。

「助かりますか？」フーパーが訊いた。

「輸血が必要ですね」彼は早くも注射器を手にしていた。

「それは？」

「ビタミンK。ヘパリンの効果を中和することはしますが、時間がかかります。血液型は調べたのか？」隊長が部下に尋ねた。

「Aマイナスです」

「みんなに訊いてまわってくれ。いますぐ血液が必要だ。このままでは病院までもたないだろう」

フーパーはBプラスだ。そこで道路のわずか五分ほど先にいるSWATに電話を入れた。

「誰か、血液型Aマイナスはいないか？」

しばしののち、ひとりの隊員が答えた。「Oマイナスですが」

フーパーが救急救命士に尋ねる。「Oマイナスでもいいですか？」

「万能のドナーがいたか。その人をここに呼んでください」

火の見櫓の下に達したとき、デュークの肺は限界だった。ここはまだ煙がさほどひどくはないが、刻一刻と状況は悪くなっている。火の見櫓のてっぺんをめざし、静かに梯子をのぼりはじめた。マギー・オデルはパチンコを構えており、標的を狙うことに神経を集中していたため、音を立てずにのぼってくるデュークには気づかなかった。

デュークは素早く状況を算定した。櫓のてっぺんは六メートル四方、周囲を高さ一メートル弱の壁がぐるりと囲むだけのオープンな造りだ。内側にはおよそ何もなく、身を隠すことはできない。ただ自分とマギー・オデルだけ。

マギーは彼に背を向けていた。足もとに置かれたバックパックには石がいっぱい詰めこまれている。下にいるショーンとノラを撃つ石。しかし煙がどんどん濃くなってきており、マギーがもどかしさのあまりかりかりしているのがデュークにも見てとれた。完璧なはずの計画がさほど完璧ではなかったようだ。数分もたてば、ショーンとノラは無事にその場を離れることができそうだ。煙が濃くなって二人の姿は見えなくなる。

デュークは銃を抜きながら、を殺したくなかった。たとえマギー・オデルのようにたちの悪い人間であっても。

マギーがぴたりと動きを止めた。彼の気配を察知したのだ。

「動くな」デュークがぶっきらぼうに言った。

マギーは動かなかった。

「パチンコを捨てろ。こっちには銃がある」マギーの両手から目をそらさず、さらに一歩近づいた。

マギーはくるりと振り向きざま、デュークにパチンコの石を撃ってきた。だが狙いははずれた。石はデュークの肩をわずかにかすめただけだった。くそっ、それでも痛い。銃口をしっかりとマギーに向ける。「それを捨てろ」

マギーの顔が怒りのせいで引きつった。「あんたなのね！　あんたがここに来るってどういうこと！」

「手を上げろ、マギー」

「いやよ。冗談じゃない」

「クインは助け出した。おれたちが発見して、いま病院に向かっている。命に別状はない」

そんな確信はなかったが、マギーに作戦の失敗を悟らせたかった。おとなしくさせる必要があった。デュークは手錠を持ってはいないが、援軍の到着をここでこのまま待つわけにはいかない。山火事は気まぐれだから、いつなんどき前触れもなしに方向を変えてくるか読めない。いまのところ風は弱いが、それもいつ変わってもおかしくない。

マギーが銃を所持しているかどうかはわからないが、ベルトにナイフがついている。彼女の手の動きを用心深く見守った。ナイフなら六メートル離れたところから投げても楽に人が殺せるというのに、デュークはそれよりずっと近くにいるのだ。

「さっさと両手を上げろ！」もう一度命じた。マギーが選択肢を斟酌（しんしゃく）しているのが見てとれる。

デュークはさらにマギーに近づきながら引き金に指をかけた。ナイフに手をやったら撃つしかない。マギーはその場に立ったまま、唇を引き結び、彼をにらみつけている。「あたしの計画、あんたのせいで台なしだわ」吐き捨てるように言った。「むかつくったらありゃしない！」

デュークは銃をマギーの首筋に突きつけ、素早い動作でナイフをケースから抜き取った。マギーは微動だにしなかった。降参するでもなく抵抗するでもなく。デュークはマギーを信用してはいない。あれほどのことをしでかした女だ、そうやすやすとこっちの手に落ちるはずがない。

ナイフを置く場所がない。しかたなく火の見櫓の周囲を囲った壁の外に投げ捨てた。

「先に下りろ」デュークが梯子を手ぶりで示した。

「いや」マギーは腕組みをする。

「きみが放った火がこっちに向かってきてる」

「そんなことわかってるわ。あんたもここであたしといっしょに死ぬことになりそう」

「きみがばかなことをしでかさないかぎり、おれもきみも今日のところは死なないと思うよ。さあ、行って」

マギーが彼をにらみつける。

「それならそれでけっこう。ノラはきみの仕業に関してやまほど疑問を持ってるんだが、それに答えてやることはできなくなるわけだ」

「あんな女の話なんかしないで！」

「ノラはいま乗ってきた飛行機に向かってる。彼女はこの窮地を脱し、きみは万事休すってわけだ。彼女はメディアに対して、きみのやってきたことについてなんでも言いたいことが言える。それにしてもやたらめったら殺したよな」

「あたし、殺されて当然ってやつしか殺してないわ！」

「きみの親友。あの子は毒殺されて当然なのか？」デュークがかぶりを振った。「それにクイン。彼女がきみに何をした？　仲良くしてもらったんだろ？」

マギーの顔が真っ赤になった。「あの女、あたしを無視したのよ！　ノラに何を言われるかが怖くて、あたしを近寄らせなかった。そうよ、だから教えてやったの！　あたしを無視したらどうなるか！」

「そうか。それじゃあの梯子をさっさと下りたほうがよさそうだな。さもないとノラ・イングリッシュはきみを連続殺人犯の歴史の脚注にすら加えてくれないぞ」

マギーが耳障りな笑い声をあげ、やがて咳をした。「あたしたちって二人とも人殺しなのよ。あの女があたしの父親を殺したから、あたしはただ釣り合いをとっただけ」

「ノラはきみのお父さんの死亡とは関係ないよ」

「あの女はそう言ったけど、あれは嘘。あの女があたしの父親とあたしたちの母親を罠にはめたのよ。実の母親に有罪判決を下すために証言するなんて信じられる？　おかげで母親は死ぬまで刑務所暮らし」

デュークはさらに食いさがった。なんとしてでもこの女を火の見櫓から引きずりおろして山を下りなければ。残された時間がどれだけあるのかはわからなかった。「おれたちがどうやってクインを捜し出したと思う？　ロレインに協力してもらった。きみのお母さんはきみを見捨てたんだよ」

「ばかなこと言わないで。ママはこのことについてなんにも知らないわ。だけどママもノラを憎む気持ちはあたしとおんなじ。そう言ってたもん」

「きみがクインを誘拐したことをノラが伝えたら、ロレインは激しいショックを受けて、森のなかにあるテンプルトンのキャビンのことや正確な道順をノラに教えてくれたんだよ」細部にはいささか捏造（ねつぞう）もまじえたものの、効果が目に見えてきた。マギーが全身を震わせ、何か言おうと口を開けた。デュークはすかさず駄目押しを加えた。「ロレインはきみよりクインを取ったってことだ」

「そんなでたらめ信じるもんか！」だがマギーの表情から信じていることが見てとれた。現に彼がここにいて、すでにクインを救出したと言っているのだから信じるほかない。

「おれたちはクインを助け出し、きみの猫とブッチャー＝ペインから盗んだカモを確保した。翼が折れてたんだな。自然のなかでは生き延びられないと考えたのか」

マギーの唇が小刻みに震え、涙が頬を伝い落ちた。「ロレインがあんたに教えたの？」

「いや、ロレインはノラに話した」

それが効いた。マギーは虚脱状態に陥り、のそのそと櫓を横切って梯子へと向かった。

「待て」梯子を下りようとするマギーにデュークが言った。頭に銃を突きつけると、すばやく服の上からボディーチェックした。まだ彼女を信用してはいなかったが、武器は身につけていないらしい。

「ようし、ゆっくり下りろ」咳が出た。煙がいちだんと濃くなり、飛行機まで行き着けるかどうか不安に駆られた。ショーンが暗闇でも着陸地点にたどり着けることができるよう願うほかない。煙が充満した森のなかは何も見えないも同然だ。炎は見えないが、松が燃える芳しい香りが漂ってくる。これが暖炉ならと思わずにはいられない。

これほどの標高だというのに、携帯電話の電波状況は完璧だ。ショーンに電話をかけた。

「マギーの身柄を確保。手錠はないが、武器は所持していない」

「ちょっと待って」ショーンがノラに手錠のことを訊く声がした。「ノラが持ってるって」

「よかった。それじゃ道路で合流しよう。おまえが飛行機まで戻る道を憶えていることを祈るばかりだ」

マギーが慎重に梯子を下りる姿に目をやった。やたらとぐずぐずしている。

「憶えてるよ。急いで」

そのときマギーがいきなり梯子の残りの段を一気に滑りおりた。転落を避けるため、両側の木に軽く手を添えている。さぞ痛いだろうとは思うものの、デュークに考えている余裕はなかった。マギーはすでに地面に到達した。

「彼女が逃げた」デュークは電話とコルトをズボンのポケットに突っこみ、マギーのあとを追う。

ノラの表情がこわばった。「いまデューク、彼女が逃げたって言った?」

「うん」ショーンはノラを守るようにかたわらに立った。「隠れないとまずいな。歩けます?」ショーンが咳をした。二人のいる地点でも煙が最大の問題になってきていた。

「なんとか歩かないと」

ショーンが手を貸してノラを立ちあがらせた。ノラは肩の痛みに耐え足を引きずって進むものの、太腿と背中と頭部の傷がどんどん悪化しているのがいやでも感じとれた。だが激しい吐き気はなんとかおさまっていたため、頭ががんがんするとはいえ、気分的には多少ましになっていた。

マギーあるいはデュークの姿を求めて心配そうに山腹を眺めた。煙が不気味に立ちこめている。朝の九時だが、薄暮のようだ。

「大丈夫ですか？」ショーンが小声で尋ねた。

「なぜ？」

「右にかしいでるみたいだから」

「あら、気づかなかったわ。頭は痛いけど――」

「たぶん脳震盪だと思います。ここがいい――デュークが彼女を追跡してくるとしたら、隠れるにはここがちょうどよさそうだ」ショーンはノラをセコイアの倒木の陰に連れていった。相当な太さがあるため、陰にすわれば向こうからはほとんど見えないはずだ。ノラは銃を抜いた。マギーが近づいてくるとは思わない。三対一ではかなうはずがないからだが、マギーの思考が論理的でないことは百も承知だった。マギーの頭のなかでは筋が通っていても、ノラには理解できないことだらけだ。

「ここにすわって動かないで」ショーンが言った。「ぼくは――」

西の方向で何かが動いた瞬間、二人とも攻撃にそなえて身構えた。だが木々のあいだから姿を現したのはデュークだった。

「二人とも大丈夫か?」斜面を走ったり滑ったりして二人のところまで下りてきた。

「ええ」ノラが答えた。

「ノラは脳震盪だと思う」ショーンが言った。

「よくわからないけど――」

デュークがノラのかたわらにしゃがみこみ、顔と頭に手をやった。離した手にべっとりと血がついている。軽くキスをし、ノラを支えて立たせる。「とにかくここから脱出しよう。きみを医者に診せなきゃならないし、煙がこれ以上濃くなってくるとショーンが離陸できるかどうかも危うい」

「それなら心配いらないよ」ショーンが言った。デュークをちらっと見たその顔に懸念がうかがえる。ノラは二人の目配せを見逃さなかった。

「ねえ、あなたたち、わたしなら大丈夫。本当よ。マギーがどっちへ行ったかわかる? 彼女、間違いなくこの山を知り尽くしてるから、うまく隠れられたら捜し出せなくなるわ」

「いまはおれたち三人がこの山火事から逃れることが先決だ。そのあとまたここへ戻って彼女を捜す」

「そのときはもう、とっくに姿を消してるはずよ」野放しのままのマギー・オデルはノラの愛する人たちをつぎつぎに狙うはずだ。ノラは気が気ではなかった。

「いまから取り越し苦労をしてもはじまらないよ」デュークがノラに手を貸して倒木を越え

させて道路まで下り、そこからは道路の端に寄って、深い谷へとつづく急勾配から距離をとった。そのあいだもデュークはずっと銃を握りしめていた。マギーに襲われる危険がまだなくなったわけではない。「本当に道を憶えてるんだろうな、ショーン？」

「大丈夫だよ。この道路を進めばいいんだ」ショーンはコンパスを手にしていた。「道路が道路とぶつかったら、そこから北東へ二度の方向へ進めば、飛行機まで四百メートル弱だ」

デュークはノラのことが心配でならなかった。本人は大丈夫だと言い張るが、まっすぐに歩けていない。攻撃に対してなんとも無防備な状況だ。そしてマギーは森のなかにひそんで、チャンスをうかがっている。

デュークはマギーの気配に目を凝らし耳をすました結果、遠くへ逃げるつもりはないと感じた。マギーは積もりに積もったノラへの怨みを晴らしたがっているからだ。そもそもノラにはほとんど責任のないことばかりなのだが、マギーの頭のなかでは、思うようにならなかったことがすべてノラのせいになっていた。マギーはいよいよここでノラを仕留める気でいる。なんといっても、物理的にこれほど近くにいるのだから、マギーが自分を抑えられるとは思えない。

ショーンに前方に注意するよう手ぶりで合図を送り、デュークは山側と後方に目を配った。煙が視界を妨げているが、軍隊での訓練がものを言った。目より耳をたよりに行動する。

ノラがつまずいた。膝をつく前にデュークが支え、立ちあがらせた。「もっと急がないと」

「わかってるわ」

ごほっ、ごほっ、ごほっ。

デュークは耳をすました。咳は山側のすぐ上方、木々のあいだから聞こえてくる。マギーがそこにいるのだ。視界には入らないが、声は聞こえる距離。

「デューク――」ノラも咳を聞いたようだ。

「先へ進め」デュークが命じた。ショーンをちらっと見て、ノラの左側を歩くように手ぶりで合図した。「もっと速く」マギーはでこぼこした斜面にいる。それは彼らにとってもうひとつの利点だった。彼女が武器を持っている可能性も排除はできない。ボディーチェックもしたことはしたが、気がすむまで徹底的にというわけではなかった。もしかすると、火の見櫓の付近に武器の隠し場所があるのかもしれない。

前方で道路がカーブしている。つまり飛行機までの道のりのほぼ中間地点に来たということだ。遠くから響いてくる何機ものヘリコプターの音から察するに、消火活動が大規模におこなわれているらしい。遠くで鳴っているサイレンの音もデュークに希望を与えてくれた。もう煙がどんどん濃くなる気配はなく、六、七メートル先まで見える。ショーンが着陸した場所にここより煙が立ちこめていないことを願った。さもないとヘリコプターを呼ばなければならなくなる。

頭上の木々の陰に何か動くものがちらっと見えた。マギーは自分たち三人と平行して移動している。デュークは考えた。マギーは自分たちより先に飛行機のところへ行こうとしているのか、あるいは自分たちの行く手を阻むために走っているのか。

デュークがノラに言った。「さあ、ノラ、ペースを上げて。お友だちがすぐそこを走っている」

ノラが痛い足を引きずっていることを知ってはいても、デュークにほかの選択肢はなかった。ノラをせかすほかない。マギーより先にカーブにたどり着かなければ。

そのとき突然、デュークの顎の左側を鋭い痛みが襲い、よろけた末に膝をついて倒れこんだ。目の前が真っ暗になって星がいくつも見えた。数秒後、ショックをなんとか払いのけて呼びかけた。「ノラ――」

ノラは彼が倒れこんだときにすでに足を止めていた。「デューク、血が出てるわ！」あわてて駆け寄ろうとする。

「来るな！」デュークが叫んだとき、木立のなかから甲高い声が聞こえ、斜面を駆けおりてくるマギーが見えた。全速力に加速度がついた猛烈な勢いでノラに突進してくる。

デュークがとっさに立ちあがり、ショーンもすぐさま兄につづいたが、マギーは勢いにまかせてノラに体当たりしてきた。ノラは気づくのが一瞬遅れたものの、すばやく地面に伏せた。

マギーは転がり落ちるように道路を横切りながらノラの両肩をつかみ、強引に引っ張った。そのまま断崖絶壁へと向かう。自殺するつもりなのだ、ノラを道連れにして。

デュークが疾走してノラのシャツに手を伸ばし、襟をつかんで引き戻した。ショーンは一塁ベースへのヘッドスライディングさながら、マギーと崖のへりのあいだに滑りこむ。

「ショーン！」デュークが叫んだ。ショーンは危険なほど崖のへりぎりぎりに跳びこみ、みごとなスライディングでマギーの作戦阻止に成功した。マギーの頭がショーンの脚に激突した。デュークは錯乱状態にある殺人者からノラを引き離そうとするが、マギーはノラをがっちりと抱えて離さない。

ノラが悲鳴をあげた。マギーの手に光るナイフをデュークは見てとった。マギーが常軌を逸した怒りをあらわにし、振りあげたナイフからは血が滴っている。

ノラを刺したのだ。

デュークはコルトの照準をマギーの手に合わせ、ためらうことなく発砲した。一発、二発、三発。

もはやそこにあるのはマギーの手ではなく、狙いをすました三発の銃弾を受けた血まみれの肉塊だけ。

マギーが両膝をがっくりと落としながら激痛に悲鳴をあげた。絶壁との隔たりはわずかに十センチほど。ノラはマギーの下敷きになっている。奈落の底まであとわずか。死まであとわずか。

ショーンが素早くノラの両腋に手を入れて安全な方向へと引っ張った。マギーは撃たれていないほうの手でノラのウエストをがっちりと押さえている。そして両脚をわざと崖の向こうへと伸ばしながらノラの下半身にしがみつく。ノラが叫びをあげた。「デューク！」

「ここにいる！」銃の狙いを定めようとするが、よく見えない。汗が噴き出してきた。マギーをとらえることができない。

ノラがマギーに懇願した。「離して！」いくら蹴り飛ばそうとしても、マギーはがっちりとしがみついたままだ。ノラにかかった手を離せば、そのときは何百メートルかの落下が待ち受けていた。

「離すもんか！　あんたは死ぬのよ、ノラ。死んでもらう！」マギーが甲高い声で言った。

デュークが叫ぶ。「ショーン！」

「ノラはぼくが押さえてる！　やってくれ！」

デュークはマギーの眉間を狙い、引き金を引いた。その瞬間、時間が止まったかに思えた。マギーのショックの表情。銃弾を受け、即死を悟った瞬間の表情。マギーの体が落ちはじめた。マギーの体重がノラを崖のへりの向こう側へと引きずっていく。乾いた土がぱらぱらと崩れ落ち、ショーンとノラも危うい。

マギーが視界から姿を消したあと、落下した体が木にぶつかる不気味な音が聞こえた。ノラの両脚もすでに崖のへりを越え、見えなくなった。ショーンがノラの上腕をつかんで引っ張っている。

「デューク！　彼女、ずるずる滑っていくよ！」

デュークは這って近づき、ノラのもう一方の腕をつかんだ。「いいか、引け！」デュークの掛け声で二人が同時に力をこめ、ノラを安全な位置まで引きあげた。

ノラは血まみれだった。マギーの血とノラの血が渾然とし、区別はつかない。「ノラ、どこが痛い？」止血しなければまずい。

「太腿」ノラが答えた。「彼女、腿の内側にナイフを隠し持っていたの。わたしにタックルしたときに取り出したみたいだったわ。でも大丈夫よ」

ノラの〝大丈夫〟をデュークは端から信じていなかった。シャツをせわしく脱ぎ、つぎにノラの太腿の上部にナイフの切創を探した。脚の外側が深く切られている。シャツで傷口の周囲をできるだけきつく縛った。

つづいてノラの全身を細かくチェックした。マギーの石が何個も命中した肩に触れると、ノラが顔をしかめた。数えきれないほどの擦過傷や挫傷があった。これから数日間はひどい痛みに耐えることにはなるだろうが、とにかく彼女は生きている。

「よかった、ノラ。おれはてっきり――」その先は言葉にならなかった。彼女を失ってしまうと思っていたのだ。思わず彼女を掻き抱き、額、頰、唇にキスをした。「愛してる、ノラ。二度とこんな怖い思いはさせないでくれ」

ノラは彼の胸に額をあずけた。「彼女、なぜこんなことをしたのかしら？」ノラが疑問を口にしたが、デュークは彼女が返事を待っているとは思わなかった。自分たちに理解できることなどいっさいないと考えていた。

「撃ったのはほかにどうしようもなくて――」

ノラがデュークの顔に手を伸ばした。ノラの頰を涙が伝っている。「しいっ。間違いなくほかにどうしようもなかったわ。ただ――もっとどうにかなっていたらと後悔してるの。もっと前にわたしがなんとかできていたら——できたかどうかわからないけど。悲劇よね、無駄にたくさんの人の命が失われて」

ノラが目を閉じ、咳きこんだ。

ショーンが言った。「急がないとまずいよ。このままじゃひどいことになる」

「彼女は歩ける状態じゃない」デュークがノラを抱えあげ、ノラは彼の首に手を回した。

「先導をたのむ、ショーン」そう言ってあたりを見まわす。「煙が濃くなるようすはないな。いい傾向だ」

「ぼくもそう願ってるよ。もし飛行機のところもこんなだったら、離陸できるかどうか自信がない」

「大したもんだよ、おまえは」三人は無言のままきびきびと進み、まもなくショーンが先に立ってラストチャンス道路から枝分かれした古い伐木搬出用の道路へと曲がりこんだ。「もしローガン＝カルーソでフルタイムの仕事をやってみたければ、雇ってやるぞ」

「それはうれしいな、デューク。ありがとう。考えさせてもらうよ」

デュークが渋い顔をした。「なんで考える必要があるんだよ？　そうしたかったんじゃないのか？」

「まあね。でも、ほかにもいくつか考えがあるんだ」

ノラがデュークの首の後ろをぎゅっとつかんだ。デュークはあいかわらず心配そうな顔で腕のなかのノラを見おろしたが、多少よくなってきた顔色に安堵した。

「ショーンなら何をやっても大丈夫よ」

「わかってるんだが、ただあいつをつねに目の届くところに置いておきたくて」デュークがささやいた。「それを言うなら、きみもなんだが」

「うれしいわ」ノラが弱々しく微笑んだ。「わたしもあなたをつねに目の届くところに置いておきたいもの。愛してるわ」

31

ノラは病室でクインのベッドのかたわらにすわっていた。青ざめた顔がまだまだ痛々しいが、切創は真っ赤なみみずばれに変わっている。傷跡は永久に残るだろうが、命は取りとめた。

妹が死なずにすんだ。

テッド・ブリス捜査官が黄色いバラを挿した花瓶を抱えてドアのところに立った。病院に向かう救急車のなかでの輸血でクインの命を救ってくれたのがテッドだとフーパーから聞いていた。ノラはにこやかに彼を迎え入れた。「どうぞ入って」

「彼女、どうですか?」

「だいぶいいわね」

「顔色がよくなってますね」

「あなたには感謝しているわ。それ、どうぞテーブルに置いて」

「ありがとうございます」彼は花瓶をナイトテーブルに置いた。「今日はこれを届けたかっただけで」

「どうもありがとう。きっと喜ぶわ」

テッドはクインを見て、こっくりとうなずいた。「では、よろしく伝えてください」

「もちろんよ、ありがとう、テッド」ノラは部屋を出ていく彼の後ろ姿を見送った。黄色のバラは友情を意味するが、彼はきっとそれ以上を期待しているのだろう。彼はクインに大いに熱を上げているのだ。

ノラはクインの手を取ってそっと撫でた。何枚もの毛布をかけているというのに肌はあいかわらずひんやりとしている。これまでに五、六回目を覚ましたが、すぐまた目を閉じてしまう。医師は、いまは睡眠が大事だから、と言いながらも翌日にはもう、クインを起きあがらせて歩きまわらせ、起きている時間をもっと長くすべく取り組んでいた。

クインがあくびをした。「ハーイ、ノラ」

「どう、気分は？」

「こてんぱんにぶちのめされた気分」

「昨日もそう言ってたじゃない。少しくらいよくなったりしてない？」

「こてんぱんのレベルがちょっと軽いかな。昨日よりはややいい感じ」

ノラが水を差し出した。クインがストローで吸いはじめた。

「テッドがまた来たわよ」

クインがナイトテーブルにちらっと目をやった。「また花？」

ノラが苦笑を浮かべてうなずいた。

「彼、いい人よね」

「ええ、それはもう」

「あたし、デヴォンを愛してたのに、一度もそれを伝えたことがなかったの」クインの声がかすれ、目から大粒の涙がこぼれた。

「ハニー、つらいけど一日ごとに癒えていくはずよ」

「昨日、お姉ちゃんとデュークが話してるのを聞いたの」

ノラが顔をしかめた。「いつ？」

「夜。面会時間が終わるころ。お姉ちゃんに彼みたいな人がいて、あたしまでうれしいわ。彼、まるでお姉ちゃんが特別な人みたいに接してくれるんだもの。まるで自分にとっては世界じゅうにたったひとりしかいない女性みたいに」

ノラは胸がどきどきした。「そこが彼のいいところね」

「お姉ちゃんは彼みたいな人に大切にされるだけのものを持ってるわ」

「あなただってそう。でもデュークはだめよ」あわてて訂正した。「デュークみたいな人って意味ね。あなたを特別だと思ってくれる人」

「ロレインに会いにいったって聞いたけど、本当なの？　ほんとに会いにいったの？」

「ええ」あの体験に関してはいまだに複雑な思いが拭えないが、後悔はしていなかった。あの面会なしではクインを制限時間内に見つけることはできなかった。

「あたしのためよね」

「そりゃそうよ。あなたを愛してるからよ、クイン。あなたのためならなんだってするわ」

クインの顔を涙が流れ落ちた。ノラがそっと拭き取ってやる。「泣かないの」涙こそこらえたものの、ノラもクインのつらそうな表情を見て目頭が熱くなった。

「あたし、ひどいこと言っちゃってごめんね。このまま死ぬんだって思ったときに思ったの。お姉ちゃんをどんなに愛してるか、どんなに感謝してるか、どんなに大事な人かをちゃんと言うことができなかったって。自分でもどうしてあんなこと――」

「しいっ。クイン、わたしにもいけないところがあるのよ。あなたを管理しようと躍起になっていたし、いつだって自分が正しいと思いこんでた。あなたの言ったとおりよ。あなたを追いかけてサクラメントに来たこともそう。ただ、あなたを監視したかったわけじゃなく――ううん、それも少しはあったわね――あなたと離れたくなかったのね。わたしの家族はあなただけだから。あなたがわたしの支えだったのよ。わたしが強くなれたのもあなたがいたから。あなたがわたしを必要としてくれたでしょう。あのころのわたしには、必要とされることが必要だったのね。それで一生懸命になれた。だからあなたがわたしを必要としなくなったとき、それをすんなり受け入れられなかったわけ」

「お姉ちゃんはあたしにとって必要な人だったわ。ただ認めたくなかっただけ。いまだってそう。あたし――あたし、精神科医に診てもらいたいって主治医に言ったの。だって――だってその必要があると思うの。頭のなかにいろんなことが詰まってるけど、全部がいいことばっかりじゃないってわかるから」

ついにノラの頬を涙が伝った。「あなたを誇りに思うわ、クイン」そう言ってキスをした。

ドアをノックする音がし、デュークが顔をのぞかせた。「やあ、クイン。ちょっとだけノラを借りてもいいかな？」

「どうぞどうぞ。ノラ、テッドを呼んでくれる？　お礼を言いたいの」

「彼、きっとまだそのへんにいるわよ。探してくるわ」

ノラはデュークと部屋を出た。「きみ、大丈夫？」デュークが訊いた。

「なんでもないわ。最高にいい気分よ」デュークにキスをする。

「メラニー・ダンカンが来てる。いいニュースを知らせに寄ったそうなんだよ。きみも聞きたいだろうと思って」

「ええ、もちろん」テッドがフーパーと話しているのが見えた。「テッド、クインがいま目を覚まして、あなたに言いたいことがあるそうよ」

テッドは疑り深い表情を見せながら病室に入っていった。

メラニー・ダンカンは待合室にいた。「いいニュースがあるの！　魚類鳥獣保護局がD－11を殺処分にはしなかったのよ」

「D－11？」

「行方不明だったカモの識別番号。フーパー捜査官があのキャビンで見つけてくれたカモ」

「ああ、あれね」

「ウィスコンシンの国立ラボから、鳥インフルエンザの徴候があるカモは一羽もいなかったとの連絡が入ったんで、ジョーナの研究を再開するために、これからわたし、D－11を向こうに連れていくことにしたの」メラニーが重いため息をついた。「何年かかるものやらわからないけど、D－11がいてくれれば大きく前進すること間違いなし」

デュークがノラに言った。「ジム・ブッチャーが研究所の資料をすべて寄贈することに同意してくれたんだ。彼はこれからベイエリアのあるバイオテック企業のスポークスマンに就任するそうだ」

ノラが笑みを浮かべた。「よかったわね、あなたにとってもプロジェクトにとっても。ほんとにいいニュースだわ」

「そうなの。明日こっちを発つんで、これから荷造りをしないと。イアンはうれしくないみたいだけど、あなたにも仕事を見つけてあげるってイアンに言ってるの」メラニーがにこりとした。「離れるとなるとお互いの気持ちは膨らんで、預金残高がしぼむ――彼ったらもう、クリスマスまでに三回、飛行機で会いにくる予定を立ててるの！」

メラニーはデュークをハグし、つぎにノラをハグして帰っていった。

「ちょっとこっちへ」デュークがノラの手を取って歩きはじめた。

彼がノラを連れ出したのは、病院の中庭にあるローズガーデン。「何かあったのか、ノラ？」

「べつに」

デュークが立ち止まり、ノラをベンチにすわらせてキスをした。「どうかしたの？」

「疲れてるのよ。だいぶよくなってはいるみたいだけど、まだクインのことが心配なの。一万五千エーカー（約千八百万坪）の焼失も悲しいし、じつは——マギーも死なせたくなかった」

「そうだな——とはいっても彼女、きみを崖下に突き落とそうとしたんだよ」

「問題なのは——わたしが罪悪感を感じてないってこと。それがなんだか引っかかってて」

「スイートハート」デュークがノラを抱き寄せ、深く息を吸いこんだ。「きみを心から愛してる。きみの思いやりと決断力と誠実さを」まだまだいろいろあった。ノラとともに過ごすこれからの人生は彼にとってたいそう幸せな時間になるはずだ。

　ノラの頭のてっぺんにキスをした。ノラはやはり脳震盪だったため、最初の夜、デュークは彼女のことが心配で心配で居ても立ってもいられなかった。

　煙がもうもうと立ちこめる山のなかを走り、石をいくつもぶつけられたあとだ。彼女自身やデュークが思っている以上に体調を崩しているのだろう。デュークはノラをショーンと同じく自分の家族と考えている自分に気づいた。

　もう一度キスをする。

「ちょっとしたサプライズを用意してきたんだけど」デュークが尻のポケットから封筒を引っ張り出してノラに差し出した。

「なあに、これ？」

　デュークが得意げな笑みを浮かべた。「開けてみてくれ。ひょっとしてプレゼントは嫌い？」

ノラはしばらくじっと封筒を見つめていた。彼が顎をしゃくって促す。「怖がらなくても大丈夫。いいニュースだから」

「わかってるわ――ただわたし――ううん、なんでもない」ノラは急に口をつぐんだ。

「あんまりプレゼントをもらわないんだろ?」

ノラがうなずいた。「ばかみたいね、わたし」

「ほら、開けてごらんよ」

ノラが封筒を開け、目をまんまるくした。「ちょっと、なにこれ?」

「読めばわかるだろう」

「飛行機の予約確認書。フロリダ?」

「二ページ目を見て」

ノラがページをめくった。「宿泊予約確認。ディズニーランド・ホテル?」

「ディズニーランドからモノレールで行ける」

「ディズニーランドに行くの? いつ?」

「明後日出発だ。そんなすぐなんて無理だとか言うなよな。そんなこと言ってたら――」

「言わないわよ。信じられない――わくわくしちゃう」

「ほんとに? だったら笑ってごらんよ。そんな顔じゃ、わくわくしててもわからない」

ノラは両腕を勢いよくデュークの首に回し、ぎゅっと抱きしめた。

「これでどう?」

「うん、ようくわかった」

ノラはいかにも満たされたようにため息をつき、デュークの肩に顔をうずめた。デュークはノラの頭のてっぺんに笑いかけ、これからはチャンスがあるたび、ノラにプレゼントしたり楽しいところへ旅行に誘ったりしようと心に決めた。

「わたし、今週わかったことがあるの」

「おれを愛してるってこと？」

「そう、それもあるわね」ノラは彼の首筋にキスをした。

「ほかにも何か？」

「わが家(ホーム)って、わたしの家とかあなたの家とかわたしの物とかじゃないってこと。わたし、これまでずっとホームっていう場所を探してきたのね。だけどホームって、場所じゃないのよ。人ね。あなたがわたしのホームだわ、デューク。場所はどこだろうと、あなたがわたしといっしょにいてくれるかぎり、わたしは幸せ」

訳者あとがき

ＦＢＩトリロジーはこの第三部『エッジ』で完結となる。強い信念を胸に悪と対峙する女性たちの姿が、アリスン・ブレナン一流のストーリー展開のなかでひときわ輝くこの三部作のラインナップを振り返ると……

①『サドンデス』　陸軍のＩＤタグをつけたホームレスの死体が発見され、ＦＢＩ捜査官メガン・エリオットは軍の捜査妨害をかいくぐって犯人を追う。

②『シークレッツ』　組織内部からの内通を得て、今度こそはと巨大な人身売買組織の壊滅を図るＩＣＥ捜査官ソニア・ナイトの前に思いもよらない人物が立ちはだかる。

③『エッジ』　ついに死者が出たバイオ系研究施設を狙った連続放火事件を捜査するＦＢＩ捜査官ノラ・イングリッシュには環境保護テロ活動にかかわった過去があった。

三作共通の舞台となったのがサクラメント周辺。サクラメントはカリフォルニア州の州都だから、視界には州議会議事堂がときおりちらちらと入ってくる。カリフォルニアの看板ともいえるロサンゼルスやサンフランシスコという華やかな大都会をさしおき、州の三権の中心はどこか地味なこの街、サクラメントにあるのだ。作家デビュー前に州議会のコンサルタントをしていたアリスン・ブレナンだからこその舞台選びで、たとえば立法をめぐるロビイストたちの動きをさりげなく描くあたりにはさすがと思わせるものがある。「ついこのあいだまで私の日常だったのよ」とつぶやくアリスンの声が聞こえてきそうだ。彼女の作品群からはカリフォルニアのディープな一面を知る楽しみもある。

このカリフォルニアに縁の深いものがある。本書のなかにも出てきた、なんとも懐かしい響きをもつ言葉〝フラワーチャイルド〟。なじみの薄い世代のため、少々説明を。

一九六〇年代末のカリフォルニア、とりわけサンフランシスコ一帯はヒッピーの聖地だった。ラヴ&ピースの象徴として花を髪や体に飾った、いわゆるフラワーチルドレンが反戦を高らかに謳いあげて時代を席巻し、彼らのなかからは文明を否定して自然に回帰する者も現れた。七〇年代前半、ヒッピー・ムーヴメントそのものは徐々に衰えはしたものの、自然保護活動を提唱しながらコミュニティー生活を継続するヒッピーの姿もそこここに残り、現在の自然保護活動家のなかにはこの流れをくむ者もいる。ロレインとその周辺はまさにそのヒッピー世代であり、不幸にもどこかで道を誤った人びとだ。

現在、環境保護や動物の権利擁護などを標榜しながら破壊行為や暴力行為などテロ活動に走る組織を、ＦＢＩは〝エコテロリスト〟と分類している。

本書のヒロイン、ノラ・イングリッシュは二十年前、母親とともにエコテロリスト集団のなかに身を置いていたが、自分たちの活動に疑問を抱いてＦＢＩに通報、情報提供者となって危険な破壊行為を未然に防いだ。それが十七歳のとき。そしていま、ＦＢＩ捜査官となったノラは、ＦＢＩサクラメント支局の国内テロ対策班チームリーダーとして、ＢＬＦと名乗るグループによる連続放火事件を捜査中だ。新たに発生した四件目と思われる火災現場はバイオテック企業の研究所で、バイオ系研究施設が標的になった点では先立つ三件と同じだが、これまで大きな人的被害はなかったというのに、今回は焼け跡から研究所長だったペイン博士の焼死体が発見された。しかも殺人犯行現場はほかの場所で、遺体はそこから研究所に運びこまれた可能性が高い。

当然のことながら研究所には厳重なセキュリティー・システムが設置されていたから、それを設計施工したローガン＝カルーソ警備サービスのデューク・ローガンもコンサルタントとして捜査に加わった。ペインと親友でもあったデュークにとっては、親友の死の真相究明もさることながら、事件担当のＦＢＩ捜査官がノラだということも大きな意味をもっていた。四年前に捜査協力という形ではじめて会ったときにひと目惚れして以来、はぐらかされながらも追いかけつづけてきた理想の女性だったのだ。

捜査を進める一方で、明らかに放火事件につながりがあると思われる自殺あるいは殺人があいついで発生する。エコテロの陰にやがて見え隠れしてくる殺人鬼の正体とは……

暗い過去を背負いながら、仕事漬けの日々のなかで仕事を盾に生きてきた強い女性。これはノラのみならず、三部作のヒロイン三人に共通する。そうした仕事ひと筋の強い女性たちが命がけの捜査のなかでそれぞれ運命の男性に出会い、心を開いていく過程、そこに絶妙な説得力をもたせる筆の冴えがアリスン・ブレナンの真骨頂である。これまで九作のアリスン・ブレナン作品の翻訳にかかわってきて心からそう思う。そんな人間模様を描くときに背景となるのが犯罪や捜査だが、アリスンはそこに世界が抱える深刻な課題をまじえて据える。ネット犯罪、戦争報道のありかた、人身売買、バイオテクノロジー、エコテロリズム……ほんの一端であれ、どれもわれわれが知っておくべき問題である。

骨太でありながらロマンチックなサスペンス三部作をコンスタントに発表していくアリスン・ブレナンが、今後とも目の離せない作家であることは間違いない。

二〇一二年一〇月

安藤由紀子

集英社文庫

エッジ FBI(エフビーアイ)トリロジー3

2012年11月25日　第1刷　　定価はカバーに表示してあります。

著　者　アリスン・ブレナン
訳　者　安藤由紀子(あんどうゆきこ)
発行者　加藤　潤
発行所　株式会社 集英社
東京都千代田区一ツ橋2-5-10　〒101-8050
電話　03-3230-6094（編集）
03-3230-6393（販売）
03-3230-6080（読者係）
印　刷　中央精版印刷株式会社　株式会社美松堂
製　本　中央精版印刷株式会社

フォーマットデザイン　アリヤマデザインストア　　マークデザイン　居山浩二

ISBN978-4-08-760658-4 C0197